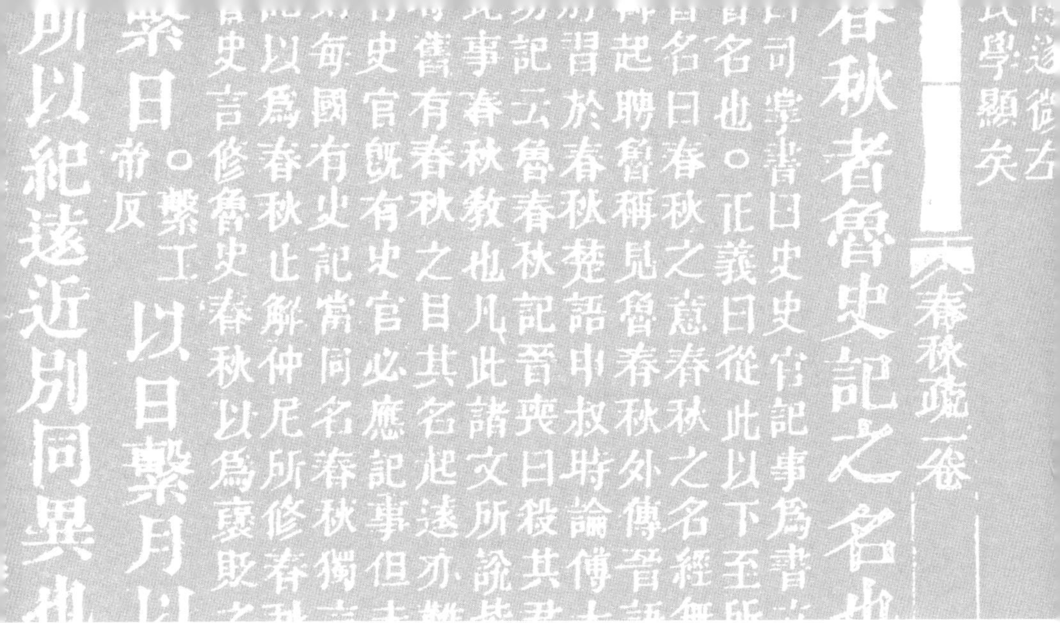

先秦文学与文化

第四辑

赵逵夫　主编

甘肃省先秦文学与文化研究中心主办

上海古籍出版社

图书在版编目(CIP)数据

先秦文学与文化. 第4辑 / 赵逵夫主编. —上海：上海古籍出版社，2015.12

ISBN 978-7-5325-7890-0

Ⅰ.①先… Ⅱ.①赵… Ⅲ.①中国文学—古典文学研究—先秦时代—文集②文化史—中国—先秦时代—文集 Ⅳ.①I206.2-53②K220.3-53

中国版本图书馆CIP数据核字(2015)第269450号

先秦文学与文化(第四辑)

赵逵夫　主编

上海世纪出版股份有限公司
上　海　古　籍　出　版　社　出版

(上海瑞金二路272号　邮政编码200020)

(1)网址：www.guji.com.cn

(2)E-mail：guji1@guji.com.cn

(3)易文网网址：www.ewen.co

上海世纪出版股份有限公司发行中心发行经销

惠顿实业印刷公司印刷

开本890×1240　1/32　印张10.875　插页2　字数313,000

2015年12月第1版　2015年12月第1次印刷

印数：1—1,050

ISBN 978-7-5325-7890-0

I·2995　定价：40.00元

如有质量问题，请与承印公司联系

目　　录

秦汉兴衰:文化选择的决定作用

刘跃进

(中国社会科学院文学研究所　北京　100732)

内容提要　一个国家、一个民族的发展与振兴,需要综合实力来支撑。所谓综合实力,至少包括看得见摸得着的有形实力,或曰硬实力,如科技、军事、经济等方面,还包括更深层次的精神追求和行为准则的无形实力,或曰软实力。硬实力就如同一个人的骨架,高矮之分,强弱之别,一目了然。但是,生命的意义在于活的灵魂。没有血液的流淌,没有精神的支撑,就没有生存的价值。一个民族、一个国家的发展与振兴,同样如此。

关键词　秦汉兴衰　文化　选择

文化就是民族的血脉和灵魂,就是我们所说的软实力。它凝聚着这个民族对于世界的认知和对于生命的感受,是这个民族和国家核心竞争力的不可或缺的重要因素。秦、汉的兴衰更替,具体而微地说明了这个浅显而又深刻的道理。

这里所说的秦汉,是自秦王嬴政元年(前 246 年)始,其下限是汉献帝建安二十五年(220 年),前后长达四百六十余年。在这四百多年间,秦朝的历史非常短暂。秦王嬴政即位时十三岁,至二十六年统一中国,前后用了二十六年。他贵为天子时是三十九岁,自以为从此可以长治久安,故自称始皇帝,"后世以计数,二世三世至于万世,传之无穷"。可悲的是,他贵为天子不过十年就"驾崩"归天,他的儿子即位才三年,就为群雄推翻。也就是说,作为一个统一的王朝,秦帝国仅仅存在了前后十五年的时间。即便是从秦王嬴政即位开始算起，秦代统一中国的进程也不超过半个世纪。而汉帝国的历史，如果从公元前206年汉高祖刘邦从自称为汉王算起，到汉献帝逊位于曹丕的公元220年，两汉历史前后长达四百二十多年。

秦朝为什么会如此短命？汉朝又如何成为中国历史上一个强大、统一的王朝？其中的经验教训，当时的文人学者就曾做过深刻的反思，后来的历史学家更是从多方面作了深刻的阐释。在我看来，秦朝败亡的最深刻教训就是过于强化硬实力，而忽略了文化建设。

先秦学术文化，《庄子·天下篇》、《荀子·非十二子》和汉初司马谈的《论六家要旨》并分为六派，到东汉班固《汉书·艺文志》分为九流十家。尽管具体划分尚有差异，但是就总体而言，这些学派，多与地域有直接关系。儒、墨归为齐鲁文化，名、法归为三晋文化，阴阳、道德归为荆楚文化。秦汉思想文化的发展，与上述三类文化有着千丝万缕的联系。春秋末年，周朝统治者失去对天下的控制之后，文化教育事业逐渐走向民间。各种思想纷纷而起，形成了百家争鸣的局面。在争夺天下的过程中，面对着丰富的文化遗产，秦国统治者面临着多种历史机遇，也面临着多种文化选择。

秦人根据自己的文化传统和现实的政治需求，很自然地选择了法家文化作为自己立国之本。根据《史记·仲尼弟子列传》的记载，孔子死后，其弟子子夏居西河教授，为魏文侯师。而子夏的弟子李悝则是法家的始祖，所著《法经》为中国第一部比较完整的封建法典。秦人很快就发现法家文化的这种立竿见影的效果，果断地启用商鞅，以求变法。从此，法家思想成为了秦国的统治思想。正是依靠这种思想的指导，秦国得以迅速崛起于群雄之中，为日后的统一奠定了坚实的基础。法家思想崇尚武功，讲求实用，追求一统，一直被秦人奉为主导思想。这一思想的重要特征就是功利性，崇尚战功，寡义趋利。由此功利性在秦人那里又演变成一种强烈的排他性。春秋战国以来，百家争鸣的一个基本事实是，各家学说在相互融汇各家思想文化遗产的同时，也在努力倡言与践行自己的主张，自然也会攻击对手。但在秦人那里，这种排他性表现得特别突出，不仅排斥其他学说，甚至那些倡言法家学说的人，也在相互排斥，唯我独尊。选择这样一种过于崇尚功利性和排他性的文化，从根本上决定了秦帝国的过渡性命运。

对此，来自中原的吕不韦有着清醒的认识。《史记·吕不韦列传》及《战国策·秦策》记载，他在邯郸等地经商，结识了在赵国作人质的秦国王储子楚，并献上已怀身孕的舞姬。舞姬生子，即秦王政。子楚回到秦国，继立为庄襄王，启用吕不韦，先为丞相，封文信侯，食河南洛阳十万户。不久，东周与诸侯谋秦，秦使相国吕不韦讨伐，尽入其国。两周历史终于结束在秦相国吕不韦手中。在吕不韦看来，终结一朝的历史，同时意味着新朝的开端，这当然是一件非同寻常的历史大事。根据历史纪年成例，秦代东周的第二年，也就是庄襄王二年(前 248)，吕不韦把这一年视为秦据有天下的开始。① 庄襄王死后，秦王赵政继立，吕不韦为相国，号称仲父。此时的吕不韦，地位显赫，登峰造极。

这个时期，战国四大公子还有信陵君和春申君在世。信陵君为魏公子，春申君为楚公子。一南一北，占据文化上的优势，依然对于士人有着莫大的吸引力。吕不韦要想真正实现他灭周以后统一中国的政治雄心，就必须扭转秦人不文的局面，将天下人才笼络到三辅地区。为此，他让门客各呈所闻，编为著作，号称《吕氏春秋》。书成之后，吕不韦将其悬于咸阳城门，称能增损一字者予千金。这就有点像燕昭王修筑黄金台，具有强烈的象征意义，表达了统治集团求贤若渴的心情。这种做法，实际上已经改变了秦人固有的传统，充分注意到稷下学宫各派的纷争与融合，对于各种思想，兼收并蓄。这种做法，有着莫大的感召力。史载，三千门客，一时聚集在吕不韦的周围。三辅地区俨然成为当时的文化中心。

当然，吕不韦的主张不能完全脱落秦人的政治文化传统。《荡兵》倡导“义兵”之说，显然就是为秦人说话：“古圣王有义兵而无有偃兵，兵

---

① 《吕氏春秋·十二纪·序意篇》说：“维秦八年，岁在涒滩……凡十二纪者，所以纪治乱存亡也，所以知寿夭吉凶也。”根据《尔雅》，太岁在“申”乃称“涒滩”。孙星衍《问字堂集·太阴考》以为应在始皇六年：“考秦庄襄王灭周后二年癸丑岁至始皇六年，共八年，适得庚申岁，申为涒滩，吕不韦指谓是年。”

之所自来者上矣。”秦国以武力横扫中国，吕不韦提供了很好的理论依据。但与此同时，编者对于那些特别偏激的言论也保持着一定的距离，譬如对《荀子·非十二子》等就没有收录。更值得注意的是，吕不韦还对于士人寄予很高的期望。《孔丛子·居卫》引子思的话说：“今天下诸侯方欲力争，竞招英雄以自辅翼，此乃得士则昌，失士则亡之秋也。”但是，他们没有对于“士”作具体分析。这一点，就与《吕氏春秋》不同。吕不韦对于“士”的重要作用高度重视，但他要求的“士”，绝不是那种朝秦暮楚这样的游士，而是要讲究精神境界，如《士容》云：“士不偏不党，柔而坚，虚而实。其状朖然不儇，若失其一。傲小物而志属于大，似无勇而未可恐，狼执固横敢而不可辱害，临患涉难而处义不越，南面称寡而不以侈大。”这表明，经过长时间的战国纷争，人们已经厌倦了那种缺乏是非观念的纷争，而倾向于对国家一统、万众一心的强烈诉求。

如果历史可以假设的话，如果秦国统治集团能够接受吕不韦的政治主张，改弦更张，加大文化建设的力度，秦、汉的历史就有可能改写。可惜的是，秦国的现实政治要求和历史文化传统，是不会轻易地接受吕不韦这样的政治主张的。从现实政治上说，秦王嬴政不可能容忍吕不韦这种容纳百川的危险做法。更何况，在秦王嬴政的背后，还有着更强大的秦国贵族势力集团，他们也不可能放任吕不韦这种延揽人才政策的实施，因为按照吕不韦所制定的方针政策，这些贵族集团的利益势必受到侵夺。事实上正是如此。就在吕不韦志得意满地完成《吕氏春秋》不久，秦王嬴政就逐渐剥夺了他的政治权力。先是免去相权，后被迁往蜀地，并在秦王嬴政十二年被赐死。

《史记》记载，就在吕不韦被贬蜀地的这一年，韩国使者郑国访问秦国，向秦王建议修筑水渠。当时的王公大臣认为，这些说客来秦国，唯一的目的就是为本国谋利。修筑水渠虽然对农业有利，却有可能对秦国的政治军事造成不利，秦王接受了大臣的建议，下令驱逐一切逗留在秦国的游士。

吕不韦的被贬和秦国驱逐游秦士人这两件事，似乎没有多少关联。但是时间是如此的巧合，我们不能不联想到这中间的因果关系。作为西游秦国的楚人李斯，原本是吕不韦手下的舍人，自然也在被逐之列。

他闻讯后，写下著名的《谏逐客书》。文章从秦缪公求士写起，写到秦孝公用商鞅，秦惠公用张仪，秦昭王用范雎等，反复阐述了客卿游秦给国家带来的各种好处。文章最后指出，倘若此时逐客，正中其它诸侯国的下怀，既给百姓带来损害，又会增加人们对秦国的仇恨，结果“内自虚而外树怨于诸侯，求国无危，不可得也”。文章列举事实，推理严密，晓以利害，动以情理，秦王被深深打动，于是收回逐客令，恢复李斯的官位。从此，李斯逐渐取代吕不韦，而成为制定秦代文化政策的重要官员。

刘向《孙卿书录》云：“春申君死，而孙卿废，因家兰陵，李斯尝为弟子，已而相秦。”作为荀子弟子、吕不韦部下的李斯，当然对稷下学宫各派的主张了如指掌。他少为郡小吏，见吏舍厕中鼠食不絜，见人犬则惊恐万状，而官府粮仓的老鼠则悠然自得，由此感叹曰：“人之贤不肖譬如鼠矣，在所自处耳！”于是他追随荀卿学习帝王之术，与韩非同学而自以为不如。学成后，考虑到楚王不足成事，六国又皆柔弱，便在秦王嬴政即位之初，西向入秦，成为吕不韦舍人，具体执行吕不韦的文化政策，为秦王朝统一天下立下汗马功劳。

但是，我们有理由相信，看到吕不韦的下场，李斯当然会明白一个基本事实：要想改变秦人的文化政策，必将付出沉重代价。《汉书·异姓诸侯王表序》记载说：“秦既称帝，患周之败，以为起于处士横议，诸侯力争，四夷交侵，以弱见夺。”对于秦帝的心理，李斯似乎心知肚明。他既没有吕不韦的雄厚财力，更没有“仲父”这样的特殊身份，他只能仰人鼻息，曲意逢迎。一方面，他为秦始皇寻仙求远的行为刻石纪功，邀宠买好。尤其是《史记·李斯列传》所载《上书对二世》一文，极尽谄媚之能事，摇唇鼓舌，矫言伪行。另一方面，他一改吕不韦主张，回归秦人急功近利的传统，将法家思想推向极端，焚书坑儒，①为刚刚建立的统一

---

① 秦始皇三十四年(公元前213)，李斯作《议烧诗书百家语》，建议：“臣请史官非秦记皆烧之。非博士官所职，天下敢有藏《诗》、《书》、百家语者，悉诣守、尉杂烧之。有敢偶语《诗》《书》者弃市。以古非今者族。吏见知不举者与同罪。令下三十日不烧，黥为城旦。所不去者，医药卜筮种树之书。若欲有学法令，以吏为师。”翌年又下坑儒令。并见《史记·秦始皇本纪》。

帝国强力推行钳制众口的愚民政策，[1]也葬送了建立起来的大秦帝国。

如果脱离了当时的历史文化背景，李斯的所作所为，确实难以理解。其实，他心里也非常明白这样做的可怕后果。他在《上书言赵高》虽极尽揭露批驳之能事，然为时已晚，不久即被系狱中，作《狱中上书》，正话反说，为自己鸣冤叫屈，然阶下之囚，已无回天之力。

西汉初年的思想家，在回顾总结秦朝迅速灭亡的历史经验教训时，深刻地认识到，仅仅凭借强大的硬实力，席卷天下，并吞八荒，是可以“马上得天下”的，但是这种实力终究是外强中干，缺少凝聚力，更没有长久的竞争力。他们从秦汉交替的历史巨变中深刻地认识到了文化的意义。不同的文化选择，可以有着不同的历史命运。

与李斯不相前后的楚人陆贾，就主张在政治上的无为而治，[2]在文化上的兼收并蓄。在兵荒马乱的年代，这些道理，自然为刘邦所嘲弄，但是很快他就意识到了这种主张的意义，于是要求陆贾著书，阐明秦何以亡、汉何以兴的历史根源。

从历史渊源上说，秦汉原本就有不同的文化背景。秦晋与法家密切相联，而汉朝统治集团则与楚文化及齐鲁文化有着千丝万缕的联系。就在秦朝灭绝文化的时候，素以文化自负的楚人扬言：“楚虽三户，亡秦必楚。”事实上也正是如此。陈胜、吴广、项羽、刘邦等推翻秦人统治的重要武装力量均来自楚地。随着楚人入主三辅地区，很自然地，楚文化大举西移，进入当时的政治文化中心，成为当时引人瞩目的文化现象。与道家思想密切相关的楚文化，成为了一时首选。而道家的核心，则是南面帝王之术，而不仅仅是表面的清静无为。

楚汉相争之际，刘邦引兵围鲁，“鲁中诸儒尚讲诵习礼，弦歌之音不绝，岂非圣人遗化好学之国哉？于是诸儒始得修其经学，讲习大射乡饮之礼”。应当说这时的刘邦对于儒者还心存好感。公元前204年，郦食其向刘邦建议，欲立六国后人以树党，刘邦也接受了这个建议，并派人

---

① 陆容《菽园杂记》卷1载无名氏《焚书坑诗》曰：“焚书只是要人愚，人未愚时国已墟。惟有一人愚不得，又从黄石授兵书。”

② 所谓无为，即用《老子》“我无为，民自化；我好静，民自正”。

刻印。而张良预设八难，从形、势、情三个方面分析了不可立六国之后的道理，颇有振聋发聩之势。史载，刘邦正在吃饭，听到张良的鞭辟入里的分析，“辍饭吐哺，曰：竖儒几败乃公事！令趋销印”。张良这件事情给刘邦较深刻的印记，从此不再信任儒生。① 问题是，没有规矩，就不成方圆。《史记·刘敬叔孙通列传》载：“汉五年，已并天下。诸侯共尊汉王为皇帝于定陶。叔孙通就其仪号。高帝悉去秦苛仪法，为简易。群臣饮酒争功，醉或妄呼，拔剑击柱。高帝患之。”此距郦食其事件不过两年时间。刘邦的困惑，最终由来自鲁国的叔孙通给予圆满的解决。叔孙通对刘邦说：“夫儒者难与进取，可与守成。臣愿征鲁诸生，与臣弟子共起朝仪。”于是叔孙通使征鲁诸生三十余人及朝廷中有学问的人，因秦旧制，制礼作乐。儒家文化在维护统治集团利益方面起到了关键作用。

儒、道之外，汉朝统治者对于法家同样重视。《论衡·效力篇》说：“叔孙通定仪，而高祖以尊；萧何造律，而汉室以宁。”叔孙通的儒学已如前述。所谓萧何造律，系指其《九章》之律，亦大抵因秦旧制，包括：《盗律》、《贼律》、《囚律》、《捕律》、《杂律》、《具律》、《户律》、《兴律》、《厩律》等。其中，与文化相关的内容主要见于《汉书·艺文志》中一段话：“汉

---

① 《汉书》本纪：“项羽数侵夺汉甬道，汉军乏食，与郦食其谋桡楚权。食其欲立六国后以树党。汉王刻印，将遣食其立之，以问张良，良发八难。汉王辍饭吐哺，曰：‘竖儒几败乃公事！’令趋销印。”此八难，详见《汉书·张陈王周传》：“臣请借前箸以筹之。昔汤武伐桀纣封其后者，度能制其死命也。今陛下能制项籍死命乎？其不可一矣。武王入殷，表商容闾，式箕子门，封比干墓，今陛下能乎？其不可二矣。发钜桥之粟，散鹿台之财，以赐贫穷，今陛下能乎？其不可三矣。殷事以毕，偃革为轩，倒载干戈，示不复用，今陛下能乎？其不可四矣。休马华山之阳，示无所为，今陛下能乎？其不可五矣。息牛桃林之野，示天下不复输积，今陛下能乎？其不可六矣。且夫天下游士，离亲戚，弃坟墓，去故旧，从陛下者，但日夜望咫尺之地。今乃立六国后，唯无复立者，游士各归事其主，从亲戚，反故旧，陛下谁与取天下乎？其不可七矣。且楚唯毋强，六国复桡而从之，陛下焉得而臣之？其不可八矣。诚用此谋，陛下事去矣。”中华书局，1962 年版，第 39—40 页和第 2029—2030 页。

兴，萧何草律，亦著其法，曰：'太史试学童，能讽书九千字以上，乃得为史。又以六体试之，课最者，以为尚书、御史、史书令史。吏民上书，字或不正，辄举劾。'六体者，古文、奇字、篆书、隶书、缪篆、虫书。"古文、奇字亦在其中，汉赋大量出现奇字，或与此政策有直接关系。《汉书》还记载，石奋上书，写"马"字少一笔，惊恐万状，甚至以为要"获谴死"。① 由此可见当时法律的威慑力量。明代古文家盛称"文必秦汉"，秦汉文章，特别是应用文章的最大特点就是字字斟酌，句句推敲，倘若脱离这段特殊的历史背景，一切不过皮相之谈。

萧何制律，本于法家；叔孙通制礼，悉依儒术。西汉初年的统治者，虽然生长在荆楚文化的氛围中，但是对于儒、法两家学说，采取了一种兼容并蓄的态度。经过近百年的探索，两汉思想家和统治集团逐渐形成这样一种共识，随着政治的稳定，经济的发展，文化建设必须摆在头等重要的位置。表面上看，汉武帝接受了董仲舒的主张，罢黜百家，独尊儒术。而在实际操作中，采取的是一种外王内霸的政策，王道的宗旨是儒术，而霸道的核心则是法家，这正是西汉统治思想的根本所在。这就较之吕不韦的博采旁收，泛滥无归，有了更加具体的指向。总结这段历史经验教训，宣帝明确指出："汉家自有制度，本以霸王道杂之。奈何纯任德教，用周政乎！且俗儒不达时宜，好是古非今，使人眩于名实，不知所守，何足委任！"②所谓"俗儒不达时宜"，与吕不韦所说的"世易时移，变法宜矣"，真可谓是意会心谋，殊途同归。可惜秦朝没有接受吕不韦的主张，国将不国，而两汉统治者正是从这种历史的经验教训中，看到了文化选择的意义，努力强化综合国家实力，造就了两汉四百年辉煌的业绩。

孤立地看，文化也许并不能解决一个人或者一个国家的温饱问题。但是，从秦汉兴衰的历史嬗变中不难看出，文化的取舍，却决定着一个

---

① 《汉书·万石卫直周张传》载："建为郎中令，奏事下，建读之，惊恐曰：'书"马"者与尾而五，今乃四，不足一，获谴死矣！"颜师古注："马字下曲者为尾，并四点为四足，凡五。"中华书局，1962年版，第2196页。

② 《汉书·元帝纪》，中华书局，1962年版，第277页。

民族、一个王朝、一个国家的根本命运。

■ 作者简介

刘跃进(1958—),中国社会科学院文学研究所党委书记、副所长,研究员、博士生导师。主要从事中国古代文学、古典文献学的研究。

论甘肃早期文化同华夏文明的关系

赵逵夫

（西北师范大学文学院　甘肃兰州　730070）

内容提要　甘肃省极为重视文化建设，于2012年提出建设“华夏文明传承创新区”的战略方针，着力打造“一带”、“三区”、“十三板块”。甘肃的文化宣传研究和传承、创新建设过程中，有五个方面的文化要素应该重视：一是以伏羲文化、彩陶文化为代表的始祖文化，二是先周文化，三是早秦文化，四是丝绸之路，五是氐羌文化。我们要从整体性、系统性、源头性的角度对甘肃历史文化进行综合性的研究和努力。

关键词　文化建设　始祖文化　先周文化　早秦文化　丝绸之路文化　氐羌文化

在刚刚跨入新世纪的时候，甘肃省提出建设文化大省，但是怎样建设，通过什么步骤，从哪些方面发展，还不是很明确。2012年省委、省政府提出建设“华夏文明传承创新区”的战略方针，并具体化为围绕“一带”（丝绸之路），建设“三区”（以始祖文化为核心的陇东南文化历史区，以敦煌为核心的河西走廊文化生态区，以黄河文化为核心的兰州都市圈文化产业区），打造“十三板块”。这个战略规划既具体、明确体现了对甘肃文化源头性特征的重视，也包含了对甘肃文化融合性特征的关注。特别是侧重源头性这一点，可以说是抓住了关键中之关键。今年元月21日，国务院办公厅正式批复甘肃省建设“华夏文明传承创新区”，2月19日国务院新闻办公室举行了发布会。这不仅在甘肃的文化建设史上具有划时代的意义，从全国文化建设方面说，也具有重大的战略意义。

几十年来，我们在文化宣传和研究方面确实取得很大的成绩，突出的如敦煌学方面。但是，对甘肃文化的源头性和在中西文化交流中的推动作用关注得不够。国务院批复甘肃省提出的建设“华夏文明传承创新区”的计划，不仅为甘肃文化的发展、学术的繁荣提出一系列大课题，也为甘肃经济的发展提供了最好的机遇。

根据省委、省政府的部署，我认为今后甘肃的文化宣传和研究一方面要关注那些能够显示在全国有影响，在整个中国历史上有影响的文化要素；另一方面，要关注那些能够把历史文献中零星记载的传说、遗址等贯穿起来的文化要素。也就是说，从哲学层面说，既看到整体性，看到很多文化现象之间的关联，也要考虑到相关文化现象之间的因果关系。这样，才能从时间、空间两方面立体地、系统地展示出悠久而丰富多彩的甘肃历史文化，而避免传承、保护、建设中的失序、失衡、缺漏及历史展示中的相互抵触。

我认为甘肃在文化宣传研究和传承、创新建设过程中，有五个方面的文化要素应该重视。

一是以伏羲文化、彩陶文化为代表的始祖文化。虽然说各种考古报告和对史前遗址与出土文物的研究很多，对与伏羲有关系的“八卦”、《易经》的研究著作更是汗牛充栋，但联系有关文献记载、联系各种遗迹、遗址、民俗及上古民族史对史前阶段甘肃历史的综合研究，尚缺乏像徐旭生《中国古史的传说时代》那样的力作。既不能简单的比附，也不能永远是文献与考古两张皮。这方面的工作还有很多的空白点，但也不是轻易可以完成。要做全面、扎实的探索。

二是先周文化。弃是周人第一个男性始祖。据传统文献记载的周人活动踪迹，周人发祥于陕西中西部的渭水一带。从钱穆至当代美籍学者许倬云的部分有影响的学者认为周人起于晋东南，然后越吕梁山进入陕西境内。但这主要是从历史地名入手，缺乏考古学方面的证据。近几十年，在靠近甘肃的陕西长武县发现的碾子坡先周文化遗址，有居住址约 7000 平方公里，墓葬 230 多座，又发现大量生产工具、生活用品及陶窑，还有铜器、卜骨、陶文。其年代当公元前 15 世纪到公元前 13 世纪，时间在文王的祖父太王公亶父迁岐之前。① 这是目前所发现较早的周人的文化遗址。李学勤《中国古代文明与国家形成研究》一书指出，周人早期主要活动在陕西中部泾、渭水流域，其北达庆阳地区。“长武遗址群中碾子坡先周文化遗址的发现，乃成为探索先周文化的突破口。”“自这一带逆泾河，再循支流马莲河而上一百多公里为甘肃庆阳地区，传说中周先公‘不窋奔戎狄间’即在此。”又说：

> 碾子坡居邑略早于古公迁岐之前，属于先周文化早期偏晚。以此为标尺，有可能找到比它更古老的先周文化，然应扩大到甘肃庆阳地区去寻找。这就是说，周人是兴起于甘肃庆阳的。②

周文化影响中国文化三千多年。20 世纪中期，我们还看到很多人家的门上都贴“周公之礼”之类的文字，直到现在，周人在伦理方面的理论、哲学方面的理论还影响着人们的思想、思维、道德评价与社会生活。先秦一些文化原典，有很多都是在西周至春秋战国时代整理或形成的，如《尚书》、《周易》、《周礼》、《仪礼》等，这些不是周人建国后突然冒出来的，而有其历史的根源。中国的经济是农耕经济，中国的传统文化也基本是农耕文化，几千年来延续至今。中国人的生活各个方面都渗透了农耕文化的特点。前些年，庆阳市举办“香包节”。我认为庆阳应以周文化、农耕文化为中心，大量的古迹、古代遗址及文献记载、民间传说、民俗现象等都说明这一点，它可以把很多文化现象贯穿起来。我研究的结果，《牛郎织女》传说中的牵牛（即牛郎）的原型，就是周人的远祖叔均。所以，《牛郎织女》传说与牵牛文化、牛文化也是庆阳的文化亮点之一。庆阳宁县的早胜牛个头又高，力又大，它在周人农耕生产和

---

① 参中国社会科学院考古研究所泾渭工作队：《陕西常武碾子坡先周文化遗迹发掘述略》，《考古集刊》第六集，1989 年。

② 李学勤主编：《中国古代文明与国家形成研究》，云南人民出版社，1997 年版，第 484—485 页。

《牛郎织女》传说中老黄牛形象的关系很值得探讨。仅仅一个香包不能体现出庆阳作为先周文明发源地的农耕文化内涵。2006 年以来我多次向陇东学院和庆阳市有关同志谈过，均无结果。后来向省委宣传部一位家在庆阳的领导同志谈了，请他转告张治权市长特别重视。2009 年我应庆阳市政府的邀请到庆阳去，给全市负责文化工作的同志和地方学者作了“周文化、农耕文化应为庆阳文化建设的主题”的报告，又给陇东学院学生作了一次“牵牛传说与陇东农耕文化”的报告，同该校中文系老师座谈了一次。期间还在市领导陪同下参观了周祖陵、岐黄纪念祠和市博物馆等。我觉得庆阳的历史文化确实十分丰富，底蕴很深，再大的荷包也包含不了。当年庆阳市即改“香包节”为“农耕文化节”，着力宣传周文化、农耕文化，而将“香包节”改为庆城区的文化节。这样一来，农耕文化把庆阳的很多事情都联系起来了，很多的遗址、庙宇、地下出土、风俗习惯包括香包习俗都联系起来了，而且都有了根源。他们也认为抓住这一点，就有做不完的课题，写不完的文章，文化产业方面可做的事很多。庆阳市文化建设近年搞得相当出色。

牛耕是农业文明的一个显著标志，它不亚于工业革命时蒸汽机的发明。牛耕极大地提高了农业劳动生产率，很好地解决了人的吃饭问题。但牛耕究竟是什么时代产生的？学术界的看法很不一致。范文澜认为是春秋时代，有人认为更迟。但《山海经 · 海内经》中说：“稷之孙曰叔均，是始作牛耕。”《山海经 · 大荒西经》的说法也大体相同。这样看来，牛耕在周朝建国以前的周先公先王时代就已经使用。牛耕的发明同甘肃有很大关系，这在中国历史发展进程中是大事件。

农业文明与天文历法密切相关，所以先秦时的夏历不断被完善沿用到现在。我国古代星宿基本上是以部族、民族的始祖和有杰出贡献的祖先命名的。天上的牵牛星，就是我们所说的牛郎星，实际上是因周人祖先叔均而命名的。天上的方位也和地上的大体上是一致的，牵牛星就在离银河不是很远的地方。

我们常说的八卦和《周易》实质上也是周人文化的投影。我研究的结果，周民族早期用八进位制，二十来年前曾写过一篇《八进位制了遗与八卦的起源与演变》。① 八进位制体现在很多方面。如古代以八寸为咫，八咫为寻，倍寻为常；二十四铢钱为两，二十四两为镒，十六两为一斤；二十四镒为一升，八斗为一斘，十六斗为一庾；一天一夜分为十六等分，二八月日夜各八等分等。20 世纪中期，中国用的杆秤还是十六两制，半斤是八两，这同上古时一寻为十六尺(咫)的情形一样。可以说，与八卦有关的先周文化一直延续到现在。所以，先周文化很值得挖掘。

三是早秦文化。秦人究竟发祥于什么地方，过去学术界一直不清楚。20 世纪 80 年代末，甘肃礼县的大堡子山发现了秦先王陵墓群，出土了大量十分精美的礼器，其规模也相当宏大。根据近年研究的结果，学术界一致认为：秦人兴起于陇南，具体就在礼县东部、天水西南、西和县以北、西汉水的上游的这一片地方。西汉水和东汉水原来是一条水，就叫“汉”，大体在汉代时，可能由于地震的原因，汉水流到略阳以后不能够东行，折而向南流到嘉陵江，才分为两条水。实质上，西汉水的上游就是上古时代汉水的上游。

我们所说的银河在先秦时不叫银河，叫“汉”，有时也叫“云汉”、“天汉”，多直称为“汉”。从汉代以后才开始叫“银汉”、“河汉”、“天河”，后来又叫“银河”。天上的“汉”是秦人根据汉水命名的。秦人发祥于汉水上游，他们就把因织做出杰出贡献的远祖女修以“织女”之名作为银河边上一颗最亮星的名，这就是织女星。《史记・秦本纪》一开头就说：“秦之先，帝颛顼之苗裔孙曰女修。女修织，玄鸟陨卵，女修吞之，生子大业。”女修是秦人的祖先，是以“织”彪炳史册的；大业是秦人的第一代男性祖先，是由母系社会向父系社会转变的人物。大业以后的世袭是清楚的。女修以善“织”闻名。织也是农业文明的显著标志，它极大地推动了当时的生产力，解决了从事农耕的人穿衣的问题。所以，秦人把天河边最亮的星命名为“织女星”。② 织女星是零等星，最亮。牵牛星是一等星，是仅次于零等星的亮星。

---

① 见《伏羲文化》，中国社会出版社，1991 年版。

② 参拙文《论〈牛郎织女〉故事的产生与主题》，《西北师范大学学报》1990 年第 4 期；《汉水・天汉・天水》，中国民间文艺家协会《民间文化》2007 年第 8 期。

秦人发祥于汉水上游，长时间在一个封闭的环境中发展。西周末年，骊山之乱的时候，秦襄公救乱，把周平王护送到洛阳，周平王封秦襄公为诸侯，赐以岐以西之地。《史记·秦本纪》载平王对秦襄公说："戎无道，侵夺我岐、丰之地，秦能攻逐戎，即有其地。"二十多年后，秦文公十六年"以兵伐戎，戎败走。于是文公遂牧周余民有之。地至岐"。(《史记·秦本纪》)秦文公打败西戎，秦人就占领了原先属于周人的岐山一带，即今陕西的岐山一带。这样，周人东迁以后剩下的老百姓便成为秦民。周秦文化的交融形成了《牛郎织女》的传说。[①] 这是中国四大民间传说中历史最久、影响最大的一个传说。由这个传说形成了中国传统的七夕节，而且这个节日一直传到国外，日本、韩国、朝鲜、越南等东南亚国家都有。日本不但过七夕节，还有吟咏七夕和牛郎织女传说的一千多首诗。秦人原来在汉水西边，周人在汉水东边不是很远的地方，这同上古时天象完全一致。

周人、秦人都发祥于甘肃。甘肃要抓住这一个文化点，不仅在全国甚至在世界上都会形成很大的影响，所以，甘肃应该对早期秦史和先周文化和相关文化遗存进行认真的研究。

四是丝绸之路文化。丝绸之路文化以往我们研究得比较多，但有一个问题：丝绸之路的开通一般认为是在汉武帝通西域之时，故只着眼于汉代以后的史实。实质上，现在大量的事实证明，先秦时代丝绸之路已经开通了。《山海经·北山经》载："小咸之山，无草木，冬夏有雪。北二百八十里，曰大咸之山，无草木，其下多玉。……又北三百二十里，曰敦薨之山，其上多棕楠，其下多茈草。敦薨之水出焉，而西流注于泑泽。出于昆仑之东北隅，实惟河源。"这说的正是现在的青藏高原与甘新一带。"敦薨"即敦煌。当时说的"昆仑"，即祁连山，这在十六国时前凉酒泉太守马岌的《上言宜立西王母祠》中说得明白："酒泉南山，即昆仑之体也。周穆王见西王母，乐而忘归，即谓此山。此山有石室玉堂。珠玑镂饰，焕若神宫。"祁连、和田都产玉，大家是知道的。中国古代对这一

① 参拙文《先周历史与牵牛传说》，《人文杂志》2009年第1期；《陇东、陕西的牛文化、乞巧风俗与牛女传说》，中山大学《文化遗产》创刊号(2007年11月)。

带地理状况已很熟知，说明河西走廊到新疆一带是畅通的。根据 2007 年 5 月 16 日《法制晚报》文章载：美国宾夕法尼亚大学一位考古与人类学家宣布，通过 DNA 检测，证实在我国新疆出土的“楼兰美女”是高加索人种。不仅是中国内地商人经过这一条路到了西亚以至更远之地，也有很多西亚、欧洲人到这里来，起到文化交流的中介作用。丝绸之路在先秦时就已开通是没有问题的。很多国外学者研究的结果表明：中国的丝织品、丝流传到中亚、西亚、欧洲和印度的时间都是在先秦时期。希腊语称中国为“sinae”或“seres”，意为丝国（赛里丝）。另外，西方的一些东西也是在先秦时传到中国的。譬如，四川出土的三星堆文化中的铜面具，甘肃西和县发现的王杖等，很可能受到西方文化的影响。此外，《穆天子传》所反映的河西走廊至新疆以西的地理知识，不能说与丝绸之路的开通没有关系。因此，东西文化的交流早在先秦时代就开始。这样，我们研究的时间范围就大大加长了。

就汉代以后丝绸之路的研究，也要突破以往交通、经济、民族交融等的范围，作各方面的探索。比如大家知道，印度的戏剧成熟很早，在公元前后已产生了多幕的剧本。我国现存至今的戏剧脚本为产生于西汉末年的三场歌舞剧《公莫舞》，其背景为陕甘一带，而在武威磨嘴子汉墓出土漆樽画上发现了关于这个剧演出的第一场写真画，说明这个剧本产生于汉代甘肃的可能性更大。① 存至今日被用来上演过的另一个脚本，即敦煌佚书中发现的《茶酒论》抄本，同样是在河西。② 可见中国戏剧的形成与发展也同丝绸之路有很大关系。

我们要进一步开拓丝绸之路研究的视野，更体现出甘肃对世界文化交流的独特贡献。

五是氐羌文化。氐人从哪儿来的，中国古代典籍认为是来自三苗。

---

① 参拙文《中国最早的歌舞剧〈公莫舞〉演出脚本研究》，《中华文史论丛》1989 年第 1 期；《三场歌舞剧〈公莫舞〉与汉武帝时代的社会现实》，《西北师范大学学报》1992 年第 5 期。

② 参拙文《唐代的一个俳优戏脚本——敦煌石窟发现〈茶酒论〉考述》，《中国文化》总第 3 期（1990 年秋季号）。

这跟后代大量的材料，以及出土文献都不一致。因此西方有人说氐人来自里海，彩陶文化就是氐人从里海带进来的。这是“中国文化西来说”，不符合历史事实。西北大学的马长寿先生是中国 20 世纪中期民族史学界有影响的学者，他的专著《氐与羌》指出氐人发源于甘肃南部，以仇池山为活动中心。这是完全正确的。这正是《史记》、《汉书》以来史书记载的白马氐。后来杨姓氐人先后建了仇池国、武都国、阴平国。四川大学李祖桓教授和甘肃学者张维各有一本书都叫《仇池国考》。目前对仇池国等氐杨的历史文化研究尚不够。杨姓氐人属白马氐，他们的祖先神即形天，三只眼，也即古文献中说的“猰貐”。杨二郎、马王爷、白马爷都是三只眼，这些也都是氐人的祖先神。道教说的天庭四大元帅中，只有马元帅有天眼，可见他是以氐人的身份参加到四大元帅中的，反映着早期宗教中民族文化交融、民族团结的因素。甘肃以“二郎”为山名、坝名的也不少。这方面也有大量民俗文化可以挖掘。

上面的五个方面的文化课题，如果抓得紧，进行认真研究，它们可以把甘肃乃至中国很多零星的文化内容贯穿起来。譬如，周文化的研究可以联系《周易》文化和伏羲文化，仅伏羲孤立地来研究，其成果显然没有综合周文化、《周易》文化的研究好。如果把氐羌文化的研究联系秦汉西北少数民族文化、魏晋西北流民文化、十六国时期的前后秦文化、五凉文化等进行研究，会使甘肃的民族文化在全国都产生很大影响。

以上只是从整体性、系统性、源头性的角度谈了一些意见，并不是说对其他内容可以不重视、不关注、不研究和开发。事实上，有些本来孤立进行的项目，实际也是与上面所说五项有关的。譬如石窟文化在我省很丰富，分布也广，都有文章可做。西王母既可以从传说角度同牛郎织女传说联系起来，也可以从历史角度与早期丝绸之路文化联系起来，等等。当然有些确实与上面所说五个方面似乎干脆没有联系，如崆峒山、兴隆山和天水玉泉观的道教文化，这些也可以联系自然风光、文献与哲学研究，作为地方文化资源的一个内容进行研究、保护、开发，与上面所谈意见并不冲突。但如关注到黄帝问道广成子于崆峒山这一点，就不但不是没有联系，它在文化史上的意义就更大了。

所以说，甘肃的文化大省建设和“华夏文明传承创新区”的建设，我们一定要抓住在全国和世界产生重大影响的课题，根据省上“一线”、“三区”、“十三板块”的规划，以纲带目，以目带点，联成一片，又突出重点，不要把“一线”、“三区”、“十三板块”看作互不相关的区域划分，而努力进行综合性的整体推进。

作者简介

赵逵夫（1942— ），西北师范大学文学院教授、博士生导师，主要从事先秦两汉文学、诗赋、古典文献与古代文化、西北地方文献及民俗文化等的研究。

春秋执政卿与轴心时代的文化主体

梁 枢

(《光明日报》编辑部 北京 100062)

内容提要 关于春秋执政卿,很少有研究者将其与轴心时代的文化主体相联结。加之历来的研究者对此缺乏关注,使得春秋执政卿与文化主潮的关系问题一直很难形成“问题”。本文试图对此问题予以探讨。

关键词 执政卿 轴心时代 文化主体

一

对于春秋执政卿,罕有研究者将其与轴心时代的文化主体相联结。这是为什么呢?

春秋时期执政卿的主业为朝政而非著书立说,虽然他们是延续500年的时代精英,但其思想仅仅散见于执政实践之中,缺乏系统性的论述。这使得历来的研究者对之缺乏关注,更难将其与轴心时代的文化主体联结起来,看作一个总体。

不知从何时开始,对历史的“不在意”成为一种弥漫于儒学研究中的思维惯习。我们只在意思想,在意用“哲学儒学”的方式建构思想,而不在意这些思想从哪里来,怎么来的,为什么而来。思想与思想者剥离,对话性与主体性被“过滤”,历史背景和社会基础“不在场”,甚至要求被“清场”。显然,在这样的语境下,春秋执政卿与文化主潮的关系问题是很难形成“问题”的。

很多学者认为，轴心突破是由以孔墨老为代表的士来完成的。先秦时期的士特指“游士”。由这个“游”字，大家格外地强调了士作为文化主体的唯一性。认为有资格于轴心突破中担起中国文化主体的人，一定要像士那样，从“固定在封建关系之中而各有职事”中“游”离出来。只有游离出来，才有可能发展出“一个更高的精神凭藉可恃以批评政治社会、抗礼王侯”。“这种精神凭藉，即所谓‘道’”。换言之，“各有职事”是轴心突破的障碍。“各有职事”的执政卿就这样被排斥在主体之外了。

在这些因素共同作用下，春秋执政卿被忽视也就难以避免了。

二

礼是三代文化遗产的总称，三代的历史文化传统及其价值基本都系于礼之上。正如有学者指出的那样，春秋以降，所有的“大事”都与礼的破坏有关。而对这些大事最“身临其境”的，正是各国的执政卿，他们对这些大事最先发声。

处于危机中的礼，其重要性空前而集中地表现出来。这一情势，决定了一个安于职事的卿该以什么样的姿态面对他的时代。阐发礼的价值与意义，尊重、维护发扬礼所代表的文化之结构、秩序、伦理。这是执政卿们的宿命。

礼是春秋时代所有重要观念的落脚之处，这是学界的一个共识。而在这些构成后来儒学产生之思想根源的观念背后，无一例外地闪现着执政卿的身影。执政卿的思想论述是分散的，不系统的，但以礼为依托，天与天命、德、尊尊与亲亲、仁、义、敬、信、忠、和等联结成为一个观念整体。

各国执政卿也依礼结成一个“据礼论道”的思想集团。所谓“据礼”，是说他们面对时代变局时，总是持有同一个根本尺度——礼；所谓“论道”，是说他们总力图由礼求道。道存在于传统中，而礼是传统中的传统，是历史意义所在，是存在方式，是知识、价值观和历史意识的基本结构。阐发礼就是发展更高的精神凭藉。也正是基于“据礼论道”的思想方式，一个“道”字成了标识中国人哲学思维的核心范畴，犹如“逻格斯”之于古希腊，“如如”之于古印度。诸子时代的儒、法、道、墨，秦汉的董、马、扬、班，无不以“道”为终极追求。然而，他们正是沿着执政卿的步伐走过来的。

据礼论道是一个由各国执政卿主导的思想创造过程，其结果：第一，有着共同的政治身份和知识背景的卿大夫们，在历史意识、文化情感、价值观念以及表述方式等诸方面都表现出鲜明的“类”特性。通过据礼论道，他们实际地形成了一个思想集团。尊礼重信，严祭祀、重聘享，宗姓氏族，宴会赋诗，赴告策书……卿大夫们忙碌的身影，透露出一种时代气象。他们是那个时代的文化主体。第二，三代之礼是中国精神的自在形式。卿大夫集团以据礼论道的方式，将这一精神从自在的沉睡中唤醒，向着自为转化，亦即哲学的突破。王官之学是古代学术的总汇。执政卿们通过“据”和“论”，把它从遗产变成了“资源”，从没有温度的“死东西”转化为“春秋一场大风雅”，从一个抽象而残缺的文化世界，转出一个充满时代气息，微笑着等候以道自任之士进入的思想世界。第三，通过据礼论道，执政卿主导社会形成了体现共同的历史意识、文化情感、价值观念的人人“言”礼的文化心理。共同的文化心理所呈现的礼，看上去很美。其魅力足以感染每一个人。它使德行变成一种气度，让传统升华为操守，将价值观转化为一种风尚。它孵化和培育以道自任者，召唤其为道立命。它预设了以孔墨老为代表的士的思想路向与精神风貌。

三

据礼论道也是一场文化与历史的对话。不过，在对话的思想框架中，士与历史世界的关系只是阶段性的。早在士之前，宏观的对话关系已然建立，主体是执政卿集团。从时间和深度看，士与历史世界的对话是对以卿为主体的对话的一种“接着讲”。在对话中，“固定在封建关系之中而各有职事”的执政卿离礼最近，最有条件据礼论道率先应对历史的冲击。在“礼崩乐坏”这一特殊的客观情势下，“各有职事”非但不是轴心突破的障碍，恰恰让他们有资格成为时代精神的引领者。从“卿”到“士”，以思想的方式，将中国文化的真脉一以贯之，他们前后相继，共同成为轴心突破的主体。借助对话和据礼论道，作为前儒的卿对于儒家的影响显现得层次井然，是可以讲清楚的。反之，仅从士说儒则让人感觉儒家凭空而降。试想，如果从士进行思想创造的背景中，把卿集团所有的印记删除，那背景就会成为一片空白。王官之学，三代之礼只是个抽象的存在。士如何于空白中发展出一个更高的精神凭藉来？《论语》开明宗义就是要学习。学习的动力来自哪里？为什么学习最重要的内容是礼？礼之可爱何在？礼之可信何来？让士义无反顾地选择以道自任、以道自负作为托附生命之事业，道理是什么？合法性又是什么？如果否定执政卿的文化主体性，不但这些问题难以回答，就连士本身所具有的学识、风骨、价值观、文化情感、历史意识以及表述方式也需要说清楚来历。——这也正是“文明进程的中国路径”所要讨论的题中之义。

■ 作者简介

梁枢，《光明日报》编审，国学版主编。主要从事中国古代思想与文化研究。

《尚书·尧典》、《夏小正》和《月令》浅说

蒋南华

（贵州省社会科学院　贵州贵阳　550003）

内容提要　成文于公元前2200年以前的《尚书·尧典》和成文于公元前1700余年前的《夏小正》以及成书于春秋时期的《礼记·月令》，是我国有文字记载以来的最早最有影响的三部观象授时历，亦是世界上最早、最精密、最系统的科学历法。这种观象（即实践）与理论推算相结合，并在实践中不断发展的历法，是我国先民对世界科学的伟大贡献。

关键词　《尧典》《小正》《月令》 观象授时　历书

《尚书·尧典》"羲和"、《大戴礼·夏小正》和《礼记·月令》是迄今为止，我国有文字记载三处最早的古代历法文献。三历的年代虽然不同：《尧典》出自公元前2200年以前的唐尧时代①，是一部建寅为正的夏历；《夏小正》出自殷商前期，是商王成汤灭夏改正朔，颁行建丑为正的殷历之后，由当时的天文历法学家（如相土、巫咸等人）在总结前代历法知识的基础上，通过观测天象、物象和气象（即"三象"）实践而编制的一部冠以夏历之名，实为建丑为正（即以夏历十二月为岁首）的殷商历法，时间为公元前1725年左右；《月令》则出自春秋时期的孔子之手，是一部建寅为正（即以寅月为正月）的夏历，时间约在公元前551——前479年之间。周武王姬昌在推翻殷纣王的统治、建立周朝之后曾改正

① 吴国桢著，陈博译：《中国的传统》，东方出版社，2000年版。

朔颁行了建子为正(即以夏历十一月为岁首)的周历,并一直行用到了春秋时期。后由于孔子提倡“行夏之时”,便废止了周历而改用了建寅为正的夏历。

三历时间跨度虽逾千年以上,但记历却具有高度的稳定性、延续性、精准性和科学性,是世界上最早、最全面、系统、周密的科学历法。

科学是人们对自然界和社会界一切事象(包括人类本身)的形成、发展、变化及其规律的认知,是人类社会实践经验的总结与升华。三历在七八千年前伏羲、神农“仰则观象于天、俯则观法于地……始画八卦”的基础上,经过长时期的天象、物象和气象观测和社会实践而形成。

古人所观之象,首先是天象。所谓天象就是指太阳、月亮、星辰(北斗、金、木、水、火、土五星和二十八宿)的运行变化规律;所谓物象和气象,就是指动植物和风云、雨雪、雷电、气温等变化所显示的周期性规律。

《尚书·尧典》“羲和”,是颛顼、帝喾高辛时代世掌天地四时的重黎后代——羲氏、和氏兄弟在公元前2200年前,受命于帝尧观测天象,推测日月星辰运行规律,制定历法“敬授民时”的择要记载。它概略地记载了羲仲、羲叔、和仲、和叔分别居住旸谷、南交、昧谷、幽都,即东南西北四方,通过对太阳东升(“寅宾出日”)西落(“寅饯纳日”)和夏至后太阳向南回归(“平秩南讹”),冬至后向北回归(“平在朔易”)的运行规律以及二十八宿,特别是鸟宿、心宿大火、虚宿和昴宿“四仲中星”的“中、流、伏、内”等天象与物象,即鸟兽皮毛顺应季节而变化(“鸟兽孳尾”、“鸟兽希革”、“鸟兽毛毨”、“鸟兽氄毛”)之规律的观测,精准地确定了“日中星鸟”、“日永星火”、“宵中星虚”和“日短星昴”,即春分、夏至、秋分、冬至四时(二至二分)八气等时间概念及其所在的固定月份。如:春分在夏历二月,夏至在夏历五月,秋分在夏历八月,冬至在夏历十一月。一年四季每季三个月中的中间一个月即为“仲月”。如:当南方朱雀七宿中的鸟宿(七星),黄昏时候(酉时)出现在头顶正上空时,这天为夏历二月春分,此日昼夜平分,白天和夜晚的时间一样长,故曰“日中星鸟”(“中”者半也);当东方苍龙七宿中的心宿大火,黄昏时候出现在头顶的正上空时,这天为夏历五月夏至,此日,白天时间最长,夜晚最短,故曰

“日永星火”（“永”者长也）；当北方玄武七宿中的虚宿，黄昏时候出现在头顶的正上空时，这天为夏历八月秋分，此日晚上的时间同白天一样长，故曰“宵中星虚”；当西方白虎七宿中的昴宿，黄昏时候出现在头顶的正上空时，这天为夏历十一月冬至，此日，白天的时间最短，夜晚的时间最长，故曰“日短星昴”。

《尧典》“羲和”不仅根据天象（日月星辰）和物象的运动变化规律，精准地确定了一年四季和四时八气（二至二分和二启二闭）等时间概念，还根据太阳和月亮的运行规律以及太阳的投影长短和月相变化的规律等，确定了岁实（即回归年的时间长度 $365\frac{1}{4}$ 日）“期三百有六旬有六日”以及月亮的运行周期（即朔实 $29\frac{499}{940}$ 日），大月为 30 天，小月为 29 天。从而制定了“以闰月定四时成岁”的世界上最早最科学的四分阴阳历。它就是传承至今的中国农家历。纯阴历大月 30 天，小月 29 天，一年 12 个月共 354 天。而纯阳历的岁实为 $365\frac{1}{4}$ 天，纯阴历和纯阳历一年相差 $11\frac{1}{4}$ 天。为了使纯阴历和纯阳历相谐合，以便顺应二十四节气来安排农牧业生产，我国先民至迟在距今 4300 年以前就已通过设置闰月即三年一闰，或五年两闰，或十九年七闰的方法，使纯阴阳二历实现了完美的谐合，这一伟大发明，不能不令我们今天的人们感到惊叹和骄傲！

《夏小正》，《竹书》曰：“颂小正。”它是殷商早期的星历家（如相土、巫咸等人），根据流传于朝野的历代积淀的天象、物象和气象知识以及当时的观象记录，加以编辑整理而成的一部观象授时专著。因其时间久远，“盖大戴以其书最古，特题曰‘夏’也”。

我们试比较《夏小正》与《诗经·豳风·七月》的天象及物象。《夏小正》天象：“正月……初昏参中”，“三月，参则伏”，“六月，初昏斗柄正在上”，“七月……斗柄悬在下则旦”，“八月……辰则伏”，“九月内火”，“十月……南门（亢宿）见”。物象：“正月……雁北乡”，“鱼陟负冰”，“獭兽祭鱼”；“二月……荣堇（芹）”，“有鸣仓庚”，“荣芸（紫目蓿）”；“三月……摄桑”,“委杨”,“鸣鸠(布谷鸟)”;“四月……囿有见杏”,“鸣蜮(虾蟆)”,“秀幽(葽)”;“五月……鴂(百劳)则鸣,唐蜩(蝉)鸣”;“六月……鹰始挚”,“煮桃”;“七月,秀雚苇”,“爽(夏枯草)死”,“寒蝉鸣”;“八月,剥(腌)瓜”,“剥(敲击)枣”,“栗零(落)”;“九月……荣菊”;“十月,豺祭兽”,“黑鸟浴(反哺)”;“十一月陨麋角”;“十二月,鸣弋(鸢)”。气象:“正月……时有俊(条)风”,“冻涂”;“三月……颁冰”,“越有小旱”;“四月……越有大旱”等。《七月》的天象:“七月流火”。物象与气象:“三之日(殷历一月)纳冰于阴”;“蚕月条桑”,“有鸣仓庚”,“以伐远杨”;“四月秀葽”;“五月鸣蜩”;“七月食瓜”;“八月剥枣”等。可以看出,二者完全吻合,说明这是一部建丑为正(即以夏历十二月为岁首)的殷商历法。但由于这部建丑为正的观象授时历产生在殷商早期,虽然当时的商王成汤已换朝改朔,颁行了建丑为正的殷历,但在民间因行用夏历的积习太久,仍在袭用建寅为正的夏历,因此《小正》中就有将夏历记历误为殷历记历的现象。如《小正》:“正月,启蛰(惊蛰)”显然是将夏历正月(即寅月)的物象“惊蛰”,“桃始华”误记为“建丑为正”(即以夏历十二月为岁首)的殷历正月之物象了。又如“三月……拂桐(打桐花)”原本是建寅为正的夏历三月的物象,《小正》也误记成了殷历三月的物象。

《小正》对于天象的观测和记载,如“正月……初昏参中,斗柄悬在下”;“三月参则伏”;“六月初昏斗柄正在上”;“八月……辰则伏”;“九月内火”,等等,即对二十八宿(特别是参宿、心宿大火)之“中、流、伏、内”及北斗柄运行规律的观测和记载是非常精准的。它们正是《小正》建丑为正(即以夏历十二月为岁首)的殷历的铁证。正如吾师张汝舟先生《二毋室古代天文历法论丛·(夏)小正校释》所云:“《小正》记昏中者一,正月‘初昏参中’;言伏者二,三月‘参则伏’,‘八月辰则伏’;言入者一,‘九月内火’;言流者,见《诗·七月》‘七月流火’,孔《疏》言西流,是也。《小正》之为殷正,所记星位,一无乖牾,正合殷正(历)。”其“‘斗柄正在上’,为夏至建午之月(即夏历五月),千古不易也。建午为六月,则建丑为正月,《小正》之为殷历无疑”。[①]

---

① 张汝舟:《二毋室古代天文历法论丛》,浙江古籍出版社,1987年版。

公元前 1106 年武王克商，推翻殷纣王的统治后，姬昌改正朔，颁行了建子为正的周历。这个周历从西周前期一直行用到春秋时期，直到孔子(公元前 551—前 479 年)提倡“行夏之时”才开始废止而采用了“建寅为正”的夏历。《礼记·月令》就是孔子等人，根据当时朝野、特别是民间广泛流行的观象授时知识以及当时的天文官对三象(特别是天象)的观测而编辑整理的又一部以“建寅为正”的“授时历”。这部“授时历”较之《小正》则更系统更精密，因而也更科学了。直至今天，我们仍然可以根据《月令》所载天象、物象和气象，特别是天象的观测和推算，就可以明确得知一年四季和四时八气等二十四节气的时间概念。如：

“孟春之月，日在营室，昏参中，旦尾中”，“东风解冻，蛰虫始振，鱼上冰，獭祭鱼，鸿雁来，立春”，“是月也，天气下降，地气上腾，天地和同，草木萌动”；“仲春之月，日在奎，昏弧中，旦建星中”，“始雨水，桃始华，仓庚鸣”，“玄鸟至”，“日夜分”(即春分)，“雷始发声，始电，蛰虫咸动，启户始出”；“季春之月，日在胃，昏七星(鸟宿)中，旦牵牛中”，“桐始华”，“虹始见，萍始生”，“时雨将降，下水上腾”，“蚕事既登，分茧称丝”。

“孟夏之月，日在毕，昏翼中，旦婺女中”，“蝼蝈鸣，蚯蚓出，王瓜生，苦菜秀”，“立夏”，“靡草死，麦秋至”，“蚕事毕”；“仲夏之月，日在东井，昏亢中，旦危中”，“小暑至，螳螂生，鵙始鸣”，“日长至”(即夏至)，“鹿角解，蝉始鸣，半夏生，木堇荣”；“季夏之月，日在柳，昏火中，旦奎中”，“温风始至，蟋蟀居壁，鹰乃学习，腐草为萤”，“树木方盛”，“土润溽暑，大雨时行”。

“孟秋之月，日在翼，昏建星中，旦毕中”，“凉风至，白露降，寒蝉鸣，鹰乃祭鸟”，“农乃登谷”；“仲秋之月，日在角，昏牵牛中，旦觜觿中”，“鸿雁来，玄鸟归”，“日夜分”(即秋分)，“雷始收声”，“水始涸”；“季秋之月，日在房，昏虚中，旦柳中”，“鸿雁来宾”，“菊有黄花，豺乃祭鱼”，“霜始降”，“草木黄落”。

“孟冬之月，日在尾，昏危中，旦七星中”，“水始冰，地始冻”，“虹藏不见”，“立冬”，“天气上降，地气下降”；“仲冬之月，日在斗，昏东壁中，旦轸中”，“冰益壮，地始坼”，“日短至”(即冬至)，“芸始生，荔挺出，蚯蚓结，麋角解”；“季冬之月，日在婺女，昏娄中，旦氐中”，“雁北乡，鹊始巢”,“冰方盛,水降腹坚”。

值得注意的是:《月令》所载天象,均要比《尚书·尧典》所载天象晚。如《月令》天象:“孟春之月(即夏历正月)……,昏参中”(参宿黄昏时在头顶上方出现);“季春之月(夏历三月)……昏七星(鸟宿)中”(鸟宿黄昏时在头顶上方出现);“季夏之月(夏历六月)……昏火中”(心宿大火黄昏时在头顶上方出现);“季秋之月(夏历九月)……昏虚中”(虚宿黄昏时在头顶上方出现)。《尧典》天象:“五月(夏历)……日永星火”(白天最长的夏至这天,黄昏时心宿大心在头顶上出现),“八月……宵中星虚”(夜晚与白昼时间一样长的秋分这天,黄昏时虚宿在头顶上方出现)和《小正》“正月(夏历十二月)初昏参中”(黄昏时参宿在头顶正上方出现)。两相比较,可以看出《月令》的时间整整晚了一个月。同样是建寅为正的夏正,《尧典》将“日永星火”记在五月夏至这天,而《月令》却记在六月(“大暑”)了;《尧典》将“宵中星虚”记在八月秋分这天,而《月令》却记在九月(霜降这天)了。

那么,这是什么原因呢?原因很简单:岁差所致。古人原以为:恒星的位置是永久固定不动的,故名恒星,但实际上恒星也在动,只是动得很慢。星历家们发现二十八宿(即二十八个恒星座中的每一颗恒星)每七十一年零八个月则向东移动一度(即冬至点西移一度)。这样,从公元前2200年以前的《尧典》的观象时代(即公元前2317—前2200年的帝尧时期)到春秋战国时期,二十八宿中的每颗恒星均已向东移动了三十来度(即冬至点西移了三十来度),时间刚好为一个月左右。因此,《尚书·尧典》羲和之时的“五月日永星火”(亦即五月火中),到了春秋时期的《礼记·月令》就当是“季夏之月(即夏历六月)……火中”了。

夏代的《尚书·尧典》和殷商早期的《小正》及周代春秋时期的《月令》是我国和世界有文字记载以来最早、最精准的观象授时历。由于所观之象(主要是天象,即日月星辰)的运行规律,而北斗柄所指方向的周期性变化,如同钟表计时一样,十分准确;①而二十八宿的“中、流、伏、内”运行规律,也同钟表一样,计时精准。以心宿大火为例:当黄昏(西

① 详见拙著《中华传统天文历术·观北斗》,海南出版社,1996年版。

时)心宿大火在头顶正上方出现(即与地平面垂直,其交角为90度)时,则为夏历五月“夏至”(即《尧典》所云“日永星火”);当黄昏(酉时)心宿大火出现在头顶偏西30度(即与地平面交角为60度)时,则为夏历六月大暑(即《七月》所说“七月流火”);当黄昏(酉时)心宿大火在头顶偏西60度(即与地平面交角为30度)时,则为夏历七月处暑(即《小正》所云:“八月辰则伏”);当黄昏(酉时)心宿大火在头顶偏西90度(即与地平面交角为0度,已进入地平线)时,则为夏历八月“秋分”(即《小正》所云“九月内火”)。此时,亦是《尚书·尧典》所说的“宵中星虚”之月了。这时虚宿已升到了头顶的正上方,与地平面垂直,其交角为90度。而当昴宿黄昏(酉时)出现在头顶的正上方(即与地平面垂直,其交角为90度)时,则为夏历十一月冬至(即《尧典》所载的“日短星昴”)。

公元前5037年的前子月(即夏历的十一月的朔日),正好是“日短星昴”的冬至日,而这天的合朔日刻又正好是深夜零时。这时牵牛星又刚好出现在头顶的正上方。于是当时“仰则观象于天”的炎帝神农就将牵牛初度定为二十八宿中的“冬至点”,也就是二十八宿周天拒度($365\frac{1}{4}$度)和一个回归年(岁实为$365\frac{1}{4}$日)的起讫点。并据此创制了观象与推算相结合的、起于甲子年甲子月甲子日甲子时的“天元甲子历”(亦名“太初历”)。继炎帝神农之后的黄帝轩辕氏又在“天元甲子历”的基础上,通过进一步的观测和推算,于公元前4567年(甲寅)调制了“天正甲寅历”。从此,中国的历法就走上了一条科学推算与观象授时相结合、在实践中不断发展的科学道路,并因此而称著世界。

作者简介

蒋南华(1938—),贵州省社会科学院教授,长期从事中国古代文学、古代文化和古代天文历法研究。

《彖》传的中位解《易》法

杨兰芳

（兰州交通大学　甘肃兰州　730070）

内容提要　在《周易》128 条中位爻中明确称“凶”、“有厉”、“贞凶”、“贞厉”、“有吝”者仅 6 条，仅占 4%，这一统计结果说明《周易》的作者在系爻辞时，潜意识将中位爻和占断辞的吉利联系在一起。反过来，如果占断辞偏吉，我们就可用爻位处中这一现象进行诠释。卦辞和爻辞一样也具有占断性，所以《彖》传作者认为卦辞的吉与利也与中位爻有密切关系，因而用中位爻解释卦辞中偏吉和偏利的卦辞，这是同类思想的合理迁移。可见《彖》传用中位爻来解释卦名和卦辞偏吉的方法是立足于经文文本的一种积极地尝试，不是作者主观创造发明。

关键词　《彖》中位爻　解《易》方法

一、《彖》传的中位解易

《彖》传的中位说《易》法就是用一个中位爻来解释卦名或卦辞。之所以如此，比如下面引文中第一个例子《蒙・彖》：初筮告，以刚中也。《蒙》卦六爻中称“中”的只有六二和九五，刚中显然指九五爻，《彖》传用九五爻“居中处刚”这一象数的特性来解释卦辞“初筮告”的原因。这就是《彖》的中位说易。

《彖》传中位说易共有 33 条，64 条《彖》辞中有一半几乎就涉及中位说易：

《蒙·彖》:初筮告,以刚中也。
《需·彖》:位乎天位,以正中也。
《讼·彖》:窒惕中吉,刚来而得中也。
《师·彖》:刚中而应。
《比·彖》:原筮元永贞,无咎,以刚中也。
《小畜·彖》:刚中而志行,乃亨。
《履·彖》:刚中正,履帝位而不疚。
《同人·彖》:柔得位得中而应乎干,曰同人。
《临·彖》:刚中而应,大亨以正,天之道也。
《坎·彖》:维心亨,乃以刚中也。
《离·彖》:柔丽乎中正,故亨。
《睽·彖》:柔进而上行,得中而应乎刚,是以小事吉。
《蹇·彖》:蹇利西南,往得中也。
《解·彖》:其来复吉,乃得中也。
《益·彖》:利有攸往,中正有庆。
《姤·彖》:刚遇中正,天下大行也。
《萃·彖》:刚中而应,故聚也。
《升·彖》:刚中而应,是以大亨。
《困·彖》:贞大人吉,以刚中也。
《井·彖》:改邑不改井,乃以刚中也。
《鼎·彖》:柔进而上行,得中而应乎刚,是以元亨。
《渐·彖》:其位,刚得中也。
《旅·彖》:柔得中乎外而顺乎刚。
《兑·彖》:刚中而柔外。
《涣·彖》:王假有庙,王乃在中也。
《节·彖》:刚柔分而刚得中。
《噬嗑·彖》:柔得中而上行。
《无妄·彖》:刚中而应。

《大过·彖》：刚过而中。

《中孚·彖》：柔在内而刚得中。

《小过·彖》：柔得中，是以小事吉也。

《既济·彖》：初吉，柔得中也。

《未济·彖》：未济亨，柔得中也。①

台湾学者黄沛荣先生研究《彖》传主爻，发现主爻中贵中思想也是很明显的：

《彖》传所论述的主爻共有六十一个，出现在四十五卦中。据统计，九五为主爻的有二十四次，九二为主爻的有十三次，六五有八次，六二有六次，初九三次，六四与上九各两次，九四、六三与上六各一次，初六与九三则无。其中二或五爻为主者，共五十一次，其他仅十次。以阴爻为主爻者，共十八次，阳爻为主爻者，共四十二次。由此可见《彖》传贵"中"而且尤贵"刚中"。②

这是从主爻的角度分析《彖》传的中位说易。

高亨先生对《彖》的得中总结的也非常详细，③这里引用供读者参考：一刚得中（蒙、需、比、履、解、渐、涣之《彖》传）；④一柔得中（同人、大有、噬嗑、鼎、旅、既济、未济）；双刚得中（讼、小畜、大过、坎、姤、困、井、巽、兑、节、中孚）；双柔得中（离、小过）；刚柔分中（观、家人、蹇、益）。

---

① 本文所引《周易》皆参高亨《周易大传今注》，齐鲁书社，2009年版。

② 转引自廖名春：《周易经传与易学史新论》，齐鲁书社，2001年版，第292页。

③ 参高亨《周易大传今注》，齐鲁书社，2009年版，第29、30、31页表格。

④ 《离·彖》：柔丽乎中正，故亨。《讼·彖》：利见大人，尚中正也。《姤·彖》：刚过中正，天下大行。《观·彖》：中正以观天下。

二、中位解易法溯源

在我国，重视“中”的历史很久远。在氏族社会就有了“中”的思想。据说黄族战胜炎族之后，将自己的战胜地称之为“天下之中”。《史记·五帝本纪》记载帝喾“溉执中而遍天下”。[①] 尧舜时代，又有所谓“允执厥中”的说法。此说见于《尚书》。同样《尚书·酒诰》中周公提出“作稽中德”。[②]《论语·尧曰》：“咨尔舜！天之历数在尔躬，允执其中，四海困穷，天禄永终，舜亦以命禹。”《孟子·离娄下》：“汤执中，立贤无方。”《中庸》：“舜好问而好察迩言，隐恶而扬善，执其两端，用其中于民。”[③] 夏商周三代是“中”思想形成的土壤。尤其是周代“中”的思想已经很成熟。几年前公布了清华简《保训》篇，刘光胜先生撰文说：

> 清华简《保训》是周文王临终前对周武王的遗训，中道是其核心思想，具体体现就是仁与义的融汇，刚克和柔克的合一，与《周易》中对“得中”、“中正”、“刚中”的提倡有了一致性，柔与刚的结合，仁与义的搭配，《保训》与《周易》具有相同的中道操作运行模式，这就明显的拉近了文王与《周易》的关系。[④]

《周易》是夏商周三代文化的集大成之作，它又是周代用来筮占之书，更是鲜明地体现了周代“尚中”的倾向。

---

① 司马迁：《史记》，中华书局，1959 年版，第 14 页。

② 转引自张崇琛：《古代文化丛谈》，甘肃省人民政府文史研究馆编，2013 年版，第 42 页。

③ 《孟子》和《中庸》的例子分别见杨伯峻《孟子译注》，中华书局，1960 年版，第 191 页；朱熹《四书章句集注》，中华书局，1983 年版，第 20 页。

④ 刘光胜：《〈保训〉之“中”何解——兼谈清华简〈保训〉和〈易经〉的形成》，《光明日报》，2009 年 5 月 18 日。按，事实上刘先生所说的《周易》指的是《周易》的传。

据王振复先生统计①,《周易》文本卦爻辞中,“中”字凡十三见。第一指空间,比如《屯》卦六三爻辞:即鹿无虞,惟入于林中。第二指中位中正之道,属伦理学范畴,如《泰》九二爻辞:包荒,用冯河,不遐遗,朋亡,得尚于中行。这里的中是不结朋党而崇尚中正之道,是从空间范畴向伦理学范畴的转换。第三指内心之诚,是心理学范畴。比如《讼》卦辞:有孚,窒惕,中吉,终凶。因为卦义争讼,是由于内心之诚被阻塞,所以此处中即衷意。综合上述引文及王先生这一统计结果,可以看出《周易》经文中已经有了明确的“中”的思想萌芽。

除了文本中明确记录的“中”思想以外,从爻位和占断辞中也可分析出这种思想的孑遗。六十四卦中,据台湾学者统计,被称为“中爻”的二、五两爻吉辞最多,合计占 47.06%,差不多占到了总数的一半,其凶辞最少,合计仅占 13.94%。除此之外,《周易》经文,二五两爻多以“中”“包”、“幽人”等字,也说明它和《象》传“中位说”思想有不谋而合之处:

《师》九二:在师中,吉。
《泰》九二:得尚于中行。
《家人》六二:无攸遂,在中馈。
《夬》九五:中行无咎。
《丰》六二:日中见斗。
《蒙》九二:包蒙,吉。
《泰》九二:包荒,用冯河。
《否》九二:包承。
《否》九五:系于苞桑。
《姤》九二:包有鱼。
《姤》九五:以杞包瓜。
《履》九二:幽人贞吉。
《归妹》九二:利幽人之贞。

---

① 王振复:《周易美学智慧》,湖南出版社,1991 年版,第 317 页。

可见“中”这种思想在我们的文化中就像一根隐隐的红线由来已久，最初一直在部落首领及群众的口耳相传中，将这种思想定性固化下来的现存唯一的文献就是《周易》。我们的思想史中总是忽略了《周易》的这种定性和加持作用。吕绍刚先生认为“《吕刑》、《周礼·秋官》诸职屡屡使用中的概念，亦当具有同等的史料意义。”①另外《老子》第五章有“多言数穷，不如守中”的说法，②《庄子·人间世》一书，陈鼓应先生认为也有“养中”的说法。③

对于“中思想”的传承，孔子是一个重要的人物。关于孔子学术思想的传承，吕绍刚先生认为：

> 《尽心下》记孟子说：“由尧舜至于汤，五百有余岁”，“由汤至于文王，五百有余岁”，“由文王至于孔子，五百有余岁”，“由孔子而来至于今，百有余岁，去圣人之世若此其未远也，近圣人之居若此其甚也。然而无有乎尔”。这里孟子肯定自尧舜禹汤至于孔子有个一脉相承的东西。与《中庸》“仲尼祖述尧舜，宪章文武”的记载对照看，孟子的说法当为不虚。④

春秋末期的著名思想家孔子，十分重视对三代文化的传承和弘扬，在他的思想中，必然继承了前代丰富的“尚中”观念。按《史记》的传承谱系，杨何是孔子易学的九世传人，经过代代口耳相传，《史记》的记载：“孔子晚而喜《易》，序《彖》、《系》、《象》、《说卦》、《文言》。读《易》，韦编三绝。曰：“假我数年，若是，我于《易》则彬彬矣。”⑤是不误的。孔子是前代文化的集大成者，晚年手不离《易》，对其非常痴迷。《周易》经文中的“尚中”思想对孔子是有影响的。孔子在司法方面有句话：“刑法不

---

① 吕绍刚：《庚辰存稿》，上海古籍出版社，2000 年版，第 52 页。

② 陈鼓应：《老子今注今译》，商务印书馆，2008 年版，第 93 页。

③ 同上书，第 95 页。

④ 吕绍刚：《庚辰存稿》，上海古籍出版社，2000 年版，第 52 页。

⑤ 司马迁：《史记》，中华书局，1959 年版，第 1937 页。

中,则民无所措手足”。《先进》中记载孔子对师及商的评价,师过了,商则不及,有人问孔子,商是不是好点,孔子提出过犹不及的观点。《子路》中记载孔子的言论:“不得中行而与之,必也狂狷乎?狂者进取,狷者有所不为也。”可见孔子不提倡过、不提倡不及,不欣赏狂也不欣赏狷,求中思想是明显的。但孔子的处中并不是静态的,而是出于动态系统中的。孔子曾说:“中庸之为德也,其至矣乎,民鲜久矣。”后他的孙子子思又作《中庸》专门阐发其“中”的观点,比如《中庸》中有“执其两端,用其中于民”的记录。

如前文论证,《彖》传成书于孟荀之间,应属战国中期以后的作品,是孔子或其后学的作品。儒家追求中庸,《彖》以中正作为君子的理想人格,以象征中正的“中位”爻来解释卦辞的吉凶,就变得容易理解了。前文提到,《彖》传中位说易共 33 条,64 条《彖》辞中有一半多几乎就用到了中位说易的方法,中位说易简单理解,就是用一个中位爻来解释卦名或卦辞之所以如此。

前文征引到台湾学者黄沛荣先生统计,在《周易》所有的吉爻中,二、五两中位爻就占到了占 47%,几乎占到了总数的一半,说明《周易》作者认为中位爻有“吉”的特性。而且他发现《彖》传所论述的主爻共有六十一个,其中二或五爻为主者,共五十一次,也就是说中位爻同时又是主爻的,占《彖》传所有主爻的 83%,这又说明《彖》传作者认为中位爻有“主”的特点。“吉”是《周易》诞生年代人们对“美”的另一种表达,“主”是《彖》传诞生时期人们对事物重要性的描述,所以可以这样认为,《周易》及后代的阐释者们认为“中”既是美好的,又是非常重要的。这种思想是文化的倾向,当然更是一种审美的倾向,也是我们文化中得以生存的思想武器,联系周文王临终告诫武王要“守中”,就是明证。

由于“中”的思想既是美好的,又很重要,在我们的文化当中从未间断过。就如同我们的文化从未间断一样。历史上有“中土”“中州”“中央”“中国”“中原”的记载。《韩非子》:“事在四方,要在中央。”《周书》:“往来绍上帝,自服于土中。”《逸周书》:“作大夷城周于土中。”《淮南子·地形训》:“正中翼州曰中土。”《后汉书·西域传》:“其国则殷乎中土。”司马相如的《大人赋》：“事有大人兮，在乎中州。”[①]《西游记》中唐僧经常说：“我从中土大唐而来。”虽是小说但也反映了“中”在唐人心中的记忆。我们方言中会说“中不中？”意思是可不可以？总之“中”的思想在我们的文化中随处可见。

事实上世界上任何一个民族，都有“中”的意识。生命最原初的状态似乎能给这一问题提供一点蛛丝马迹，人最初的记忆，是母体的子宫，它居于人类身体之“中央”，那里氧水充足，温度适宜，营养充分，人类充满了安全感，自从离开这“中央”之地后，婴孩的第一声啼哭拉开了人类不安全感生存的序幕，但对“中央”之地的追寻却成了人类永恒的寻觅，这种追寻会反映在这之后人类一系列的行为方式中。从国家到个体都是如此。这种“中”的意识在我们的本土文化中尤其根深蒂固，就连我们国家的名字都被冠之为“中”。再比如现在出版的国家的地图，不论南半球、北半球，每个国家都把自己的国家放置在最中央，以自我为中心，除了对某种安全感的追觅以外，也彰显自己的重要性。所以几年前我初次拿到一份美国国家出版的地图时，竟很难找到中国，最后发现中国原来被挤到一个角落里去了。现在的一些官员极度追求权力，因为一旦获得权力，所有的人都几乎围着他“转”，听他发号施令，这种中心意识感会让他产生一种被重视的安全感。西方人觉得中国人说话做事总是拐弯抹角、欲吐还咽，不够直接，这种拐弯抹角实际上也是中国人寻找“中”的方法之一。说话的口是心非，模模糊糊也是试图在是与非中找到最佳的“中间”的位置前的寻觅状态。2009年香港科技大学著名的语言学家朱晓农先生到西北师大做报告，其中就一个问题，他说不同意我观点的同学请举手，没人举手，他又说同意我观点的同学请举手，有两三个同学举了手。这种怪诞现象有过应试教育的人想必在课堂里都有体验。朱晓农先生微笑着说同学们“骑在墙上不下来”。同学们举不举手事实上是一种“中”的状态。总之，“中”在我们文化中尤其重要，比比皆是又是一种核心思想，如上文论证，历经夏商周三代

① 上述文献中关于“中”的例子转引自王振复《周易美学智慧》，湖南出版社，1991年版，第326页。

文化汇集、《周易》经文、老子、孔子、孟子、庄子、《象》传的诠释提炼，后经儒家学者的强化及唐宋诗词创作中对含蓄美的推广，就更加成为我们文化的特色了。比如杜甫诗歌中对悲情的抒发就不是一吐为快，而是欲吞还咽，荡气回肠，先这种将悲情压抑下去，然后再慢慢地抒发，抒发到一定程度再压下去，这种回环往复、哀而不伤的表述又进一步渲染了诗歌本身的悲情色彩。这种文化的倾向和中国人行为处事的方法渐渐互相影响渗透，形成了我们民族特有的审美观：不蕴不燥，琵琶遮面，含而不露的诗性思维特点，不过也存在着弊端，比如思维的模糊性，自然科学不发达，忽略严谨周密准确的特点，文字歧义很明显等等，所以杨振宁先生曾说，我们的文字用来写诗是一个优点，用来写法律就是缺陷。中的思维方式看来也是有利有弊的。

三、中位解易方法的合理性

事实上除了外部文化的因素外，这种中位说易法在《周易》经文内部中是可以找到理论依据的。据廖群女士统计：①在 128 条中爻中，爻辞明确称“吉”、“贞吉”、“元吉”者 54 条；称“利”、“利贞”、“无不利”者 15 条；称“无咎”、“悔亡”、“勿恤”者 21 条；未直称“吉”“利”“无咎”而于描述中显示“吉”“利”“无咎”者 15 条，合计 105 条。明确称“凶”、“有厉”、“贞凶”、“贞厉”、“有吝”者仅 6 条。这 6 条在 128 条中爻中仅占 4%，这一统计结果说明《周易》的作者在系爻辞时，潜意识的已将爻位和占断辞的吉凶悔吝休咎联系在一起。也就是说中位爻和占断辞的吉利与否有对应性，如果占断辞偏吉，我们就可用爻位处中这一现象进行诠释。卦辞和爻辞一样也具有占断性，所以《象》传作者事实上放大了中位爻的作用，认为卦辞的吉与利也与中位爻有密切关系，因而用中位爻解释卦辞中偏吉和偏利的卦辞，这是同类思想的合理迁移，比如《遁》

① 统计结果参廖群《从卦象爻位看周易阴柔阳刚的两仪分合》，《周易研究》2011 年第 1 期。

卦辞有“亨”的占断,《彖》传的解释是“刚当位而应,与时行也”,刚指九五,即用九五的当位和与六二的“应”来解释卦辞为什么是“亨”的占断。再比如《临》卦辞:元亨利贞。《彖》传用“刚中而应,大亨以正,天之道也”来解释卦辞。细想,一卦的整体卦义总是与六爻有关,其中任何一爻也都会影响到卦义。所以用中位爻来解释卦名和卦辞是立足于经文文本的一种积极的尝试。无论如何,《彖》传的中位说是立足于《周易》文本的一种解易方法,不是主观的创造发明,解易方法值得继承。

作者简介

杨兰芳(1979—),女,甘肃庆阳人,兰州交通大学讲师,主要从事先秦文学与文化研究。

子产年谱

韩高年

（西北师范大学文学院　甘肃兰州　730070）

内容提要　子产，姓公孙，名侨，子产为其字，一字子美，为郑穆公之孙，其父公子发，字子国。他是春秋时期著名政治家、思想家、文学家，被誉为“春秋第一人”！① 子产生当春秋中叶，熟知掌故，精通礼仪，博闻强识，娴于辞令，思想深刻，老于文学，年弱冠即参与郑国政事，后以少正代子皮执政。执政期间，据郑国国情，锐意革新：对内整齐民赋，完治城郭道路，立谤政，铸刑书，用法深，为政严；对外则不依附强国，审时度势，以礼自持，凡朝聘会盟，均以周礼为主导，实行弹性外交。遂使郑国虽处强国之间而不亡，各国相继效法。其思想对先秦诸子及后世均有影响。子产卒，孔子闻之，出涕曰：“古之遗爱也。”

关键词　子产　年谱

子产事迹，详见《左传》襄公八年至昭公二十年，亦散见于《国语》《韩非子》《吕氏春秋》《新序》等，《史记》入“循吏列传”。宋人王当《春秋臣传》有“郑子产传”，清高士奇《左传纪事本末》卷 44、马骕《左传事

① 清人王源所评：“左传载列国名卿言行多矣，未有详如子产者也。子产乃终春秋第一人，亦左氏心折之第一人”（《文章练要左传评》）。清人赵青黎《读左管窥》亦云：“郑子产，春秋第一流人，其美不胜述。”其世系参顾栋高《春秋大事表·春秋列国卿大夫世系表》，吴树平、李解民点校，中华书局，1993 年版，第 1338—1339 页。

纬》,近人吴闿生《左传微》卷 7、韩席筹《左传分国集注》卷 9 均有“子产相郑”节录其事。诸书所辑子产事迹,取材多重政事,且多有遗漏,无法全面展现子产在文学及思想等方面之造诣。笔者不揣谫陋,夷考《左传》《国语》及先秦诸子,旁搜类书,兼采清华简等新出材料,详加考辨,撰年谱如下。

前 585 年　周简王元年　鲁成公六年　郑悼公二年　子产生

晋、楚方争霸,郑受其殃。春,郑悼公聘晋,礼过谦卑,晋士贞伯预言其将死。

《左传·成公六年》:“六年春,郑伯如晋拜成,子游相,授玉于东楹之东。士贞伯曰:‘郑伯其死乎?自弃也已,视流而行速,不安其位,宜不能久。’”

按,子游即郑大夫公子偃。古代行礼在堂,堂上有东西两大柱,曰东楹、西楹。两楹之间曰中堂。行礼时如宾主身份相当,授玉和受玉应在两楹之间。如宾身份低于主人,则在中堂与东楹之间,即在东楹之西。晋景公与郑悼公皆国君,依礼,应授玉于中堂。郑悼公以晋景公为霸主,不敢行平等之礼,亦当在中堂与东楹之间。今晋景公安详缓步,而郑悼公则快步又过谦,竟至东楹之东授玉,尤见自卑。故士贞伯以其缺乏自信,预言其有将死之兆。

楚伐郑,晋救之,楚师还,栾书欲伐之,荀首、士燮、韩厥谏之。欲战者以为三人之言不可从,栾书论从善之理。

《左传·成公六年》载:楚伐郑,晋执政栾书帅师救郑,与楚师遇于绕角而败之。楚师还。晋师遂侵蔡。楚公子申、公子成以申、息之师救蔡,御之于桑隧。赵同、赵括欲战,请于栾书(武子),栾书将许之。知庄子、范文子、韩献子谏曰:“不可。吾来救郑,楚师去我,吾遂至于此,是迁戮也,戮而不已,又怒楚师,战必不克,虽克,不令。成师以出,而败楚之二县,何荣之有焉?若不能败,为辱已甚,不如还也。”乃遂还。于是军帅之欲战者众。或谓栾武子曰:“圣人与众同欲,是以济事,子盍从众?子为大政,将酌于民者也。子之佐十一人,其不欲战者,三人而已,欲战者可谓众矣。《商书》曰:‘三人占,从二人。’众故也。”武子曰:“善钧,从众。夫善,众之主也,三卿为主,可谓众矣。从之,不亦可乎?”

按:此处引《商书》之言,出自《尚书·周书·洪范》,原文为“三人占,则从二人之言”,此节取其大意。栾书,即栾武子,武子。时为晋国中军帅,执晋政。由此事来看,栾书可谓善于纳言。

子产约生于此年前后。

子产生年,史籍不载,学者们均据《左传》逆推之。李慎仪认为生于公元前578年,[①]斯维至以为当生于公元前583年—前582年间[②],然而据《左传·襄公八年》载:“郑子国、子耳侵蔡,获蔡司马公子燮。郑人皆喜,唯子产不顺。曰,‘小国无文德,而有武功,祸莫大焉。楚人来讨,能勿从乎?从之,晋师必至。晋楚伐郑,自今郑国不四五年,弗得宁矣。’子国怒之,曰:‘尔何知?国有大命而有正卿,童子言焉,将为戮矣!’冬,楚子囊伐郑,讨其侵蔡也。”

按:此年子产之父斥其为“童子”,学者们依此,据当时行冠礼为成年逆推子产生年。然而,礼书所载行冠礼年龄或十五岁,或十八岁,故所推得子产生年各不相同。

今考《左传》所载,言“郑人皆喜,惟子产不顺”,径称其字。《礼记·冠义》曰:“已冠而字之,成人之道也。”《左传》称其字,说明子产此时已经加冠,属成年人,所以才能参政。那么,为什么其父称之为“童子”呢?当是因为子产虽已加冠,但政治资历尚浅。初出茅庐,在军国大事上轻率发表见解,是不成熟的表现。故而其父斥之曰“童子”。

另外,《韩非子·外储说左下》载此事曰:

> 经六:公室卑则忌直言……说在……子产忠谏,子国谯怒……说六:子产者,子国之子也。子产忠于郑君,子国谯怒之曰:“夫介异于人臣,而独忠于主,主贤明,能听汝;不明,将不汝听。听与不听,未可必知,而汝已离于群臣;离于群臣,则必危汝身矣。非徒危己也,又且危父矣。”

---

① 李慎仪:《论子产》,《开封师院学报》1963年第3期。

② 斯维至:《从子产谈到孔子》,《吉林大学学报(社会科学版)》1979年第3期。

此处所载子国斥子产之言，主旨是直言危身，为政之要在于慎言。由此益加证明《左传》所载斥子产为“童子”非指年龄，而是怒其无政治经验也。

据此可知，鲁襄公八年时，子产应当已经成年，但也不可能年岁太大。以情理推断，大约应在二十岁左右。据此上推二十年，子产之出生当在公元前585年前后。

子产生而日角，宽肩。

《太平御览》卷363引《管子》曰：“子产日角，晏平仲月角，尾生犀角，柳下惠、史鱼反角”。此条不见于今本《管子》，盖其佚文。

《孔子家语・困誓》曰：孔子适郑，与弟子相失，独立东郭门外，或人谓子贡曰：“东门外有一人焉，其长九尺有六寸，河目隆颡，其头似尧，其颈似皋繇，其肩似子产，然自腰以下，不及禹者三寸，累然如丧家之狗。”子贡以告。孔子欣然而叹曰：“形状(未)〔末〕也，如丧家之狗，然乎哉！然乎哉！”

前584年　周简王二年　鲁成公七年　郑成公元年　子产二岁

晋、楚方争霸，此年秋，楚伐郑，晋、鲁、齐、宋、卫、曹、莒、邾、杞诸国联军救郑，败楚。郑献楚乐师钟仪于晋。

《左传・成公七年》：“秋，楚子重伐郑，师于汜。诸侯救郑。郑共仲、侯羽军楚师，囚郧公钟仪，献诸晋。”“晋人以钟仪归，囚诸军府。”

楚子重、子反杀申公巫臣之族，巫臣自晋遗二子书。

《左传・成公七年》：楚围宋之役，师还，子重请取于申、吕以为赏田，王许之。申公巫臣曰：“不可。此申、吕所以邑也，是以为赋，以御北方，若取之，是无申、吕也，晋、郑必至于汉。”楚王乃止。子重是以怨巫臣。子反欲取夏姬，巫臣止之，遂取以行，子反亦怨之。及共王即位，子重、子反杀巫臣之族子阎、子荡、清尹弗忌及襄老之子黑要，而分其室。子重取子阎之室，使沈尹与王子罢分子荡之室，子反取黑要与清尹之室。巫臣自晋遗二子书曰：“尔以谗慝贪婪事君，而多杀不辜。余必使尔罢于奔命以死。”

前575年　周简王十一年　鲁成公十六年　郑成公十一年　子产十一岁

春，郑叛晋。楚共王与郑成公盟于武城。

《左传·成公十六年》："春，楚子自武城使公子成以汝阴之田求成于郑。郑叛晋，子驷从楚子盟于武城。"楚国有共王参加，则郑成公也必亲自与盟。盟辞无载。

夏，晋伐郑，楚司马子反率兵救郑，过申，见申叔时，申叔时引《周颂·思文》句，论德、刑、详、礼、义、信，预言楚师必败。后果应验，楚败于鄢陵，子反兵败自杀。

《左传·成公十六年》载：郑叛晋服楚，晋师伐郑，郑使告于楚。楚救郑，过申，将军子反入见申叔时，曰："师其何如？"申叔时预言楚师必败，其言曰：

> 德、刑、详、义、礼、信，战之器也。德以施惠，刑以正邪，详以事神，义以建利，礼以顺时，信以守物。民生厚而德正，用利而事节，时顺而物成。上下和睦，周旋不逆，求无不具，各知其极。故《诗》曰："立我烝民，莫匪尔极。"是以神降之福，时无灾害，民生敦庬，和同以听，莫不尽力以从上命，致死以补其阙，此战之所由克也。今楚内弃其民，而外绝其好，渎齐盟，而食话言，奸时以动，而疲民以逞。民不知信，进退罪也。人恤所底，其谁致死？子其勉之。吾不复见子矣。

按：申叔时为楚宗族，明于治道，深通军事。此处论"战之器"所引诗句，见于《诗·周颂·思文》，意谓周祖先后稷安置众民，无人不合其准则。申叔时所说的"战之器"（德、刑、详、礼、义、信），说到底就是统治者应当行仁讲义，施惠于民，对外与诸侯讲信修睦，临战才能取得主动。楚屡失信于诸侯，对内又不恤其民，故预言其战必败北。

前573年　周简王十三年　鲁成公十八年　郑成公十三年　子产十三岁

六月，郑成公侵宋，鲁、楚助之，宋人患之，宋西鉏吾论宋、晋、楚关系。

《左传·成公十八年》:夏六月,郑伯侵宋。鲁遂会楚子伐宋,取宋城邑,以三百乘戍之而还。宋人患之。西鉏吾曰:“何也?若楚人与吾同恶,以德于我,吾固事之也,不敢贰矣。大国无厌,鄙我犹憾。不然,而收吾憎,使赞其政,以间吾衅,亦吾患也。今将崇诸侯之奸,而披其地,以塞夷庚。逞奸而携服,毒诸侯而惧吴、晋。吾庸多矣,非吾忧也。且事晋何为?晋必恤之。”

按:西鉏吾不惧大国,而分析列国形势,尤其是晋、楚两国的心态,十分透彻。他根据宋国的实际,主张宋国应当事晋以牵制楚,说极深刻。由此可见在楚、晋争霸之时,宋、郑等小国处境之艰难。

前570年　周灵王二年　鲁襄公三年　郑僖公元年　子产十六岁　老子生

老子约生于此年。

按:老子为中国古代思想家,道家学派创始人。老子本为周守藏史,晚年见周政日衰,出关退隐,著《道德经》,阐述其以“道”为核心的思想体系。老子生平事迹至汉代已不甚清楚,《史记·老子列传》有三老子:一为老聃,即李耳,楚苦县人,周守藏史,著道德之意五千言;一为老莱子,亦楚人,与孔子同时,著书十五篇,言道之用;还有一个是太史儋,与秦献公同时。前两个老子同是楚人,又同为道家,所不同者,老聃著书曰《道德经》,老莱子著书曰《老莱子》。第三个太史儋,与前两个老子时代悬殊,不可混为一谈。

汉代以来,学者们对老子生平事迹及生卒年的考订歧说较多。① 晚近以来,大学数学者认为,老子即春秋末年之老聃,与孔子同时。② 近年来,随着地下出土简帛文献的面世及其研究的深入,尤其是马王堆汉墓帛书《老子》及郭店楚简儒、道文书的面世,对老子其人生平的研究

---

① 关于老子其人时代的争论及各种说法,参罗根泽《诸子考索》,人民出版社,1958年版。

② 张岱年:《张岱年先生谈荆门郭店楚简〈老子〉》,《道家文化研究》第17辑。

有了新的进展。李零认为，《史记·老子列传》载“老子者，楚苦县历乡曲仁里人也，姓李氏，名耳，字聃。”可见老子其实是“老李子”。而老莱子，刘向《别录》谓“老莱子，古之寿者”，“老”为寿考之意，“莱”为其氏。楚系帛书之“李”、“莱”二字皆从“来”得声，读音相同，写法也相近。《史记》所说的老莱子与老聘其实是一个人，就是老李子。传世文献中老聃和老莱子事迹亦多有重合，也可以进一步印证上说。[①]《史记》云：“孔子之所严事：于周则老子；……于楚，则老莱子。”实际上老子即是老莱子，与孔子同时代而年稍长。据专家考证，老子约生于公元前570年左右，约比孔子年长二十岁上下。[②] 孔子曾师事老子，曾适周问礼于老子。

前566年　周灵王六年　鲁襄公七年　郑僖公五年　子产二十岁　老子五岁

卫孙文子聘鲁失礼，叔孙豹引《诗·召南·羔羊》，言孙文子必亡。

《左传·襄公七年》：卫大夫孙文子聘鲁，且答拜季武子致谦之言，而续其父孙桓子与鲁君之盟约。行礼，鲁襄公登阶，孙文子亦登阶，不让于鲁君，违礼。叔孙穆子相，趋进而责之曰：“诸侯之会，寡君未尝后卫君，今吾子不后寡君，寡君未知所过，吾子其少安。”孙子无辞以对，亦无悔改之容。穆叔预言曰：“孙子必亡。为臣而君，过而不悛，亡之本也，《诗》曰：‘退食自公，委蛇委蛇。’谓从者也。衡而委蛇，必折。”

按：叔孙豹（穆叔）所引诗句，出自《诗·召南·羔羊》，意谓轻慢专横，无礼而不知悔改，必然招致祸患。《诗·鄘风·相鼠》：“人而无礼，胡不遄死。”即此意也。《韩非子·难四》亦载此事。

---

① 李零：《老李子和老莱子——重读〈史记·老子韩非列传〉》，收其《郭店楚简校读记》（增订本），北京大学出版社，2002年版，第195—202页。

② 参陈鼓应《老学先于孔学》（收其《老庄新论》，上海古籍出版社1992年版）及李学勤《〈老子〉的年代》（《道家文化研究》，上海古籍出版社，1995年版）、《荆门郭店楚简所见关尹遗说》（《郭店楚简研究》，辽宁教育出版社，2000年版）等论著。

十二月，郑僖公不礼大臣，从者数谏而不听，子驷弑之，立简公。

事见《左传·襄公七年》载，郑僖公为太子时，与子罕适晋，不礼焉。又与子丰适楚，亦不礼焉。及其元年，朝于晋。子丰欲借晋国而废之，子罕止之。及将会于鄬，子驷相，又不礼焉。于是子驷使贼夜弑郑僖公，而立郑简公。《公羊传》亦载此事。

前565年　周灵王七年　鲁襄公八年　郑简公元年　子产二十一岁　老子六岁

四月，郑侵蔡，败之。郑人皆喜，惟子产预言郑祸将至，其父子国斥之。

《左传·襄公八年》载：四月庚寅，郑子国、子耳侵蔡，获蔡司马公子燮。郑人皆喜，唯子产不以为然，预言曰："小国无文德，而有武功，祸莫大焉，楚人来讨，能勿从乎？从之，晋师必至，晋、楚伐郑，自今郑国不四、五年弗得宁矣。"子国怒之曰："尔何知？国有大命，而有正卿。童子言焉，将为戮矣。"

按：子国，子产之父，怒其子忠言危身也。

冬，楚伐郑，郑子驷引《周诗》及《诗·小雅·小旻》句，论背晋从楚。

《左传·襄公八年》：冬，楚伐郑，讨其侵蔡也。子驷、子国、子耳欲从楚，子孔、子蟜、子展欲待晋。子驷曰："《周诗》有之曰：'俟河之清，人寿几何？兆云询多，职竞作罗。'谋之多族，民之多违，事滋无成，民急矣，姑从楚，以纾吾民，晋师至，吾又从之。敬共币帛，以待来者，小国之道也。牺牲玉帛，待于二竟，以待强者而庇民焉。寇不为害，民不罢病，不亦可乎？"子展以为"仗莫如信"，主张"完守以老楚，杖信以待晋"，子驷曰："《诗》云：'谋夫孔多，是用不集。发言盈庭，谁敢执其咎？如匪行迈谋，是用不得于道。'请从楚，騑也受其咎。"

按：子驷此前主张从晋，此年又力主从楚，其所引《周诗》，不见于今本《诗经》，为逸诗。意谓人寿不长，等不到黄河变清。屡次问卜，最终还是没有主意。不如就眼前形势决定从晋从楚，守信无益。据《左传·

襄公二十二年》子产语，子驷此前曾从郑伯朝晋受辱，故此年极力主张从楚背晋。子驷之言虽有出于个人恩怨的地方，但在一定程度上也反映了郑国在外交上的困境。

郑子驷使王子伯骈聘晋，以告盟楚背晋之由，晋人不许，知罃使行人子员责子驷，并向郑宣战。

《左传·襄公八年》载：郑既从楚。子驷遂使王子伯骈告于晋，曰："君命敝邑：'修而车赋，儆而师徒，以讨乱略。'蔡人不从。敝邑之人，不敢宁处，悉索敝赋，以讨于蔡，获司马燮，献于邢丘。今楚来讨曰：'女何故称兵于蔡？'焚我郊保，冯陵我城郭。敝邑之众，夫妇男女，不遑启处，以相救也。翦焉倾覆，无所控告。民死亡者，非其父兄，即其子弟，夫人愁痛，不知所庇。民知穷困，而受盟于楚。孤也与其二三臣不能禁止，不敢不告。"

知武子(罃)闻子驷之言，使行人子员对之曰："君有楚命，亦不使一介行李告于寡君，而即安于楚。君之所欲也，谁敢违君？寡君将帅诸侯以见于城下，唯君图之。"

按：子驷自知理亏，故遣大夫王子伯骈赴晋告以背盟实为情势所迫，楚人兵临城下，郑国众大夫欲与楚盟而己不能禁。晋智罃知子驷谎言以为托辞，故责以不告而背盟，且向郑宣战。

子产从郑大夫王子伯愿(骈)学，王子伯愿(骈)曾为子产之师。

《清华大学藏战国竹简》(叁)有《良臣》一篇载："郑定公之相有子皮，有子产，有子太叔。子产之师：王子伯愿、肥中、杜逝、鄳厈。"①《左传》此年所载之郑大夫王子伯骈，或以为即《宣公六年》之王子伯廖之子。《良臣》所言子产之师王子伯愿，或即王子伯骈。

前563年　周灵王九年　鲁襄公十年　郑简公三年　子产二十三岁　老子八岁

夏秋之间，郑子耳从楚人侵宋、伐鲁。九月，郑子羽又侵宋。

---

① 李学勤主编：《清华大学藏战国竹简》(叁)，中西书局，2012年版，第158页。

鲁大夫孟献子以为郑为小国而好战，预言郑将乱，执政三士必有祸殃。

见《左传·襄公十年》载。

冬，尉止等五族作乱，杀执政之子驷、子耳、子国。子产临难不乱，从容应对。人或非其不孝。

《左传·襄公十年》载：

> 初，子驷与尉止有争，将御诸侯之师，而黜其车。尉止获，又与之争。子驷抑尉止，曰："尔车非礼也。"遂弗使献。
>
> 初，子驷为田洫，司氏、堵氏、侯氏、子师氏皆丧田焉。故五族聚群不逞之人，因公子之徒，以作乱。于是子驷当国，子国为司马，子耳为司空，子孔为司徒。
>
> 冬十月戊辰，尉止、司臣、侯晋、堵女父、子师仆帅贼以入，晨攻执政于西宫之朝，杀子驷、子国、子耳，劫郑伯以如北宫。子孔知之，故不死。书曰"盗"，言无大夫焉。
>
> 子西闻盗，不儆而出，尸而追盗，盗入于北宫。乃归授甲。臣妾多逃，器用多丧。子产闻盗，为门者，庀群司，闭府库，慎闭藏，完守备，成列而后出。兵车十七乘，尸而攻盗于北宫，子蟜帅国人助之，杀尉止、子师仆，盗众尽死。侯晋奔晋，堵女父、司臣、尉翩、司齐奔宋。

按：郑国大乱之时，子国遇难，子产从容应对，保家、卫国、捕盗，处置得当，表现出超乎常人想象的冷静。1977年在安徽阜阳双古堆发掘的西汉初年汝阴侯墓中有《周易》简书，其中第55号简言："六二，同人于宗，吝。卜子产不孝，吏……"①父死于难而冷静自若，在常人来看，很容易被认为是"不孝"，这大概就是上引属于《同人》卦的占筮语说"子产不孝"的原因。

---

① 引文出自韩自强《阜阳汉简〈周易〉研究》，上海古籍出版社，2004年版，第52—53页。

冬,子孔执政,作载书以专权,郑之大夫、诸司、门子弗顺,子孔将诛之,子产以"众怒难犯,专欲难成"之理谏其焚载书以安众。

《左传·襄公十年》载:郑乱,盗杀子驷,子孔代其当国,于是作载书,书言自群卿诸有司各守其职位,以受执政之法,勿与朝政。大夫、诸司、门子弗从。子孔将诛之,子产止之,请为之焚载书。子孔不可,谓子产曰:"为书以定国,众怒而焚之,是众为政也,国不亦难乎?"子产谏之曰:"众怒难犯,专欲难成,合二难以安国,危之道也,不如焚书以安众。子得所欲,众亦得安,不亦可乎?专欲无成,犯众兴祸,子必从之。"子孔于是焚载书于仓门之外,众乃定。

按:子孔借盟誓之机而欲达其专郑政之目的。子产深知,子驷被杀,即因其成专欲,一意孤行,与尉止有隙。又因作田洫,使司氏、堵氏、侯氏、子师氏丧田,犯众怒。故其谏语痛陈安众之道,可谓切中郑国内政之要害。

前 554 年　周灵王十八年　鲁襄公十九年　郑简公十二年　子产　三十二岁　老子十七岁

郑子孔为政亦专,国人杀之。子展当国,子西听政,立子产为卿。

《左传·襄公十九年》:郑子孔之为政也专,国人患之。乃讨西宫之难与纯门之师。子孔当罪,以其甲及子革、子良氏之甲守。甲辰,子展、子西率国人伐之,杀子孔而分其室。书曰。"郑杀其大夫",专也。子然、子孔,宋子之子也。士子孔,圭妫之子也。圭妫之班亚宋子,而相亲也。二子孔亦相亲也。僖之四年,子然卒。简之元年,士子孔卒。司徒孔实相子革、子良之室。三室如一,故及于难。子革、子良出奔楚。子革为右尹。郑人使子展当国,子西听政,立子产为卿。

杨伯峻《春秋左传注》据此曰:"子产位次第三,而亚于听政。国君以下握大权者谓之大政,昭十五年《传》可证。大政,《汉书·五行志》作大正,政正二字本可通作。少正对大正而言。"

前551年　周灵王二十一年　鲁襄公二十二年　郑简公十五年　子产三十五岁　老子二十岁

孔子生于此年。①

孔丘先世为宋贵族，及孔防叔，因华氏之逼，自宋奔鲁。防叔生伯夏，伯夏生叔梁纥，叔梁纥娶颜氏女，生孔丘。《史记·孔子世家》述其事。关于孔子生年，各家记载不一，此据《史记》所载，定于此年。

夏，晋人召郑使朝，四月，郑使少正子产对晋平公，婉辞拒朝。

《左传·襄公二十二年》载：此年夏，晋平公欲使郑国朝于晋。郑使少正子产对晋侯，其辞曰：

> 在晋先君悼公九年，我寡君于是即位。即位八月，而我先大夫子驷从寡君以朝于执事。执事不礼于寡君，寡君惧，因是行也，我二年六月朝于楚，晋是以有戏之役。楚人犹竞，而申礼于敝邑。敝邑欲从执事，而惧为大尤，曰"晋其谓我不共（恭）有礼"，是以不敢携贰于楚。我四年三月，先大夫子蟜又从寡君以观衅于楚，晋于是乎有萧鱼之役，谓我敝邑："迩在晋国，譬诸草木，吾臭味也，而何敢差池？"楚亦不竞，寡君尽其土实，重之以宗器，以受斋盟，遂帅群臣随于执事，以会岁终。贰于楚者，子侯、石盂，归而讨之。溴梁之明年，子蟜老矣，公孙夏从寡君以朝于君，见于尝酎，与执燔焉。间二年，闻君将靖东夏（齐国）。四月，又朝以听事期。不朝之間，无岁不聘，无役不从。以大国政令之无常，国家罢病，不虞荐（屡）至，无日不惕，岂敢忘职？
>
> 大国若安定之，其朝夕在庭，何辱命焉？若不恤其患，而以为口实，其无乃不堪任命，而翦（弃）为仇雠？敝邑是惧，其敢忘君命？委诸执事，执事实重图之。

按：此年无子产赴晋之记载，疑是子产撰书以对晋侯。《左传》凡言

---

① 《公羊传》、《谷梁传》均以孔子生于上年，即公元前552年。其说不确，今从《史记》之说，系于此年。

"使××对××,辞曰……"都是作书以对。如此,则上引其辞实为书信。这封国书回顾从晋悼公九年以来郑国与晋国的外交,历数晋国之过,指出晋国仗着盟主身份,常行背信违礼之事,征役无度,使盟国不堪其苦。最后指出,如果晋国不恤盟国之患,郑国和其他盟国将弃晋从楚。子产此书,夹叙夹议,巧用比喻,既深于事理,又不亢不卑,绵里藏针,可谓文质俱胜。通过这封国书,最终维护了郑国的利益。

九月,郑国公室公孙黑肱(子张)临终,遗言颇善,君子引《诗·大雅·抑》赞之。

《左传·襄公二十二年》:九月,郑公孙黑肱有疾,归邑于公,召室老、宗人立段,而使黜官、薄祭。祭以特羊,殷以少牢,足以共祀,尽归其余邑,曰:"吾闻之,生于乱世,贵而能贫,民无求焉,可以后亡。敬共事君与二三子。生在敬戒,不在富也。"己巳,伯张卒。君子曰:"善戒。《诗》曰:'慎尔侯度,用戒不虞',郑子张其有焉。"

按:丧礼有临终遗言之礼,《左传》多载之。公孙黑肱之遗言,不以私利为务,故君子称善。

十二月,郑国游眅(子明)因夺人之妻而被杀,子展立游贩弟游吉(子太叔),使掌游氏之族。

《左传·襄公二十二年》:十二月,郑游眅将归晋,未出竟,遭逆妻者,夺之,以馆于邑。丁巳,其夫攻子明,杀之,以其妻行。子展废良而立大叔,曰:"国卿,君之贰也,民之主也,不可以苟。请舍子明之类。"求亡妻者,使复其所。使游氏勿怨,曰:"无昭恶也。"

按:游吉,即子太叔,其人美秀而文,为子产执政时的重要人物,子产死后接替子产任执政。

前549年　周灵王二十三年　鲁襄公二十四年　郑简公十七年　子产三十七岁　老子二十二岁　孔子三岁

春,鲁叔孙豹与晋范宣子论"死而不朽"。

《左传·襄公二十四年》载:此年春,穆叔如晋。范宣子逆之,问曰:"古人有言曰,'死而不朽',何谓也?"穆叔未对。宣子曰:"昔匄之祖,自虞以上为陶唐氏，在夏为御龙氏，在商为豕韦氏，在周为唐杜氏，晋主夏盟为范氏，其是之谓乎？”穆叔曰：“以豹所闻，此之谓世禄，非不朽也，鲁有先大夫曰臧文仲，既没，其言立，其是之谓乎？豹闻之，大上有立德，其次有立功，其次有立言。虽久不废，此之谓不朽。若夫保姓受氏，以守宗祊，世不绝祀，无国无之。禄之大者，不可谓不朽。”《国语·晋语八》亦载此事。

按：春秋时人始关注个体价值，谈论“不朽”即是明证。先于叔孙豹，楚大夫子反已曾言“君赐臣死，死且不朽”（《左传·成公十六年》）。此年叔孙豹论不朽之语，阐述立德、立功、立言的人生价值观念，三个层次的人生境界超越了人的有限的生命，而追求人生的永恒与终极价值，是最早关于人生价值的表述。[1] 尤其是其中立言不朽的思想，启发后世重视著述及文学创作，甚至以此为人生最高目标，开发愤抒情、发愤著书思想之先河，影响甚大[2]。

郑子产作书以谏范宣子轻币，宣子悦其辞，乃许轻币。

《左传·襄公二十四年》：范宣子为政，诸侯之币重，郑人病之。二月，子西相郑伯如晋，子产寓书于子西，以告宣子，其书曰：

> 子为晋国，四邻诸侯不闻令德，而闻重币，侨也惑之，侨闻君子长国家者，非无贿之患，而无令名之难，夫诸侯之贿聚于公室，则诸侯贰。若吾子赖之，则晋国贰。诸侯贰，则晋国坏；晋国贰，则子之家坏。何没没（昧昧）也。将焉用贿？
>
> 夫令名，德之舆也，德，国家之基也。有基无坏，无亦是务乎。有德则乐，乐则能久。《诗》云：“乐只君子，邦家之基。”（《小雅·南山有台》）有令德也夫。“上帝临女，无贰尔心。”（《大雅·大明》）有令名也夫。恕思以明德，则令名载而行之，是以远至迩安。毋宁使人谓子：“子实生我”，而谓“子浚我以生”乎？象有齿以焚（僵）其身，贿也。

---

① 钱逊：《传统的人生价值观及其现代意义》，《洛阳大学学报》2000 年第 3 期。

② 顾易生、蒋凡：《先秦两汉文学批评史》，上海古籍出版社，1996 年版。

刘勰《文心雕龙·书记》云："三代政暇，文翰颇疏。春秋聘繁，书令弥盛。绕朝赠士会以策，子家吊赵宣以书，巫臣之责子反，子产之谏范宣，详观四书，辞若对面。又子服敬叔进吊书于滕君，故知行人挈辞多被翰墨。及七国献书，诡丽辐辏；汉来笔札，辞音纷纭。"

按：清人余诚《古文释义》选此篇，并于篇首云："此段叙明寓书之意"，以此篇为"寓书"，即书面体的书信。又评曰："以令德令名对重币讲，义极严正。而行文又有层次，有节奏；措语亦有丰神，有蕴籍。孙月峰目以'遒宕'，金圣叹赏其'遒婉'，两人所见略同。"①子产此书，由令德令名说起，按下郑轻币之请不表，却分析重币于晋之弊，言晋重币则诸侯贰，诸侯贰则晋国坏，晋国坏则执政之卿亦不能免，中引诗为证，末以象为喻。读之可谓在情在理，感人至深，故宣子以为是，乃许轻币。

郑行人公孙挥聘于晋，晋下军佐程郑问焉，不能对，归而问然明，然明答之，预言程郑将有祸。

《左传·襄公二十四年》：晋侯嬖程郑，使佐下军。郑行人公孙挥如晋聘，程郑问焉，曰："敢问降阶何由？"子心羽不能对，归以语然明。然明曰："是将死矣，不然，将亡，贵而知惧，惧而思降，乃得其阶，下人而已，又何问焉？且夫既登而求降阶者，知人也，不在程郑。其有亡衅乎？不然，其有惑疾，将死而忧也。"

前548年　周灵王二十四年　鲁襄公二十五年　郑简公十八年　子产三十八岁　老子二十三岁　孔子四岁

六月，子展、子产帅车七百乘伐陈，胜之而不灭其国，礼也。

《左传·襄公二十五年》载：初，陈侯会楚子伐郑，当陈隧者，井堙、木刊，郑人怨之。六月，郑子展、子产帅车七百乘伐陈。宵突陈城，遂入之。陈侯扶其大子偃师奔墓，遇司马桓子，曰："载余。"曰："将巡城。"遇贾获，载其母妻，下之，而授公车。公曰："舍而母。"辞曰："不祥。"与其妻扶其母以奔墓，亦免。子展命师无入公宫，与子产亲御诸门。陈侯使

① 余诚：《古文释义》，岳麓书社，2003年版，第56页。

司马桓子赂以宗器。陈侯免，拥社，使其众男女别而累，以待于朝。子展执絷而见，再拜稽首，承饮而进献。子美（子产）入，数俘而出。祝袚社，司徒致民，司马致节，司空致地，乃还。

按，由此年伐陈之记载可知，子产亦长于军事。

八月，子产献捷于晋，有辞以对士弱之问。

《左传·襄公二十五年》载：郑子产献捷于晋，戎服将事。晋侯使士弱责以伐陈之罪。子产对曰："昔虞阏父为周陶正，以服事我先王。我先王赖其利器用也，与其神明之后也，庸以元女大姬配胡公，而封诸陈，以备三恪。则我周之自出，至于今是赖。桓公之乱，蔡人欲立其出，我先君庄公奉五父而立之，蔡人杀之，我又与蔡人奉戴厉公。至于庄、宣，皆我之自立。夏氏之乱，成公播荡，又我之自入，君所知也。今陈忘周之大德，蔑我大惠，弃我姻亲，介恃楚众，以冯陵我敝邑，不可亿逞，我是以有往年之告。未获成命，则有我东门之役。当陈隧者，井堙、木刊。敝邑大惧不竞，而耻大姬，天诱其衷，启敝邑之心。陈知其罪，授手（首）于我。用敢献功。"晋人曰："何故侵小？"子产对曰："先王之命，唯罪所在，各致其辟，且昔天子之地一圻，列国一同，自是以衰，今大国多数圻矣，若无侵小，何以至焉？"晋人曰："何故戎服？"子产对曰："我先君武、庄为平、桓卿士。城濮之役，文公布命，曰'各复旧职。'命我文公戎服辅王，以授楚捷，不敢废王命故也。"

按：子产长于辞令，明于政事，于此可见一斑。其辞历数陈国之罪在于：忘大德、蔑大惠、弃姻亲、恃楚国。可谓句句在理，故士庄伯不能诘难之，赵文子闻之曰："其辞顺，犯顺不祥。"《左传》还载仲尼赞之曰："《志》有之：'言以足志，文以足言。'不言，谁知其志？言之无文，行而不远。晋为伯，郑入陈，非文辞不为功，慎辞也。"孔子此年才三岁，赞子产之言，当是成年后就此事而发。

冬，十月，子展相郑伯聘于晋，拜陈之功。

《左传·襄公二十五年》载："冬十月，子展相郑伯如晋，拜陈之功。"杜预注："谢晋受其功。"

冬，然明预言程郑将死，果死，人或奇其言。子产始知然明，因问为政，喜其言，赞之。

《左传·襄公二十五年》载：然明预言晋程郑卒，其言应验。子产始知然明，问为政焉。然明对曰："视民如子，见不仁者诛之，如鹰鹯之逐鸟雀也。"子产喜，以语子大叔，且曰："他日吾见蔑之面而已，今吾见其心矣。"

子产论为政如农功。

《左传·襄公二十五年》载：子大叔问政于子产。子产曰："政如农功，日夜思之，思其始而成其终，朝夕而行之，行无越思，如农之有畔，其过鲜矣。"

按：子产为政，爱民如子。《孔子家语·正论解》：子游问于孔子曰："夫子之极言子产之惠也，可得闻乎？"孔子曰："谓在爱民而已矣。"子游曰："爱民谓之德教。何翅施惠哉？"孔子曰："夫子产者，犹众人之母也。能食之，而不能教也。"子游曰："其事可言乎？"孔子曰："子产以所乘之车济冬涉，是爱而无教也。"

前547年　周灵王二十五年　鲁襄公二十六年　郑简公十九年　子产三十九岁　老子二十四岁　孔子五岁

春，叔向、师旷论晋政。

《左传·襄公二十六年》：是年春，秦如晋结盟，叔向命召行人子员。行人子朱数请当职，叔向不应。子朱怒曰："班爵同，何以黜朱于朝？"抚剑从之。叔向曰："秦、晋不和久矣。今日之事，幸而集，晋国赖之。不集，三军暴骨。子员道二国之言无私，子常易之。奸以事君者，吾所能御也。"叔向欲斗，人止之。晋平公曰："晋其庶乎。吾臣之所争者大。"师旷曰："公室惧卑，臣不心竞而力争，不务德而争善，私欲已侈，能无卑乎？"《国语·晋语八》所载略同。

夏，三月甲寅朔，郑子产以礼辞赏邑。

《左传·襄公二十六年》："郑伯赏入陈之功。三月甲寅朔，享子展，赐之先路三命之服，先八邑。赐子产次路再命之服，先六邑。子产辞邑，曰：'自上以下，降杀以两，礼也，臣之位在四，且子展之功也，臣不敢及赏礼，请辞邑。'公固予之，乃受三邑。公孙挥曰：'子产其将知政矣！让不失礼。'"

按：此年《左传》借公孙挥之口赞子产行事，处处讲一个礼字，并预言子产将任执政。

秋，七月，子展相郑伯聘于晋，齐侯亦聘于晋，晋平公兼享之，席间赋诗言志，晋叔向赞之。

《左传・襄公二十六年》：秋七月，齐侯、郑伯为卫侯故如晋，晋侯兼享之。晋侯赋《嘉乐》。国景子相齐侯，赋《蓼萧》。子展相郑伯，赋《缁衣》。叔向命晋侯拜二君，曰："寡君敢拜齐君之安我先君之宗祧也，敢拜郑君之不贰也。"国子使晏平仲私于叔向，曰："晋君宣其明德于诸侯，恤其患而补其阙，正其违而治其烦，所以为盟主也，今为臣执君，若之何？"叔向告赵文子，文子以告晋侯。晋侯言卫侯之罪，使叔向告二君。国子赋《辔之柔矣》，子展赋《将仲子兮》，晋侯乃许归卫侯。叔向曰："郑七穆，罕氏其后亡者也，子展俭而壹。"

按：晋平公赋《嘉乐》，即《大雅・假乐》，杜预注谓义取"嘉乐君子，显显令德，宜民宜人，受禄于天"，盖赞美齐景公、郑简公也。齐国的国弱（景子）答赋的《蓼萧》见于《小雅》，借其中"既见君子，孔燕豈弟，宜兄宜弟"，委婉地为卫国求情。子展赋《缁衣》，出于《郑风》，也是为卫国求情。但叔向故意误解国弱与子展的意思，而让晋平公谢齐、郑二君。此后国弱使晏婴私下里与叔向交涉，挑明来意。晋平公让叔向历数卫国之罪，国弱又赋佚诗《辔之柔矣》，"义取宽政以安诸侯，若柔辔之御刚马。"（杜预注）；子展赋《郑风》之《将仲子》，义取人言可畏。晋国最终释放了被俘的卫献公。由此年赋诗可知，郑国的子展熟知经典，长于辞令，在外交场合能从容应对，所以叔向称赞他，并预言罕氏家族将得善终。

冬十月，楚、许、蔡侵郑，子展将御之，子产谏止，使彰楚恶于诸侯，子展悦，纳其谏。

《左传・襄公二十六年》：冬十月，楚子伐郑，郑人将御之，子产曰："晋、楚将平，诸侯将和，楚王是故昧于一来。不如使逞而归，乃易成也，夫小人之性，衅于勇，啬于祸，以足其性而求名焉者，非国家之利也，若何从之？"子展说（悦），不御寇。

按：由此事可见子展为人，不仅知人善任，且从谏如流。子产在执政方面受其影响当亦不少。

前546年　周灵王二十六年　鲁襄公二十七年　郑简公二十年　子产四十岁　老子二十五岁　孔子六岁

春，齐庆封以美车聘鲁，无礼。叔孙豹引古语论“服美不称，必以恶终”，并赋《诗·鄘风·相鼠》以刺之。

《左传·襄公二十七年》：“齐庆封来聘，其车美。孟孙谓叔孙曰：‘庆季之车，不亦美乎？’叔孙曰：‘豹闻之，“服美不称，必以恶终。”美车何为？’叔孙与庆封食，不敬。为赋《相鼠》，亦不知也。”

按：叔孙豹为鲁之君子，知书达礼，娴于辞令。其所赋《相鼠》见《诗·鄘风》，取义“人而无礼，不死何为？”讽刺庆封无礼。

秋，宋向戌为弭兵之会。鲁叔孙豹、晋叔向、赵武、楚公孙归生赴宋国与会。

详参《国语·晋语八》及《左传·襄公二十七年》。

郑简公享赵孟于垂陇，郑子展、伯有、子西、子产、子大叔、印段、公孙段皆赋诗言志，赵孟论其赋诗之“志”，遂成春秋一大风雅场。

《左传·襄公二十七年》载：郑简公享赵孟于垂陇，子展、伯有、子西、子产、子大叔、二子石从。赵孟曰：“七子从君，以宠武也。请皆赋，以卒君贶，武亦以观七子之志。”子展赋《草虫》。赵孟曰：“善哉，民之主也，抑武也，不足以当之。”伯有赋《鹑之贲贲》。赵孟曰：“床笫之言不逾阈，况在野乎？非使人之所得闻也。”子西赋《黍苗》之四章。赵孟曰：“寡君在，武何能焉？”子产赋《隰桑》。赵孟曰：“武请受其卒章。”子大叔赋《野有蔓草》。赵孟曰：“吾子之惠也。”印段赋《蟋蟀》。赵孟曰：“善哉，保家之主也，吾有望矣。”公孙段赋《桑扈》。赵孟曰：“‘匪交匪敖’，福将焉往？若保是言也，欲辞福禄，得乎？”卒享。文子告叔向曰：“伯有将为戮矣。诗以言志，志诬其上，而公怨之，以为宾荣，其能久乎？幸而后亡。”叔向曰：“然，已侈，所谓不及五稔者，夫子之谓矣。”文子曰：“其余皆数世之主也。子展其后亡者也，在上不忘降。印氏其次也，乐而不荒。乐以安民，不淫以使之，后亡，不亦可乎？”

按：此处郑国众卿所赋，分别出自《召南》、《鄘风》、《小雅》、《小雅》、《郑风》、《唐风》、《小雅》。赵武一一评其所赋，其于《诗三百》如数家珍，运用于赋诗言志，可谓得心应手。于此可见春秋士大夫之文学修养，亦可见其时《诗》运用之广。劳孝舆《春秋诗话》卷1评曰："垂陇一享，七子赋诗，春秋一大风雅场也。惟七子中有伯有，正如竹林中有王戎，殊败人意，厥后被发之厉，卒如赵孟所料。仓卒一赋，遂定终身。此中机括，微哉微哉。非深得于诗者，未易语此也。建安七子，大历七子，若明之前后七子，皆以七名。风流胜事相仿如此，或曰：子谓作者七人，亦有所指云，岂其然欤！"列国外交，赋诗唱和，体现着春秋时代贵族阶层之温文尔雅。形成了文彩风流，以诗赠答，互通款曲的独特文化景观。孔子所云"诗可以兴，可以观，可以群，可以怨。""兴于诗，立于礼，成于乐"（《论语·泰伯》），正是对春秋时风雅实践的理论概括。

前545年　周灵王二十七年　鲁襄公二十八年　郑简公二十一年　子产四十一岁　老子二十六岁　孔子七岁

春，鲁大夫梓慎占星，论阴不胜阳，预言宋、郑有饥荒。

《左传·襄公二十八年》载：春，鲁地无冰。梓慎曰："今兹宋、郑其饥乎？岁在星纪，而淫于玄枵，以有时灾，阴不堪阳。蛇乘龙，龙，宋、郑之星也。宋、郑必饥。玄枵，虚中也。枵，耗名也。土虚而民耗，不饥何为？"

按：服虔云："岁为阳，玄枵为阴。岁乘阴，进至玄枵。阴不胜阳，故温无冰。"古人也常借言天象以论政。如"土虚民耗"，即就现实言之。此为古星象家议政谲谏之一法。

郑简公享蔡景公，景公不敬，子产预言其将有祸。

《左传·襄公二十八年》载：蔡景公归自晋，入于郑。郑伯享之，不敬。子产曰："蔡侯其不免乎？日其过此也，君使子展往劳于东门之外，而傲。吾曰：'犹将更之。'今还，受享而惰，乃其心也。君小国，事大国，而惰傲以为己心，将得死乎？若不免，必由其子，其为君也，淫而不父，侨闻之，如是者，恒有子祸。"蔡为小国，敬而有礼，犹不能免；傲慢无礼，必有祸患。

按：杜预《注》云："襄公三十年蔡世子班弑其君。"说明子产预言有验。

郑简公使游吉聘楚，楚人拒之，游吉对楚人。归而复命，为子展论楚王将死。

《左传·襄公二十八年》载：蔡侯之如晋也，郑伯使游吉如楚。及汉，楚人还之，曰："宋之盟，君实亲辱，今吾子来，寡君谓吾子姑还，吾将使马日奔问诸晋而以告。"子大叔曰："宋之盟，君命将利小国，而亦使安定其社稷，镇抚其民人，以礼承天之休，此君之宪令，而小国之望也。寡君是故使吉奉其皮币，以岁之不易，聘于下执事。今执事有命曰：女何与政令之有？必使而君弃而封守，跋涉山川，蒙犯霜露，以逞君心。小国将君是望，敢不唯命是听？无乃非盟载之言，以阙君德，而执事有不利焉，小国是惧。不然，其何劳之敢惮？"

子大叔归，复命，告子展曰："楚子将死矣。不修其政德，而贪昧于诸侯，以逞其愿，欲久，得乎？《周易》有之，在《复》之《颐》，曰'迷复，凶。'其楚子之谓乎？欲复其愿，而弃其本，复归无所，是谓迷复，能无凶乎？君其往也。送葬而归，以快楚心。楚不几十年，未能恤诸侯也，吾乃休吾民矣。"裨灶曰："今兹周王及楚子皆将死，岁弃其次，而旅于明年之次，以害鸟帑，周、楚恶之。"

九月，子产相郑简公聘于楚，舍不为坛，楚国负责迎宾的外仆责问子产，子产引古制而作辞，以"五美""五恶"之说对之。

《左传·襄公二十八年》载：子产相郑伯以如楚，舍不为坛，外仆言曰："昔先大夫相先君适四国，未尝不为坛。自是至今，亦皆循之，今子草舍，无乃不可乎？"子产曰：

> 大适小，则为坛；小适大，苟舍而已，焉用坛？侨闻之，大适小，有五美：宥其罪戾，赦其过失，救其菑患，赏其德刑，教其不及。小国不困，怀服如归。是故作坛，以昭其功，宣告后人，无怠于德。小适大，有五恶：说其罪戾，请其不足，行其政事，共其职贡，从其时命。不然，则重其币帛，以贺其福而吊其凶。皆小国之祸也，焉用作坛，以昭其祸？所以告子孙，无昭祸焉可也。

按：杨伯峻注云："郑伯被迫朝楚，故子产所行所言如此。"据此，子产之辞，要点是揭露楚之征讨无度。外仆责之以礼，子产亦以礼驳之。楚人闻之，亦无话可说。

十一月，鲁襄公由楚返国，过郑，郑伯有迎侯而不敬，叔孙豹预言郑必有祸乱。

《左传·襄公二十八年》载：(鲁襄)公过郑，郑伯不在，伯有迋劳于黄崖，不敬。穆叔曰："伯有无戾于郑，郑必有大咎。敬，民之主也。而弃之，何以承守？郑人不讨，必受其辜。济泽之阿，行潦之苹藻，置诸宗室，季兰尸之，敬也。敬可弃乎？"

按：敬，既是祭神之必须，又是为人之基。弃敬必亡。叔孙豹见伯有不敬，郑人又不讨伐伯有，故知伯有将死，而郑国亦及于殃。

前544年　周景王元年　鲁襄公二十九年　郑简公二十二年　子产四十二岁　老子二十七岁　孔子八岁

夏四月，楚郏敖即位，王子围为令尹，郑国行人子羽有所评论。

《左传·襄公二十九年》载：夏四月，葬楚康王。公及陈侯、郑伯、许男送葬，至于西门之外。诸侯之大夫皆至于墓。楚郏敖即位，王子围为令尹。郑行人子羽曰："是谓不宜，必代之昌，松柏之下，其草不殖。"

按：行人子羽，即郑大夫公孙挥，字子羽。行人，外交官。据《左传》，公孙挥"能知四国之为"，并熟知各国大夫之族姓、班位、贵贱、能否，且娴于辞令。后子产执政，用子羽，郑国之外交鲜有败事。

周灵王下葬，郑上卿有事，子展派年轻的印段往周送葬。伯有非之，子展引《诗》以止其非。

《左传·襄公二十九年》：葬灵王，郑上卿有事。子展使印段往。伯有曰："弱，不可。"子展曰："与其莫往，弱，不犹愈乎？《诗》云：'王事靡盬，不遑启处。'东西南北，谁敢宁处？坚事晋、楚，以蕃王室也。王事无旷，何常之有？"遂使印段如周。

按：子展所引诗句出自《小雅·四牡》。意谓王室本多变故，而诸侯争霸，朝聘无常，小国难以严格依礼行事。此可见时人对周室及周礼之心态。

郑饥荒,子展卒,其子子皮继位任上卿,用其父遗命赈民。宋亦饥,司城子罕闻子展遗命而效仿之,宋无饥人。晋叔向闻之,盛赞之。

《左传·襄公二十九年》载:郑子展卒,子皮即位。于是郑饥,而未及麦,民病。子皮以子展之命饩国人粟,户一钟,是以得郑国之民,故罕氏常掌国政,以为上卿。宋司城子罕闻之,曰:"邻于善,民之望也。"宋亦饥,请于平公,出公粟以贷。使大夫皆贷。司城氏贷而不书,为大夫之无者贷。宋无饥人。叔向闻之,曰:"郑之罕,宋之乐,其后亡者也,二者其皆得国乎。民之归也,施而不德,乐氏加焉,其以宋升降乎?"

六月,知悼子合诸侯之大夫以城杞,郑大夫游吉引《诗》论晋人此举弃同即异,是谓离德。

《左传·襄公二十九年》载:晋平公,杞出也,故治杞。六月,知悼子合诸侯之大夫以城杞,孟孝伯会之,郑子大叔与伯石往。子大叔见大叔文子,与之语。文子曰:"甚乎其城杞也。"子大叔曰:"若之何哉?晋国恤周宗之阙,而夏肄是屏,其弃诸姬,亦可知也已。诸姬是弃,其谁归之。吉也闻之,弃同即异,是谓离德。《诗》曰:'协比其邻,昏烟孔云。'晋不邻矣,其谁云之?"

按:游吉之论,所引诗句出自《小雅·正月》。意谓晋国不应当为了照顾有姻亲关系的杞国而疏远了姬姓之卫、郑、鲁等国,游吉认为晋国的作法是"弃国即异"的"离德"之举。

吴公子季札聘鲁,观周乐,评论列国之政,预言郑、陈先亡。

《左传·襄公二十九年》载:吴公子札来聘,见叔孙穆子,说之。谓穆子曰:"子其不得死乎?好善而不能择人。吾闻君子务在择人,吾子为鲁宗卿,而任其大政,不慎举,何以堪之?祸必及子!"请观于周乐。使工为之歌《周南》、《召南》,曰:"美哉。始基之矣,犹未也,然勤而不怨矣。"为之歌《邶》、《鄘》、《卫》,曰:"美哉渊乎。忧而不困者也。吾闻卫康叔、武公之德如是,是其《卫风》乎。"为之歌《王》,曰:"美哉。思而不惧,其周之东乎。"为之歌《郑》,曰:"美哉,其细已甚,民弗堪也,是其先亡乎。"为之歌《齐》,曰:"美哉,泱泱乎,大风也哉,表东海者,其大公乎。

国未可量也。"为之歌《豳》,曰:"美哉,荡乎。乐而不淫,其周公之东乎。"为之歌《秦》,曰:"此之谓夏声。夫能夏则大,大之至也,其周之旧乎。"为之歌《魏》,曰:"美哉,沨沨乎,大而婉,险而易行,以德辅此,则明主也。"为之歌《唐》,曰:"思深哉,其有陶唐氏之遗民乎! 不然,何其忧之远也? 非令德之后,谁能若是?"为之歌《陈》,曰:"国无主,其能久乎?"自《郐》以下无讥焉。为之歌《小雅》,曰:"美哉,思而不贰,怨而不言,其周德之衰乎? 犹有先王之遗民焉。"为之歌《大雅》,曰:"广哉,熙熙乎,曲而有直体,其文王德乎?"为之歌《颂》,曰:"至矣哉。直而不倨,曲而不屈,迩而不逼,远而不携,迁而不淫,复而不厌,哀而不愁,乐而不荒,用而不匮,广而不宣,施而不费,取而不贪,处而不底,行而不流。五声和,八风平,节有度,守有序,盛德之所同也。"

见舞《象箾》《南籥》者,曰:"美哉,犹有憾。"见舞《大武》者,曰:"美哉,周之盛也,其若此乎?"见舞《韶箾》者,曰:"圣人之弘也,而犹有惭德,圣人之难也。"见舞《大夏》者,曰:"美哉,勤而不德,非禹,其谁能修之?"见舞《韶濩》者,曰:"德至矣哉。大矣,如天之无不帱也,如地之无不载也。虽甚盛德,其蔑以加于此矣,观止矣。若有他乐,吾不敢请已。"

按:季札此篇议论,不仅是观乐论政,而且是一篇大预言! 说尽此后列国之大势。清代余诚《古文释义》编选此篇,并评之曰:"'德'字是一篇骨子,'请观'是一篇关键,'为之歌'与夫'见舞',是一篇铺排,前后十数'哉'字,是赞美口吻,歌处多用'乎'字,是叹想神情;舞处叠用'也矣'是论断语气。只起首一段十一字,是提挈一篇纲领,以下信手顺叙,无应无结,而起承转合,顿挫抑扬,自各得其妙。是不应之应,不结之结,纯乎文家化境,非复寻常笔墨所可到。逐段赞语,词旨无不精当,句调无一重复,尤为尽态极妍。读者务须一一寻绎,勿徒囫囵吞过。"①

季札聘郑,与子产论郑国之政。

《左传·襄公二十九年》载:聘于郑,见子产,如旧相识。与之缟带,子产献纻衣焉。谓子产曰:"郑之执政侈,难将至矣。政必及子。子为

① 余诚:《古文释义》,岳麓书社,2003年版,第61页。

政,慎之以礼。不然,郑国将败。”

按:季札之言,再次申明子产须为政以礼,不然,郑国将败。

十二月,郑伯有使公孙黑聘楚,黑拒绝前往,伯有强迫之。公孙黑纠合诸大夫共攻伯有,伯有被迫与众人盟誓,裨諶引《诗》预言郑国将乱,三年才能平息,并预言子产将主郑国之政。

《左传·襄公二十九年》载:郑伯有使公孙黑如楚,辞曰:“楚、郑方恶,而使余往,是杀余也。”伯有曰:“世行也。”子皙曰:“可则往,难则已,何世之有?”伯有将强使之,子皙怒,将伐伯有氏,大夫和之。十二月己巳,郑大夫盟于伯有氏。裨谌曰:“是盟也,其与几何?《诗》曰:‘君子屡盟,乱是用长。’今是长乱之道也,祸未歇也,必三年而后能纾。”然明曰:“政将焉往?”裨谌曰:“善之代不善,天命也,其焉辟子产?举不逾等,则位班也,择善而举,则世隆也,天又除之,夺伯有魄,子西即世,将焉辟之?天祸郑久矣,其必使子产息之,乃犹可以戾,不然,将亡矣。”

按:裨谌,《汉书古今人表》作“卑谌”,为郑国大夫。《左传》称他善谋,“谋于野则获,谋于邑则否”。故每有大事,子产便和他乘车谋于郊野。孔子说:“为命,裨谌草创之,世叔讨论之,行人子羽修饰之,东里子产润色之。”(《宪问篇》)[①]此年裨谌所引诗句出自《小雅·巧言》。

前543年　周景王二年　鲁襄公三十年　郑简公二十三年　子产四十三岁　老子二十八岁　孔子九岁

春正月,子产与叔向论郑国之政。

《左传·襄公三十年》载:子产相郑伯以如晋,叔向问郑国之政焉。对曰:“吾得见与否,在此岁也,驷、良方争,未知所成,若有所成,吾得见,乃可知也。”叔向曰:“不既和矣乎?”对曰:“伯有侈而愎,子皙好在人上,莫能相下也。虽其和也,犹相积恶也,恶至无日矣。”……

夏四月己亥,郑伯及其大夫盟。君子是以知郑难之不已也。

六月,子产预言陈国必亡。

---

① 蔡仁厚:《论语人物论》,台湾商务印书馆,1996年版,第37页。

《左传·襄公三十年》载：六月，郑子产如陈莅盟。归，复命。告大夫曰："陈，亡国也，不可与也，聚禾粟，缮城郭，恃此二者，而不抚其民，其君弱植，公子侈，大子卑，大夫敖，政多门，以介于大国，能无亡乎？不过十年矣。"

夏，郑子皮引《仲虺之志》，论郑国之政。

《左传·襄公三十年》载：郑国乱，众大夫聚谋。子皮曰："《仲虺之志》云：'乱者取之，亡者侮之，推亡固存，国之利也。'罕（子皮）、驷（子皙）、丰（公孙段）同生，伯有汰侈，故不免。"子驷氏欲攻子产。子皮怒之曰："礼，国之干也，杀有礼，祸莫大焉。"

按：子皮，名虎，子产之前郑国执政大臣。由此年言行观之，子皮熟知前代掌故，明于治乱，习于礼法。其让位于子产，则示其宽厚明智、任人唯贤之品质。《仲虺之志》，杜预《注》云："仲虺，汤左相。"《仲虺之志》，即记载仲虺言行之书。其语又见《墨子·非命》、《荀子·尧问》等。

子皮授郑国之政于子产，子产始郑国之相。

《左传·襄公三十年》载：郑子皮授子产政。子产辞曰："国小而逼，族大宠多，不可为也。"子皮曰："虎帅以听，谁敢犯子？子善相之，国无小，小能事大，国乃宽。"

按：子皮让贤，当世称之。如《孔子家语·贤君》载："子贡问于孔子曰：'今之人臣孰为贤？'子曰：'吾未识也。往者齐有鲍叔，郑有子皮，则贤者(矣)〔也〕。'子贡曰：'齐无管仲，郑无子产。'子曰：'赐！汝徒知其一，未知其二也。汝闻用力为贤乎？进贤为贤乎？'子贡曰：'进贤贤哉！'子曰：'然。吾闻鲍叔达管仲，子皮达子产，未闻二子之达贤已之才者也。'"

《说苑》载：子贡问孔子："为臣孰大？"曰："齐有鲍叔，郑有东里子皮。"子贡曰："齐无管仲，郑无子产乎？"孔子曰："吾闻进贤为善。鲍叔进管仲，子皮进子产。未闻管仲、子产有所进也。"

子产引《郑书》，与子太叔论政。

《左传·襄公三十年》载：子产为政，有事伯石，赂与之邑。子大叔曰："国皆其国也，奚独赂焉？"子产曰："无欲实难，皆得其欲，以从其事，而要其成，非我有成，其在人乎？何爱于邑，邑将焉往？"子大叔曰："若四国何?”子产曰:“非相违也,而相从也,四国何尤焉?《郑书》有之曰:‘安定国家,必有焉先。’姑先安大,以待其所归。”

按:子产所引之《郑书》,盖为郑国之史籍。

孔子弟子子路约生于此年。

子路,名仲由(《孔子家语》作季路),一称季子,鲁国卞人(一作弁人)。其事迹见《左传》、《论语》、《史记·仲尼弟子列传》等。明人赵时雍《子路年表》考其生年在周景王二年;林春溥《仲子年表》同赵说。林氏又考仲由卒于周敬王四十年辛酉,得年六十四岁。

前542年　周景王三年　鲁襄公三十一年　郑简公二十四年　子产四十四岁　老子二十九岁　孔子十岁

子产相郑简公至晋,晋平公未见,子产使坏其馆之垣而纳车马。晋士匄谴责之,子产陈辞以对。叔向赞曰:“子产有辞,诸侯赖之”。

《左传·襄公三十一年》载:子产相郑伯以如晋,晋侯因鲁襄公丧事之故未及见。子产使尽坏其馆之垣而纳车马焉。士文伯让之,曰:“敝邑以政刑之不修,寇盗充斥,无若诸侯之属辱在寡君者何?是以令吏人完客所馆,高其门闳,厚其墙垣,以无忧客使。今吾子坏之,虽从者能戒,其若异客何?以敝干邑之为盟主,缮完葺墙,以待宾客。若皆毁之,其何以共命?寡君使请命。”

子产对曰:“以敝邑褊小,介于大国。诛求无时,是以不敢宁居,悉索敝赋,以来会时事。逢执事之不间,而未得见,又不获闻命,未知见时,不敢输币,亦不敢暴露。其输之,则君之府实也。非荐陈之,不敢输也。其暴露之,则恐燥湿之不时而朽蠹,以重敝邑之罪。侨闻文公之为盟主也,宫室卑庳,无观台榭,以崇大诸侯之馆,馆如公寝,库厩缮修,司空以时平易道路,圬人以时塓馆宫室。诸侯宾至,甸设庭燎,仆人巡宫,车马有所,宾从有代,巾车脂辖,隶人牧圉,各瞻其事,百官之属,各展其物。公不留宾,而亦无废事。忧乐同之,事则巡之,教其不知,而恤其不足。宾至如归,无宁灾患?不畏寇盗,而亦不患燥湿。今铜革是之宫数里,而诸侯舍于隶人。门不容车,而不可逾越,盗贼公行,而天厉不戒。宾见无时,命不可知。若又勿坏,是无所藏币,以重罪也。敢请执事,将何所命之？虽君之有鲁丧，亦敝邑之忧也。若获荐币，修垣而行，君之惠也，敢惮勤劳？”

按：此事又见《孔子家语·正论解》。子产长于辞令，以言辞为功，此又一例也。子产历数晋之不德，故此年士文伯复命。赵文子曰：“信，我实不德，而以隶人之垣以赢诸侯，是吾罪也。”使士文伯谢不敏焉。晋侯见郑伯，有加礼，厚其宴、好而归之。乃筑诸侯之馆。叔向曰：“辞之不可以已也如是夫。子产有辞，诸侯赖之，若之何其释辞也？《诗》曰：‘辞之辑矣，民之协矣。辞之绎矣，民之莫矣。’其知之矣。”劳孝舆评曰：“辞字是郑国安身立命处，亦是子产一生学问经济处，引诗一证，分明见辞之所系甚巨，正非徒为辅颊舌之咸。”(《春秋诗话》卷 3)。

十二月，北宫文子论郑国之有礼，与子产之任贤使能。

《左传·襄公三十一年》：十二月，北宫文子相卫襄公以如楚，宋之盟故也。过郑，印段往劳于棐林，如聘礼而以劳辞。文子入聘。子羽为行人，冯简子与子大叔逆客。事毕而出，言于卫侯曰：“郑有礼，其数世之福也，其无大国之讨乎。《诗》云：‘谁能执热，逝不以濯。’礼之于政，如热之有濯也。濯以救热，何患之有？”子产之从政也，择能而使之：冯简子能断大事，子大叔美秀而文，公孙挥能知四国之为，而辨于其大夫之族姓、班位、贵贱、能否，而又善为辞令，裨谌能谋，谋于野则获，谋于邑则否。郑国将有诸侯之事，子产乃问四国之为于子羽，且使多为辞令。与裨谌以适野，使谋可否。而告冯简子，使断之。事成，乃授子大叔使行之，以应对宾客，是以鲜有败事。北宫文子所谓有礼也。

《淮南子·说山训》曰：“裨谌出郭而知，以成子产之事。”

按：其中说到公孙挥“能知四国之为，而辨于其大夫之族姓、班位，而又善为辞令”，正是春秋时行人之职的特征。子大叔“美秀而文”，也体现着外交人员的特征。春秋战国时代一些脍炙人口的辞令，系出于行人之手。

子产陈用人之道以谏子皮。

《左传·襄公三十一年》：子皮欲使尹何为邑。子产以为年少，而子皮认为尹何老实谨慎，自己喜欢他，让他一面干，一面学。子产谏曰：“不可。人之爱人，求利之也。今吾子爱人则以政，犹未能操刀而使割也，其伤实多，子之爱人，伤之而已，其谁敢求爱于子？子于郑国，栋也，栋折榱崩，侨将厌（压）焉，敢不尽言？子有美锦，不使人学制焉。大官、大邑，身之所庇也，而使学者制焉。其为美锦，不亦多乎？侨闻学而后入政，未闻以政学者也。若果行此，必有所害。譬如田猎，射御贯，则能获禽，若未尝登车射御，则败绩厌覆是惧，何暇思获？”子皮曰：“善哉，虎不敏。吾闻君子务知大者远者，小人务知小者近者。我，小人也。衣服附在吾身，我知而慎之，大官、大邑所以庇身也，我远而慢之。微子之言，吾不知也。他日我曰：‘子为郑国，我为吾家，以庇焉，其可也。’今而后知不足。自今请，虽吾家，听子而行。”

按：子产此篇谏语巧用比喻，理浃情深，堪称名篇。韩席筹《左传分国集注》引姚氏永概曰：“此文是写子皮，杜注当矣，文字非常华妙，其华处全在善用譬喻。操刀，一譬也。栋榱，二譬也。制锦，三譬也。田猎，四譬也。层层说来，五光十色，令人目眩。末段又恐冷淡不相称，乃用心面煊染之，方不寂寞。此文家灵巧秘诀。”①

子产为政，不毁乡校。

《左传·襄公三十一年》：郑人游于乡校，以论执政，然明谓子产曰：“毁乡校，何如？”子产曰：“何为？夫人朝夕退而游焉，以议执政之善否。其所善者，吾则行之，其所恶者，吾则改之。是吾师也，若之何毁之？我闻忠善以损怨，不闻作威以防怨。岂不遽止？然犹防川，大决所犯，伤人必多，吾不克救也。不如小决使道，不如吾闻而药之也。”然明曰：“蔑也今而后知吾子之信可事也。小人实不才，若果行此，其郑国实赖之，岂唯二三臣？”仲尼闻是语也，曰：“以是观之，人谓子产不仁，吾不信也。”

《孔子家语·正论解》：郑有乡校，乡校之士，非论执政。鬷明欲毁乡校。子产曰：“何以毁为？夫人朝夕退而游焉，以议执政之善否。其所善者，吾则行之；其所否者，吾则改之。若之何其毁也？我闻忠善以损怨，不闻立威以防怨。防怨，犹防水也。大决所犯，伤人必多，吾弗克救也。不如小决使导之，不如吾所闻而药之。”孔子闻是言也，曰：“吾以

① 韩席筹：《左传分国集注》，江苏人民出版社，1963 年版，第 530 页。

是观之，人谓子产不仁，吾不信也。”

按：此年孔子九岁，《左传》、《家语》谓“仲尼闻是语”并评论，当是成年后闻此事或读史志而评论，非此年可知。韩愈有《子产不毁乡校颂》赞子产。

子产执政一年，郑国之舆人作《子产诵》，讥刺子产。

《左传·襄公三十年》：“郑子皮授子产政。……从政一年，舆人诵之，曰：‘取我衣冠而褚之，取我田畴而伍（赋）之，孰杀子产，吾其与之。’”冯惟讷《诗纪·前集》云：“二章，一作歌。”按：诵为乐语之一。《周礼·大司乐》：“以乐语教国子，兴道讽诵言语。”郑《注》云：“以声节之曰诵。”此诵以褚、伍、与为韵。“褚”，杨宽以为，是子产为政后新设之财物税。①

卫侯在楚，卫国大夫北宫佗（文子）广引《诗》《书》论威仪。

《左传·襄公三十一年》：卫侯在楚，北宫文子见令尹围之威仪，言于卫侯曰：“令尹似君矣，将有他志，虽获其志，不能终也。《诗》云：‘靡不有初，鲜克有终。’终之实难，令尹其将不免。”公曰：“子何以知之？”对曰：“《诗》云：‘敬慎威仪，惟民之则。’令尹无威仪，民无则焉。民所不则，以在民上，不可以终。”公曰：“善哉，何谓威仪？”对曰：“有威而可畏谓之威，有仪而可象谓之仪。君有君之威仪，其臣畏而爱之，则而象之，故能有其国家，令闻长世。臣有臣之威仪，其下畏而爱之，故能守其官职，保族宜家。顺是以下皆如是，是以上下能相固也。《卫诗》曰：‘威仪棣棣，不可选也。’言君臣、上下、父子、兄弟、内外、大小皆有威仪也。《周诗》曰：‘朋友攸摄，摄以威仪。’言朋友之道，必相教训以威仪也。《周书》数文王之德，曰：‘大国畏其力，小国怀其德。’言畏而爱之也。《诗》云：‘不识不知，顺帝之则。’言则而象之也。纣囚文王七年，诸侯皆从之囚，纣于是乎惧而归之，可谓爱之，文王伐崇，再驾而降为臣，蛮夷帅服，可谓畏之；文王之功，天下诵而歌舞之，可谓则之；文王之行，至今为法，可谓象之。有威仪也。故君子在位可畏，施舍可爱，进退可度，周旋可则，容止可观，作事可法，德行可象，声气可乐，动作有文，言语有

① 说见杨宽《古史新探》。

章，以临其下，谓之有威仪也。”

按：春秋时代有识者特别重视“威仪”，所谓威仪，就是言行举止。有威仪，就是言行举止合乎礼仪。君臣各有各的威仪。当时人认为，有威仪是君子的一个标准。

前541年　周景王四年　鲁昭公元年　子产四十五岁　郑简公二十五年　老子三十岁　孔子十一岁

四月，赵孟、叔孙豹、郑伯及子皮、子产赋诗言志。

《左传·昭公元年》载：夏四月，赵孟、叔孙豹、曹大夫入于郑，郑伯兼享之。子皮戒赵孟，礼终，赵孟赋《瓠叶》。子皮遂戒穆叔，且告之。穆叔曰：“赵孟欲一献，子其从之。”子皮曰：“敢乎？”穆叔曰：“夫人之所欲也，又何不敢。”及享，具五献之笾豆于幕下。赵孟辞，私于子产曰：“武请于冢宰矣。”乃用一献。赵孟为客，礼终乃宴。穆叔赋《鹊巢》。赵孟曰：“武不堪也。”又赋《采蘩》，曰：“小国为蘩，大国省穑而用之，其何实非命。”子皮赋《野有死麕》之卒章。赵孟赋《常棣》，且曰：“吾兄弟比以安，尨也可使无吠。”穆叔、子皮及曹大夫兴，拜，举兕爵，曰：“小国赖子，知免于戾矣。”饮酒乐。赵孟出，曰：“吾不复此矣。”

按：此年赋诗言志，亦春秋一场大风雅。劳孝舆《春秋诗话》评曰：“歌《瓠叶》以辞重享，雅甚。赋《常棣》以安吠庬，奇甚。主宾二诗，本不相蒙，看他牵合情理宛然，如此说诗，岂复有粘滞之病哉。九妙赠答之前有一穆叔，《鹊巢》《采蘩》，互为映发，愈有波澜。至群贤举兕，争奉颜色，则狐虎之威，跋扈飞扬，分明画出一则礼乐征伐自大夫出之世界矣。此会乃赵孟极得意之举，是左公极著意之文。与前范宣子受彤弓同一洗发，阅者毋草草忽之。”

六月，子产聘晋，为叔向言实沈、台骀之来历。

《左传·昭公元年》亦载：晋平公有疾，郑伯使子产如晋聘，且问疾。叔向问曰：“寡君之疾病，卜人曰：‘实沈、台骀为祟。’史莫之知。敢问此何神也？”子产曰：

昔高辛氏有二子，伯曰阏伯，季曰实沈，居于旷林，不相能也。

日寻干戈，以相征讨。后帝不臧，迁阏伯于商丘，主辰。商人是因，故辰为商星。迁实沈于大夏，主参。唐人是因，以服事夏、商。其季世曰唐叔虞。当武王邑姜方震（孕）大叔，梦帝谓己："余命而子曰虞，将与之唐，属诸参，而蕃育其子孙。"及生，有文在其手曰"虞"。遂以命之。及成王灭唐而封大叔焉，故参为晋星。由是观之，则实沈，参神也。昔金天氏有裔子曰昧，为玄冥师，生允格、台骀，台骀能业（续）其官，宣（通）汾、洮，障（筑堤坝）大泽，以处大原，帝用嘉之，封诸汾川，沈、姒、蓐、黄，实守其祀。今晋主汾而灭之矣。由是观之，则台骀，汾神也。抑此二者，不及君身。山川之神，则水旱疠疫之灾，于是乎禜之，日月星辰之神，则雪霜风雨之不时，于是乎禜之。若君身，则亦出入、饮食、哀乐之事也。山川星辰之神，又何为焉？侨闻之，君子有四时：朝以听政，昼以访问，夕以修令，夜以安身。于是乎节宣其气，勿使有所壅闭湫底以露其体，兹（是以）心不爽，而昏乱百度。今无乃壹之，则生疾矣。侨又闻之，内官（姬妾）不及同姓，其生不殖，美先尽矣，则相生疾，君子是以恶之。故《志》曰："买妾不知其姓，则卜之。"违此二者，古之所慎也。男女辨姓，礼之大司也。今君内实有四姬焉，其无乃是也乎？若由是二者，弗可为（治）也已。四姬有省犹可，无则必生疾矣。

按：晋平公有疾，晋巫以为实沈、台骀二神致祟，子产谓叔向之一番言论，要在说明二神不可能为祟，晋侯之病，均由人为，其因有二：一是"昼夜昏乱"；二是违礼而娶同姓之美女。子产之言，合乎实际。故叔向曰："善哉，肸未之闻也。此皆然矣。"子产明于事理，不信天命鬼神，其思想颇有唯物倾向，于此可见一斑。

子产与郑简公论为政之道。

《尸子》曰：郑（简）公谓子产曰："饮酒之不乐，钟鼓不鸣，寡人之性也。国家之不乂，朝廷之不理，与诸侯交之不得志也，子之任也。子无入寡人之乐，寡人无入子之朝。"自是以来，子产理郑，城门不闭，国无盗贼，道无饿人。孔子曰："若郑（简）公之好乐也，虽抱钟而朝可也。"夫用贤，身乐而名附，事少而功多，国治而能逸。（《太平御览》卷 575，又《群

书治要》卷36）

前540年　周景王五年　鲁昭公二年　郑简公二十六年　子产四十六岁　老子三十一岁　孔子十二岁

秋，郑公孙黑将作乱，子产作书以数其罪，使吏宣之于公孙黑。

《左传·昭公二年》载：秋，郑公孙黑将作乱，欲去游氏而代其位，伤疾作而不果。驷氏与诸大夫欲杀之。子产在鄙，闻之，惧弗及，乘遽而至。使吏数之，曰："伯有之乱，以大国之事，而未尔讨也。尔有乱心无厌，国不女堪。专伐伯有，而罪一也；昆弟争室，而罪二也；薰隧之盟，女矫君位，而罪三也。有死罪三，何以堪之？不速死，大刑将至。"再拜稽首，辞曰："死在朝夕，无助天为虐。"子产曰："人谁不死？凶人不终，命也，作凶事，为凶人，不助天，其助凶人乎？"请以印为褚师。子产曰："印也若才，君将任之。不才，将朝夕从女。女罪之不恤，而又何请焉？不速死，司寇将至。"七月壬寅，公孙黑自缢。子产陈其尸于周氏之衢，加木焉。

按：子产在鄙而闻公孙黑将作乱，惧已不及制止，故寓书使吏口宣其罪。据"使吏数之"可知，是子产先书面撰辞，再让吏至国宣之于公孙黑，以责让之。韩席筹引吴曾祺评语云："吴氏曾祺曰：子皙之罪应死久矣，然事机未至，只得静以待之，及见其事可图，乃如兔起鹘落，有迫不及待之势，传写子产乘遽而至，何等辣心辣手，用度数以三罪，与前数子南五罪恰好相对，特前是权词，此乃铁案，子产亦是一老狱吏也。"①此辞历数其三大罪状，痛斥其无礼，与后世之移文相类。

郑子产为政三年，郑舆人作《子产诵》，颂扬子产。

《左传·襄公三十年》载：子产为政，及三年，国中舆人作歌诵之，歌曰："我有子弟，子产诲之，我有田畴，子产殖之，子产而死，谁其嗣之？"

按：子产始执郑国之政，在此前三年，故系此歌于此年。劳孝舆《春秋诗话》评此诵云："舆人之诵，忽祝忽诅，子产若非久其位，则孰杀之语

---

① 韩席筹：《左传分国集注》，江苏人民出版社，1963年版，第532页。

为终身病矣。危哉！故知火攻一道，亦是下策。”

邓析在世。

《左传·定公九年》杜注：“邓析，郑大夫，欲改郑所铸旧制，不受君命而私造刑法，书之于竹简，故曰竹刑。按《汉书·艺文志》列《邓析子》在名家，盖深文巧辨者也。”钱穆《邓析考》据《左传》、《吕氏春秋》、《列子》、《淮南子》等所载，考定邓析为郑国大夫，好刑名之学，约与子产同时。其生年不可考，其卒年据《左传·定公九年》载，在公元前501年，曾制定《竹刑》。《汉书·艺文志》著录《邓析》二篇。今传本为伪书。详公元前501年相关条目。

《列子·力命》：“邓析操两可之说，设无穷之辞，当子产执政，作《竹刑》。郑国用之，数难子产之治。子产屈之。子产执而戮之，俄而诛之。然则子产非能用《竹刑》，不得不用；邓析非能屈子产，不得不屈；子产非能诛邓析，不得不诛也。”

子产与邓析论治家之道。

《列子·杨朱》载：“子产相郑，专国之政；三年，善者服其化，恶者畏其禁，郑国以治。诸侯惮之。而有兄曰公孙朝，有弟曰公孙穆。朝好酒，穆好色。朝之室也聚酒千钟，积曲成封，望门百步，糟浆之气逆于人鼻。方其荒于酒也，不知世道之安危，人理之悔吝，室内之有亡，九族之亲疏，存亡之哀乐也。虽水火兵刃交于前，弗知也。穆之后庭比房数十，皆择稚齿婑媠者以盈之。方其耽于色也，屏亲昵，绝交游，逃于后庭，以昼足夜；三月一出，意犹未惬。乡有处子之娥姣者，必贿而招之，媒而挑之，弗获而后已。子产日夜以为戚，密造邓析而谋之，曰：“侨闻治身以及家，治家以及国，此言自于近至于远也。侨为国则治矣，而家则乱矣。其道逆邪？将奚方以救二子？子其诏之！”邓析曰：“吾怪之久矣，未敢先言。子奚不时其治也，喻以性命之重，诱以礼义之尊乎？”子产用邓析之言，因间以谒其兄弟，而告之曰：“人之所以贵于禽兽者，智虑。智虑之所将者，礼义。礼义成，则名位至矣。若触情而动，耽于嗜欲，则性命危矣。子纳侨之言，则朝自悔而夕食禄矣。”朝穆曰：“吾知之久矣，择之亦久矣，岂待若言而后识之哉？凡生之难遇而死之易及。以难遇之生，俟易及之死，可孰念哉？而欲尊礼义以夸人，矫情性以招名，吾以此为弗若死矣。为欲尽一生之欢，穷当年之乐。唯患腹溢而不得恣口之饮，力惫而不得肆情于色；不遑忧名声之丑、性命之危也。且若以治国之能夸物，欲以说辞乱我之心，荣禄喜我之意，不亦鄙而可怜哉？我又欲与若别之。夫善治外者，物未必治，而身交苦；善治内者，物未必乱，而性交逸。以若之治外，其法可蹔行于一国，未合于人心；以我之治内，可推之于天下，君臣之道息矣。吾常欲以此术而喻之，若反以彼术而教我哉？"子产忙然无以应之。他日以告邓析。邓析曰："子与真人居而不知也，孰谓子智者乎？郑国之治偶耳，非子之功也。"①

孔子弟子漆雕开约生于此年。

漆雕开，字子若，漆雕开之里籍，《史记·仲尼弟子列传》《集解》引郑玄说以为鲁人。《正义》引家语以为蔡人。今从后者。《论语·公冶长》："子使漆雕开仕，对曰：'吾斯之未能信。'子悦。"《韩非子·显学篇》谓儒分为八，有"漆雕氏之儒"。《汉志·儒家》有《漆雕子》，自注曰："孔子弟子漆雕启后"。据匡亚明《孔子年谱》考定，漆雕开生于此年②。

前539年　周景王六年　鲁昭公三年　郑简公二十七年　子产四十七岁　老子三十二岁　孔子十三岁

春，郑卿游吉论晋国之政。

《左传·昭公三年》载：晋平公宠姬少姜之丧，郑卿游吉如晋送葬。晋大夫梁丙与张趯以为卿为妾送葬过礼，游吉曰："将得已乎？昔文、襄之霸也，其务不烦诸侯。令诸侯三岁而聘，五岁而朝，有事而会，不协而盟。君薨，大夫吊，卿共葬事。夫人，士吊，大夫送葬，足以昭礼、命事、谋阙而已，无加命矣。今嬖宠之丧，不敢择位，而数于守适，唯惧获戾，岂敢惮烦？少姜有宠而死，齐必继室。今兹吾又将来贺，不唯此行也。"张趯曰："善哉，吾得闻此数也。然自今，子其无事矣。譬如火焉，火中，

① 引文据杨伯峻《列子集释》，中华书局，1979年版，第225—227页。

② 据匡亚明《孔子年谱》，见《孔子评传》，南京大学出版社，1987年版，第427—447页。

寒暑乃退。此其极也，能无退乎？晋将失诸侯，诸侯求烦不获。”二大夫退。子大叔告人曰：“张趯有知，其犹在君子之后乎。”

按：游吉，即子大叔。

十月，郑简公聘楚，子产相。楚王享之，赋《吉日》。既享，子产具田备，与楚王田于江南之梦。

见《左传·昭公三年》。

按：楚王所赋《吉日》一诗，见《诗·小雅》。江南之梦，即云梦泽。先秦云梦泽的主体部分占据长江与汉水之间郢都以东的一大片地方，这里在战国时代仍然是一个大泽。江水以北，汉水以北，其西部今钟祥、京山、天门三县接壤地带是一片在新石器时代业已成陆的平原。自此以东，今京山、天门一带为《尚书·禹贡》所说的云梦土，再以东便是汉北云梦泽。[①] 春秋战国时为楚王田猎之所在。云梦泽与楚文学关系至为密切，战国时屈原被流放至此，任掌梦之职，在此作《招魂》。[②] 云梦泽自然景观及其地流传的神话传说也是楚汉辞赋常见的题材。[③]

前538年　周景王七年　鲁昭公四年　郑简公二十八年　子产四十八岁　老子三十三岁　孔子十四岁

子产对楚灵王，论晋、楚之政。

《春秋·昭公四年》载：楚灵王问于子产曰：“晋其许我诸侯乎？”对曰：“许君。晋君少安，不在诸侯，其大夫多求，莫匡其君。在宋之盟，又曰如一，若不许君，将焉用之？”王曰：“诸侯其来乎？”对曰：“必来。从宋之盟，承君之欢，不畏大国，何故不来？不来者，其鲁、卫、曹、邾乎？曹畏宋，邾畏鲁，鲁、卫逼于齐而亲于晋，唯是不来。其余，君之所及也，谁敢不至？”王曰：“然则吾所求者，无不可乎？”对曰：“求逞于人，不可，与人同欲，尽济。”

秋，郑子产作丘赋，国人谤之，子产引逸诗曰：“礼义不愆，何恤

① 参谭其骧：《云梦与云梦泽》，《复旦大学学报》，1980年增刊。

② 参赵逵夫：《屈原与他的时代》，人民文学出版社2002年版，第167—170页。

③ 如司马相如《子虚赋》对云梦泽及楚王田猎的描写即是。

于人言。”

《春秋·昭公四年》:“郑子产作丘赋。国人谤之,曰:‘其父死于路,己为虿尾,以令于国,国将若之何?’子宽以告。子产曰:‘何害?苟利社稷,死生以之,且吾闻为善者不改其度,故能有济也。民不可逞,度不可改。《诗》曰:“礼义不愆,何恤于人言。”吾不迁矣。’”按:子产所引诗,不见于今《诗》,盖为逸诗。丘赋,历来注家意见纷纭,多数学者以为系军赋改革,与鲁之作丘甲近似。即以丘为单位,令出甲士与车马,其目的在于增加军赋。详参杨伯峻《春秋左传注》。

十二月乙卯,鲁叔孙豹卒。

见《春秋·昭公四年》。

按:叔孙豹是春秋时代杰出的政治家、外交家与散文作家,也表现出突出的爱国思想。他的政治思想、诗学思想对后代有积极的影响。①

子产与郑简公论政。

《韩非子·外储说左上》:“郑简公谓子产曰:‘国小,迫于荆、晋之闲。今城郭不完,兵甲不备,不可以待不虞。’子产曰:‘臣闭其外也已远矣,而守其内也已固矣,虽国小,犹不危之也。君其勿忧。’是以没简公身无患。”

前536年　周景王九年　鲁昭公六年　郑简公三十年　子产五十岁　老子三十五岁　孔子十六岁

三月,郑子产铸刑书,晋叔向引《周颂·我将》、《大雅·文王》,作书致子产。

《左传·昭公六年》载:此年三月,郑人铸刑书。叔向闻之,与子产书。其书曰:

始吾有虞于子,今则已矣,昔先王议事以制,不为刑辟,惧民之

① 参赵逵夫:《叔孙豹的辞令、诗学思想与美学精神》,《苏东学刊》2004年第4期。

有争心也，犹不可禁御，是故闲之以义，纠之以政，行之以礼，守之以信，奉之以仁，制为禄位，以劝其从，严断刑罚以威其淫。惧其未也，故诲之以忠，耸之以行，教之以务，使之以和，临之以敬，莅之以强，断之以刚。犹求圣哲之上，明察之官，忠信之长，慈惠之师，民于是乎可任使也，而不生祸乱。民知有辟，则不忌于上，并有争心，以征于书，而徼幸以成之，弗可为矣。

夏有乱政而作《禹刑》，商有乱政而作《汤刑》，周有乱政而作《九刑》，三辟之兴，皆叔世也。今吾子相郑国，作封洫，立谤政，制参辟，铸刑书，将以靖民，不亦难乎？《诗》曰："仪式刑文王之德，日靖四方。"又曰："仪刑文王，万邦作孚。"如是，何辟之有？民知争端矣，将弃礼而征于书。锥刀之末，将尽争之。乱狱滋丰，贿赂并行，终子之世，郑其败乎。肸闻之，国将亡，必多制，其此之谓乎。

按：此书，即书信体。刑书即成文法，在当时为新事物。有刑书，则在下者可据以讼上，于等级社会不利。故当时统治者多持保守态度。盖叔向在晋闻郑铸刑书，作书使人致子产以论其事。

子产作书答叔向。

《左传·昭公六年》载：郑人铸刑书于鼎，以为常法。叔向闻之，致书子产。子产复叔向书，书曰："若吾子之言，侨不才，不能及子孙，吾以救世也。既不承命，敢忘大惠？"

按：子产之书，严可均《全上古三代秦汉三国六朝文》录之，题曰"致叔向书"。

六月，楚公子弃疾与郑子皮、子产、子太叔三卿盟誓。

《左传·昭公六年》：楚公子弃疾如晋，过郑，郑罕虎（子皮）、公孙侨（子产）、游吉（子大叔）从郑伯以劳诸柤。辞不敢见。固请见之。见，如见王，以其乘马八匹私面，见子皮如上卿，以马六匹。见子产，以马四匹。见子大叔，以马二匹。禁刍牧采樵，不入田，不樵树，不采蓺，不抽屋，不强。誓曰："有犯命者，君子废，小人降。"舍不为暴，主不慁宾。往来如是。郑三卿皆知其将为王也。

前535年　周景王十年　鲁昭公七年　郑简公三十一年　子产五十一岁　老子三十六岁　孔子十七岁

夏，郑子产聘于晋，为韩起言夏郊。

《国语·晋语》载：郑简公使公孙成子来聘，平公有疾，韩宣子赞授客馆。客问君疾，对曰："寡君之疾久矣，上下神祇无不谝，而无除。今梦黄熊入于寝门，不知人杀乎，抑厉鬼邪！"子产曰："以君之明，子为大政，其何厉之有？侨闻之，昔者鲧违帝命，殛之于羽山，化为黄熊，以入于羽渊，实为夏郊，三代举之。夫鬼神之所及，非其族类，则绍其同位，是故天子祀上帝，公侯祀百辟，自卿以下不过其族。今周室少卑，晋实继之，其惑者未举夏郊邪？"宣子以告，祀夏郊，董伯为尸，五日〔瘳〕，公见子产，赐之莒鼎。

《左传·昭公七年》："郑子产聘于晋。晋侯有疾。韩宣子逆客。私焉，曰：'寡君寝疾，于今三月矣，并走群望，有加而无瘳，今梦黄熊入于寝门，其何厉鬼也？'对曰：'以君之明，子为大政，其何厉之有？昔尧殛鲧于羽山，其神化为黄熊，以入于羽渊，实为夏郊，三代祀之，晋为盟主，其或者未之祀也乎？'韩子祀夏郊。晋侯有间，赐子产莒之二方鼎。"

按：此年子产之辞两见于《国语》《左传》，除细节外大体相同。可能当时有《郑书》(《左传·襄公三十年》子产引)一类的国史，或专记卿大夫家族历史的家史，《国》《左》二书依据这些史料而略有取舍。由此也可以看出关于鲧的神话在春秋时代的流传，以及与当时祭祀礼仪的关系。

子产为丰施归还州地之田于韩起致辞于韩起。

《左传·昭公七年》：子产为丰施归州田于韩宣子曰："日君以夫公孙段为能任其事，而赐之州田，今无禄早世，不获久享君德，其子弗敢有，不敢以闻于君，私致诸子。"宣子辞。子产曰："古人有言曰：'其父析薪，其子弗克负荷'，施将惧不能任其先人之禄，其况能任大国之赐？纵吾子为政而可，后之人若属有疆埸之言，敝邑获戾，而丰氏受其大讨，吾子取州，是免敝邑于戾，而建置丰氏也。敢以为请。"

子产就晋国对罕朔之安置答韩起。

《左传·昭公七年》：子皮之族饮酒无度，故马师氏与子皮氏有恶。

昭公七年春齐师还自燕之月，罕朔杀罕魋而奔晋。韩宣子问其位于子产。子产曰："君之羁臣，苟得容以逃死，何位之敢择？卿违，从大夫之位，罪人以其罪降，古之制也。朔于敝邑，亚大夫也，其官，马师也，获戾而逃，唯执政所置之。得免其死，为惠大矣。又敢求位？"宣子为子产之敏也，使从嬖大夫。

军事家、思想家孙武约生于此年。①

孙武，字长卿，齐国田氏之后，孙书之孙。齐景公时，齐之贵族互相砍伐，孙武避乱于吴，伍员荐之吴王阖闾。《史记·孙子吴起列传》："孙子武者，齐人也。以兵法见于吴王阖庐。阖庐曰：'子之十三篇，吾尽观之矣，可以小试勒兵乎？'对曰：'可。'阖庐曰：'可试以妇人乎？'曰：'可。'于是许之，出宫中美女，得百八十人。孙子分为二队，以王之宠姬二人各为队长，皆令执戟。令之曰：'汝知而心与左右手背乎？'妇人曰：'诺。'约束既布，乃设鈇钺，即三令五申之。于是鼓之右，妇人大笑。孙子曰：'约束不明，申令不熟，将之罪也。'复三令五申而鼓之左，妇人复大笑。孙子曰：'约束不明，申令不熟，将之罪也，既已明而不如法者，吏士之罪也。'乃欲斩左右队长。吴王从台上观，且见斩爱姬，大骇。孙子曰：'吾既已受命为将，将在军，君命有所不受。'遂斩队长二人以徇。用其次为队长，于是复鼓之。妇人左右前后皆中规矩绳墨，无敢出声。于是孙子使使报吴王曰：'兵既整齐，王可试下观之，唯王之所欲用之，虽赴水火犹可也。'吴王曰：'将军罢休就舍，寡人不愿下观。'孙子曰：'王徒好其言，不能用其实。'于是阖庐知孙子能用兵，卒以为将。西破强楚，入郢，北威齐晋，显名诸侯，孙子与有力焉。"

《汉书·艺文志》著录《吴孙子兵法》八十二篇，而本传则称十三篇。前人多以为其人其书，皆出于后人伪托。说详钱穆《先秦诸子系年·孙武辨》。② 1972年，在山东临沂银雀山汉墓同时出土简本《孙子兵法》

---

① 孙武事迹不见《左传》等先秦之书，故历代学者多疑其人因齐之孙膑而误。银雀山简本两《孙子》书之发现，使其说不攻自破。孙子生年取杨善群说。详参《孙子评传》之《孙武大事年表》，南京大学出版社1992年版。

② 钱穆：《先秦诸子系年》，中华书局，1985年版，第12—13页。

与《孙膑兵法》。前者与今本《孙子兵法》篇数、内容基本相同。也与《史记》所说相合。经学者进一步研究，以为《孙子兵法》虽非孙武所著，却为其后学录其军事思想而成，成书过程约从春秋末期的吴国开始，一直到战国时的齐国，经过长期整理，于战国中期成书。① 或者以为其书约成于孙武卒后 40 年左右，即公元前 496—前 453 年间，由其弟子整理而成。② 今取现代学者研究成果。

前 532 年　周景王十三年　鲁昭公十年　郑简公三十四年　子产五十四岁　老子三十九岁　孔子二十岁　孙武二岁

春，郑裨灶以星象占卜，预言晋平公将死。

《左传·昭公十年》载：十年春，王正月，有客星出于婺女。郑裨灶言于子产曰："七月戊子，晋君将死。今兹岁在颛顼之虚，姜氏、任氏实守其地，居其维首，而有妖星焉，告邑姜也。邑姜，晋之妣也，天以七纪，戊子，逢公以登（死），星斯于是乎出。吾是以讥（叶）之。"

按：裨灶，郑史官，春秋时著名星占家。其事除此年外，尚有《左传·襄公二十八年》占周王楚王死、《襄公三十年》占郑伯有氏之亡、《昭公九年》占陈将复封、《昭公十七年、十八年》占郑火。以上各事，都属典型的星占学预言。裨灶似乎特别熟悉木星运运动，前四事皆据此立论。其立论之法，则或故神其说，或牵强附会。如此年，天象为女宿出现新星，欲预言晋君将死，似乎毫不相干，乃由二十八宿而十二次（玄枵之次跨女、虚、危三宿），由十二次而颛顼（《尔雅·释天》：玄枵，虚也，颛顼之墟也），由颛顼而姜氏任氏，由姜氏而邑姜，由邑姜而晋之先妣，最终及于晋君。③

---

① 李零：《关于银雀山简本〈孙子〉研究的商榷》，刊《文史》第 7 辑；《银雀山简本〈孙子〉校读举例》，刊《中华文史论丛》1981 年第 4 辑。吴九龙《简本与传本〈孙子兵法〉比较研究》，收《孙子新探》。

② 郑良树：《论〈孙子〉的成书年代》，收《竹简帛书论文集》，中华书局，1982 年版。

③ 参江晓原：《天学真原》，辽宁教育出版社，1991 年版，第 76—77 页。陈来：《古代思想文化的世界——春秋时代的宗教、伦理与社会思想》，生活·读书·新知三联书店，2002 年版，第 38—55 页。

此种论证方式，以今人视之，虚妄之甚；然为春秋时大部分人所接受，并不以为虚妄。

前530年　周景王十五年　鲁昭公十二年　郑简公三十六年　子产五十六岁　老子四十一岁　孔子二十二岁　孙武四岁

三月，郑简公卒，将为葬除，不毁游氏之庙及司墓之室，君子闻之而赞其知礼。

《左传·昭公十二年》载：三月，郑简公卒，将为葬除。及游氏之庙，将毁焉。子大叔使其除徒执用以立，而无庸毁。曰："子产过女，而问何故不毁，乃曰，不忍庙也，诺，将毁矣。"即如是，子产乃使辟之。司墓之室，有当道者。毁之，则朝而塴；弗毁，则日中而塴。子大叔请毁之，曰："无若诸侯之宾何？"子产曰："诸侯之宾，能来会吾丧，岂惮日中？无损于宾，而民不害，何故不为？"遂弗毁，日中而葬。君子谓："子产于是乎知礼，礼，无毁人以自成也。"

夏，齐景公、卫灵公、郑定公朝见晋昭公，晋昭公享诸侯，子产以礼请辞。

《左传·昭公十二年》载："晋侯享诸侯，子产相郑伯辞于享，请免丧而后听命。晋人许之，礼也。"

孔子评楚灵王。

见《孔子家语·正论解》及《左传·昭公十二年》，以后者为详，其载曰：楚子狩于州来，次于颍尾，使荡侯、潘子、司马督、嚣尹午、陵尹喜帅师围徐以惧吴。楚子次于乾谿，以为之援。雨雪，王皮冠，秦复陶，翠被，豹舄，执鞭以出，仆析父从。右尹子革夕，王见之，去冠、被，舍鞭。与之语曰："昔我先王熊绎，与吕伋、王孙牟、燮父、禽父并事康王，四国皆有分，我独无有。今吾使人于周，求鼎以为分，王其与我乎？"对曰："与君王哉。昔我先王熊绎，辟在荆山，筚路蓝缕，以处草莽。跋涉山林，以事天子，唯是桃弧、棘矢，以共御王事。齐，王舅也。晋及鲁、卫，王母弟也，楚是以无分，而彼皆有。今周与四国服事君王，将唯命是从，岂其爱鼎。"王曰："昔我皇祖伯父昆吾，旧许是宅，今郑人贪赖其田，而不我与，我若求之，其与我乎？”对曰：“与君王哉。周不爱鼎，郑敢爱田？”王曰：“昔诸侯远我而畏晋，今我大城陈、蔡、不羹，赋皆千乘，子与有劳焉。诸侯其畏我乎？”对曰：“畏君王哉。是四国者，专足畏也，又加之以楚，敢不畏君王哉？”工尹路请曰：“君王命剥圭以为鍼柲，敢请命。”王入视之。析父谓子革：“吾子，楚国之望也！今与王言如响，国其若之何？”子革曰：“摩厉以须，王出，吾刃将斩矣。”王出，复语。左史倚相趋过。王曰：“是良史也，子善视之，是能读《三坟》、《五典》、《八索》、《九丘》。”对曰：“臣尝问焉，昔穆王欲肆其心，周行天下，将皆必有车辙马迹焉，祭公谋父作《祈招》之诗，以正王心，王是以获没于祗宫。臣问其诗而不知也。若问远焉，其焉能知之？”王曰：“子能乎？”对曰：“能。其诗曰：‘祈招之愔愔，式昭德音。思我王度，式如玉，式如金。形民之力，而无醉饱之心。’”王揖而入，馈不食，寝不寐，数日。不在克，以及于难。

仲尼曰：“古也有志，克己复礼，仁也。信善哉！楚灵王若能如是，岂其辱于乾溪谷？”

前529年　周景王十六年　鲁昭公十三年　郑定公元年　子产五十七岁　老子四十二岁　孔子二十三岁　孙武五岁

七月，晋陈兵邾南，会诸侯于平丘，子产、游击相郑定公与会。

《左传·昭公十三年》载：七月丙寅，治兵于邾南，甲车四千乘，羊舌鲋摄司马，遂合诸侯于平丘。子产、子大叔相郑伯以会。子产以幄幕九张行。子大叔以四十，既而悔之，每舍，损焉。及会，亦如之。

八月七日，平丘会盟，子产于盟会之时谏晋昭公减贡赋。孔子闻之，盛赞子产为郑国之基。

见《孔子家语·正论解》，又见《左传·昭公十三年》：此年八月七日，晋会诸侯同盟于平丘，及盟，子产论周制诸侯进贡物品之轻重次序，并谏晋昭公减郑国之赋。其辞曰：

> 昔天子班贡，轻重以列，列尊贡重，周之制也，卑而贡重者，甸服也。郑伯，男也，而使从公侯之贡，惧弗给也，敢以为请。诸侯靖

兵，好以为事。行理（使者）之命无月不至。贡之无艺（极），小国有阙，所以得罪也。诸侯修盟，存小国也，贡献无极，亡可待也。存亡之制，将在今矣。

按：子产善以言辞折服诸侯，此年又引述周制轻郑之赋。《左传》谓其“自日中以争，至于昏，晋人许之。”故孔子赞子产曰：“于是行也，足以为国基矣。《诗》曰：‘乐只君子，邦家之基。’（《小雅·南山有台》）子产，君子之求乐者也。”“合诸侯，艺贡事，礼也。”

郑子皮卒，子产哭之。

《左传·昭公十三年》载：子产归（由平丘之会归），未至，闻子皮卒，哭，且曰“吾已，无为为善矣。唯夫子知我。”

前526年　周景王十九年　鲁昭公十六年　郑定公四年　子产六十岁　老子四十五岁　孔子二十六岁　孙武六岁

四月，郑六卿于郊为晋卿韩起饯行，宾、主赋诗言志。

《左传·昭公十六年》载：此年四月，郑六卿饯韩起于郊。韩起曰：“二三君子请皆赋，起亦以知郑志。”子齹赋《野有蔓草》。宣子曰：‘孺子善哉，吾有望矣。’子产赋郑之《羔裘》。韩起曰：“起不堪也。”子大叔赋《褰裳》。韩起曰：“起在此，敢勤子至于他人乎？”子大叔拜。韩起曰：“善哉，子之言是。不有是事，其能终乎？”子游赋《风雨》，子旗赋《有女同车》，子柳赋《萚兮》。宣子喜曰：“郑其庶乎，二三君子以君命贶起，赋不出郑志，皆昵燕好也，二三君子数世之主也，可以无惧矣。”韩起皆献马焉，而赋《我将》。子产拜，使五卿拜，曰：“吾子靖乱，敢不拜德？”

按：劳孝舆《春秋诗话》卷1云：“按六诗自《羔裘》美大夫外，余如《同车》、《扶苏》、《萚兮》。《序》以为刺忽者，固为不根。若朱《传》以为皆淫诗，而莫淫于《褰裳》。诚如其言，诸卿不且自扬国丑乎？大抵诗人取兴，多托之男女绸缪之辞以言其情。王平仲云《蔓草》一诗，子太叔赋于垂陇，子齹以饯韩宣，孔子与程木子倾盖而赋。古人于君臣朋友间，每托言配偶，至流连想慕之际，多言美人。其非淫奔之诗也明矣。此佳人芳草，骚之所以托始也欤！”[1]

郑国大旱，使屠击、祝款、竖柎祭于桑山。

《左传·昭公十六年》：“郑大旱，使屠击、祝款、竖柎有事于桑山。斩其木，不雨。子产曰：‘有事于山，蓺山林也，而斩其木，其罪大矣。’夺之官邑。”

前524年　周景王二十一年　鲁昭公十八年　郑定公六年　子产六十二岁　老子四十七岁　孔子二十八岁　孙武八岁

五月，郑有火灾，子产严密布置救灾，同时使祝史禳于玄冥、回禄，祈于四鄘。子产论“天道远，人道迩”。

《左传·昭公十七年》载：郑定公五年冬，郑裨灶言于子产曰：“宋、卫、陈、郑将同日火。若我用瓘、斝玉瓒，郑必不火。”子产不与。次年五月，郑火灾。《左传·昭公十八年》：“火作，子产辞晋公子、公孙于东门。使司寇出新客，禁旧客勿出于宫。使子宽、子上巡群屏摄，至于大宫。使公孙登徙大龟。使祝史徙主祏于周庙，告于先君，使府人、库人各儆其事。商成公儆司宫。出旧宫人，真诸火所不及，司马、司寇列居火道，行火所焮，城下之人，伍列登城。明日，使野司寇各保其征。郊人助祝史除于国北，禳火于玄冥、回禄、祈于四鄘。书焚室而宽其征，与之材。三日哭，国不市。使行人告于诸侯。宋、卫皆如是。”（杜预《注》云：“玄冥，水神；回禄，火神。”）此后，裨灶曰：“不听吾言，郑又将火。”子产曰：“天道远，人道迩，非所及也，何以知之？灶焉知天道？是亦多言矣，岂不或信？”遂不与，亦未发生火灾。

前522年　周景王二十三年　鲁昭公二十年　郑定公八年　子产卒　老子四十九岁　孔子三十岁　孙武十岁

子产卒，[2]享年六十四岁。孔子引《大雅·民劳》、《商颂·长

---

① 劳孝舆：《春秋诗话》，《丛书集成初编》本，中华书局，1985年版。

② 子产之卒，《史记·郑世家》系于郑声公五年，即公元前496年。与《左传》不同。今从《左传》。

发》，赞子产为政。

《左传·昭公二十年》载：子产有疾，谓子大叔曰："我死，子必为政，唯有德者能以宽服民，其次莫如猛，夫火烈，民望而畏之，故鲜死焉，水懦弱，民狎而玩之，则多死焉。故宽难。"疾数月而卒。

仲尼闻而赞子产曰："善哉，政宽则民慢，慢则纠之以猛，猛则民残，残则施之以宽，宽以济猛，猛以济宽，政是以和。《诗》曰：'民亦劳止，汔可小康。惠此中国，以绥四方。'施之以宽也。'毋从诡随，以谨无良。式遏寇虐，惨不畏明'。纠之以猛也。'柔远能迩，以定我王。'平之以和也。又曰：'不竞不絿，不刚不柔。布政优优，百禄是遒'。和之至也。"按：孔子所引诗句分别出自《大雅·民劳》、《商颂·长发》。

按：此事又见《韩非子·外储说上》。

附：孔子、孟子、司马迁等评子产。

《孔子家语·辩政》："子贡问于孔子曰：'夫子之于子产、晏子，可为至矣。敢问二大夫之所为目，夫子之所以与之者。'孔子曰：'夫子产于民为惠主，于学为博物。晏子于君为忠臣，于行为恭敏。故吾皆以兄事之而加爱敬焉。'"

《孔丛子·杂训》曰：悬子问子思曰："吾闻同声者相求，同志者相好。子之先君见子产则兄事，而世谓子产仁爱，称夫子圣人，是谓圣通事仁爱乎？未喻其人之孰先也？"子思曰："昔季孙问言游，亦若子之言也。子游答曰：'以子产之仁爱譬夫子，其犹浸水之与膏雨。'康子曰：'子产死，郑大夫舍琼佩，妇女舍珠瑱，巷哭三月，琴瑟不作；夫子之死，吾未之闻鲁人之若是也。'子游曰：'夫浸水所及也则生，所不及则死，民皆知焉。膏雨之所生也，广莫大焉。民之受赐也，普矣！莫识其由来者也。'"

《论语·公冶长》曰："子谓子产有君子之道四焉：其行己也恭，其事上也敬，其养民也惠，其使民也义。"

《孟子·离娄上》："子产听郑国之政，以其乘舆济人于溱洧。孟子曰：'惠而不知为政。岁十一月，徒杠成，十二月，舆梁成，民未病涉也。'"

又《万章上》："昔者有馈生鱼于郑子产，子产使人畜之池。校人烹之，反命曰：'始舍之，圉圉焉；攸然而逝。'子产曰：'得其所哉！得其所哉！'校人出，曰：'孰谓子产智？予既烹而食之，曰：得其所哉！得其所哉！'故君子可欺以方，难以罔以非其道。"

《史记》：郑以子产为相一年，竖子不戏狎，班白不提挈，童子不犁畔。二年，市不豫贾；三年，门不夜闭，道不拾遗；四年，田器不归；五年，士无尺籍，丧期不令而治。郑二十六年而死，丁壮号哭，老人儿啼："子产去我死乎！民将安归？"

孔子弟子冉求约生于此年。

冉求，字子有，鲁人。《史记·仲尼弟子列传》、《孔子家语》均云其少孔子二十九岁。明人包大爟《冉求年谱》考其生于周景王二十三年，①即此年。臧庸《冉子年表》、冯云鹓《冉子年表》等均从其说。《论语·公冶长》载孔子称其千室之邑，百乘之家，可使为宰，故与子路同以政事见长。冉有言志，自谓"求也为之，比及三年，可使足民。"盖长于理财。尝为季氏聚敛，孔子曰："求，非吾徒也，小子鸣鼓而攻之可也。"其个性恰与子路相反。故孔子曰："求也退，故进之；由也兼人，故退之。"（《先进》）；《孔子世家》载季康子先召冉有返鲁，卒以其言迎孔子归老。孔子之得反鲁终者，冉有之功也。②

孔子弟子冉雍约生于此年。

冉雍，字仲弓。《集解》引郑玄云："鲁人。"《索隐》引《家语》曰："伯牛之宗族，少孔子二十九岁。"包大爟《仲弓年谱》考其生于周景王二十三年，即此年。程复心《孔子论语年谱》、臧镛《仲弓年表》、蒋伯潜《诸子年表》等均同包说。《论语·先进》列于德行。《雍也篇》孔子称其"可使南面"，尝为季氏宰。

前517年　周敬王三年　鲁昭公二十五年

夏，游吉（子大叔）引子产之言，论礼、仪之别。

《左传·昭公二十五年》载：游吉（子大叔）见赵鞅（赵简子），赵鞅问

---

① 收入《四书类典赋》本《圣门年谱》，上海图书馆藏。

② 蒋伯潜：《诸子通考》，浙江古籍出版社，1985年重印本，第126—127页。

揖让周旋之礼焉。游吉对曰:“是仪也,非礼也。”赵鞅曰:“敢问何谓礼?”对曰:“吉也闻诸先大夫子产曰:‘夫礼,天之经也,地之义也,民之行也,天地之经,而民实则之。则天之明,因地之性,生其六气,用其五行,气为五味,发为五色,章为五声,淫则昏乱,民失其性。是故为礼以奉之。为六畜、五牲、三牺,以奉五味。为九文、六采、五章、以奉五色。为九歌、八风、七音、六律,以奉五声。为君臣、上下,以则地义。为夫妇、外内,以经二物。为父子、兄弟、姑姊、甥舅、昏媾、姻亚,以象天明。为政事、庸力、行务,以从四时。为刑罚、威狱,使民畏忌,以类其震曜杀戮。为温慈、惠和,以效天之生殖长育。民有好、恶、喜、怒、哀、乐,生于六气。是故审则宜类,以制六志。哀有哭泣,乐有歌舞,喜有施舍,怒有战斗。喜生于好,怒生于恶。是故审行信令,祸福赏罚,以制死生。生,好物也,死,恶物也。好物,乐也,恶物,哀也。哀乐不失,乃能协于天地之性,是以长久。’”赵鞅曰:“甚哉,礼之大也。”游吉对曰:“礼,上下之纪,天地之经纬也,民之所以生也,是以先王尚之,故人之能自曲直以赴礼者,谓之成人。大,不亦宜乎?”赵鞅曰:“鞅也请终身守此言也。”

■ 作者简介

韩高年(1971—),甘肃金昌人,文学博士,西北师范大学文学院教授,博士生导师,主要从事先秦两汉、魏晋南北朝文学研究。

《左传》预言的多维考察及其意义*

宁登国

（聊城大学文学院　山东聊城　252059）

内容提要　《左传》中较为突出的预言共一百四十九条。这些预言在预言主体、预言对象、预言依据、预言结果等方面都呈现出鲜明的特色，即巫史占筮与士人明察的并重；国运家命的深切关注；礼神并重的双重信仰；应验如神的预言模式。透过这一独特视角可以进一步深入全面认识《左传》作者的思想倾向以及《左传》编者、成书时代的某些问题。

关键词　预言主体　预言对象　预言依据　预言结果　预言意义

《左传》以叙事为主，但也记载了大量的人物言谈话语。预言，就是《左传》记言中一个较为重要的内容。《左传》中的预言，主要是指预言者根据一定的判断准则或龟筮兆象对某些重大历史事件结局或人物命运预先作出的结论性判断。由于这些预言总是和一定的重大历史事件或人物命运密切相关，因此，透过这一独特视角可以进一步深入全面认识《左传》编者的思想倾向和价值判断以及《左传》编辑成书的某些问题。

据笔者统计，《左传》中的预言记录，较为突出的共一百四十九条（主要是独立的记言单元，不包括待君王裁决的谏言）。一则完整的预言至少应包括四个要素，即预言主体、预言对象、预言依据和预言结果。

---

*　本文是国家社会科学基金资助项目(11CZW023)的阶段性成果。

因此，笔者拟从这四个方面对这些预言的特征作一详细分析。

一、预言主体：巫史占筮与士人明察的并重

从预言主体来看，《左传》预言者主要有两大类型：一是专门的占卜人员，主要是指当时的巫史阶层。他们虔诚地信奉自上古延续下来的天命鬼神宗教，并相信自然界的一些征兆或卜筮象数会对人们的某些行为发生某种感应或至关重要的影响。一般来说，谈及"天人感应"，人们总会和汉代董仲舒所倡导的神权政治联系在一起。事实上，一种思想或学说的创立绝不仅仅是某一天才的突发奇想、顿悟灵感，而是深深植根于一种人们"日用而不知"的普遍知识和思想的土壤之中。从《左传》预言来看，天人感应的观念早就存在于春秋时期人们对天、地、人之间互动关系的认识之中，并且形成了专门的占卜阶层。在这一百四十九则预言中，就有 31 则涉及这一阶层。他们大多是由当时的巫史来担任，这从他们的称谓之中也可明显看出。如内史过、史嚚、史苏、史墨、史赵、卜楚丘、卜偃、卜徒父、巫皋等。除此之外，申繻、伯繻、梓慎、裨灶、裨谌、苌弘等也属这一阶层。研究表明，中国史官的原生形态是巫史合一的，其职能是绝地通天，沟通天人，是当时具有广博知识的高级思想家宗教家群体，具有浓重的宗教品格。虽然至殷末周初，史官渐渐取代了原来统称做"巫"的祝、宗、卜、史等的职能，巫的地位越来越低，最后沦为以歌舞求雨、消灾弭祸和在一些神事活动中从事配角任务，但在春秋时代，巫史主祭祀、卜筮、占星和推知各种灾异的功能基本没变。因此他们对当时政治问题，依然保持着传统的宗教判断并在必要时为君王提供咨询。如昭公八年载楚灭陈后，"晋侯问于史赵曰：陈其遂亡乎？对曰：未也。公曰：何故？对曰：陈，颛顼之族也。岁在鹑火，是以卒灭，陈将如之。……"这里，史赵判断陈不会遂亡，是宗教性的判断。他的根据有二：一是据日月星辰的运行情况来预测人事的吉凶祸福；二是道德的报应说，这是史臣把历史经验与个人美好愿望混合在一起所构成的。此类判断，在当时是相当流行的。特出的史官，实际正是以

“代天行道”的宗教精神，来执行他们的庄严任务。

二是具有理性判断的一些开明人士。他们凭借着一定的历史经验，广博知识和理性分析，察小慎微，深谋远虑，对某些事件或人物的未来命运作出较为理智的判断。他们的预言不再单纯依凭对自身之外神灵的盲目崇奉和一些龟卜梦异的兆示象征，而是重在关注执政者或个人自身的道德修养水平和道德实践能力，从而由“违天不祥”、“天周必复”的天命论转向了“多行不义必自毙”、“无礼必亡”的道德自律。这些人是《左传》预言的主体。其中晋叔向，郑子产，齐宴子，楚穆叔、沈尹戌等就是典型的预言家，对某一国家或人物的前途命运常常多次作出预言。如子产就曾对郑国、蔡侯、陈国、楚灵王、单成公等前途命运作出过七次预测，其主要预测根据就是看其言行是否合乎“忠、信、笃、敬”的礼制原则；又如同样是预言楚围郑“必无功”而返(《襄公十八年》)，师旷是依据音乐律调来推测出兵之吉凶，故说“南风不竞，多死声，楚必无功”；董叔则依据此年木星运行在西北方向，出征不合天时，故云：“南师不时，必无功”；而叔向据此时晋为盟主，“诸侯方睦於晋”，故强调“在其君之德也”，即民心之向背，对此，杜预注曰：“言天时、地利不如人和”，可谓正是对三种不同预言的精彩总结。此外，叔向的其他预言，也主要是根据君主的务德、修义与否来判断衡量他们的前途命运。如因齐侯、卫侯在商任之会中“不敬”，即怠礼、失政，不合乎大国礼制，而预言“二君必不免”(《襄公二十一年》)；因楚使薳罷如晋涖盟时“敏以事君，必能亲民”，预言其将“有后於楚国也”(《襄公二十七年》)等等。此外，这些预言者往往居安思危，察近知远，表现出独立而冷静、敏锐而深邃的理性判断能力。如《左传》襄公八年，郑国侵蔡，获蔡公子燮，郑人皆喜，唯子产不顺，曰：“小国无文德而有武功，祸莫大焉。楚人来讨，能勿从乎？从之，晋师必至。晋楚伐郑，自今郑国不四五年弗得宁矣。”此外，蔿贾在国老皆贺子文时(《僖公二十七年》)，郑伯在王子颓宴享大夫，歌舞不倦时(《庄公二十年》)，伍子胥在吴受贿于越，众人皆贺之时(《哀公十一年》)，均深明祸福互转之理，未雨绸缪，处乐思忧，表现出与众不同的清醒意识和长远眼光。

在这一类预言主体中，更多的还是仅对某一具体事件作出一次预言，但这一预言往往就预示着事件发展的方向，在叙事结构上起到铺垫、暗示的作用，从而使事件的发展前后联系，一定程度上弥补了因编年体叙事分散断裂的欠缺。如重耳流亡各国时，到曹国，曹共公不以礼相待，而僖负羁之妻通过观察，预言重耳必将返国，得志于诸侯，故劝僖负羁藏璧于飧中赠予重耳。至僖公二十八年，晋国围攻曹国时，僖负羁连同其族因此幸免于难。又如《昭公五年》记鲁叔孙穆子刚生下时其父庄叔为他占了一卦，卜人据筮辞预言："是将行，而归为子祀。以谗人入，其名为牛。卒以馁死。"穆子一生遭际经历与此完全吻合。它如僖三十二年，卜偃据"柩有声"言"崤之战必大捷"；蹇叔据"劳师以袭远"言"晋人御师必于殽"等，最终结果与事前预言皆是一致的。很明显，这些预言是《左传》编者根据史事传闻或借口代言而设置的一种叙事技巧，既避免了作者的直接分析与评判，增强了历史真实感和可信度，又有利于《左传》叙事的趣味性和情节变化，给读者造成寻求验证的期待心理。

二、预言对象：国运家命的深切关注

从预言对象上看，《左传》预言也主要有两大类型：一类是对国家或人物的前途命运作出预言。在笔者统计的一百四十九则预言中，这类预言比重最大，占90%。如师服预言"晋国危矣！"（《桓公二年》）；内史过预言"虢必亡矣"（《庄公三十二年》）；宫之奇预言"虞不腊矣"（《僖公五年》）；卜偃、辛廖预言"毕万之后，必大"（《闵公元年》）；季文子预言齐侯"其不免乎"（《文公十五年》）等等。从句式上来看，这些预言普遍采用"其……乎"、"……必……矣"、"……必……"等结构，语气果断，充分体现了预言者的远见和自信。而且，同一预言往往在不同的场合多次出现，如三家分晋的预言从卜偃预言晋大夫"毕万之后必大"（《闵公元年》）开始，中间又经辛寥占筮预言"公侯之子孙，必复其始"（《闵公元年》）、吴季札适晋观乐言"晋国其萃于三族乎"（《襄二十九年》）、魏献子分封大夫引仲尼言"其长有后于晋国乎"（《昭公二十八年》），直至鲁悼公四年韩、赵、魏灭掉智伯氏，前后197年，5次预言；田氏代齐的预言自庄公二十二年懿氏为嫁女于敬仲而卜曰“八世之后，莫之与京”开始，中间先后经周太史在敬仲年轻时为之占曰“此其代陈有国乎”(《庄公二十二年》)、齐晏子对叔向言“齐其为陈氏矣”(《昭公三年》)、晋史赵言“陈氏得政于齐而后陈卒亡”(《昭公八年》)、晏子对齐侯言陈氏将有齐国(《昭公二十六年》)等，皆一一应验，这不能不引起人们对这一类预言真实性的怀疑(容置后讨论)。

另一类是对一些重大历史事件的结局所作出的预测。这主要表现在对关系国家前途命运的战争结局的预测，如著名的崤之战，这是秦晋间进行的第一次战争，也是晋国图霸成功的一次关键战争。对于战争胜负，早在战前，《左传》编者就通过卜偃卜战，王孙满观兵等几则预言预示了战争结局；战后又通过秦孟明“三年将拜君赐”的预言为两国下一次交兵(《文公二年》彭衙之役)设下了伏笔。再如晋楚城濮之战也是晋国阻止楚国北伐，战败力敌成为盟主的一次关键战争。战前楚蒍贾和赵衰的两次预言(蒍贾预言子玉将败兵，赵衰预言郤谷可为元帅)也基本预设了战争结局。事在人为，重大历史事件的成败胜负总是和某些人物，特别是事件决策者的谋划筹备密不可分，因此，这一类预言有时又和第一类预言内容是一致的。

三、预言依据：礼神并重的双重信仰

预言的准确与否总是和预言者的预言依据即预言水平紧密相关的。从预言依据来看，《左传》对上述人物或事件的命运、前途作出预测的主要依据，概括言之，不外乎三种类型：

一是根据某些自然征兆或龟筮象数进行预测，这是当时巫史等职业预测者的主要预测依据。在其心目中，自然界发生的一些变异现象不是孤立或偶然出现的，而是上天意志的呈现方式。天命是人类自下而上的最高法则，也是终极的无可怀疑的权力意志。“违天不祥”是人们行为处事的人生信条和终极解释依据，而上天的意志又往往或通过自然灾异，或通过人事更替的方式呈现出来。从殷代甲骨文看，殷代的王者，几乎可以说是生存在卜辞的预言之中。此一传统，在春秋时代还相当流行并还发生相当作用。故沙鹿发生山崩，卜偃因谓“期年将有大咎”(《僖公十四年》)，南宫极发生地震，苌弘则言“王必大克”(《昭公二十三年》)；有慧星出现，梓慎预言诸侯有火灾(《昭公十七年》)；有日食发生，昭子预言将大旱(《昭公二十四年》)；楚灭蔡，叔向预言“天假手罚之”(《昭公十一年》)等。国之大事，在祀与戎，诸侯举行重大的祭祀活动或军事战争时往往要进行龟筮占卜，然后根据卜筮象数以察吉凶。这一类记载在《左传》中尤多。如卜楚丘据龟有咎兆言齐侯必死(《文公十七年》)，卜偃、辛廖等据数、名、卦象言“毕万之后必大”(《闵公元年》)等。

二是根据普遍的道德行为准则——“礼”进行预测。春秋时代，礼即法，即为制度，为“古代贵族阶级间许多种生活的方式和习惯”。①“礼，上下之纪，天地之经纬也，民之所以生也”(《昭公二十五年》)；“礼之可以为国也久矣，与天地并”(《昭公二十六年》)，故大至国家盟会外交、小至个人修身养性，都必须在“礼”的规范之中进行。否则，“无礼，必亡”(《昭公二十五年》)“多行无礼，弗能在也(《文公十五年》)”。“礼”为人们的言行举止提供了基本的评价标准，也为预言者的预测提供了较为合理的判断尺度。这是《左传》预言最为主要的判断依据。较之巫史据神的判断，这种据行为因果关系对当事者所作的判断更为庄严而深刻。就个人修养而言，“礼”主要表现在德、义、信、敬等方面，一旦个人言行突破了“礼”的约束，则定会受到相应的惩罚，显示道德的决定作用。如众仲据“不务令德”言卫州吁必亡(《隐公四年》)；舟之侨据“无德而禄”言虢难将至(《闵十三年》)；郑庄公据“多行不义”论共叔段必亡(《隐公元年》)；卫彪傒据“大事奸义”言魏子必有大咎(《定公元年》)等等。在当时执政者，因其独尊无上的地位，其言行往往左右着国家的政局变化，尤其要“务德”“亲民”“主民”，否则，仅仅为了满足个人的私欲也会终遭祸害。如子太叔因楚王“不修其政德而贪昧于诸侯”而预言其将死(《襄公二十八年》)；沈尹戌据楚王“不抚民而劳之”预言楚必败于

① 钱穆:《国史大纲》，商务印书馆，1996年版，第95页。

吴(《昭公二十年》);申无宇因楚公子围“绝民之主,去身之偏”预言其“必不免”(《襄公三十年》)等等。因君王公子汰侈纵欲、哀乐失时而论必亡的预言更是不胜枚举。

三,如果说仅仅因凭世守勿替、不言自明的成法遗则进行预测尚有遗人窠臼之嫌的话,那么《左传》中还有一部分预言则是根据个人的经验知识,才能智慧加以冷静分析判断而得出的,显示了预言者非凡的谋略,具有个性化色彩。如著名的宫之奇谏假道(《僖公五年》),主要建立在历史经验(“辅车相依,唇亡齿寒”、“鬼神非人实亲,惟德是依”)和现实利害(“虢,虞之表也;晋不可启,寇不可玩”)交相印证的基础上,显示了鉴往知远的预测才干;又如《成公十六年》苗贲皇原为楚国斗椒之子,后逃奔晋国,故鄢陵之战时,他熟知楚国军情,说“楚之良,在其中军王族而已”,并提出了“诱敌深入,集中歼灭”的作战方针,即“栾范易行以诱之,中行、二郤必克二穆。吾乃四萃於其王族,必大败之”,充分体现了“知己知彼”的战略自信;又如《襄公二十五年》赵文子根据当时国际形势特点(“齐崔、庆新得政,将求善於诸侯。武(指赵文子)也知楚”),高瞻远瞩,预言“自今以往,兵其少弭矣”,遂调整了外交策略。吴伍子胥深谙祸福盈毁转化之理,在吴受越贿,众人皆喜之时,清醒地认识到越国此举是“豢吴也”,在伐越之谏遭拒后其亦断言:“吴其亡乎! 三年其始弱矣。”(《哀公十一年》)但这类预言在《左传》预言中的比例极少。从总体上来看,《左传》预言依据则呈现出类型化、单一化的特征。

四、预言结果:应验如神的预言模式

从预言结果来看,《左传》预言有一个突出的特点,那就是《左传》中涉及的全部春秋史事的预言都是应验了的,而且传文中皆有相应的验辞记载。其中绝大多数预言结果皆是随事而发的近期预言,即所预言之事一般在预言当年或数年内得到验证。有时甚至对事件发生的时间、地点也进行细致的推测,且亦应验如神。如卜偃预言虢灭在“丙子旦,日在尾,月在策,鹑火中,必是时也”(《僖公五年》;郑裨灶预言“七月戊子，晋君将死”(《昭公十年》)；秦蹇叔预言儿子将战死在崤之二陵之间(《僖公三十二年》)等。对此，杜预在注《左传》时也曾以“为××年××事传”或“为××年××事张本”的格式标注出来，以示此预言是为后面相关事件预先作的交代。有些预言时间跨度长达数十年之久，但仍会一一应验。如昭公九年，郑裨灶预言“五年陈将复封，封五十二年而遂亡”，结果，陈亡于鲁哀公十七年，即前478年，从当时陈复封的前529年至亡年恰历五十二年；又如昭公三十二年，晋史墨预言：“不及四十年越其有吴乎！”果然，在哀公二十二年楚灭掉了吴。

但是这里不能不提及的是，在《左传》全部预言中，有二十二则预言涉及战国史事，除田氏代齐、知伯灭亡、越灭吴等六则有验辞交代外，其余十六则预言皆无相关验辞记载。因此，持战国中期或晚期说的学者大都将考证这些《左传》战国预言是否也最后应验视为《左传》成书最重要的立论根据，即预言得以证实的，就是《左传》编者所亲见的；预言不灵验的，就是编者所未见的，由此以测定《左传》的成书年代。但是这里问题的关键在于，对于战国预言的考证究竟是以传文自身为根据，还是以传文之外的文献资料为根据来加以验证某一则预言的应验情况。很明显，凡是认为《左传》成书于公元4世纪的学者，尽管对于材料的理解和运用各有不同，但这些验证材料却都无一例外地取材于传文以外。① 事实上，这一看似行之有效的方法却有一个不容忽视的失误，那就是把战国预言材料过分孤立化，片面化，忽视了《左传》总体预言的特征和具体预言环境，尤其是忽视了《左传》春秋预言每言必验，而且验而有证的特征或规律。因为，断定《左传》预言的应验与否的主要根据就是看能否在传文中找到相应的验辞，而不是靠其他史料来证明，这是我们考察《左传》全部预言得出的最重要启示。据此，《左传》最后所附记的悼之四年即前453年，韩、赵、魏三家灭知伯事，实际上正是哀二十七年齐大夫田成子预言知伯亡身(“多陵人者皆不在，知伯其能久乎！”)的验辞，而这一段验辞就是《左传》全部验辞中涉及时间最晚的记载。同《左传》每言必证的预言规律相印证，这表明此年所录之事就是《左传》

---

① 牛鸿恩：《论左传的成书年代》，《首都师范大学学报》1994年第3期。

编者所见到或所搜集到的最晚史料了。因此我们有理由相信前453年就是《左传》的成书时间下限[①]。证明这一点,对于确定《左传》的成书时间无疑具有重要的文献意义。

五、考察《左传》预言的意义

首先,如前所述,《左传》预言,无论就其句法结构,语气特征,还是近似统一的预言依据和预言结果,都强有力的表明《左传》最终是出自一人的加工整理。大量预言一一应验,并不是占筮家,预言者的先知先觉,而是编者在已知事件的结局之后,对原有预言、卜筮资料的选择或修订。对于这一点,杜预在《春秋序》中也说:"传或先经以始事,或后经以终义,或依经以辩理,或错经以合异,随义而发"。[②] 编者通过插叙大量预言这一形式,不仅仅突出预言者料事如神的高超预言技巧,而且在叙事结构上,可以相对克服因传释《春秋》而采用编年体例的局限,使相关事件前后呼应,浑然一体。这一点同高本汉先生在其《左传真伪考及其他》中的考察不谋而合。他从语法系统的角度,选择了《左传》中的七组助词,统计它们的用法,并以《论语》《孟子》中的语言作为标准的鲁语进行比较后也认为《左传》有一律的文法,是一人所作的。[③] 而对于此编者到底为谁,由于缺乏直接有力证据,笔者于此只好阙疑。但是一个谙熟各国史料的儒家学者应无疑问。也许有学者认为单纯依靠预言来判定《左传》成书的某些问题,似显证据单薄和片面。其实,《左传》预言绝不是一种个别现象,它自始至终普遍存在于《左传》历年的叙事之中,犹如一根红线贯穿其中,将本来看似孤立的事件相互联系起来,已成为《左传》叙事的重要技巧之一。更何况在众多人物的谏言、论辩之中仍或隐或显地使用预言,因此,怎么能说《左传》预言是个别现象呢?

---

① 宁登国:《左传记事终止时间辨证》,《古籍整理研究学刊》2006年第3期。

② 孔颖达:《春秋左传正义》,北京大学出版社,1980年版,第12页。

③ 高本汉:《左传真伪考及其他》,商务印书馆,1926年版。

其次，优秀的史官绝不仅仅停留在“述往事”上，而是透过对往事的回忆与反省以究明事理，记善彰恶，以揭示其发生发展的必然性和规律性，从而为后人提供有益的启示和鉴戒。既然这些预言大都是《左传》编者在已知事件结局后对史料的修订或编造，那么其中必然隐含着选编者一定的思想倾向和价值判断，这便是“礼神并重”的双重信仰体系。其中，忽视任何一方或仅强调其中一方都会有失偏颇。重礼，即维护和信奉先人创制并渐趋完备的礼制并作为经国治民的法则，是《左传》编者最为突出的价值观，也是其对人物命运或事件结局进行预测的最主要依据。“礼”的作用在《左传》里被空前强调，视之为“国之干”“身之干”“人之干”“天地经纬”等，违礼，则理应甚至注定要遭到惩罚。“信礼之亡，欲免，得乎？”（《成公十五年》）“多行不义必自毙”（《隐公元年》）等如此相似的议论在《左传》中反复出现，并作为不证自明的论说根据，集中体现了编者面对王道衰微，征伐不息的动荡社会现实，强烈要求恢复和固守旧有的礼制、礼仪以重新建立稳定统治秩序的良好愿望。另一方面，左传亦多言鬼神，集录了大量占筮、鬼神、怪异、梦境等史料并对现实人事活动起着一定的惩戒或预示作用，显示了《左传》编者思想的另一侧面，即因袭旧有传统中原始鬼神信仰宗教的因子，并期望借助这一超现实的力量来护卫自己极力推行的礼法救世的社会主张，惩罚那些弃忠背信的违礼行为。因此，综合看来，《左传》的鬼神信仰已不是单纯的、虔诚的顶礼膜拜，而是同“德”“礼”联姻，带有浓厚的现实功利色彩。在《左传》中，具有人格意志的“天”是人间礼德的极致和最高体现，也是不证自明，无可怀疑的终极依据。因此，《左传》中也时常把所崇尚的礼德等同于“天道”“天命”，如“忠信，笃敬，上下同之，天之道也”（《襄公二十二年》）；“善之代不善，天命也”（《襄公二十九年》）；“礼以顺天，天之道也”（《文公十六年》）；“神，聪明正直而壹者也，依人而行”（《庄公三十二年》）；“鬼神非其族类，不歆其祀”（《僖公三十一年》）等，从这一点来讲，重礼和重神是一致的，相互的。这在《左传》预言者身上也可得到明显体现。如郑子产向来因其“天道远，人道迩”（《昭公十八年》）的理性呼声而被视为春秋时代重视人自身价值、自我意识觉醒的标志，在其多次预言中，也正体现了他对道德礼制的信奉和维护。但一个不可能脱离其所生存社会环境的熏染，子产也不可能完全摆脱当时盛行的天命控制论影响。如在预言“蔡必亡，楚亦有咎”时，他的根据便是“天将弃蔡以壅楚，盈而罚之”(《昭公十一年》)。这也表明《左传》编者有意通过星梦卜筮的神意天命与崇礼尚德的巧妙结合，用丰富生动的历史事件构建一个礼神并重，天德合一的历史体系。一旦当此信奉的鬼神违背了劝善惩恶的良好愿望，唯力是附，助纣为虐时(如虢将亡而神降之，虞之祀神丰洁而神不佑等)，《左传》编者又流露出明显地疑惑甚至背弃心理，转而强调事在人为，以人为本。因此，可以说，《左传》中所记鬼神，既有传统信仰的集体无意识在心灵深处的自然承传，又有在新的时代环境下《左传》编者所赋予的新的内涵即内德外巫，以人为本的进步历史观，同时也流露了在动荡不安、礼崩乐坏的社会现实之中，人们对传统鬼神信仰的怀疑或否定的矛盾心态。从这一视角看，春秋时代正是原始宗教与人文精神互相交错乃至交替的时代，是史的审判逐渐代替神的审判的时代。

作者简介

宁登国(1972—)，男，汉族，山东沂南人，山东聊城大学文学院副教授，从事先秦两汉文学研究。

庄子的语言哲学及表意方式(上)

刁生虎

(中国传媒大学文学院　北京　100024)

内容提要　庄子语言哲学是一个丰富、系统而又深刻的理论体系。庄子不仅发现了"不可说"("道不可言")这一哲学话语困境,并进而探讨了产生这一语言困境的内在根源("成心"之存在、"道"之本性、"言"之对象化);而更为重要的是,它发现了哲学"说'不可说'"("言而足,则终日言而尽道")这一独特的历史使命,把哲学的沉思由"说什么"("可说"还是"不可说")转向了"怎么说"("思维的说"还是"诗意的说");其方法和路径便在于使哲学言说方式从"思维的说"("俗言")转向"诗意的说"("道言"),从而使哲学话语一变理性逻辑、主客二分的对象化语言(概念语言)而为直觉体悟、天人合一的非对象化语言(隐喻语言),最终克服"不可说"这一语言困境,完成其"说'不可说'"的哲学使命。而作为"道言"具体表现形态的"寓言"、"重言"、"卮言",在本质上属于隐喻性语言。庄子言说方式的隐喻特质,决定了庄子文本诗思融合的独特品格和"得意忘言"的解读模式。

关键词　庄子　语言哲学　表意方式　困境　使命　三言　隐喻　诗思融合　得意忘言

语言作为"人类有史以来所发明的、最奇特的象征符号系统",①在

① [美]苏珊·朗格著,傅正元译,马元德译:《情感的象征符号》,载中国社会科学院哲学研究所美学研究室编:《美学译文》(3),中国社会科学出版社,1984年版,第111页。

人类社会生活中占据举足轻重的地位，因为它不仅是“人类最重要的交际工具”，[①]甚至在某种意义上“是人的一切智力活动的根本，是人最主要的向导”。[②] 从这个意义上来说，语言是人类的，人类也是语言的，言说既是人类的本性，而人类也只有通过言说才成其为自身，所谓“人之所以为人者，言也”。[③] 由此，对语言的自觉及研究既是对人类自身命运的深切关注，又是推动哲学和认识论发展的重要契机。正因如此，语言是哲学之思的重要对象，二者的联系与纠缠源远流长，“语言也像呼吸、血液、性别和闪电等其他带有神秘性质的事物一样，从人类能够记录思想开始，人们就一直用迷信的眼光来看待它”。[④] 原始先民甚至把语言符号当做神的使者，他们相信通过带有宗教色彩的文字符号活动，能把自己和大自然紧密地联系起来。如古印度的《吠陀》把语言描绘成女神；埃及人认为文字是智慧和魔术之神索斯的发明；巴比伦人则把文字创造归于命运之神尼波；古希腊人认为是诸神的使者发明了文字；中国古人甚至认为文字具有“天雨粟、鬼夜哭”的神奇魔力。除了人类这种对语言与生俱来的敬畏之情，哲学与语言的不解之缘还有更深层的原因。和人类的其他活动相比，哲学思维须臾不能脱离语言。因为思想的对象和思想过程本身，都必须依靠语言才能转变成他人思想所能把握的东西，“哲学本来的意义就是博学的爱好者、广泛涉猎者和各种话语间的苏格拉底式调解者所起的作用”。[⑤] 正因如此，无论中国哲学还是西方哲学，都对语言问题十分关注。在中国，从先秦到近代，言意之辨一直是困扰历代哲学家的一个核心命题。在西方，在古希腊语中，

---

① [苏联]列宁：《论民族自决权》，载《列宁全集》第 20 卷，人民出版社，1958 年版，第 396 页。

② [德]恩斯特·卡西尔著，于晓等译：《语言与神话》，生活·读书·新知三联书店，1988 年版，第 133 页。

③ 顾馨、徐明校点：《春秋谷梁传》，辽宁教育出版社，2000 年版，第 51 页。

④ [英]罗素著，张金言译：《人类的知识——其范围与限度》，商务印书馆，1983 年版，第 68 页。

⑤ [美]罗蒂著，黄勇编译：《后哲学文化》，上海译文出版社，1992 年版，第 279 页。

语言和理性、规律是同一个词:"逻各斯",在基督教的《圣经》教诲中,语言和世界的开端是合二为一的。尤其是社会进入20世纪,西方哲学在经历了由古代本体论(存在论)向近代认识论(知识论)的第一次转变之后,于现代又经历着由认识论(知识论)向语言论(方法论)的第二次转变。这就是学术界所谓的"语言论转向"(the Linguistic Turn)。① 转向之后的西方学术界,普遍把关注的目光投向语言本身。② 现代西方哲人对语言问题的极度重视就启发我们关注古代中国的思想家对语言问题的态度和认识。通过考察,我们发现,处在中国历史与文化"轴心期"的思想巨人庄子是一位不容忽视的语言哲学家。他不仅对普遍存在于人类社会中的语言困境及其根源有着敏感而又清醒的认识,而且对超越这一困境的路径也从理论和实践两个方面进行了大量而有益的尝试。庄子的语言哲学不仅揭示了哲学之为哲学的本质特性,而且与西方现代语言哲学明显存在相互发明和内在会通之处,在世界哲学史和中西文论史上都占据不容忽视的地位。

---

① "语言论转向"又译为"语言学转向",这个术语最早是由属于早期维也纳学派的哲学家古斯塔夫·贝格曼(Gustav Bergman)提出的对20世纪以来分析运动的描述。而今天所说的"语言论转向"已经大大超出了其本来的含义,也不限于哲学领域。以哲学的语言转向为基础,"语言论转向"发生于20世纪西方人文科学整个领域,包括心理学、人类学、文学批评的语言转向。哲学的语言转向是指把语言本身的一种理性知识提升到哲学基本问题的地位,哲学关注的主要对象由主客体关系或意识与存在的关系转向语言与世界的关系。语言问题成为哲学的基本问题。

② 如逻辑实证主义强调哲学的任务是进行语言分析。奎因把本体论问题归结为语言问题。维特根斯坦的整个哲学生涯都在关注语言的意义问题,认为这一问题是哲学的头等问题,哲学的任务应该是"治疗语言疾病",应当通过澄清语言中的"误用"现象来消除传统哲学中的"虚假"问题。普通语义学派把对语言的关注从思想界扩张到了全社会,极度夸张语言对人类行为和社会的影响。结构主义创始人索绪尔奠定的符号学理论,则更是事实上奠定了现代西方哲学的理论基石。更为甚者,现代西方哲学的泰斗,横跨现象学、存在主义和解释学三大流派的海德格尔,甚至把语言提到存在论的高度。

壹、困境与使命

庄子语言哲学所涉及到的问题很多,其中内容最为丰富、又最富哲学创见的便是言意关系论。而语言与意义的关系又是语言哲学的核心问题,因为,“我们只有通过意义方能真正理解语言,离开意义考察语言,语言就会成为一个根本不可能把握的现象。”①庄子对语言与语言困境的考察也正是围绕这一问题而展开的。

一、“可说”与“不可说”

庄子在《天道》篇中说:

> 世之所贵道者书也,书不过语,语有贵也。语之所贵者意也,意有所随。意之所随者,不可以言传也,而世因贵言传书。世虽贵之哉,犹不足贵也,为其贵非其贵也。故视而可见者,形与色也;听而可闻者,名与声也。悲夫,世人以形色名声为足以得彼之情!

对于其中的“意有所随。意之所随者,不可以言传也”,成玄英《庄子疏》云:“随,从也。意之所出,从道而来,道既非色非声,故不可以言传说。”由此可见,其中的“意之所随者”即是指“道”。这段话是说,书是世人所珍视和称道的,但书不过就是语言。语言的可贵之处在于它所表达的思想,而思想所追随的对象即思想的内容是不可能用语言来传达的。从上下文可知,这里所谓的“意之所随者”即思想的内容或对象不是“形色名声”等外在现象,只能是指代表事物本质的“道”,这里所谓的“不可

---

① 刘大基:《人类文化及其生命形式——恩·卡西勒、苏珊·朗格研究》,中国社会科学出版社,1990年版,第138页。

以言传”,就是指主体关于事物本质或“道”的思想是不能用语言来传达的。这里,庄子以普通名言为界,对可说的“意”与不可说的“道”进行了区分。既然“道”只能由“意”来把握,那么相对而言,“言”便是糟粕,即庄子所谓的“夫《六经》,先王之陈迹也”(《天运》)。如同“视而可见”、“听而可闻”的“形色名声”“不足以得彼之情”一样,作为“意之所随者”的“道”也是“不可以言传也”;而普通世人的可悲之处正在于“贵言传书”、“以形色名声为足以得彼之情”!

为了进一步论证自己的观点,下文庄子接着举了一个“轮扁斫轮”的例子:

> 桓公读书于堂上。轮扁斫轮于堂下,释椎凿而上,问桓公曰:“敢问,公之所读者何言邪?”公曰:“圣人之言也。”曰:“圣人在乎?”公曰:“已死矣。”曰:“然则君之所读者,古人之糟魄(粕)已夫!”桓公曰:“寡人读书,轮人安得议乎?有说则可,无说则死。”轮扁曰:“臣也以臣之事观之。斫轮,徐则甘而不固,疾则苦而不入。不徐不疾,得之于手而应于心,口不能言,有数存焉于其间。臣不能以喻臣之子,臣之子亦不能受之于臣,是以行年七十而老斫轮。古之人与其不可传也死矣,然则君之所读者,古人之糟魄(粕)已夫!”

这里,庄子先以“斫轮”比著书,再以著书喻传“道”。其中的“数”与“不可传也”的“道”有对应关系,实际上就是体现天地万物规律的“道”。这种“道”具体化为斫轮之术,就使轮扁虽“有数存焉于其间”,并能“得之于手而应于心”,但却“口不能言”。显然,这里的“数”,决非一种可以用数量关系来描述,并用逻辑性语言传授给别人的科学思维形式,而是一种只可意会不可言传的精深微妙的东西。庄子的这则寓言是紧承上文而来的,其与上文的主旨是一致的,意在说明圣人之书是陈迹,是无用的糟粕,求得那个“所以迹”的“道”是不能靠学习语言文字即“言”而来的。这实际上体现了作为物质传输媒介的“言”与体现事物规律的“道”之间的矛盾。显然,对事物规律和“道”之必然性的把握,也是语言所不能表达的。

庄子在《秋水》篇中又说：

> 夫精粗者，期于有形者也；无形者，数之所不能分也；不可围者，数之所不能穷也。可以言论者，物之粗也；可以意致者，物之精也；言之所不能论，意之所不能察致者，不期精粗焉。

对此，成玄英疏曰："夫言及精粗者，必期限于形名之域，而未能超于言象之表也。无形不可为者，道也。至道深玄，绝于心色，故不可以名数分别，亦不可以数量穷尽。夫可以言辩论说者，有物之粗法也；可以心意致得者，有物之精细也；而神口所不能言，圣心所不能察者，妙理也。必求之于言意之表，岂期必于精粗之间哉？"由此可见，"物之粗"是粗疏外显的对象世界，属于最浅层次；"物之精"是精微内在的对象世界，属于较深层次。"夫精粗者，期于有形者也"，这两者仍然停留在"物"的限度内，并没有超越"物"的层次，"不期精粗"者，是"无形者，数之所不能分也；不可围者，数之所不能穷也"，是世界的总体、万物的本根，是人类认识的终极，属最高层次。在三个层次之中，作为最浅层次的"物之粗"是语言所能讨论者，作为中间层次的"物之精"是思维所能企及者，但既然有"精粗"，就说明仍局限于形名之域。而对于作为"不期精粗"的最高层次的"混沌之道"来说，语言和思维都是无能为力的。也就是说，人们可以言说、可以意识到的，只限于形名之域的物质现象世界，而对于"言之所不能论，意之所不能察致"的作为世界本体的"道"来说，则是不可以大小名数分别，不可以数量穷尽的。

应当指出，"意"在《庄子》一书中有多种含义。有时指人的智性认识，和"知"同义，如"可以意致者，物之精也"(《秋水》)，在此意义上使用时常和"言"并举，如"可言可意"(《则阳》)，都属认知方式，因此不在言意之辨讨论的范围之内。有时指形而上的"道"，是"言"的终极指向，如"得意而忘言"(《外物》)。有时指由"言"达"道"的中介环节，如"意有所随。意之所随者，不可以言传也"(《天道》)，这种用法的"意"基本上等同于个体体验之“意”,只不过前者是就静态言,后者是就动态言。因此,庄子言意之辨所探讨的问题实质是“言”和“道”的关系。而“道”在《庄子》一书中也有不同层次的多种含义。[①] 言意(道)关系中所探讨的是作为世界总体、宇宙根源的“道”,是人类认识活动的极限。这种意义上的“道”,正如前述,在庄子看来,是超越具象事物而不可言传的:“道不可闻,闻而非也;道不可见,见而非也;道不可言,言而非也。知形形之不形乎!道不当名。”(《知北游》)“道”是听不见的,因而自称听到了“道”的人所听到的实际上根本就不是“道”;“道”是看不见的,因而自称看到了“道”的人所看到的实际上根本就不是“道”;“道”是无法言说的,因而自称言说了“道”的人所言说的实际上根本就不是“道”。因为“道昭而不道,言辩而不及”(《齐物论》),“道”一落言荃便与“道”不肖。《知北游》中“知问道于玄水之上”的寓言便对此有极为形象的描绘:

> 知北游于玄水之上,登隐弅之丘,而适遭无为谓焉。知谓无为谓曰:“予欲有问乎若:何思何虑则知道?何处何服则安道?何从何道则得道?”三问而无为谓不答也;非不答,不知答也。知不得问,反于白水之南,登狐阕之上,而睹狂屈焉。知以之言也问乎狂屈。狂屈曰:“唉!予知之,将语若。”中欲言而忘其所欲言。知不得问,反于帝宫,见黄帝而问焉。黄帝曰:“无思无虑始知道,无处无服始安道,无从无道始得道。”知问黄帝曰:“我与若知之,彼与彼不知也,其孰是邪?”黄帝曰:“彼无为谓真是也;狂屈似之;我与汝终不近也。夫知者不言,言者不知,故圣人行不言之教。……”

这段话中,“知”、“无为谓”、“狂屈”、“黄帝”均为庄子所假托的人物。其中,“知”是问“道”之人,“无为谓”、“狂屈”、“黄帝”则分别代表“道”的三种境界。面对“知”“何思何虑则知道?何处何服则安道?何从何道则得道”的请教,三个被问对象的反映是各不相同的:“无为谓”不答;“狂

① 参见崔大华:《庄学研究——中国哲学一个观念渊源的历史考察》,人民出版社,1992年版,第118—122页。

屈”想答却忘了欲答之言;“黄帝”则不仅详尽回答了“知”的三个问题,而且还从“道”的本质和仁义对“道”的戕害等方方面面旁征博引地说明了成为如此的原因所在。但问题是,作为世界整体的“道”在本质上是不可言传身教的,所以关于“道”的问题,最为恰当的回应就是不答不应。如果有谁以知“道”者的姿态对此问题予以正面的回答,那么这就只能说明他根本就不了解“道”。“因为一方面,对一个东西的真正的言说(有意义的言说)显然要以心灵的正常运作为前提,也即以思和知之活动为前提,这样获得了关于道的真知的人无法将道或其体道的情况说出来;另一方面,未体道的人既然没有获得关于道的真知,那么他们关于道或体道境界的言说实际上根本就不是关于道或体道境界的言说”。[①] 按照这个逻辑,显而易见,问而答“道”的“黄帝”层次最低,“中欲言而忘其所欲言”的“狂屈”次之,三问而三不答的“无为谓”境界最高。“有问道而应之者,不知道也;虽问道者,亦未闻道。道无问,问无应”,“不知深矣,知之浅矣;弗知内矣,知之外矣”(《知北游》)。“无为谓”不答,非不知也,是“不知答也”。即“彼至则不论”(《知北游》)、“知者不言”(《知北游》)。“狂屈”虽几落言荃终则忘之,仍不失“道”,故似之;“黄帝”是“倒道而言,迕道而说者”(《天道》),为“论则不至”(《知北游》)、“所以论道而非道也”(《知北游》)、“言者不知”(《知北游》),故层次最低,离“道”最远。

截至到目前的讨论为止,庄子对语言的认识似乎是这样的:首先,语言是具有表意功能的:“言者所以在意”(《外物》)、“语之所贵者意也”(《天道》)。语言是对应于“意义”(Meaning)的“符号”(Symbol),而“意义”(Meaning)则由“概念”(Concept)所构成。当“概念”(Concept)外在化为语言符号(Linguistics Symbol)时,便可以语言符号(Linguistics Symbol)为工具,借以进行认知、表情等表意活动。具有表意功能的语言并非只是声音和形式:“夫言非吹也”(《齐物论》)、“异于鷇音”(《齐物论》),而是有所指谓的:“言者有言”(《齐物论》)。这就是说,在庄子看

---

① 韩林合:《虚己以游世——〈庄子〉哲学研究》,北京大学出版社,2006 年版,第 253—254 页。

来,语言符号是一个意义系统,人类语言和自然风吹是截然不同的,总要表达一定的情感、传达一定的信息。这便肯定了语言符号的意义和价值。其次,语言虽以表意为其功能,但却不具绝对性,常常陷入“言不尽意”的困境。庄子深入考察了“意义”的内涵,认为“意义”所指涉的对象可以分为经验世界与超越世界。只有指涉经验世界的语言才有“尽意”之可能,换句话说,语言的功能仅限于“视而可见”、“听而可闻”之“形色名声”者的现象世界,而对于超越“形色名声”的本体之“道”,语言就无能为力了。这样,庄子以语言为维度,对现存世界进行了划界:一部分是可以用语言描绘、传输的形下现象界,是“可说”的世界,另一部分是无法用语言描绘、传输的形上本体界,是“不可说”的世界。

勿庸讳言,在中国古代思想家中,庄子并非是最早意识到语言局限性者。儒家创始人孔子在充分信任语言表意功能的同时,也曾有过“天何言哉? 四时行焉,百物生焉。天何言哉?”(《论语・阳货》)的困惑与感叹,子贡因此才有“夫子之文章,可得而闻也。夫子之言性与天道,不可得而闻也”(《论语・公冶长》)的体会。道家创始人老子更是在其著作开篇就提出垂范千古的命题“道可道,非常‘道’;名可名,非常‘名’”(《老子》一章),指出“有物混成,先天地生。寂兮寥兮,独立而不改,周行而不殆,可以为天地母。吾不知其名,强字之曰‘道’,强为之名曰‘大’”(《老子》二十五章)。《易・系辞上传》甚至明确指出:“书不尽言,言不尽意。”但在先秦时期,真正从思辨哲学的高度深刻认识并大量阐释语言局限性的,却只有庄子一人。①

有趣的现象是,中国古典哲学家庄子这一语言思想历经两千多年后在西方现代语言哲学界找到了知音,引起了共鸣。路德维希・维特根斯坦(Ludwig Wittgenstein)的前期代表性著作《逻辑哲学论》的根本宗旨就是意在为思想的语言表达划定界限:可清楚地言说的东西与不可

---

① 佛法最高“要义”亦是不可说,如禅宗中就有“佛之第一要义不可说”、“一说某物即不中”的主张。《法华经》亦言:“是法不可示,言词相寂灭,诸法寂灭相,不可以言宣。”禅之不可说实乃老庄“道不可言”的进一步发展。

言说的东西。他明确指出："确实有不可说的东西。它们显示自己，它们是神秘的东西。"①而"对于不可说的东西，我们必须保持沉默"。② 由此出发，维氏提出了其著名的命题："我的语言的界限意味着我的世界的界限。"③这里，维特根斯坦明确划分了"可说"与"不可说"两个领域。不言而喻，中西哲学在这里产生了不期然而然的会通。④

二、缘何"不可说"

任何一个语言活动的存在，都必然有作为主体的人、作为客体的对象和作为媒介的语言共同参与其中，可谓三者缺一不可，而导致语言困境出现的原因也只能从这三者中寻找。庄子正是以此为线索，分别对语言主体、语言客体和语言媒介进行了深入的考察，并依次深刻揭示了这三者促成语言困境产生的机制。

（一）"成心"之存在：语言困境产生的主体原因

在庄子看来，语言主体"成心"的存在是导致语言困境产生的主体因素。庄子认为，现实世界的语言是在自我中心的生活环境中培育起来的，其典型特征就是从自己特定的立场出发，以己为是，以人为非，用

---

① ［奥地利］维特根斯坦著，贺绍甲译：《逻辑哲学论》，商务印书馆，1996 年版，第 104 页。

② 同上书，第 105 页。

③ 同上书，第 79 页。

④ 当然，庄子和维特根斯坦两者的"不可说"并非完全没有区别。杨国荣先生指出："维特根斯坦所谓'不可说'，是指不可以命题的方式说，在他那里，'可说'与'不可说'之别所体现的，首先是科学知识与形上观念之间的张力；庄子则主要将'言说'与基于'成心'的是非之辩联系起来，由此彰显的，是'道'对外在之'物'与内在'成心'的超越。"（《庄子的思想世界》，北京大学出版社 2006 年版，第 137 页）

庄子的话来说叫做“师其成心”:“夫随其成心而师之,谁独且无师乎?……未成乎心而有是非,是今日适越而昔至也。”(《齐物论》)①所谓“成心”,即成疏的“夫域情滞者,执一家之偏见者”,②也就是语言主体所具有的偏见或先入之见。它是主体后天形成的各种观念和知识,是是非之心、分别之心和自我肯定之心。人人都有偏好之心,都是自我中心与排他主义者,都喜欢把一种暂时性的偶然见解夸张为确定不疑的知识,语言就是这种确定态度的表达。因此,在庄子看来,世俗之人皆有“成心”,若执著于此心,以此心为“师”,则必受此心牵累而不得自由。因为“成心”的根本要义在于区别物我、分辨对象,有是非、贵贱、内外之分;总以我为内,以物为外,以此为是,以彼为非。而主体区别是非物我,则必受此“成心”支配,能安于此而不能安于彼。如此,则纠缠于分别之中而与自由无缘。可以说,自由的“桎梏”源于“成心”。作为“天地之纯,古人之大体”的“道术”,正是由于人们“各为其所欲焉以自为方”(《天下》),任其“成心”作怪,总是“往而不返”地采取“同于己为是之,异于己为非之”(《寓言》)的态度,从而导致其降格到“闇而不明,郁而不发”并最终“为天下裂”(《天下》)之层次的。③

---

① 与“成心”类似的说法,在《庄子》中还有“师心”(《人间世》)、“机心”(《天地》)等。

② 对此郭象解作“夫心之足以制一身之用者,谓之成心”,误。见(晋)郭象注,(唐)成玄英疏,曹础基、黄兰发点校:《南华真经注疏》,中华书局,1998年版,第31页。

③ 与庄子彻底否定“成心”的态度不同,西方现代解释学对“误解”和“成见”进行了合法性的辩护。如海德格尔认为:“任何解释工作之初都必然有这种先入之见,它作为随着解释就已经‘设定了的’东西是先行给定了的,这就是说,是在先行具有、先行见解和先行掌握中先行给定了的。”(《存在与时间》,陈嘉映、王庆节译,三联书店1987年版,第184页)伽达默尔甚至认为:“不是我们的判断,而是我们的成见构成了我们的‘在’。……‘成见’未必都是不合理的、错误的,因此不可避免地会歪曲真理。实际上,我们经验的历史性使‘成见’在其字面意义上构成了我们全部经验能力的最初方面。‘成见’是我们对世界开放的倾向性。它们是我们据以经验某事一我们遇到的东西据以对我们说什么的条件。”(《哲学解释学》,夏镇平、宋建平译,上海译文出版社,2004年版,第9页)

庄子不仅深刻剖析了“成心”在语言交流中的不良影响，而且进一步探讨了“成心”存在的认识论根源。首先，语言主体所处时间、空间及文化环境的局限。庄子云：“井蛙不可以语于海者，拘于虚也；夏虫不可以语于冰者，笃于时也；曲士不可以语于道者，束于教也。”（《秋水》）其中的“虚”同“墟”，指空间。个体生命的存在空间是极其有限的：“鹪鹩巢于深林，不过一枝”（《逍遥游》）。这极其有限的生存空间就必然决定了其认识的有限性和片面性，就像那“翱翔于蓬蒿之间”的斥鴳无法理解那“抟扶摇而上者九万里”的大鹏一样，也就像那井底之蛙无法理解那大海之博大一样。其中的“时”，当有双重内涵，一是指自然层面上的时间，二是指社会层面上的时势。就前者言，庄子云：“人生天地之间，若白驹之过隙，忽然而已。”（《知北游》）人的生命首先是一种个体的存在，而作为个体存在的生命总是有限的。这有限的生命就必然决定了语言主体认识的有限性，“吾生也有涯，而知也无涯，以有涯随无涯，殆已！”（《养生主》）个体生命的有限性决定了其所能认识到的对象及其性质的有限性和片面性，就像那“夏虫不可以语于冰者”一样，也就像那“朝菌不知晦朔，蟪蛄不知春秋”（《逍遥游》）一样。就后者言，庄子云：“争让之礼，尧舜之行，贵贱有时，未可以为常也……帝王殊禅，三代殊继，差其时，逆其俗者，谓之篡夫；当其时，顺其俗者，谓之义徒。”（《秋水》）包括是非贵贱在内的人的认识在不同的时代背景和历史条件下往往是不一样的，就像那“争让之礼，尧舜之行”一样，也就像那篡夫、义徒的评价一样。其中的“曲士”即成疏的“曲见之士，偏执之人”，也就是有“成心”的人。其中的“教”，指礼仪规范，社会的人文制度，也就是社会的文化环境。庄子云：“龙少学先王之道，长而明仁义之行；……吾自以为至达已。今吾闻庄子之言，汒焉异之。不知论之不及与，知之弗若与？今吾无所开吾喙。”（《秋水》）公孙龙为所受教育局限，自以为已经达到“至达”的境界，然一遇庄子，才发现自己实在无法“开吾喙”。可见有限的教育与僵化的文化环境很容易使人形成一种封闭性的心态，从而产生片面性的认识。

其次,语言主体类本质的局限。[①] 每个主体都有属于自己的特定的类本质,具有不同类本质的主体其生存体验必然是不同的,不同的生存体验必然导致不同主体对外界事物的感知能力和效果也是不同的。庄子曾借助《齐物论》中“齧缺问乎王倪”的寓言对此进行了形象化的说明。人在湿地上睡久了,会得风湿病,而泥鳅生活在水中没有风湿病。人爬高了怕跌死,而猴子越爬得高越好。人、泥鳅、猴子这三者各自秉赋的生命功能和习惯是不同的。人喜欢吃菜吃饭,麋鹿喜欢吃草,蛆喜欢吃蛇,鸱鸦喜欢吃臭的死老鼠。人、麋鹿、蛆、鸱鸦这四者的饮食是不同的。猿以狙猵为雌,麋和鹿互相交配,鳅与鱼彼此戏游,这是生物的自然现象。毛嫱、丽姬是中国古代公认的两个大美人,但鱼看见她们就沉下去了,鸟看见她们就飞走了,麋鹿看见她们就跑掉了。看来,人、鱼、鸟、兽这四者的审美感受是不同的。具体到人这一主体来说,马克思认为,人的本质分两方面:一方面,人是自然的组成部分,自然界与人本身不可分离;另一方面,人又是类的存在物,具有分别“类”的能力,即把自己本身的类和其它的类当作自己对象的对象化的能力。[②] 而这两方面的本质在人的发展进程中是分裂的:人没有以自然规定的人类自身的目的为目的来生活,而是因其对象化的本质变成了以占有自然界和在自然界中生产“物”为目的的生活。这样,随着物的积累和劳动的分工,个人丰富的类本质逐渐单一化为生产“物”的工具性,个人成了社会生产机器上的一个零件,这就是人的异化。它使“人的类本质——无论是自然界,还是人的精神的、类的能力——变成人的异己的本质,变成维持他的个人生存的手段”,[③]异化劳动造成“人同自己的劳动产品、自己的生命活动、自己的类本质相异化”。[④] 这就无形之中造成了类本

---

① 崔大华先生在分析庄子认识论时即曾谈到类的本性对认知相对性的影响。请参阅崔大华:《庄学研究——中国哲学一个观念渊源的历史考察》,人民出版社,1992年版,第270—271页。

② [德]马克思:《1844年经济学哲学手稿》,载《马克思恩格斯全集》第42卷,人民出版社,1979年版,第96页。

③ 同上书,第97页。

④ 同上书,第98页。

质的局限性。庄子云："夫知遇而不知所不遇，能能而不能所不能。无知无能者，固人之所不免也。夫务免乎人之所不免者，岂不亦悲哉！"(《知北游》)作为"类"的人的认知能力在本性上是残缺不全的，他只能知道他所遇到的事物而不能知道他所没有遇到的事物，他也只能做他所能做到的事情而不能做他所不能做到的事情。"无知无能"乃作为"类"的人的本性所固然，是无法避免的现象。倘若一定要免除作为"类"的人所无法免除的东西，那实在是一件非常悲哀的事情。正是由于类本性的局限，才导致了所有物种的感知能力都是极为有限、极为片面的。作为万类之一的人也同样无法改变这一类本性的局限，这就决定了人类对全知全能的追求是永远不可能实现的奢望："计人之所知，不若其所不知；其生之时，不若未生之时；以其至小求穷其至大之域，是故迷乱而不能自得也。"(《秋水》)

最后，语言主体观察事物的立场和角度的局限。任何人在进行观察和判断活动时都不可避免地存在一个先在的立场和特定的视角，而不同的立场和视角必定会导致形成不同的判断结果。庄子对此具有极为深刻的认识："以道观之，物无贵贱；以物观之，自贵而相贱；以俗观之，贵贱不在己；以差观之，因其所大而大之，则万物莫不大；因其所小而小之，则万物莫不小；知天地之为稊米也，知毫末之为丘山也，则差数睹矣。以功观之，因其所有而有之，则万物莫不有；因其所无而无之，则万物莫不无；知东西之相反而不可以相无，则功分定矣。以趣观之，因其所然而然之，则万物莫不然，因其所非而非之，则万物莫不非。"(《秋水》)包括贵贱、大小、有无、是非、同异在内的所有这些对具体事物存在状态和价值的认知和判断都是相对的，都会随着观察的立场和角度的不同而不同。这就必然决定着语言主体会因立场和角度的不同而产生不同而又片面的认识。

总而言之，在庄子看来，由于语言主体受其所处时间、空间及既定的文化传统的影响；也由于语言主体所固有的类本性的存在；也由于语言主体观察事物的立场和角度的局限，参与说话的每一个语言主体都不可避免地会有这样那样的"成心"存在。而由于各人从各自具有的偏见出发，"得一察焉以自好"(《天下》)，所以主体的认识虽然各有所长，时有所用,但都因不能全面地看问题而存在一曲之蔽。因此,主体之间不仅会产生不同意见的分歧和观点的差异,还会因各执一端以自夸而形成了关于是非对错的争执:“彼亦一是非,此亦一是非。……是亦一无穷,非亦一无穷也。”(《齐物论》)

(二)“道”之本性:语言困境产生的客体原因

在庄子看来,语言困境的产生,除了与语言主体“成心”的存在有关之外,还与作为语言客体的“道”之本性密切相关。

《庄子》一书对“道”的描述虽然无处不在,但最有代表性的内容主要集中在如下几个部分:

> 夫道,有情有信,无为无形;可传而不可受,可得而不可见;自本自根,未有天地,自古以固存;神鬼神帝,生天生地;在太极之先而不为高,在六极之下而不为深,先天地生而不为久,长于上古而不为老。(《大宗师》)
>
> 道不可闻,闻而非也;道不可见,见而非也;道不可言,言而非也。知形形之不形乎!道不当名。(《知北游》)
>
> 东郭子问于庄子曰:“所谓道,恶乎在?”庄子曰:“无所不在。”东郭子曰:“期而后可。”庄子曰:“在蝼蚁。”曰:“何其下邪?”曰:“在稊稗。”曰:“何其愈下邪?”曰:“在瓦甓。”曰:“何其愈甚邪?”曰:“在屎溺。”东郭子不应。庄子曰:“夫子之问也,固不及质。……汝唯莫必,无乎逃物。至道若是,大言亦然。周遍咸三者,异名同实,其指一也。”(《知北游》)
>
> 或之使,莫之为,未免于物而终以为过。或使则实,莫为则虚。有名有实,是物之居;无名无实,在物之虚。可言可意,言而愈疏。……或之使,莫之为,疑之所假。……道之为名,所假而行。或使莫为,在物一曲,夫胡为于大方?(《则阳》)

根据《庄子》一书的描述,我们获得了对庄子之“道”的如下整体认识:

其一,“道”虽然不是一个有形的具体事物(“无为无形”《大宗师》、

“形形之不形”《知北游》），但它却是一种客观的存在（“有情有信”《大宗师》）。如同《齐物论》所说的“可行已信，而不见其形，有情而无形”一样，“无为”是形容“道”的无所有为，“无形”是形容“道”的超乎名相。“道”虽然是无所作为的，但在作用上却是富有征信的（“有信”），“道”虽然不见形象，但却是真实存在的（“有情”）。

其二，“道”本身就是自己存在的根源和依据，从来就是自足地存在着，没有也不可能有任何一个东西是“道”的根源，即“道”具有“自本自根”性。“自本自根”即是说“道”的存在根据乃在于其自身之中。“未有天地，自古以固存”说明“道”的先在性与永存性。

其三，“道”是天地万物产生与存在的根源和依据，为万物自然发生的源头。“神鬼神帝”说明“道”在品位与时序上都先于天地鬼神，这就消解了鬼神的主宰性，具有重要的思想解放意义。“生天生地”说明了“道”创生万物的思想，这与老子的“道生一，一生二，二生三，三生万物”（《老子》四十二章）等思想具有内在的一致性。

其四，“道”既然是宇宙万物存在的根据，万事万物的存在都离不开“道”，那么“道”就必然在空间上具有普遍性（“在太极之先而不为高，在六极之下而不为深”《大宗师》、“无所不在”《知北游》、“广广乎其无不容也，渊渊乎其不可测也”《天道》），在时间上具有永恒性（“先天地生而不为久，长于上古而不为老”《大宗师》、“道无终始，物有死生”《秋水》），超时空是“道”的基本特征。

其五，“道”不仅是天地万物产生与存在的根源，而且是普遍性内在于万物的。《知北游》中庄子借助“在蝼蚁”、“在稊稗”、“在瓦甓”、“在屎溺”的形象说法来说明“道”是“无乎不在”的特性，虽然“道”不能说一定存在于某个地方（“莫必”），但“道”确实是不能离开万物而存在的（“无乎逃物”）。

其六，正因为“道”是一个无形的存在，具有超越时空囿限的特性，所以“道”就不能为人的感官所感知和理智所认识，从而具有超越理性思维的性质而只能被体悟（“可传而不可受，可得而不可见”《大宗师》、“道不可闻，闻而非也；道不可见，见而非也；道不可言，言而非也。……道不当名”《知北游》）。

由是观之,就“道”与“物”的关系而言,庄子认为,“道”本身既超越于万物,又内在于万物。说其超越于万物,是因为它“自本自根”、“自古以固存”、“生天生地”(《大宗师》),性圆满自足,为“万物之所由”(《渔父》),而且“不可闻”、“不可见”、“不可言”(《知北游》),是超感知的;说其内在于万物,是因为它“周遍咸”、“无所不在”(《知北游》),就存在于“蝼蚁”、“稊稗”、“瓦甓”、“屎溺”(《知北游》)等具体事物之中:“行于万物者道也”(《天道》)。庄子的这种本体论观念,就决定着他对“道”的特定理解:无论把“道”说成具体(“或使则实”)或虚无(“莫为则虚”)、有实(“有名有实”)或无实(“无名无实”)的一个“什么”,就已经把“道”当成“物”来看待了(“未免于物”),都是一种片面的见解(“在物一曲”)(均见《则阳》),都与“道”的本性格格不入。由此可见,作为世界总体,宇宙根源的“道”,在本质上是不同于作为具体存在的“物”的,是超越于语言主体的感性与理性认识之外的,是不能被理性逻辑的概念化语言所言说的。何以如此?首先,从外在形态上说,庄子认为“道”“无为无形”(《大宗师》),“未始有封”(《齐物论》),是“形形之不形”(《知北游》),不具有任何时空形式和具体形态,所以“道”是超感知与超言说的;其次,从本质内容上说,庄子认为“道”是世界的总体:“道通为一”(《齐物论》)、“道覆载万物者也”(《天地》),为宇宙万物的根源:“道者万物之所由也”(《渔父》),人的感知和理智都是“道”的部分和派生:“精神生于道”(《知北游》),部分和派生当然不能认识总体和根源。所以“道”是超越感知与理智之外而无法被理性逻辑的概念化语言所言说的。“道”是一种全体,或者说是大全;它毫无偏私,混然为一,处于浑沌的流转之中,不能作任何部分的描述。庄了借老子之口说:“夫道,于大不终,于小不遗,故万物备。广广乎其无不容也,渊渊乎其不可测也。”(《天道》)从“道”(全体)的角度观察世界与从“物”(部分)的角度观察世界是完全不同的。全体是一,部分是多。由于“道”的这种特征,使语言对它描述得越多,它就愈模糊不清。因此老庄的结论是,凡是用语言表述出来的东西都只是“道”的糟粕。(《天道》)作为宇宙之整体和大全的“道”之所以“不可说”,庄子的回答是:“既已为一矣,且得有言乎?既已谓之一矣,且得无言乎?一与言为二。”(《齐物论》)对此,郭象的注解是:“一既一矣，言又二之。”这里，庄子之所谓“一”是总一切之“大一”，作为言说对象的“一”则不能包括此言说，因此，言说中的“一”不是“大一”，所以，总一切的“大一”是“不可说”的。语言对事物的描述总是从某一局部或某一方面出发，因而只能对事物做出某种有限的规定。在这个规定的过程中，事物原本所具有的完整的、生动的、丰富的内涵，被割裂、分解、抽象、凝固，于是成为了缺乏生机与活力的概念的集合体。而“道”本身不是一种实体，也就不可能被描述和规定。任何普通的言说都会把宇宙整体分割，都是对“大道”的疏离：“夫道未始有封，言未始有常，为是而有畛也……夫大道不称，大辩不言……道昭而不遗，言辩而不及，……孰知不言之辩，不道之道？”（《齐物论》）由此可见，“道”是无时空界限的，而“言”是多变无常的。“言”有其特定界限，它处在物质时空、社会人伦、逻辑名理区域内，即“左”、“右”、“伦”、“义”、“分”、“辩”、“竞”、“争”等“八德”范围之内，至多扩大至“六合之内”；而“道”则在“六合之外”的形上之域。这意味着“道”是无法用“言”论说的。这一点，冯友兰先生早已察觉。他认为，“大全”之所以“不可说”，是“因为言说中，所言说底大全，不包括此言说。不包括此言说，则此言说所言说之大全为有外，有外即不是大全。”①由此可见，冯先生有关“道体”和“大全”之不可说的基本思想就是来自庄子的上述论证。

（三）“言”之对象化：语言困境产生的媒介原因

庄子认为，语言困境的产生还与主客体发生关系之媒介的语言本身密切相关，语言本身的对象化也是造成语言困境产生的重要因素。

在庄子看来，现实世界的语言是在自我中心的生活环境中培育起来的，其典型特征就是从自己特定的立场出发，以己为是，以人为非，用庄子的话说就叫做师其“成心”（《齐物论》）、有“师心”（《人间世》）、怀“机心”（《天地》）等。不仅如此，语言还要加上许多文饰的花样，成为人们自鸣得意的工具，这就是另一种形态的语言遮蔽：“言隐于荣华”（《齐物论》）对此，成疏：“荣华者，谓浮辩之辞，华美之言也。只为滞于华辩，

① 冯友兰：《三松堂全集》第5卷，河南人民出版社，1986年版，第156页。

所以蔽隐至言。”(《庄子疏》)就“浮辩之辞”言,庄子认为主体在论辩过程中,为了达到是己非彼,“饰人之心,易人之意”(《天下》)的目的,往往是不择手段地诡辩以炫耀其智能。就“华美之言”来说,庄子认为主体在论辩过程中,常常“各为其所欲”(《天下》),“骈于辩者,累瓦结绳,窜句游心于坚白同异之间”(《骈拇》)。在儒墨这样的“大言炎炎”(《齐物论》)后面,是“小言詹詹”(《齐物论》),是人人争辩不休、“语而不舍”(《秋水》)、“强聒而不舍”(《天下》)的普遍状况。由此看来,人类的语言活动是一种有别于“使其自己”、“咸其自取”的“天籁”(《齐物论》)之自然现象的社会现象,它完全发自人心,出于人为:“夫言非吹也。”(《齐物论》)人为的分封、人立的惯例总是打上了主观目的甚至是权力意志的烙印,语言总有一种不可征服的遮蔽性,运用语言的交往总是导致一种语境的歪曲。而正因为“语言是纯粹人为的,非本能的,凭借自觉地制造出来的符号系统来传达观念、情绪和欲望的方法”,①才造成了虽然“言者有言”(《齐物论》),但却“其所言者特未定也”(《齐物论》)的必然现象。因此,语言是没有恒定标准的:“言未始有常”(《齐物论》)。② 这样,人与人之间“以言谴言”的结果只能是“一与言为二,二与一为三,自此以往,巧历不能得,而况其凡乎!”(《齐物论》)这就是说,作为认识对象的“道”是不能用语言来表达的。而当语言“由人说的时候就代表人类的思想,它们表示肯定与否定,表示每个个人从他自己特殊的有限的

① [美]爱德华·萨丕尔著,陆卓元译,陆志韦校订:《语言论——言语研究导论》,商务印书馆,1985年版,第7页。

② 《庄子·齐物论》云:“夫言非吹也,言者有言,其所言者特未定也。果有言邪?其未尝有言邪?其以为鷇音,亦有辩乎,其无辩乎?”对此,明人罗勉道释云:“夫人之言,非如天籁之吹万物一以无心也,乃言者之人有言耳。既出于人,则宁免无私,故其言特未定,不可为准。言既未定,则人视之亦如无有,故曰‘果有言邪,其未尝有言。’鷇鸟初出卵者,人闻禽鸟之音,如鹊则报喜,鸦则报凶,鸛鸣知雨,布穀催耕,可听之为准,鷇音未定,则不为准矣。人言之未定,亦犹是也。”(《南华真经循本》)朱得之则进一步揭示了造成这种现象的原因:“鷇者,鸟之初出卵者也,鷇之为音,未有所知;汝之有言,亦不自知,与鷇音同也,大道本无真伪,至言本无是非,真伪起于偏见,是非起于自夸、小成、一偏之见也。”(《庄子通义》)

观点所形成的意见。既然有限，这些意见都必然是片面的。可是大多数人，不知道他们自己的意见都是根据有限的观点，总是以自己的意见为是，以别人的意见为非”。[①] 因此，在庄子看来，“夫言者风波也；行者实丧也。风波易以动，实丧易以危。故忿设无由，巧言偏辞”，况且“两喜必多溢美之言，两怒必多溢恶之言”（《人间世》）。由此看来，现实世界的语言是“成心”之言，是对象化语言。故任何语言表达出来的认识都是片面的一曲之见或片面之词，而不可能概括事物的全貌，从而使这个世界变得支离破碎，并最终掩盖了其真实状况。因此，语言产生于人类，反过来又成为对人的基本规定。语言对人而言，已经成为其社会存在的根本依据与条件。可以说，语言决定文化，语言决定人类。这种决定性、规定性的组织化、制度化的方面，在人类的反思意识上就表现为一种权力。语言，以及建立在语言平台与框架基础上的文化，就成为对人类文化共同体的所有成员同样有效的约束与规范。而对象化思维下的语言，作为一种约定俗成的社会语言，对人的言说、思想和行为，都是一种规范。它隐含着语言所具有的权力和强悍暴力的一面，恰恰是它，残暴遮蔽了代表人最为本真的生命世界的庄子之“道”。[②] 语言虽是人创造出来并用以表达思维成果的工具，但它一旦被人规范化、系统化、结构化，便会反过来支配人、奴役人，成为“一种把自己的构造和规律强加于社会各成员的，超乎个人之上的力量”。[③] 沃尔夫曾明确指出：“一个人的思想形式，是受他所不意识到的语言形式的那些不可抗拒的规律的支配的。”[④]正是在这个意义上，杰姆逊才宣

① 冯友兰：《三松堂全集》第六卷，河南人民出版社，1989年版，第102页。

② 陈鼓应先生认为，庄子的“道”，“却从主体透升上去成为一种宇宙精神”。它“和人的关系扣得紧紧的”，“成为人生所达到的最高境界”。参见陈鼓应：《庄子论“道”——兼论庄、老“道”论之异同》，载《中国哲学史研究》1985年4期，又见《老庄新论》，上海古籍出版社，1992年版，第185、209页。

③ ［英］L·R·帕默尔著，李荣等译，吕叔湘校：《语言学概论》，商务印书馆，1983年版，第145页。

④ 转引自［波兰］沙夫著，罗兰、周易合译：《语义学引论》，商务印书馆，1979年版，第343页。

称:“是语言说我,而不是我说语言。”[1]罗兰·巴尔特才精辟地点明:“语言就是一种立法,我们所说的话的合法编码就建立在语言的立法之上。我们没有考察我们所说的话中所包含的权力,因为我们忘记了任何语言都是一种秩序形式,并且,秩序就意味着压迫。”[2]所以在某种意义上,语言既是人类的寓所,也是人类的牢房;它既可以作为人类打开通向世界之门的钥匙,也可以成为人类的精神桎梏。人类描述和解释世界需要借助于语言,可语言同时又成了人们认识世界的一道屏障。语言总有一种把一切东西都固定下来的规定欲望,人们的思维习惯因难以摆脱这种束缚而陷入“语言的牢笼”。逻辑的、确定的对象化语言对庄子之“道”、对活泼泼的生命世界是一种可怕的戕害。在生命世界那里,任何对象性思维界的语言文字都是偏执而深蕴暴力的,它呈现的世界是平板的、确定的、有限的,而生命世界是立体的、无限的、活泼泼的,两者是相互疏离的。借用熊十力的话说,就是“言说所表示,是有封畛的。体无封畛,故非言说所可及”。[3] “夫性体广大,具足万德,冥冥证故,迥绝言诠,斯无得而名焉。若乃随顺证量,而起知虑,则将离其浑全,而致察其所特别注重处。由不可名,而至可名”。[4] 由于对象化语言主要担负着思维和交际的工具作用,所以它以牺牲发生之初的体验性、多义性、情感性为代价,而不断地趋于概念性、抽象性和逻辑性。这样,它就必然不断蚕食语言原初的诗化品格而走向了实用品格。在这种情形下形成的语言表达,海德格尔称之为“非本真言说”,这种言说将活生生的生命本真言说静态化、概念化,从而构造出一个人工的虚假的语言世界:“一种关于语言的说几乎不可避免地把语言弄成一个对象。于是语言的本质就消失了。”[5]

---

① [美]杰姆逊讲演,唐小兵译:《后现代主义与文化理论》,北京大学出版社,1997 年版,第 32 页。

② 转引自李建盛:《庄子的美学思想与先秦历史文化语境》,《东方丛刊》,1996 年第 1 辑,广西师范大学出版社,1996 年版。

③ 熊十力:《新唯识论》,中华书局,1985 年版,第 301 页。

④ 同上书,第 395 页。

⑤ [德]海德格尔著,孙周兴选编:《海德格尔选集》(下),上海三联书店,1996 年版,第 1055 页。

显而易见,"非本真言说"是对真理之"在"的遮蔽:"语言总是把敞开出来的在者保持为说出来者和所说者与还可再说者。所说者可以被重复说以及继续说下去。保持在此中的真理传播开去而且是这样传播,即不是每次传播时那原始地在采集中敞开出来了的在者本身都特地被体验到。在被继续说下去者中真理好似脱离在者了。"①这就是庄子所说的"可言可意,言而愈疏"(《则阳》)。因此对象化的语言无法言说非对象化的"道"。故庄子得出结论:"狗不以善吠为良,人不以善言为贤。"(《徐无鬼》)

总之,在庄子看来,语言主体"成心"之存在、"道"之本性和"言"之对象化是造成人类始终面临"言不尽意"甚至"道不可言"语言困境的主客观原因。语言的对象是"物",具体存在的"物"被语言所规定和把握。这是语言的功能。但是,"道"不是"物",不是具体的存在者,而是一种绝对性存在,是包容一切规定性于其自身的大全。然而"道"却没有任何一种具体的规定性,因而用普通的对象化名言无法去把握"道"、命名"道"。定名分,就是分高低。人为地宰割"道",强加给它某种规定,使之具体化,同时也就使之片面化。"大制无割",浑沌本是浑然不分的整体,可是被凿七窍就死去了。② 刻意人为的知性命名,只会造出人伦意义上的世界,而不是宇宙的本然。因为那种把人为统摄的形式等同于宇宙秩序,在庄子看来所获得的只能是假相,而不是本真。而且因为人为的假定是以偏概全,把浑然的整体简化,甚至将其原样歪曲,故庄子给予人为的假定和概念化以无情的抨击。因此,无论是"道"的命名、言说还是交流,庄子似乎都持一种否定的态度。在语言面前,人是不

---

① [德]海德格尔著,熊伟、王庆节译:《形而上学导论》,商务印书馆,1996年版,第185页。

② 《庄子·应帝王》:"南海之帝为倏,北海之帝为忽,中央之帝为浑沌。倏与忽时相与遇于浑沌之地,浑沌待之甚善。倏与忽谋报浑沌之德,曰:'人皆有七窍以视听食息,此独无有,尝试凿之。'日凿一窍,七日而浑沌死。"

自由的。①

三、说“不可说”

然而,“要求自由是人的本质。”②对自由的渴望是人类活动最强大、最内在、最持久的动力。庄子正是这样一位哲人。其思想中色彩最鲜明感人、最能深植于民族文化心理中的内容便是他对自由的深切渴望和热烈追求。从某种意义上说,“庄子思想发源于对人的精神自由(‘逍遥’)的追求。”③其哲学的根本宗旨就是实现对构成生命困境的必然性因素(“命”)的超越,达到个体生命心灵的绝对自由(“逍遥”)。④甚至“庄子的整个思想体系就是一整套关于追求‘逍遥’的‘逍遥哲学’。”⑤庄子的这种思想具体到语言哲学问题上,便是力图超越“言不尽意”、“道不可言”的语言困境,达到“即言即道”、“得意忘言”的语言自由境界。

---

① 在西方,语言困境同样广泛存在于各个领域。钱钟书先生对此有过概括描述:“哲学家湛冥如黑格尔、矫激如尼采之流,或病语文宣示心蕴既过又不及,或鄙语文乃为可落言诠之凡庸事物而设,故‘开口便俗’,亦且舍旃。即较能践实平心者,亦每鉴于语文之惑乱心目,告诫谆谆。……斯宾诺沙谓文字乃迷误之源;霍柏士以滥用语言判为四类,均孽生谬妄;边沁所持‘语言能幻构事物’之说,近人表章,已成显学……古希腊文家曰:‘目所能辨之色,多于语言文字所能道’;但丁叹言为意胜;哥德谓事物之真质殊性非笔舌能传。”(《管锥编》,中华书局,1986 年版,第 407—408 页)

② 冯契:《人的自由和真善美》,华东师范大学出版社,1996 年 6 月第 1 版,第 327 页。

③ 崔大华:《庄学研究——中国哲学一个观念渊源的历史考察》,人民出版社,1992 年版,第 104 页。

④ 参阅拙文:《生命的困境与心灵的自由——庄子的人生哲学》,《南都学坛》2002 年第 2 期。

⑤ 白本松、王利锁:《逍遥之祖——〈庄子〉与中国文化》,河南大学出版社,1995 年版,第 18 页。

显见的事实是，庄子一方面声称“道不可言”，主张“无言”，另一方面他自己却仍然在“言”，而且他所言的一切，最终还是归结为他认为“不可言”的“道”。他自己似乎也意识到这种既“不可说”却又“不可不说”的尴尬：“既已为一矣，且得有言乎？既已谓之一矣，且得无言乎？”（《齐物论》）为此白香山曾向老子诘难：“言者不知知者默，此语吾闻于老君。若道老君是知者，缘何自著五千文？”[①]老庄在此所遇到的并不是一个简单的自相矛盾问题，他们也并没有犯低级的逻辑错误，而是发现了一个深刻的哲学悖论，甚至是伴随人类始终的一个永恒难题。金岳霖先生对此做出了系统而又深刻的总结。

金先生认为，“治哲学总会到一说不得的阶段”。[②] “所谓说不得，最简单和最好的说法就是说‘不在名言范围之内’”。[③] 也就是说，“说不得的东西就是普通所谓名言所不能达的东西”。[④] 因为哲学的最高境界不属于“名言世界”，而属于“非名言世界”，也就是那种“超形脱相无此无彼的世界”。[⑤] 在这个意义上，哲学总是趋向于“不可说”之境界，庄子也因此而一再申说：“道不可言，言而非也”（《知北游》）；“天地有大美而不言，四时有明法而不议，万物有成理而不说”（《知北游》）；“大道不称，大辩不言”（《齐物论》）；“知者不言，言者不知”（《天道》）；“彼之谓不道之道，此之谓不言之辩”（《徐无鬼》）。然而，“知道易，勿言难”（《列御寇》）；“不言谁知其志”？[⑥] “夫至理虽复无言，而非言无以诠理”；[⑦]“无言虽足以尽道之妙，而不言者无以明”。[⑧] 故金先生又指出：“说不得的东西当然说不得。若勉强而说之。所说的话也与普通的话两样。所说

---

① 白居易：《读老子》，《全唐诗》卷455，中华书局，1979年版，第5150页。

② 金岳霖学术基金会学术委员会编：《金岳霖学术论文选》，中国社会科学出版社，1990年版，第339页。

③ 同上书，第341页。

④ 同上书，第339页。

⑤ 同上。

⑥ 《左传·襄公二十五年》引孔子语。

⑦ 郭庆藩撰，王孝鱼点校：《庄子集释》，中华书局，1961年版，第79页。

⑧ 刘辰翁点校：《南华经注·南华经总评》引王元泽语。

的东西既不是经验中的特殊也不是思议中的普遍。但是,这不是哲学主张。因为治哲学者的要求就是因为感觉这些名言之所不能达的东西,而要说些命题所不能表示的思想。假若他不是这样,他或者不治哲学,或者虽治哲学而根本没有哲学问题。”①“虽在一方面我们认为这类话为无意义,然而在另一方面,我们认为有意义,则在一方面说不得的话在另一方面仍要说。”②冯友兰先生同样认为,本体虽然不可思议、不可言说,但我们要有哲学,要有形而上学,就不能不思议、不可不言说。他说:“主有不可思议,不可言说者,对于不可思议者,仍有思议,对于不可言说者,仍有言说。若无思议言说,则虽对于不可思议,不可言说者,有完全底了解,亦无哲学。不可思议,不可言说者,不是哲学。对于不可思议者之思议,对于不可言说者之言说,方是哲学。”③

这一方面说明了哲学所面临的语言困境,另一方面也揭示了哲学所特有的历史使命。换句话说,就人们通常所利用的言说方式而言,哲学是“不可说”的;而就哲学家的使命而言,他又是必须“说‘不可说’”的。正如有学者所言:“一般来说,从语言的层面上看,知识经验的领域属于名言之域,是普通的名言所能把握的,形上智慧的领域则属于超名言之域,非普通的名言所能达。但不可说的东西,仍需说,否则形上学根本不可能,因此,关键的问题是:说不得的东西,如何能说?”④庄子的语言哲学观便恰好体现了哲学的这一本质特征。其语言哲学的最大贡献并不在于像传统学界所指出的那样是认识到了“不可说”,而是在于发现了“说‘不可说’”,从“说什么”转向了“怎么说”。这无疑是一种更具哲学深度的认识:通过揭示语言和思想中的内在矛盾而走上通往真理的无尽长途;其方法和路径便在于使其言说方式从“思维的说”转向

---

① 金岳霖学术基金会学术委员会编:《金岳霖学术论文选》,中国社会科学出版社,1990年版,第339340页。

② 同上书,第341页。

③ 冯友兰:《新理学》,《三松堂全集》第4卷,河南人民出版社,1986年版,第9—10页。

④ 郁振华:《形上的智慧如何可能——中国现代哲学的沉思》,华东师范大学出版社,2000年版,第226页。

“诗意的说”。

语言作为人类文化最基本的表达方式，通常被分为日常语言、科学语言和诗歌语言三种类型。[①] 其中，日常语言是人类最本初的语言形态，它是人类为了认识和把握经验世界，并且对经验世界里的万事万物进行命名和解释的结果。而“科学语言及诗歌语言是日常语言的变体，只不过涉及的是相反方向的变体。科学语言向清晰描述的方向改变口语，直到完全排除一切附带的象征含义。相反，诗歌语言向象征言说的方向改变口语，直到完全排除每一种清晰的描述。口语自身包含两种作用”。[②] 因此 P·利科尔说：科学语言是“一种用尺寸和数目来说话的语言，一种精确的、一致的和可证实的语言”。[③] 与科学语言相对，诗歌语言在本质上是隐喻语言，德里达说：“诗，文学的最早样式，本质上具有隐喻性。”[④]由是观之，所谓“思维的说”实际上就是科学语言，是指运用主客二分、理性逻辑的对象化语言以及给定的思维程序和知识体系去对世界的本质加以言说。而所谓“诗意的说”实际上就是诗歌语言，是指运用天人合一、直觉体悟的非对象化语言也即隐喻语言对世界的本质加以言说。由此可见，言说方式本来就不是仅有一种，言说主体可以采用“思维的说”即对象化的科学语言去说，也可以采用“诗意的说”即非对象化的隐喻语言去说；所谓的“不可说”只是指不能用“思维的说”这一逻辑形式言说，而不能“思维的说”绝不等于根本就“不可说”，更不等于就不能用其它的言说方式比如“诗意的说”去说。这正如熊伟先生所言：“‘不可说’乃其‘说’为‘不可’已耳，非‘不说’也。‘可说’固

---

① 严格来说，现实世界是不存在所谓的日常语言、科学语言、诗歌语言等语言类型的。其确切的说法应该是语言的日常用法、科学用法、诗歌用法等三种语言用法。这里只是为了叙述方便而采用了流行的说法。

② [瑞士]H·奥特著，林克、赵勇译：《不可言说的言说：我们时代的上帝问题》，生活·读书·新知三联书店，1994 年版，第 41 页。

③ [法]P·利科尔著，朱国均译：《言语的力量：科学与诗歌》，《哲学译丛》1986 年 6 期。

④ [法]雅克·德里达著，汪堂家译：《论文字学》，上海译文出版社 1999 年版，第 394 页。

须有‘说’而始可;‘不可说’亦须有‘说’而始‘不可’。宇宙永远是在‘说’着。无非‘它’‘说’必须用‘我’的身份始‘说’得出,若由‘它’自己的身份则‘说’不出。故凡用‘我’的身份来‘说’者,皆‘可说’;凡须由‘它’自己的身份来‘说’者,皆‘不可说’。但此‘不可说’亦即是‘它’的‘说’;‘它’并非因其‘不可说’而‘不说’……”①“而真正的哲学家就处于‘不可说’和‘可说’的转换层面上。”②庄子语言哲学的独特价值正在于此:它不仅意识到“道不可言”的现实困境,而且深刻认识到“道”“不可不言”的客观事实,并通过改造言说方式即摒弃有“成心”的言说方式——“思维的说”而转向采用有“道心”的言说方式——“诗意的说”来克服“道不可言”的语言困境,以达到“即言即道”的语言自由境界,从而最终完成其“说‘不可说’”的哲学使命。因为“哲学的任务是通过揭示有关由语言的用法常常是几乎不可避免地形成的概念关系的假象,通过使思想摆脱只是语言表达工具的性质才使它具有的那些东西,打破语词对人类精神的统治。”③语言困境固然是困扰哲人的一种客观存在,甚至是伴随人类始终的一个永恒命题。但事实是,难以言传又必须言传,语言的力量就在于有限工具的无限使用;语言的词汇是有限的,结构是封闭的,规则是既定的,但人对它的使用却是无限、开放而又不定的,这就为利用语言来摆脱哲学乃至人类困境提供了可能与条件。毫无疑问,在庄子看来,“道”是实实在在的客观存在。而从词源学上考察,我们不难发现,“道”本身其实就是一种“言”。“道”字在先秦文献中除了形而上的哲学意义外,其最基本的语义之一就是“言说”,哲学上的形上之“道”与语言学上的言说之“道”是有着深刻的内在联系的。④

在《庄子》一书中,沉默不语经常受到赞扬。《知北游》中“无为谓”

---

① 熊伟:《说,可说,不可说,不说》,《国立中央大学〈文史哲〉季刊》1942年1期。

② 同上。

③ [德]弗雷格著:《概念文字》,载王路编著:《弗雷格哲学论著选辑》,商务印书馆,1994年版,第4页。

④ 张祥龙先生对此已经做过详细考证。请参阅张祥龙著:《海德格尔思想与中国天道——终极视域的开启与交融》,生活·读书·新知三联书店,1996年版,第421—423页。

的一言不发，“无穷”对“泰清”的问“道”答之以“吾不知”；《田子方》中魏文侯闻“道”时“口钳而不能言”，老聃沉浸在“道”境时“口辟(闭)焉而不能言”；《应帝王》中“啮缺问于王倪，四问而四不知”等，都是因领会一种无限的境界而宁愿沉默。但是庄子并未把沉默视为通向“道”的最佳途径，因为沉默不过是逆向的固执，这样的沉默并不会更有结果。出路只能在语言内部寻找：创造一种能够冲破语言规限及其既定范式，并且能够“注焉而不满，酌焉而不竭”(《齐物论》)的“言”；这种“言”使我们能够成功地立足于观点的片面性之外，不固守于是非任何一方而自然言说处在永恒转换中的宇宙万物。这就是说，既然语言的诸种局限把我们封闭在观点的片面性之中，而“道”却是“未始有封”(《齐物论》)的，我们就应该努力把“言”从中拉出来；既然语言的诸种限制是人为的并掩盖了真实的基础，我们就必须尽力让“言”超出规限。总之，要摆脱注定成为相对主义的语言，出路只能是无限度地打开它。其实，《庄子》一书中有一系列很重要、富有启发性的命题一直为人所忽视，这就是：“是故高言不止于众人之心，至言不出，俗言胜也。”(《天地》)这里，庄子将“言”分为“至言”和“俗言”两类；“言而足，则终日言而尽道，言而不足，则终日言而尽物。”(《则阳》)这里，庄子又将“言”分为“尽道”之“言”和“尽物”之“言”两类。由此看来，在庄子思想中，始终存在着两类截然不同的语言：一是出于“成心”，有偏见和分辨性的对象化语言，即所谓的“俗言”、“物言”，它们由于自身的局限性而只能言说形而下的现象世界，为庄子所批判和否定；[①]一是出于“道心”，不具偏见和分辨性的非对象化语言，即所谓的“至言”、“道言”，它们由于自身的超越性而能够言说形而上的本体之“道”，为庄子所主张和肯定。[②] 庄子正是通过摒弃“俗

① 参见上文有关“缘何‘不可说’”部分的论述。

② 汤用彤先生也有类似的看法。他说：“宇宙之本体(道)，吾人能否用语言表达出来，又如何表达出来？此问题初视似不可能，但实非不可能。”又说：“表达宇宙本体之语言(媒介)有充足的、适当的及不充足的、不适当的，如能找到充足的、适当的语言(媒介)，得宇宙本体亦非不可能。”那么，汤氏所谓的“充足的、适当的语言(媒介)”是什么呢？根据汤氏的论述，其显然是指魏晋南北朝时期人们所谓的“文”也即诸如音乐、绘画、文学等“诗意的说”之内容。具体内容请参阅汤用彤著：《魏晋玄学与文学理论》，《理学·佛学·玄学》，北京大学出版社，1991年版。

言”、“物言”等“思维的说”而借助“至言”、“道言”等“诗意的说”之言说方式克服了“道不可言”的语言困境,完成了“说‘不可说’”的哲学使命。(待续)

作者简介

刁生虎(1975—　),男,汉族,河南镇平人。现为中国传媒大学文学院副教授、硕士生导师,主要从事先秦两汉文学、易学与儒道文化研究。

“无为”思想发凡

——以先秦汉初的儒家和道家为考察中心

彭　华

（四川大学古籍整理研究所　四川成都　610064）

内容提要　在诸子“百家争鸣”的先秦时期，儒、道、法、杂等家都有其各自的“无为”思想，并且多有条理和系统；而汉初的思想家们于此也有过相关论述，算是踵武先秦诸子。对于先秦汉初的“无为”思想，学者们也有过研究，但似乎仍然未尽其详。所以，本文以先秦（以及汉初）的儒家和道家为考察中心，对中国传统文化中的“无为”思想做一系统论述；为了论述的方便和研究的深入，同时适当参照法家和杂家以资比较。

关键词　“无为”思想　儒家　道家

儒家：“无为而治”

儒家论述“无为（而治）”思想的话语，主要出现在《论语》、《礼记》等传世的儒家经典中，而在最近公布的《郭店楚墓竹简》中，也有着丰富的“无为”思想。

先谈孔子的“无为而治”。《论语·卫灵公》说：“子曰：‘无为而治者，其舜也与？夫何为哉？恭己正南面而已矣。’”①对于孔子所说的

① 就文本而言，孔子这几句话的真实性不容置疑。在出土于　（转下页注）

“无为而治”，前人的解释虽有所不同，但大同小异。何晏集解：“言任官得其人，故无为而治。”邢昺曰：“帝王之道，贵在无为清静而民化之。”①朱熹说：“无为而治者，圣人德盛而民化，不待其有所作为也。独称舜者，绍尧之后，而又得人以任众职，故尤不见其有为之迹也。恭己者，圣人敬德之容。既无所为，则人之所见如此而已。”②

显然，何晏、邢昺和朱熹的注释都集中在以下几个层面：只要“任官得其人”（条件），经由“民化”（过程），便可以达到“无为而治”的目的（结果）。在儒家笔下，实施“无为而治”的典型是尧、舜这样不世出的圣人。因为中国思想经由魏晋时代玄学的洗礼，故而后人在注疏中就未免使用了“贵在无为清静而民化之”这种玄学化的字眼，但这并不影响对“无为而治”的理解。

《礼记·中庸》第二十六章：“如此者，不见而章，不动而变，无为而成。天地之道，可壹而尽也；其为物不贰，则其生物不测。”郑玄注：“言其德化与天地相似，可一言而尽，要在至诚。……言至诚无贰，乃能生万物多无数也。”其本义即《中庸》所言“诚者，天之道也；诚之者，人之道也”。孔颖达疏：“无所施为而道德成就。”③

郑玄和孔颖达的注疏在这里揭示了儒家“无为而治”的两层含义：(1)“无为而治”合乎“天地之道”，这是儒家提倡的“无为而治”的最大的理论依据；(2)“无为而治”的关键在于“至诚无贰”（内在精神），其外在的表现形式是“无所施为”（现象）。如此而为，便能达到“道德成就”（“德化”）的目的，并最终实现“无为而成”、“无为而治”（结果）。以“诚”释“天道”，这是孔子后学思孟一派的发挥与发明，郑玄以“至诚”为“无为”之要，未必精当妥帖，于此不可不察、不可不辨。

（接上页注） 河北定州八角廊村西汉墓的竹简本《论语》中，就有“子曰：‘无为而治者，其舜也’（下缺）”诸语。（河北省文物研究所定州汉墓竹简整理小组：《论语》，文物出版社，1997年，第70页）《汉书·董仲舒传》引作“亡为而治”，“亡”通“无”。

① 《论语注疏》卷15，《十三经注疏》下册，中华书局，1980年版，第2517页。

② 朱熹：《论语集注》，《四书集注》，岳麓书社，1987年版，第236页。

③ 《礼记正义》卷53，《十三经注疏》下册，第1633页。

《礼记·哀公问》:"公曰:'敢问君子何贵乎天道也?'孔子对曰:'贵其不已,如日月东西相从而不已也。是天道也。不闭其久,是天道也。无为而物成,是天道也。已成而名,是天道也。'"郑玄注:"无为而成,使民不可以烦也。"孔颖达疏:"无为而物成是天道也者,言春生、夏长无见天之所为而万物得成;是天道,谓人君当则天道以德潜化,无所营为而天下治理,故云是天道也。"①

这里所使用的"天",是自然之天;"天"无所作为("无为")而万物生成("物成"),这就是"天道";与此相对应,人君也应当效法("则")"天道"而行,"人君当则天道以德潜化,无所营为而天下治理"。按:以上两条,孔颖达均以"无所施为"、"无所营为"等字眼释儒家"无为",其义未安(详后)。

下面,就结合最近公布的《郭店楚墓竹简》,②系统地谈一谈儒家的"无为而治"思想。

(1)在儒家那里,"天道"可以算是实施"无为而治"的内在的理论上的依据。

在孔子那里,"天"可以是自然之天,它可以生成"百物"。《论语·阳货》说:"天何言哉?四时行焉,百物生焉。天何言哉!"③与此相对应的"天道",也是自然之道,"无为而物成,是天道也"(《礼记·哀公问》)。《易传·系辞下》说"道"主要有三个,"有天道焉,有地道焉,有人道焉",④天、地、人三分,"天道"为自然之道,其意甚明。

---

① 《礼记正义》卷50,《十三经注疏》下册,第1612页。

② 湖北省荆州市博物馆:《郭店楚墓竹简》,文物出版社,1998年版。其中的儒家著作有《成之闻之》、《唐虞之道》、《缁衣》、《尊德义》、《六德》、《性自命出》、《忠信之道》和《五行》等,道家著作有《老子》、《太一生水》等。同时参考了李零的《郭店楚简校读记》(《道家文化研究》第17辑,生活·读书·新知三联书店,1999年版,第455—542页)。下文凡引自郭店楚简者,不再单独出注。

③ 《荀子·礼论》:"天能生物……地能载人……"与此义近。

④ 长沙马王堆汉墓帛书本《周易》的《要》篇记此句为,"故易又(有)天道焉……又(有)人道焉……又(有)地道焉……又(有)君道焉……"。详见陈松长、廖名春:《帛书〈二三子问〉、〈易之义〉、〈要〉篇释文》,(转下页注)

降而言之,(在孔子后学的儒家看来)实施“天道”的主体——人,本身体现的就是“天道”。《礼记·礼运》说:“人者,其天地之德,阴阳之交,鬼神之会,五行之秀气也。……故人者,天地之心也,五行之端也。”所以,人应依“天道”而行,在儒家那里也就是水到渠成的了。《周易·系辞上》说:“是故天生神物,圣人则之;天地变化,圣人效之。天垂象,见吉凶,圣人象之;河出图,洛出书,圣人则之。”

(2)“天道”最高、最大、最神圣,所以仁人君子的所作所为,都要顺“天道”而为。

《论语·泰伯》说:“唯天为大,唯尧则之。”而“绍尧之后”的舜,也是如此而为,即施行“无为而治”,“恭己正南面而已矣”(《论语·卫灵公》)。也就是说,纵使是像尧、舜这样的圣人,都“则”天而行,更何况凡夫俗子。所以,君子应“贵乎天道”(《礼记·哀公问》),并依“天道”而行。郭店楚墓竹简《成之闻之》说:“天降大常,以理人伦。制为君臣之义,作为父子之亲,分为夫妇之辨。是故小人乱天常以逆大道,君子治人伦以顺天德。”

在儒家看来,顺“天道”而行,是天经地义的“大道”,是无须论证的“公理”,也是毋庸置疑的“大常”。“人道”附属于“天道”,也应依“天道”而行。不但“人道”如此,其它诸“道”亦复如此。儒家认为,世界上的万事万物都有一个客观的“道”存在。郭店楚墓竹简《尊德义》说:“圣人之治民,民之道也。禹之行水,水之道也。造父之御马,马之道也。后稷之艺地,地之道也。莫不有道焉,人道为近;是以君子,人道之取先。”依“道”而行,是为“道之”;所以说是“民可使道(导)之,不可使智(知)之”(《尊德义》)。而这正是《论语·泰伯》“子曰:民可使由之,不可使知之”的真义和本义。

就“天道”和“人道”这两极而言,孔子更重视的仍然是“人道”而非“天道”;纵使是“老而好易”的晚年孔子,一心痴迷《周易》,以致“居则在

(接上页注)《道家文化研究》第3辑,上海古籍出版社,1993年版;廖名春:《帛书〈要〉释文》,《国际易学研究》第1辑,华夏出版社,1995年版;[日]池田知久:《马王堆汉墓帛书〈周易〉之〈要〉释文》(上、下),《周易研究》1997年第2、3期。

席，行则在囊”，但终“与史巫同涂而殊归”，仅仅是“求其德而已”，①即究“天道”以明“人道”。郭店楚简《语丛一》说，“易所以会天道、人道也”，且可“察天道以化民气”。《礼记·大传》也说：“圣人南面而治天下也，必自人道始矣。”

(3)孔子所提倡的“无为而治”，其落脚点在“德治”。

孔子说：“为政以德，譬如北辰，居其所而众星共之。”(《论语·为政》)孔子在这里所用的“譬如”很有意思。这句话的意思可以这样表述：“德”是“为政”的中心，其地位一如北辰，以“德”为政才是得其位的做法(“居其所”)，如此而为，就可以达到“众星共之”的结局。而包咸的解释是：“德者无为，犹北辰之不移，而众星共之。”②包氏套用《老子》“上德无为而无以为”(第三十八章)来诠释，并且认为儒家的“无为”真的是“无所作为”，这种诠释未免失之武断而偏颇，兼有弥缝之嫌(详后)。结合楚简，细绎该文，孔子所云“为政以德”具有浓厚的道德色彩且兼有实践意义。郭店楚简《五行》说：“德之行五和谓之德，四行和谓之善。善，人道也。德，天道也。……圣人知天道也。知而行之，义也。行之而时，德也。”《尊德义》说：“为古率民向方者，唯德可。”

孟子继承和发展了孔子注重“仁德”的这一思想，提倡“以德服人”，“以德服人者，中心悦而诚服也”；并从“王霸”、“德力”的角度予以论说，“以力假仁者霸，……以德行仁者王”(《孟子·公孙丑上》)。荀子亦然，“尚贤推德，天下治”(《荀子·成相》)。这是儒家一贯坚守不渝的“以德治国”的原则。

(4)就实施“无为而治”的主体(如统治者)而言，儒家对他们的要求是非常高的，首先要“修己”，并且要率先“以身作则”。

中国古代的一个政治传统是“上行下效”，所以，作为治理百姓的“上”而言，首先应该“修己以敬”，然后才能“安人”、“安百姓”(《论语·宪问》)；因而，“上”应该“以身作则”。《论语·颜渊》说：“季康子问政于孔子。孔子对曰：政者，正也。子帅以正，孰敢不正?”《子路》说：“子曰：其

---

① 陈松长、廖名春：《〈要〉篇释文》，《道家文化研究》第3辑，第434、435页。

② 刘宝楠：《论语正义》，《诸子集成》本，上海书店出版社，1986年版，第20页。

身正，不令而行；其身不正，虽令不行”，“子曰：苟正其身矣，于从政乎何有？不能正其身，如正人何？”《宪问》说：“子曰：上好礼，则民易使也。”

郭店楚墓出土的儒家著作对此特别强调。《性自命出》说：“闻道反己，修身者也。”《成之闻之》说，“上不以其道，民之从之也难”，“上苟身服之，则民必有甚焉。……上苟倡之，则民鲜不从矣”；所以，“上”应该“身服善以先之，敬慎以导之”（《成之闻之》）。《唐虞之道》进一步强调说：“必正其身，然后正世，圣道备矣。”《尊德义》说：“为政者教道之取先。”《成之闻之》说：“古之用民者，求之于己为恒。”郭店楚墓竹简曾经举过“上好物”的例子，“子曰：下之事上也，不从其所以命，而从其所行。上好此物也，下必有甚焉者矣。故上之好恶，不可不慎也”（《缁衣》），“下之事上也，不从其所以命，而从其所行。上好是物也，下必有甚焉者。夫唯是，故德可易而施可转也”（《尊德义》）。

显然，儒家构拟的实施“无为而治”的主体（统治者），绝非独断专行的暴君，全然迥异于法家。《韩非子·主道》说：“明君无为于上，群臣竦惧于下。”集“权”、“术”、“势”于上的“明君”，虽然也是依托“无为”而行，但全然不讲“人道”、“仁爱”，活脱脱一个独裁暴君。

（5）儒家“无为而治”实施的过程是个“自然”随顺的过程，这个过程不是靠“人为强制力”推行的。

这里所说的“自然”，与“人为”相对，即要“自然无为”，而非“强制”或“强迫”而为。《成之闻之》说：“是以民可敬道也，而不可掩也；可御也，而不可牵也。”《尊德义》说：“民可道也，而不可强也。”问题的关键与窍门在于，“治民者是否承认并善用这条民之道”（按：即上文所提及的“人道”），“不可使知之而使之知，就叫做‘强’叫做‘牵’，叫做‘上不以其道，民之从之也难’”①。

具体而言，统治者首先要“以身作则”，“修己以安百姓”（《论语·宪问》）；并且要“取信于民”，“子曰：道千乘之国，敬事而信”（《学而》），“自古皆有死，民无信不立”（《颜渊》）。其次，要“先富后教”，“（冉有）曰：既

---

① 庞朴：《“使由使知”解》，《文史知识》1999 年第 9 期，第 31—36 页；又见《光明日报》，1999 年 10 月 22 日第 5 版。

富矣，又何加焉？（子）曰：教之”（《子路》），“子曰：政之不行，教之不成也”（楚简《缁衣》），“是以为政者教导之取先”（《尊德义》）；而“教”的主要内容是“德”和“礼”，“子曰：道之以政，齐之以刑，民免而无耻；道之以德，齐之以礼，有耻且格”（《为政》）。最后，还要使以上主观行为和客观行为“名正言顺”。孔子一向注重“正名”，认为“名不正，则言不顺；言不顺，则事不成；事不成，则礼乐不兴；礼乐不兴，则刑罚不中；刑罚不中，则民无所措手足。故君子名之必可言也，言之必可行也”（《子路》），而“正名”的内容就是“君君臣臣父父子子”（《颜渊》）。如此而为，才能使百姓化外在强制性为内在自觉性、化人为被动性为自为主动性。如果与此背道而驰、倒行逆施，其后果不堪设想——“上不以其道，民之从之也难”（《成之闻之》），所以《尊德义》才说“民可道也，而不可强也”。

（6）就根本而言，儒家虽然提倡“无为而治”，但并不是压迫完全摒绝“有为”（“人为”），而是要求随顺“天道”自然无为，即按客观规律办事。这是与道家完全不同的。

包咸在解释《论语》“为政以德”句时说，“德者无为，犹北辰之不移，而众星共之。”即遵循《老子》“上德无为而无以为”（第三十八章），做到真的“无所作为”。李允升《四书证疑》于此特加辨析，“既曰为政，非无为也；政皆本于德，有为如无为也”，“为政以德，则本仁以育万物，本义以正万民，本中和以制礼乐，亦实有宰制，非漠然无为也”，李氏的辨析甚妥帖透辟，刘宝楠称誉为“足以发明此注之意”。①

晨门知世之不可而不为，便讥讽孔子是“知其不可而为之者”（《论语·宪问》）。晨门这一讥讽在无意中却道出了儒家“无为而治”的一个真谛，即“无为”并非真的无所作为。《雍也》：“子贡曰：如有博施于民而能济众，何如？可谓仁乎？子曰：何事于仁，必也圣乎，尧舜其犹病诸。”显然，“博施于民而能济众”绝非消极“无为”②，而是积极“有为”。荀子

---

① 刘宝楠：《论语正义》，《诸子集成》本，第20—21页。

② 本文在“无为”之前附加“消极”二字，目的在于进一步说明先秦“无为”的本质和特色（消极性）。仅就先秦而言，当时人所理解的“无为”，几乎就是“消极”的同义语。《战国策·燕策一》载苏代谓（按：当为苏秦）燕昭王语， （转下页注）

后来继承并发展了孔子的这一思想，他在"明于天人之分"的前提下主张"制天命而用之"，"从天而颂之，孰与制天命而用之"(《荀子·天论》)。

因此，儒家所倡导的"无为而治"，并非如孔颖达所言——"无所施为而道德成就"(此语后半句尚可用)、"无所营为天下治理"，亦即"非漠然无为也"(李允升语)。

(7)儒家最为推崇的"理想国"(理想的社会形态)是"大同"社会，等而下之的是"小康"社会。

《礼记·礼运》说："孔子曰：'……大道之行也，天下为公。选贤与能，讲信修睦，故人不独亲其亲，不独子其子。使老有所终，壮有所用，幼有所长，矜寡、孤独、废疾者，皆有所养。男有分，女有归。货，恶其弃于地也，不必藏于己。力，恶其不出于身也，不必为己。是故谋闭而不兴，盗窃乱贼而不作，故外户而不闭。是谓大同。"达到"大同"社会，就是儒家"无为而治"的理想境界。这是儒家一直在孜孜不倦追求和奋斗的理想社会，但真正要达到这一目的地，又谈何容易；所以，更现实一点的目标是"小康"社会。其中的"选贤与能"，即何晏所云"言任官得其人"、朱熹所云"得人以任众职"。虽然以《礼运》为代表的"大同"、"小康"思想不一定就是孔子的政治理想(研究者或以为出于战国儒家，但其"选贤与能"的论旨却与孔子思想相符契，"仲弓为季氏宰，问政。子曰：先有司，赦小过，举贤才"(《子路》)。因此，"选贤用能"就是儒家至达"无为而治"的条件和步骤之一。而《老子》是反对"尚贤"的，"不尚贤，使民不争"(第三章)。

有人曾经从现代管理学的角度剖析和评价过儒家的"无为而治"，认为孔子的"无为而治"其实就是管理中的"最小—最大原则"，即如何以最小的领导行为取得最大的管理效果；而孔子所理解的"最小的领导行为"，一是"修己"，二是"用人"；这是一种以道德为导向的"无为而治"。①

(接上页注) "臣且处无为之事，归耕乎周之上地，耕而食之，织而衣之"；而马王堆汉墓帛书《战国纵横家书》的话语于此理最为清晰，"臣进取之臣也，不事无为之主"(《战国纵横家书》，文物出版社，1976年版，第16页)。

① 黎红雷：《孔子哲学的逻辑进程》，《孔子研究》1999年第3期，第26—34页。

“修己”和“用人”，可以算是儒家“无为而治”的两个比较关键的环节，但诚如上文所言，这并不是儒家“无为而治”思想的最完整的理解与解释。

道家：“自然无为”

道家的“无为”思想，主要体现在《老子》(参照郭店楚简本和马王堆汉墓帛书本)、《庄子》、《文子》等书中。① 下面，就结合这几部道家典籍略加论述。

(1)在道家那里，“无为”有其内在的绝对的理论依据，那就是“道”；并且与儒家相同的是，道家所说的“道”也是“自然之道”；而且，万物也是由“道”产生的(与儒家有所区别)。

“道”是道家哲学的最高范畴，是世界的本原与始基，是万物的主宰。《老子》第二十五章说：“有物混成，先天地生；寂兮寥兮，独立而不改，周行而不殆，可以为天下母；吾不知其名，字之曰道，强为之名曰大。”作为世界本原与始基的“道”，有时也叫作“无”，“天下万物生于有，有生于无”(第四十章)。第四十二章说的是“道”生成万物的过程：“道生一，一生二，二生三，三生万物。”第六十二章说：“道者，万物之奥，善人之宝，不善人之所保。”②《庄子・大宗师》说“道”“自本自根，未有天地，自古以固存。神鬼神帝，生天生地”。也就是说，万事万物都是由“道”产生的，“道”是万物的主宰(“主”)。万事万物有始有终，但“道”无始无终，“道无终始”(《庄子・秋水》)。

---

① 《文子》一书，长期被人们视作“伪书”，一直得不到“平反昭雪”，也没有得到足够的重视。1973年，河北定州发掘了西汉中山怀王刘修墓，墓中出土了竹简本《文子》，才最终解决了这一“历史冤案”。(河北省文物研究所定州汉简整理小组：《定州西汉中山怀王墓竹简〈文子〉释文》、《定州西汉中山怀王墓竹简〈文子〉校勘记》、《定州西汉中山怀王墓竹简〈文子〉的整理和意义》，《文物》1995年第12期。)

② 马王堆汉墓帛书《老子》甲、乙本“奥”均作“注”，“注”与“主”相通。(马王堆汉墓帛书整理小组：《马王堆汉墓帛书》(壹)，文物出版社，1974年。)

在《老子》一书这,"天"、"帝"、"鬼神"等人格神的地位很低。《老子》不承认它们的主宰地位,更不承认它们是万事万物的创世主。《老子》提出"以道莅天下,其鬼不神"(第六十章),把"道"形容为"吾不知谁之子,象帝之先"(第四章),以"道"君临鬼神、压制鬼神,彻底击毁"天"、"帝"、"鬼神"等人格神的权威地位。《老子》河上公注早已明言,"道谓自然之道";其第一章"道可道,非常道;名可名,非常名"中的"常道"、"常名",指的都是"自然界之道"、"自然界之名"。① 就此而言,老子堪与孔子并称中国"哲学的突破"(philosophical breakthrough)的两大巨擘。

(2)"道"是最高的、最大的,也是最为神圣的,所以"道"不可违,因而人的所作所为,也必须完全归顺"天道",并依此而行。

《老子》第五十一章说:"万物莫不尊道而贵德。道之尊,德之贵,夫莫之命而常自然。"此处说明了"道"(及"德")的神圣性与至上性。第二十五章说:"故曰:道大,天大,地大,王亦大。域中有四大,而王居其一焉。人法地,地法天,天法道,道法自然。"此处的"自然",是作为"道"的一个属性与本性而提出来的。而取法"自然"的"道"如何施为呢?第三十七章说:"道常无为而无不为。侯王若能守之,万物将自化。"②第三十八章说:"上德无为而无以为。"即"无为"是人的最高德性,也是为人处事的不二法门。圣人的活动也只不过是"以辅万物之自然而不敢为"(第六十四章)。此即《文子·道德》所言"圣人法于天道"。③

传世本《文子》对这一问题讲得甚是清楚。《道德》说:"文子[平王]问曰:'古之王者,以道莅天下,为之奈何?'老子[文子]曰:'执一无为,因天地与之变化。天下之大器也,不可执也,不可为也,为者败之,执者

---

① 高亨:《老子正诂》,中国书店,1988年版,第1页。

② 这几句也见于马王堆汉墓帛书本《老子》。甲本作"道恒无名,侯王若能守之,万物将自化",乙本与甲本同,仅"若"字后脱一"能"字。此处虽未明言"道常无为",但"无为"之为道家思想,仍无疑问。郭店楚简《老子》甲本此句作"道恒无为也,侯王能守之,而万物将自化",此即明证。

③ 河北省文物研究所定州汉简整理小组:《定州西汉中山怀王墓竹简〈文子〉释文》,《文物》1995年第12期,第27页。

失之。'"并且,"无为"是"治之常也","至德无为"(《自然》)。"无为"合乎天地之"道",自然不可违逆,违逆("执"、"为")者必败无疑。

(3)就实施"无为而治"的主体(如统治者)而言,道家对他们也提出了一些要求。

郭店楚简《老子》甲本说:"圣人之在民前也,以身后之;其在民上也,以言下之。其在民上也,民弗厚也;其在民前也,民弗害也。"但与儒家不同的是,道家所提出的是"消极无为"的要求。《老子》第三章说:"不尚贤,使民不争;不贵难得之货,使民心不乱。是以圣人之治,虚其心,实其腹弱其志,强其骨,常使民无知无欲,使夫智者不敢为也。为无为,则无不治。"所以,有人说《老子》的社会历史观是复古倒退的,这不无道理。

(4)就现实政治而言,后期道家提倡"无为"是为了襄助人君("君王南面之术");君王实施"无为"以达到"南面"的过程,是依顺"自然"的过程,也是不可见的过程。

《老子》的哲学本来讲得最多的是形而上方面的问题,但它后来落实到形而下的政治层面时,发展成为了"君王南面之术"。传世本《文子》说,"君道者,非所以有为也,所以无为也"(《道德》),"王道者,处无为之事,行不言之教"(《自然》),"所谓天子者,有天道以立天下也。立天下之道,执一无以为保,反本无为"(《自然》),"人君之道,无为而有就也"(《上仁》)。而《老子》对此所作的论述可以说是比比皆是。比如,第三十章说的是"以道佐人主"的问题,"以道佐人主者,不以兵强争天下"(郭店楚简本作"以道佐人主者,不欲以兵强于天下")。那么,人主究竟应该怎样按照"道"来治理百姓呢?第五十七章说得很清楚,"我无为而民自化,我好静而民自正,我无事而民自富,我无欲而自朴"。相反,"有为"肯定是不行的,"天下神器,不可为也;为者败之,执者失之"(第二十九章),"民之难治,以其上之有为,是以难治"(第七十五章)。纵使是"圣人",也如此而为,"是以圣人无为,故无败"(第六十四章)。《庄子》也不例外,并且其看法具有综合性,"夫帝王之德,以天地为宗,以道德为主,以无为为常"(《天道》)。

所以,《史记·老子韩非列传》说"老子所贵道,虚无,因应变化于无为”。而《汉书·艺文志》的说法则更加明白，道家“清虚以自守，卑弱以自持，此君人南面之术也”。就此而言，道家皈依“自然无为”以成就“君人南面之术”与儒家遵守“德治”而提出的“内圣外王之道”是完全不同的，切不可将二者混为一谈，也切不可将二者等量齐观。

圣人施行“无为”、人主成就“南面”，这一过程是依顺“自然”的过程，这个过程自然也是不可见的。《老子》说，“圣人不行而知，不见而名，不为而成”（第四十七章），“圣人处无为之事，行不言之教”（第二章），圣人的这些行为，是极其“自然无为”的；而第三十七章说的是侯王的“无为”，“道常无为而无不为。侯王若能守，万物将自化”，万物“自化”，是再也“自然无为”不过的了。

（5）道家在“无为”上与儒家最大的区别，恐怕莫过于是否完全摒绝“为”（“人为”）。

儒家的“无为而治”，并不完全摒绝“人为”，并不一味排斥“人为”，可以称之为“有限的人为”或“不完全的无为”；而道家则不然，它从根本上摒绝“人为”，一味排斥“人为”，并最终走向宿命论，可以称之为“纯粹的无为”或“空无的人为”。

《老子》第六十三章说：“为无为，事无事，味无味。”第六十七章说：“我有三宝，宝而持之：一曰慈，二曰俭，三曰不敢为天下先。……不敢为天下先，故能成器长。”第七十三章说：“天之道，不争而善胜，不言而善应，不召而自来，繟然而善谋。天网恢恢，疏而不失。”“天道”虽然自然“无为”，但又“无不为”，犹如一张巨大的“天网”，谁也无法摆脱；人只能任其自然无为，既无所事事，也无能为力。甚至是圣人，也只是“辅万物之自然而不敢为”（第六十四章），丝毫不敢有所作为。在这一点上，《庄子》体现得尤其突出，“知其不可奈何而安之若命，德之至也”（《人间世》），“知不可奈何而安之若命，唯有德者能之”（《德充符》），与儒家“知其不可而为之”形成鲜明的对比（《论语·宪问》）。所以，司马谈说“李耳无为自化，清虚自正”（《史记·太史公自序》），这是站得住脚的论断。

道家之所以成为“纯粹的无为”或“空无的人为”，并最终走向宿命论，自有其思想根源。道家将“天”和“人”、“天道”和“人道”完全对立起来，认为“人”是对“天”的否定，“人道”是对“天道”的否定。《庄子·秋水》讲的是“天”与“人”的对立关系，“牛马四足，是谓天；落（络）马首，穿牛鼻，是谓人。故曰：无以人灭天，无以故灭命，无以得殉名”。《庄子·在宥》讲的是“天道”与“人道”的对立关系，“何谓道？有天道，有人道。无为而尊者，天道也；有为而累者，人道也。主者，天道也；臣者，人道也。[天道之与人道，]相去远矣，不可不察也”。而且，道家之主张“自然无为”，与儒家注重“人道”的主张恰成一反背，道家的终极旨归仍落在“天道”，即达到“与天同心，与道同体”的目的(《文子·道原》)。所以《荀子·解蔽》批评庄子“知于天而不知人”。

(6)道家的“理想国”(理想的社会形态)是“小国寡民”。

《老子》提倡“反本复初”，构拟的理想社会是“小国寡民”。第八十章：“小国寡民：使民有什伯之器而不用，使民重死而不远徙；虽有舟舆，无所乘之，虽有甲兵，无所陈之，使复结绳而用之；甘其食，美其服，安其居，乐其俗；临国相望，鸡犬之声相闻，民至老死不相往来。”《老子》强调“知古始”(第十四章)，但最后复古倒退回“小国寡民”，这当是道家“自然无为”的极至，也是道家最为理想的社会形态。

附论：“垂衣裳而治”与“无为而无不为”

相对于道家而言，由孔子发端的先秦儒家最为关注的仍然是“人”而非“道”，具有极为强烈而浓厚的“人间情怀”。经由上文的阐述也可以看出，孔子虽然提出了“无为而治”，但并没有在“形而上”的层面做过多的阐发，只是一笔带过。直至晚年，孔子才在“形而上”这一方面做了一些工作。马王堆帛书《要》篇说孔子“老而好易”，以致“居则在席，行则在囊”，但他自以为仅仅是“求其德而已”，“与史巫同涂而殊归”，[1]即究“天道”以明“人道”；孔子于此颇为担心，说：“后世之士疑丘者，或以易乎？”[2]但事态的发展并不以孔子的个人意志为转移，儒学后来的发

① 陈松长、廖名春：《〈要〉篇释文》，《道家文化研究》第3辑，第434、435页。

② 同上。

展历程正好印证了那句古话"不幸而言中"。下面仅举"垂衣裳"事例略做说明。

在《论语·泰伯》中,孔子确实也说过"舜有臣五人而天下治",但他并不认为"圣王"在"选贤举能"后就真的无所事事(见上文)。《荀子·大略》所云"主道知人,臣道知事。故舜之治天下,不以事诏而万物成",尚勉强近乎孔子本意,但已经明显融入了道家和法家的思想。①《礼记·哀公问》说:"孔子对曰:无为而物成,是天道也。"这恐怕也是托名孔子的战国"话语"。

秦汉以降,儒学日渐"驳杂",颇为"不纯"。援道入儒、援法入儒、援佛入儒,直至近现代,甚嚣尘上的所谓"新儒学"则援西学入儒。

就"无为而治"一端而言,儒家后学更多的是"援道入儒"和"援法入儒"。比如西汉刘向所辑《新序·杂事四》说:"故王者劳于求人,佚于得贤。舜举众贤在位,垂衣裳恭己无为而天下治。"舜已经被塑造为俨然一道家"圣人"了,真的是"无所作为"了。② 东汉王充《论衡·自然篇》说:"遽伯玉治卫,子贡使人问之:'何以治卫'?对曰:'以不治治之。夫不治之治,无为之道也'。"前人早已指出,"盖老子之意,以为太上无治"。唐朝孔颖达注疏《中庸》、《礼记》时,径直用"无所施为而道德成就"之类话语阐释儒家的"无为而治",仍然是顺流而下,取法"援道入儒"和"援法入儒"的路数。相较而言,白居易的阐发尚可谓差强人意,"(儒者)始则懋于修已,劳于求贤……终则安于恭己,逸于得贤……故臣以为无为者,非无所为也,必先有为而后至于无为也"(《白居易集》卷47《才识兼茂明于体用科策一道》)。

有研究者指出,《老子》的内容是由一种"无中生有"的宇宙生成说(道)和"清静无为"的处世哲学(德)而构成的,在先秦诸子中最抽象,因

---

① 战国之世,诸子百家一方面互相激扬,另一方面互相融摄,呈现为"殊途同归"又"同途殊归"的景象。可参看彭华:《"殊途同归"与"同途殊归"——从思想交融角度看儒学发展的三个阶段》,《宜宾师范高等专科学校学报》2000年第4期。

② 西汉初年遵循"黄老无为"之道而行,与当时的时代背景密切相关。《史记·吕后本纪》说:(汉初)"黎民得离战国之苦,君臣俱欲休息于无为。"

此似乎可以包容一切，并为各种不同角度的解释留有余地。[1] 揆诸事实，此论有理。

《老子》一书的思想和理论，不仅是先秦法家的策源地，也是嗣后“黄”学的发祥地，而且还是后代杂家的集散地。但这些由《老子》发散而出的先秦诸子（或可称之为“老子后学”），与《老子》的关系仍然是“同途殊归”，貌合神离；与孔子及其后学所走过的路子相比，二者堪称“殊途同归”。关于道家的这一发展历程，在“无为而无不为”的理解和运用上，体现得较为突出而又极具典型性。

关于《老子》的“无为而无不为”，其确切含义颇难把握。司马谈《论六家之要指》说：“道家无为，又曰无不为。其实易行，其辞难知。”（《史记·太史公自序》）当世解说者多认为，只要做到了“无为”，就能“无所不为”，但这一解说前后语显然是互相矛盾的。既然已经“无为”，何来“无所不为”呢？（可信奉者甚伙！）相对而言，我认为蒋锡昌的说法不乏参考价值，“无为者言其因，无不为者言其果”[2]。在《老子》那里，“无为而无不为”是一而二、二而一的关系，绝不可截然割裂、分而用之。有“无为”，才有“无不为”。

发端于《老子》的法家、名家、“黄”学、杂家，在解说和运用《老子》的“无为而无不为”时，真的是“各取所需”；但他们又有一个共同的特点，即截然割裂“无为而无不为”并分而用之。

法家的韩非子认为，“人君无为，臣下无不为”，“缘道理以从事者，无不能成”（《韩非子·解老》）；《慎子·民杂》说：“君臣之道，臣事事而君无事，君逸乐而臣任劳，臣尽智力以善其事，而君无与焉，仰成而已。故事无不治，治之正道然也。”这是在为法家极力倡导的“法治”张本，君臣殊途，等级森严，而各自的所作所为自然也就不可同日而语。

作为“黄”学代表作之一的马王堆帛书《黄帝四经》，既来源于《老

---

① 李零：《说“黄老”》，原载《道家文化研究》第5辑，后收入《李零自选集》，广西师范大学出版社，1998年版，第284页。

② 蒋锡昌：《老子解诂》，成都古籍出版社，1988年版。

子》，又改造了《老子》，或许还发展了《老子》[1]。《经法·道法》：“故执道之观于天下也，无执也，无处也，无为也，无私也。”但黄学所说的“无为”，并非无所作为，“夫作争者凶，不争[者]也不成功”（《十六经·五正》），“作争者凶，不争亦毋以成功”（《十六经·姓争》）。而“清静无为”的本质是在“循名责实”的条件下的各自有为，才构成上层统治阶级的“无为”。《十六经》十五（无标题）：“欲知得失，请必审名察刑（形）。刑（形）恒自定，是我愈静；事恒自施，是我无为。”并且强调“法生于道”（“道”是“法”的根据和依据）和“法治”，“道生法。法者，引失得以绳，而明曲直者也”（《经法·道法》），“案法而治则不乱”（《称》）；又认为“法治”（刑）和“德治”（德）是密不可分的，“刑德相养，逆顺若成”（《十六经·姓争》），“凡谌（戡）之极，在刑与德”（《十六经·观》）。与《老子》“柔弱胜刚强”（第三十六章）、“天下之至柔，驰骋天下之至坚”（第四十三章）的思想截然相反的是，《黄帝四经》特别强调“刚柔相济”。《经法·国次》：“人强胜天。”“人道刚柔，刚不足以（用），柔不足以寺（恃）”（《经法·三禁》），“刚柔相成”（《十六经·观》）。显然，帛书《黄帝四经》不仅融摄了道家，还合理吸纳了儒家、法家和名家的思想；有人将其划归道家一派，我倒觉得不如将其列入杂家更为合适。

作为杂家而后出的《淮南子》，则杂糅了儒家和道家。《道应训》说：“昔尧之佐九人，舜之佐七人，武王之佐五人。尧、舜、武王，于九五七者，不能一事焉。然而垂拱受成功者，善乘人之资也。”《主术训》：“无为者，非谓其凝滞不动也，以其莫从己出也。”《原道训》：“所谓无为者，不先物为也；所谓无不为者，因物之所为也。所谓无治者，不易自然也；所谓无不治者，因物之物然也。”其用语和辞意近乎儒家，但又有道家的影迹。

甚至是作为“老子后学”和道家最大代表之一的庄子，也在有意无意之间篡改、割裂、化解《老子》的“无为而无不为”。《庄子·外篇·在宥》：“何谓道？有天道，有人道。无为而尊者，天道也；有为而累者，人

---

① 如余明光即认为“黄”学发展了《老子》（《黄帝四经与黄老思想》，黑龙江人民出版社，1989年版）。

道也。主者,天道也;臣者,人道也。天道之与人道,相去远矣,不可不察也。”天道与人道、无为与无不为,确实是“相去远矣”;法家、“黄”学、杂家之所以要割裂《老子》的“无为而无不为”,或许就是“察”而行的结果吧。

(本文原载《孔孟学报》(台北)2002 年第 80 期,第 165—180 页。本次在大陆重新发表,改动了个别文字和标点。)

作者简介

彭华(1969—),字印川,四川丹棱人。华东师范大学历史学博士,四川大学古籍整理研究所教授。主要从事先秦两汉史、近现代学术史以及中国儒学、巴蜀文化研究。

“温柔敦厚”与“兴观群怨”

——孔子“诗教”的特点及诗学观念*

党万生

（河西学院文学院　甘肃张掖　734000）

内容提要　古人通常所说的“诗教”，是指以《诗经》为教材的教学活动，并不是今天以诗歌的赏读和创作为内容的文学教育。孔子时代的“诗教”，当然是以《诗经》的传习和应用为前提和内容的。但是，以“诗”为教其实是一种非常古老的传统。

关键词　孔子　诗教　特点　诗学观念

传说上古历代帝王皆有自己的乐舞，诸如伏羲有《扶来》、神农有《扶持》、黄帝有《咸池》，少皞有《大渊》、祝融有《祝续》、颛顼有《六茎》，帝喾有《无英》，尧有《大章》，舜有《大韶》、禹有《大夏》、汤有《大濩》等。这些古乐当然也需要教学传习。俞正燮《癸巳存稿》卷 2 云：“通检三代以上书，乐之外无所谓‘学’”。① 上古诗乐舞合一，与上述乐舞相配的歌辞，今已不可考。传说时期的乐舞的歌诗可能极简单，但总应该有。所以乐教自然包含诗教。《尚书・尧典》所载尧舜时“典乐”的夔，其职

* 本文为甘肃省教育厅 2012 年研究生导师科研计划项目《孔子文学思想研究》的前期成果。

① 俞正燮：《癸巳存稿》，辽宁教育出版社，2003 年版，第 65 页。

责为“教胄子”，所采用方式便是“言志”“永言”之“诗”“歌”。[1] 徐复观说：“据《国语·周语》召公谏厉王的话，陈诗本以作教戒之资。此即古人所谓‘诗教’。”[2]周厉王时，今本《诗经》中的不少篇章尚未形成或尚未被收集成编。

正如台湾大学的吴昌政所指出的，“在‘诗教’的初始阶段，《诗》是否已经编辑成书，或者是否已经出现‘诗’的名称，均尚存疑问。”他谨慎地推想说，“早期创作与流传的‘诗’篇很可能也被纳入了后来结集成书的《诗》文本当中。”所以他在讨论“诗教”问题时，论及“诗”的指称，实际上也指涉了西周初年可能尚未集结成书的零散诗篇，其中包括后来被编入《三百篇》的诗篇，也包括“可能曾经被记录、流传但并未收录于《三百篇》的性质相近的诗作。”[3]

李凯也曾区分过“《诗》教”与“诗教”的不同。他说：

> 存在两种不同的“诗教”，一是加书名号的“《诗》教”，指的是先秦时期的“教《诗》”和学《诗》的文化活动；一是不加上书名号的“诗教”，指的是两汉以来视为文学创作原则的“诗教”。目的是将孔子的“《诗》教”（广义的文化活动）和《礼记》中的“《诗》教”（文艺的教化活动和教化效果）与汉儒以及后人理解的“诗教”（一种创作原则）区分开来。这种区分，是要把儒家元典中的“《诗》教”和作为两汉创作原则的“诗教”分别对待，从而对两种不同的“诗教”作出恰当的评价。[4]

这样的区分当然是必要的。受他们的启发，本文称孔门及后世的

---

① 《尚书·尧典》：帝（舜）曰：“夔！命汝典乐，教胄子，直而温，宽而栗，刚而无虐，简而无傲。诗言志，歌永言，声依永，律和声。八音克谐，无相夺伦，神人以和。”

② 徐复观：《中国经学史的基础》，学生书局，1982年版，154页。

③ 吴昌政：《孔子诗教的历史渊源：试探周代礼官制度中的诗教》，台湾大学文学院硕士论文，2007年7月，第3页。

④ 李凯：《儒家元典与中国诗学》，中国社会科学出版社，2002年版，第87页。

《诗经》教习活动为"《诗》教",在讨论周代的《诗经》开始结集至编定前后的官学教《诗》活动为"《诗》之教"或"《诗》教",而在指称更早期的类似活动时用"诗教",对泛诗学意义上的诗歌教育,则用不加引号的诗教。

若要追溯孔子"《诗》教"的渊源,自远言之,需自上古乐舞歌谣的政教特征说起;自近而言,则须自《诗经》的编定及其在周王朝政教秩序及国子教育中的作用和功能说起。

一、"诗""志"同源与上古诗歌的政教功能

刘勰《文心雕龙·明诗》:"在心为志,发言为诗,舒文载实,其在兹乎。"沈约《宋书·谢灵运传论》:"歌咏斯兴,宜自生民始。"从发生学角度看,诗的产生,最早可追溯到人类产生的初期。若从现象学角度论,以韵语为表现形式的古人的"感物吟志"之作,应当出现在人类语言较为成熟的时代;而文本意义上的"诗",则产生得更晚。郑玄《诗谱序》说:"诗之兴也,谅不于上皇之世,大庭轩辕,逮于高辛,其时有亡,载籍亦蔑云焉。《虞书》曰:'诗言志,歌永言,声依永,律和声。'然则诗之道,放于此乎?有夏承之,篇章泯弃,靡有孑遗,迩及商王,不《风》不《雅》。"①把诗之兴起放在尧舜时代,大致也是符合历史实际的。但郑玄说商代"不《风》不《雅》",夏代则《风》、《雅》、《颂》均泯没无余,再往前说,就连是否有诗也难说了。这实际主要是从载籍存灭论诗之有无,并不是说诗之产生与否。

"诗"与"志"同源,已为学者们所公认。高田忠周进一步指出:

> 寺是最古"持"字,凡手部字古文多从"又","又"、"手"同意也。持字已从"又",又从"手",为复矣。又寺声字,古文从㞢,时作旹,

① 毛亨传,郑玄笺,孔颖达疏:《毛诗正义》,北京大学出版社,2000年版,第4—5页。

> 诗作訨，持元作𢪙、作𡭊可知已。“持”下曰：“握也，从手寺声。”《荀子·正名》“犹引绳墨以持曲直”，注：“制也。”《汉书·刘向传》“及丞相御史所持”，注：“谓相扶持佐助也。”夫审固也，制也，佐助也，固当有法度也。[①]

这里指示的从“寺”之字如“时”、“诗”、“持”（还有“等”、“畤”等）诸字均有与“规正”、“法度”相关的意义，给我们理解“诗言志”之说的来源以有益的启发。这说明，“诗”字、“志”字的造字之义，本来就指重要的思想、意见及当遵守的法度、规制等。“志”是思想规制本身，发为言辞，便称“诗”。《毛诗序》所谓“在心为志，发言为诗”，正隐含这个意思。有学者甚至认为，在此意义上，“诗”字是在指代讽谏之辞的意义上产生出来的。[②] 正是由于这一背景，决定了我国上古的诗歌都具有或被加上浓厚的赋政意义和色彩，诗歌阐释观念和理论先天地被赋予了教化和讽喻的功能和要求。《淮南子·诠言训》：“诗之失僻”，高诱注曰：“诗者衰世之风也，故邪而以之正。”又《氾论训》注曰：“诗所以刺不由道。”孔颖达《毛诗正义》引《诗含神雾》云：“诗者持也。”成伯玙《毛诗指说》亦引其文云：“诗者持也，在于敦厚之教，自持其心；讽刺之道，可以扶持邦家者也。”[③]《汉书》卷23《礼乐志》：“省其诗而志正。”卷30《艺文志》：“诗以正言义之用也。”《文心雕龙·明诗》：“诗者，持也，持人性情。”《毛诗正义》：“为诗所以持人之行，使不失坠。”《淮南子·氾论训》：“王道缺而诗作。”《汉书·礼乐志》云：“周道始缺，怨刺之诗起。”都表明了“诗”之名实均有扶正、守道及谏邪劝正的意义和目的。

“志”字从“㞢”从“心”，与“止”、“是”、“正”、“定”等字本义相通。[④]

---

① 高田忠周：《古籀篇》卷57，第2页。转引自周法高、张日昇等编纂：《金文诂林》（三），香港大学出版社，1974年版，第1855—1856页。

② 马银琴：《两周诗史》，社会科学文献出版社，2006年版，第12页。

③ 成伯玙：《毛诗指说·解说第二》，纳兰性德辑：《通志堂经解》第7册，江苏广陵古籍刻印社，1996年版，第201页。

④ 《说文·正部》：“正，是也”，“是，直也。”《尔雅·释诂下》：“定，止也。”《字汇·宀部》：“定，正也。”

《左传·昭公十二年》右尹子革对楚王云:“昔穆公欲肆其心,周行天下,将皆必有车辙马迹焉。祭公谋父作《祈招》之诗以止王心。”这里的“止”有定、静之义,“止王心”,即使王者之心定于正道,静守法度。由此可见,所谓“诗言志”,从“诗”、“志”二字造字义考查,确实均含有“诗”是用来表达扶正守正,使人不偏离规制法则之言的意思。更进一步说,“政”与“正”通,“政者,正也”,那么“诗”的“赋政”功能的规定性,可追溯到“诗”与“政”本来联系极紧密的上古时代。

从典籍中所载的上古传说中历代王者均有乐舞传世的现象看,周代之前的夏商有乐歌作为国家政权威仪的体现,自无疑问。这一点,从孔子说到的杞、宋之文献不足征殷夏之礼就可看出。因为殷、夏之礼当然不会是徒礼,一定会有与之相配的音乐。虽然不能说夏商时期有了周代那样的礼乐文化,但彼时有“礼”有“乐”,当无疑问。尽管周代文、武王和周公之前的“礼乐”的内在精神实质重天道鬼神,也可能不像周代那样包涵着浓重的“亲亲尊尊”的宗法制义和道德精神。但彼时存在的祭鬼祀神之“礼”与歌舞娱神之“乐”,其在国家政治和民间生活中的重要性,可能一点也不低于周代。从古代歌、乐、舞一体的情况看,一般而言,那时的各种乐舞也不能没有歌辞,即“诗”。“诗”与“志”同源,正说明“诗言志”的远古实质是,当时社会生活的主要内容和人群的历史记忆,都要以“诗”的形式总结和传承。《尚书·尧典》中透露的“击石拊石,百兽率舞”的古乐舞的图腾崇拜色彩及其所要达到的“神人以和”的巫术宗教功能,即显示出三代之前的“诗”的教习和应用的情况。《吕氏春秋·古乐篇》所载的“葛天氏之乐”,以总共八阕的宏伟结构,包含着有关人类起源、部族祖先与图腾崇拜,种植、畜牧业的开创,天体崇拜、土地崇拜及古帝颂歌等丰富的先民的自然、社会知识与生产实践知识的内容。[①] 这类乐歌在原始时期产生的数量应当不少,传承方式可能主要由部族长老和巫觋人员来承担,就不能不存在教授传习的问题。另外,从古乐舞的举行往往是部族全体行为看,它们的传习也应当有较

① 赵沛霖:《关于葛天氏八阕乐歌的时代性问题》,《兴的源起——历史积淀与诗歌艺术》,中国社会科学出版社,1987 年版,第 165—178 页。

强的集体性特征。这可以看作是古代“诗教”的发生因素。

一般认为,周灭殷商不仅是朝代的更替,而且是制度的巨大变革,更重要的,是文化模式由宗教巫术文化向礼乐文化的根本转变。但就礼乐制度的实际内容和实施形式而言,周因于夏商者其实有很多。如所谓“诗之教”,就绝不是《诗经》编订后才有,甚至也不是《三百篇》中周初作品产生时才有的。在《诗经》中最早的作品产生之前,必然已经存在着一种为后世“《诗》教”制度所承传的古老传统和久远习惯。在夏商先民及其统治者那里,谣谚与祭歌在政治和日常生活中的重要性,恐怕一点也不比后世小。

二、《诗经》的编定与《诗》教的成立

早期乐舞和歌诗的传承和教习,说明“诗教”是古代国家政治、文化发展演变中的一种传统。但《诗经》的编定和颁行,较多地改变了春秋时代“诗教”的具体内容,同时,由于周王室权威的衰落,“礼崩乐坏”的发生,实际上也改变了“诗教”的传统目的和风格,促成了春秋前期《诗》教和孔子《诗》教的应用和传习方式。

《诗经》中的乐歌产生的时间,早者可至商代、周初,如三《颂》和二《雅》的部分作品;晚者则迟至孔子之前数十年,如《秦风·无衣》、《陈风·株林》等。所以今本《诗经》在最后编定之前,一定有一个漫长而复杂的收集、传承和编辑的过程。在此过程中,《诗经》的《风》、《雅》、《颂》中较早产生的作品,应该已经由早期王官分别和先后收集、应用、传承着,成为早期“诗教”的重要组成部分。而严格意义上的“《诗》教”的成立,至少要到相对较为完整的《诗》结集之后。

刘毓庆认为,《诗经》在成书过程中,最少进行过三次重大编辑整理。第一次编辑在周宣王时,所结皆为典礼用诗,即所谓“正经”部分。第二次编辑在平王时,所编主要为“变雅”及“三卫”。第三次为孔子手定,主要增“变风”部分与鲁、商二《颂》。据他的研究,宣王时对于典礼乐诗的编辑,当是历史上第一次系统整理典礼乐诗。宣王“修政”,“法

文、武、成、康之遗风”，将历史上所传的典礼乐诗与其时所改编的典礼乐歌合为一编，所编为《周颂》、《正大雅》，均为西周早、中期的作品，可能原来本有乐师保存的底本。平王初年王权未尽失，又以卫武公最为老臣，德高望重，故此时所增补为“变雅”与“三卫”之风。关于“二南”，刘氏似对其编定时间颇不确定。言其可能“初成于宣王”时，但其篇籍扩充及地位之大幅提升，仍应在平王东迁之初，目的是反思褒姒之祸，防止女祸再生。第三次为孔子编诗，“除对‘二雅’、《周颂》、‘二南’、‘三卫’有所增补外，最主要的还是编定了《王风》以下十国的诗”。[①] 按，历史上第一次系统整理典礼乐诗是否为周宣王，较难证实；“二南”、“三卫”及《王风》以下各国《风》诗，应该在孔子之前就已经编成。所以上述说法颇有可疑之处。

《吕氏春秋·音初篇》载夏禹时期涂山氏之女的《候人歌》，指其为“南音”之始；又说“周公、召公取风焉，以为《周南》、《召南》。”[②]这说明古人对《风》诗收集的开端的估计也是极早的。另外，经学家们将二《南》系之周公、召公，将其与“文王之化”联系起来，未必不是因为对其中作品由其流传地域而作静态的历史化的解释。也就是说，古人关于乐歌的产生，并不像今天一样要明确地界定具体时代的语言特色、曲调风格和形式特征。我们今天的研究者多认为二《南》作品产生于东周初年，这可能是事实。但在这些作品初被编集的时代，它们是被视作对江汉间周召故地传承久远的古乐古歌而收集、欣赏的。马银琴认为，“二南”音乐早在西周时代收集于周召二公在岐南的采邑，而其乐歌的“主体部分的创作完成期在西周末至春秋初约一百年间。”[③]这种“诗”、“乐”产生于不同时代、地位也不同的现象，或许是有的，但西周时代南乐不应是徒乐，春秋初“二南”中的作品也不当是徒歌。所以无论周初

---

① 刘毓庆：《〈诗经〉结集历程之研究》，《文艺研究》2005年第5期，第73—84页。

② 吕不韦著，陈奇猷校释：《吕氏春秋新校释》，上海古籍出版社，2002年版，第338页。

③ 马银琴：《两周诗史》，社会科学文献出版社，2006年版，第258页。

还是春秋时,《诗》文本与音乐都很难分离。这也是为什么《诗》文本的读赏在很长的时期里一直与乐教紧密联系,甚至是后者的附庸的重要原因。

另外,《诗经》编订之初,可能就含有追怀祖先德迹与功劳,为现实政治追绍远绪以增强合法性和号召力的目的。郭晋稀先生指出,《诗·国风》中的《周南》、《召南》被《诗》序"系之周公","系之召公",本来就有"颂今推古之义"。他说:

> 周定、召穆本周公旦、召公奭之子孙。《关雎》序云"系之周公","系之召公",措词审慎,实含颂今推古之义。二《南》诗多言"文王之化"、"后妃之化"、"夫人之德",实则多男女分别相思之义,盖因定公、穆公既夹辅王室又总戎江汉,元戎既夫妻契阔,士卒亦室家离散,故抒怨情者极多也。①

郭先生所提出《诗序》的"颂今推古之义",说明《诗经》编订目的的现实政治的考量与世族传统追认之间的联系,造成其篇章来源和内容的复杂性,也造成其《诗》教在解读与应用中的鲜明的政教功利色彩和功能的多样性。

赵逵夫先生认为,孔子是《诗经》的最后编定者;在此之前,除西周乐师整理历代所传诗歌,进行了基本分类外,先后发生的有意识的《诗》的编集至少有两次。第一次编集包括《周》《召》二《南》、三《卫》(《邶》、《鄘》、《卫》)五《风》及《小雅》的作品。第二次则增编《王》、《郑》至《豳》十《风》及《大雅》和三《颂》。经过这两次结集,《诗三百》编定才初步完成。

赵先生还进一步推论,认为《诗经》最早的版本,是由周定公或召穆公的子孙编成的,编订的目的,是为了缅怀周定公和召穆公在厉王"国人暴动"之后的挽救危局、辅佐宣王达成中兴的功劳,宣传祖先的光辉业绩。因此,《诗经》篇首是《周南》、《召南》,而不是《周颂》或《大雅》中

---

① 郭晋稀:《诗经蠡测》,巴蜀书社,2006年版,第15页。

的《生民》、《公刘》等歌颂周族祖先的作品。《诗经》最初编集时,《国风》部分只是《周》、《召》二《南》,及后世通视为《卫》风的《邶》、《鄘》、《卫》三地歌谣。而《卫》风的收入,则是因为卫康叔在厉王、宣王、幽王、平王时均有辅佐、安定之功。颂扬卫康叔,也可以突出召伯(召穆公)在西周末年的功勋。《诗经》的第二次编集,赵先生认为,“可以肯定在公元前六世纪前期”,具体为郑国子罕当政(前 582—前 570)及以后的一二十年中,主持编集者为子罕之子子展(? —前 544),当时尚年轻的郑国著名政治家子产可能也参与其事。此次编入《王》、《齐》以下至《豳》风部分及《大雅》、三《颂》部分。这些乐歌,可能是郑桓公得之于周王室太师或太史所藏的乐、诗材料,也可能包括有少量郑国乐官的收集。此次编《诗》的目的,主要是为了弘扬文德、和谐人心,完善和增强贵族子弟的《诗》学教育;也为了弘扬郑桓公的功德,突显郑同周王室的亲近的血缘关系。①

赵先生对《诗三百》的编集时间和目的的推论,慧眼独具,挖掘并阐明了历史事实情况,可以很好地解释《诗经》组成及成书过程中的种种令人迷惑不解的现象和问题。赵先生对《诗三百》正式形成前后“陈诗讽谏”的传统的变化和“赋诗言志”风尚的形成及它们的具体内容和形式的考论,十分细致、深入、独到,发人深思。这样,对于《诗》在前 7 世纪末至前 6 世纪初编定后,如何在较短时间内成为周王室和各诸侯国国子教育的固定教材,并且形成“不学诗,无以言”的风尚,我们就可以据此作出较为合理的解释了。

说到周代“《诗》教”的内涵和实质的历史演变,马银琴的看法也值得一提。她对于《颂》诗编入《诗》较晚的主张,与赵先生相近。不同的

① 赵逵夫:《诗的采集与〈诗经〉的成书》,见韩高年编:《陇上学人文存·赵逵夫卷》,甘肃人民出版社,2010 年 12 月版,第 313—364 页。赵先生关于《诗经》结集问题的较早看法,参《论〈诗经〉的编集与〈雅〉诗分为“大”“小”两部分》及《周宣王中兴功臣诗考论》等文。前文载《河北师院学报》1996 年第 1 期,后收入他的《古典文学论丛》一书,中华书局,2003 年版;后文见《中华文史论丛》总第 55 辑,上海古籍出版社,1996 年版。

是，她认为《诗经》中的《颂》诗产生虽早，但被纳入《诗》文本却是东周初年齐桓公称霸时代的事。她的《齐桓公时代〈诗〉的结集》一文说："《颂》之入《诗》，其意义是不可低估的，它标志着一个时代的终结，也就是说，以乐教为主导的周代礼乐制度的仪式化时代随着《颂》之被纳入诗文本而走向了终结。中国文学萌芽于宣王时代，奠基于平王时代的以美刺为核心的政教传统至此确立，中国文化史进入了以德义之教为主导的历史阶段。"①

《颂》诗在齐桓公时代"被纳入诗文本"的说法，是否符合历史事实，尚有可疑。不过，马银琴认为《诗》的最初文本起于西周康王、穆王时代，经宣王、平王时代的累次编辑，形成以《诗》为名，以《风》《雅》合集为内容的初步规模和构成。事实上直到平王死后的齐桓公称霸时期，包括《召南·何彼秾矣》在内的大部分《风》诗才被采集和编集，与二《雅》二《南》一起形成《诗经》与今本一致的文本定型，这一思路与赵逵夫先生的看法有同有异，但大致也可以解释《诗经》乐歌的多重来源及文本采集编订至最后写定的复杂过程，是目前关于此问题较为细致和看来较为合理的论说。尤其是她所指出齐桓霸业之成与周王室地位因"尊王"之术而复盛，周礼在一度衰落之后又得到空前尊奉，是春秋时代《诗》文本编辑流传以及赋引风气流行的背景和原因，也是较合乎历史逻辑的；对于我们理解为何诸侯争霸时代周王室的礼乐仍空前受重视，《诗经》为何成为当时政治生活和官学私学教育中的重要科目，很有启发和帮助。

三、周代的"六诗"之教与早期《诗》教的特征

《礼记·王制》云："有虞氏养国老于上庠，养庶老于下庠。夏后氏养国老于东序，养庶老于西序。殷人养国老于右学，养庶老于左学。"夏以前是否有成熟的国家官学制度，因为文献有阙，我们不得其详。殷商

① 马银琴：《齐桓公时代〈诗〉的结集》，《文学遗产》2004 年第 3 期，第 19 页。

时有大学，是可以从甲骨卜辞中的材料得以证实的。① 商代的官学教育中，存在祭礼、乐舞教学，其中应有相当于“诗教”的环节，也应属于必然之事，只是其所教习的具体内容与方式，同样因为文献阙佚，今天已难知详情。而周代“《诗》教”的内容和关目，则有较为丰富的文献为我们提供了解和探究的线索。《周礼·春官·大司乐》：

> 大司乐掌成均之法，以治建国之学政，而合国子之子弟焉。凡有道者，有德者，使教焉……以乐德教国子中、和、祗、庸、孝、友。以乐语教国子兴、道、讽、诵、言、语。以乐舞教国子舞《云门》、《大卷》、《大咸》、《大磬》、《大夏》、《大濩》、《大武》。②

以乐舞教国子，当然不是周代才有的事。“乐德”、“乐语”、“乐舞”分辨，表明周代国学对上古乐教的诗、乐、舞合一的特征已有了巨大的改变。《礼记·王制》：“乐正崇四术，立四教。顺先王《诗》、《书》、《礼》、《乐》以造士。春秋教以《礼》、《乐》，冬夏教以《诗》、《书》。以六律、六同、五声、八音、六舞大合乐，以致鬼示神，以和邦国，以谐万民，以安宾客，以说远人，以作动物。”“四术”、“四教”中，《诗》与《乐》的关系如何？与上面《周礼》所说的“乐德”、“乐语”、“乐舞”的联系怎样？这些问题较难考究明白。秦惠田《五礼通考》以为，“乐正即《周礼》‘大司乐’之职。其所教之‘四术’，《诗》则‘乐语’是也，《乐》则‘乐舞’是也，《书》与《礼》则《大司乐》未及焉。《大司乐》主于论乐，《王制》主于论教也，二文相兼乃备。”③

从这些记载看，“诗教”虽为周代国子教育中重要的一科，但还是乐

---

① 王贵民：《从殷墟甲骨文论古代学校教育》，《人文杂志》1982 年第 2 期，第 21—29 页。

② 本文凡引用《十三经》原文，均据李学勤主编《十三经注疏》整理本繁体版，北京大学出版社，2000 年版。为避繁复，以下此类引文一般仅随文注明书名、篇名，不详注页码；若引用注疏文字，则不在此例，但整理者、审定者之名亦从略。

③ 秦惠田：《五礼通考》卷 170，文渊阁《四库全书》，台湾商务印书馆 1983 年版，第 139 册，第 73 页。

教的一部分，由大司乐掌管。而大司乐手下的大师，则是专门教《诗》的教官。《周礼・春官・大师》：

> 大师……教六诗：曰风、曰赋、曰比、曰兴、曰雅，曰颂。以六德为之本，以六律为之音。

我们注意到，这里所谓“六诗”即后世通常所说的《诗》之“六义”；不过与我们通常见到的“风、雅、颂”为体，“赋、比、兴”为用的分类和次序不同。《诗大序》中说到“诗有六义”，其次序倒是与《周礼》“六诗”相同；但之后的论说，却只涉及“风、雅、颂”，且将这三者看作是从功用方面对《诗》的分类，所以不能算是对“六义”的完整解说。

一般认为，《诗序》的“六义”源于《周礼・春官・大师》中的“六诗”，其次序排列正显示了周代国子教育中《诗》的教授由低级到高级，由简单而复杂的过程。因为后文的论述有些要以此为基础，以下先综合古今学者的意见和观点作简要陈述：

“风”。“风”本是乐调歌曲之总名，本不单指“乡土之音”或《诗经》中的《国风》；用作动词，与“歌”（《大雅・卷阿》：“矢诗不多，维以遂歌”）、“倡”（即唱，《郑风・萚兮》：“萚兮萚兮，风其吹女。叔兮伯兮，倡予和女”，即是以“风”喻倡）同义，就是《墨子・公孟》篇所说的“歌诗三百”的“歌”，也就是教国子按曲调学唱《诗》的全部歌辞。《毛诗故训传》：“古者教以诗乐，诵之、歌之、弦之、舞之。”似乎是以“诵”放在“歌”之前，这可能是汉代《诗》乐基本失传后的新看法，同时也可能是“诵”的意义已偏重于念诵之“诵”后的新说法。因为按常理，无论在什么时候，《诗》、《书》、《礼》、《易》、《春秋》等的教学，都应该是始于文本之辞的识记和念诵，并非《诗》的教学所独有，所以不应当作为《诗》教的一个特有阶段提出。当然，一般的念诵和“六诗”、“六义”说中的“赋”（“不歌而诵”）有区别。

“赋”。《汉书・艺文志》：“不歌而诵谓之赋。”就是朗诵《诗》的歌辞。这种“诵”，应该和一般开始学习乐歌时先要识词辨句的念诵不同，是按照一定的声调抑扬顿挫地朗诵，已经侧重于对《诗》各篇的各章意旨取义的细致把握与表现的方法，主要是为在公关交际场合选择合适的诗章及领会他人所赋诗章进行训练和做好准备。“赋”与“风”相比，显然更偏重于“义”的揣摩和领悟。当然，这时的“赋”，大概主要还是限于对《诗》的本身篇义章旨的理解、辨析和篇章的赋诵。

“比”。比喻，本来指借物喻物或借物喻情以达到通情达意的晓谕目的。但大师的“比”之教并不是指简单的“以彼物比此物”的比喻，而是指教国子如何借《诗》的章句打比方，作比拟，以指称现实事物，表达当下情志。班固《汉书·艺文志》：“古者诸侯卿大夫，交接邻国，以微言相感，当揖让之时，必称《诗》以谕其志，盖以别贤不肖而观盛衰焉。故孔子曰‘不学《诗》，无以言’也。”[①]班固所说“称《诗》以谕志”，正是“比”的确切含意。“比”之教的关键，应该在于学会如何断章取义，借诗喻意。在具体的情事中，如果可以借已有的《诗》的篇、章、句去表达现实的意愿、态度和打算，托事于《诗》，借《诗》言志，就是学《诗》而能“比”了。[②]

“兴”。“六诗”之中，“兴”最难言之。作为大师“《诗》教”的环节，究竟是教国子如何用《诗》来“兴”，颇令人费解，历来解说的分歧也最多。本文认为，“兴”以起意，很可能是一种更高级的借《诗》喻意的应用之法。从根本上说，“兴”与“比”相近，都要以比喻能力和手法为基础。但正如古人所言，“比显而兴隐”。[③] 作为用《诗》之法的“兴”和“比”，也可以由所凭借之“物”（借《诗》的成句表明）与所言之情志之间关联的隐晦和显明来分辨。孔子所说的“不学《诗》，无以言”，当然也可以从这个角度理解。周大师所教的“兴”，应是借《诗》的章义句意，引申出更为深刻的认识和道理。这主要是一种借《诗》的触动生发新的义理的过程，更重视的是认识能力、思想水平的培养和训练，与处在现实的情志境况下

---

① 班固：《汉书》，中华书局，1962年版，第1755—1756页。

② 此处论说，主要参考了章必功《“六诗”探故》一文，见章必功等：《先秦两汉文学论集》，北京：学苑出版社，2004年7月，第10—29页。此文最早发表于《文史》第22辑，中华书局，1984年，第165页。

③ 刘勰著，郭晋稀注译：《白话文心雕龙》，岳麓书社，1997年版，第398页。

择《诗》言志的"比"不同,"兴"是要在《诗》的文本中挖掘意味,更翻深一层,引申出关于修身治国的大道。《诗》的启发民智、增进德义的作用,到了这一阶段,才算是真正达成。从教育的规律看,"《诗》教"到了这一步,才算到了融会贯通、化外为内的一步。

"雅"。从先秦典籍引《诗》的情况看,有称《小雅》、《大雅》中的诗作"《周诗》"的①,也有以《魏风》、《豳风》及《周南》、《召南》、《齐风》、《商颂》中的诗作雅乐的。② 所以所谓"雅乐",并不完全等于二《雅》的音乐。而"六诗"之教中的"雅",应该是教国子们学会在会同宴飨的场合如何恰当地使用合适的《诗》篇及音乐,按礼制规矩行礼、举乐。也就是说,在除了需要使用《颂》的宗庙祭祀以外的正式场合依礼举乐,都可称"雅"。这可以从《周礼》等典籍中关于《诗》乐应用于宾射、飨燕之礼的记载得到证明。

"颂"。同"雅"相似,"颂"应是教国子掌握在宗庙祭祀仪式中的《诗》乐使用及礼容仪节的采用等。古人重祭祀,《左传·成公十三年》说"国之大事,在祀与戎",表明了《颂》的使用的重要性。

无论是"雅"还是"颂",其应用的主导者都是成年的王侯贵族士大夫,仪式细节的规定更趋专门和繁琐,很多时候关乎国体和国运,一点也不能马虎,所以就得放在"风"、"赋"、"比"、"兴"之后再教授和学习了。

以上是周代国子教育中"《诗》教"的大致内容和环节。其教《诗》与音乐、礼仪和德义相结合的特点,是十分明显的。这虽然是官学教《诗》的情况,但对孔门《诗教》的影响却是决定性的。因为即使在"礼崩乐坏"的春秋时代,《诗》在当时上层社会生活中的应用,仍不外仪式、德行与言语等情形。不过从前文引述的《周礼·春官·大司乐》中的记载,

① 如《国语·晋语》引《小雅·皇皇者华》曰:"《周诗》曰:'莘莘征夫,每怀靡及。'"引《大雅·灵台》,曰:"故《周诗》曰:'经始灵台,经之营之……'"

② 《大戴礼记·投壶》:"凡雅二十六篇,八篇可歌:歌《鹿鸣》、《狸首》、《鹊巢》、《采蘋》、《采蘩》、《伐檀》、《白驹》、《驺虞》;八篇废,不可歌;七篇《商》、《齐》可歌也;三篇间歌。"《周礼·春官》称《豳风》为《豳雅》。

我们也看到，周代早期的“《诗》教”虽然整体上仍在乐教的笼罩之下，但已经发展出一整套明确与“乐德”与“乐舞”的“兴、道、讽、诵、言、语”的“乐语”教育，正如金宝《早期诗教研究》所论：“虽然诗的教授，在西周礼乐文化的背景下，还属于‘乐教’中的一项内容，但是诗的教授已有了自己的教授原则、教授内容，具有了与音乐教授、舞蹈教授分立的相对的独立性。”所以我们可以称之为“乐教”统辖下的“诗教”。①

四、“温柔敦厚”——孔子对春秋《诗》教的总结与继承

“温柔敦厚”之说，出自《礼记·经解》：

> 孔子曰：入其国，其教可知也。其为人也，温柔敦厚，《诗》教也。疏通知远，《书》教也。广博易良，《乐》教也。絜静精微，《易》教也。恭俭庄敬，《礼》教也。属词比事，《春秋》教也。故《诗》之失愚，《书》之失诬，《乐》之失奢，《易》之失贼，《礼》之失烦，《春秋》之失乱。其为人也，温柔敦厚而不愚，则深于《诗》者也。疏通知远而不诬，则深于《书》者也。广博易良而不奢，则深于《乐》者也。絜静精微而不贼，则深于《易》者也。恭俭庄敬而不烦，则深于《礼》者也。属词比事而不乱，则深于《春秋》者也。

以“六经”称《诗》、《书》、《礼》、《乐》、《易》、《春秋》，学者多以为至汉代才确立，至早为战国开始出现。《庄子·天运篇》载孔子“治《诗》、《书》、《礼》、《乐》、《易》、《春秋》六经”，为“六经”之名最早见于文献者。不少人认为《诗》、《书》等儒家典籍称“经”是汉代方有之事，对先秦典籍中出现“六经”之名，甚至只是列举“六经”的文字，也一概加以怀疑，或者径视为后人假托附会之说。因此，《礼记·经解》所引孔子论一国之教，虽未明确提到“六经”之名，但其罗列《诗》、《书》、《乐》、《易》、《礼》、

① 金宝：《早期诗教研究》，吉林大学2010年博士论文，第35页。

《春秋》之教，又合于“六经”之实。因此，许多学者认为以“温柔敦厚”论《诗》教，为战国或汉代儒者假托孔子所作。[①] 因为《淮南子·泰族训》有一段与上引孔子之言相近的言论，朱自清《诗言志辨·诗教》推测“温柔敦厚”之论“写定在《淮南》之后”；甚至认为“温柔敦厚”一语是由汉代人从孔子“兴观群怨”及“事父”、“事君”之说中“提炼出来的”。[②] 这样的做法，未免疑古太甚。据王锷《〈礼记〉成书考》，《经解》篇为战国中期儒家文献。其所引孔子语，也绝非向壁虚造。[③] 孔子治《诗》、《书》等六种典籍并以之教授弟子，是确凿无疑的事实。孔子时代是否已将它们合称“六经”，虽然难以确定，但连罗列“六经”名称的言论，也认定其必然不出于孔子，恐怕也过于武断。另外，即使认为“温柔敦厚，诗教也”并非孔子的原话的学者，也大多依然认定它无疑反映了孔子及其门徒们的思想，认为它“正是孔子提出的‘中庸’之道在文艺上的反映”。[④] 从“温柔敦厚”曾长期地被视为孔子及儒家乃至整个中国古代的《诗》教观念及《诗》学和诗学批评标准这个事实来看，在没有确实的证据证明《礼记·经解》篇的作者假造孔子言论的情况下，我们认为，把“温柔敦厚”说的创论权归诸孔子，要更合理一些。

那么什么是“温柔敦厚”呢？孔颖达疏曰：“‘温’谓颜色温润，‘柔’谓情性和柔。《诗》依违讽谏，不指切事情，故云温柔敦厚是诗教也。”又说：“故《诗》之失愚者，《诗》主敦厚，若不节之，则失在于愚。”又说：“其为人也，温柔敦厚而不愚，则深于《诗》者也。此一经以《诗》化民，虽用敦厚，能以义节之，欲使民虽敦厚不至于愚，则是在上深达于《诗》之义

---

① 霍松林主编，漆绪邦等撰：《中国诗论史》(上)，黄山书社，2006 年版，第 30 页。

② 朱自清：《诗言志辨·诗教》，华东师范大学出版社，1996 年版，第 105、123 页。《淮南子·泰族训》：“温惠柔良者，《诗》之风也；淳庞敦厚者，《书》之教也；清明条达者，《易》之义也；恭俭尊让者，《礼》之为也；宽裕简易者，《乐》之化也；刺几辨义者，《春秋》之靡也。《易》之失鬼，《乐》之失淫，《诗》之失愚，《书》之失拘，《礼》之失忮，《春秋》之失訾。”

③ 王锷：《〈礼记〉成书考》，中华书局，2007 年版，第 206 页。

④ 敏泽：《中国文学理论批评史》(上)，吉林教育出版社，1991 年版，第 46 页。

理，能以《诗》教民也，故云：深于《诗》者也。”[①]所谓“依违讽谏，不切指事情”，一般被理解为孔子对作诗或借《诗》对君主进行政治讽喻时要“主文谲谏”[②]、谨守臣道的要求的接受和强调。受此影响，后世对于“温柔敦厚”之说的解说和接受，往往多偏于文学上柔美含蓄之风，对于那些壮烈激切的作品，就常认为不符合“温柔敦厚”的原则。也有人因此以为“温柔敦厚”与孔子所提出的“思无邪”、“诗可以怨”等思想不甚相符，与《诗经》实际上多怨怒激切之诗的情况也并不相合，所以认为此说不但“并非直接出自孔子之口”，而且根本就“是汉儒追加到孔子身上的”，并非孔子《诗》教观的原意。[③] 其实，这些看法并不全面，有些是出于对春秋时代《诗》教实际情况和孔子相关言论的误解。

陈桐生说：“诗教是中国上古时代礼乐制度的产物，最初它包含在乐教之中。自春秋战国之际礼乐崩坏之后，诗教才因其具有《诗三百》文本载体而获得比乐教更为突出的地位。诗教在西周春秋时期本为整个上流社会的文化共识，进入战国以后才变为儒家的专利。”[④]我们认为，孔子是《诗》之教由乐教的附庸走向独立的关键人物，孔门虽然也有《乐》教，但已与《诗》教分离。而“温柔敦厚”说的提出，表明孔子对早期官学《诗》教在移风易俗、培养君子人格方面良好作用和意义的肯定和继承。孔子实际上是《诗三百》的文本化教习倾向的确定者，他以“温柔敦厚”论《诗》教，虽然主要是指《诗》教的教化民众礼义行为的效果，但包含了对《诗三百》乃至诗歌对于人的陶染性情、增进修养、培育人格的作用的认识和理解的加深。吴昌政认为：

以“诗”作为所有诗篇之泛称的“诗教”，这个用法是曹魏之际

① 郑玄注，孔颖达疏：《礼记正义》，北京大学出版社，2000 年版，第 1598 页。

② 《毛诗序》：“主文而谲谏，言之者无罪，闻之者足以戒。”

③ 王臣：《温柔敦厚，非诗教也——《诗经》美学风格的考辨》，《红河学院学报》2005 年第 2 期，第 43—44 页。

④ 陈桐生：《礼化诗学：诗教理论的生成轨迹 · 绪论》，学苑出版社，2009 年版，第 1 页。

> “文学”自觉意识兴起，兼以后世诗歌作品累积丰富之后才产生的新的观念。“诗教”确实从“《诗》教”脱胎，然而“《诗》教”的核心是围绕着《诗三百》；至于词意扩张之后，“诗教”转而偏重于文艺理论当中关于一般诗歌之“教化功能”的讨论，已经跳脱了以《诗三百》为核心的意义范围。①

这就是说，孔子虽然很可能还没有后世意义上的诗学观念，但他的《诗》教思想已包含和孕育着后世诗歌创作与诗歌批评鉴赏理论的质素，而且其主要内蕴不仅仅在于、也不仅仅限于诗歌的“教化功能”。战国秦汉以来对“温柔敦厚”说接受、阐说和演绎，正明显地表现出这样的特点。这样一来，“温柔敦厚”，也就成为我国传统诗歌创作的重要标准。这里有民族心理的原因，有儒家思想的缘由，也带有普遍性的文学发生论和欣赏论及传播接受论的规律的要求。

对孔子“温柔敦厚”说的实质，徐复观《释诗的温柔敦厚》一文有至为精到的见解和论说。他认为，《礼记·经解》中以“温柔敦厚”论“诗教”等语，即或不能确定为出于孔子，也应该由先秦儒家遗说积累提炼而成。他指出，孔子鼓励子路以“勿欺也，而犯之”的态度事君（《论语·宪问》），自己应答时君及卿大夫之问，也总是“指切事情”，无所隐护，怎么会提出和支持一种“乡愿性格的诗教”？所以《礼记正义》“依违讽谏，不指切事物，故云温柔敦厚，是诗教也”的解释，“乃是由长期专制淫威下形成的苟全心理所逼出的无可奈何的解释。”他认为“温柔敦厚”是诗教的效果，而此种效果的达成，乃由于“诗的性格是温柔敦厚”。而诗有这样的性格，是因为诗人在其中流注了温柔敦厚的感情，并发之以温柔敦厚的语言及韵律，进而形成温柔敦厚的性格。激烈沸热的情感，经由适当时间的省思和条理，一定的理智之光的察照，变得中和而有弹性，沉淀得有层次，有深度、含蕴，很可能还生发出激情状态下所难有的典型性和普遍性，或更有力的形象和语言形式，变成更富感染力的诗，这

① 吴昌政：《孔子诗教的历史渊源：试探周代礼官制度中的诗教》，台湾大学文学院硕士论文，2007年7月，第2页。

才叫做"温柔敦厚"的诗。这样的作品,才能臻于"抒情诗的极诣",正如《诗经·国风》中不少诗所达到的高度。①

笔者认为,徐复观对"温柔敦厚"说的解说,虽然由论"《诗》教"的教化养德功能推衍至诗歌的情思、语言、形式和风格等诗学和文学理论的领域和高度,在本质精神上,却是符合孔子以《诗》为教的养德、修辞的基本原则和目的的。他深刻地阐明了"温柔敦厚"的诗学主张的合理性和真正价值,也指明了仅从政教讽谏和隐喻谲远的方向理解这一主张,是对孔子精神的歪曲和毁弃,可谓真知灼见。而郑玄以降的解释,往往使后世的诗人们向隐喻和含蓄一面进行表现技巧上的追攀和艺术形式上的模拟,失却抒写情感应有的自然本真及热忱和张力,写出来的诗变得温吞晦黯,依违苟且,离孔子所主张的"温柔敦厚"的真正要求,照徐复观的话说,是"降下好几等"了。

五、"兴观群怨"——孔子《诗》教的具体关目

孔子时代的用《诗》风尚,一则是西周以来原有的严格的礼乐制度被破坏,《诗》乐在祭祀、会同、燕饮场合使用的等级和程式不那么严格,僭越和随意用《诗》的现象层出不穷,不可遏制;一则是各国外交场合的赋诗歌诗的风气方兴未艾,而由西周以来形成的言语引《诗》习惯,在各诸侯国的各种上层下层人物中仍保持而流行着。《诗》作为西周以来上自王侯贵卿,下至一般士人都熟悉的语言材料,同时又保持着在宗教、政治、外交制度领域的较高的礼仪媒介的作用,在孔子以培养从政为目的的有德君子型人才的私学里,当然成为最重要的科目之一。《孔丛子·杂训》载子思之言云:"故夫子之教,必始于《诗》、《书》而终于《礼》、《乐》。"②说明《诗》教是孔门的入门基础课。《论语》一书中所载孔门重视《诗》教的言说不少,而全面反映孔子《诗》学教育的具体内容和相关

① 徐复观:《中国文学精神》,上海书店出版社,2004年版,第35页。

② 孔鲋:《孔丛子·杂训第六》,商务印书馆《丛书集成》本,第33页。

环节的，还要说是《论语·阳货》篇中"兴观群怨"说：

> 子曰："小子何莫学夫《诗》？《诗》可以兴，可以观，可以群，可以怨；迩之事父，远之事君，多识于鸟兽草木之名。"

在孔子诗教论说中，"兴观群怨"说影响最大，也最受关注。之所以如此，大致原因是：首先，与其他跟"诗教"相关的片言只语不同，此段论说虽篇幅不大，但其综合性、完整性却最为突出；其次，此说透露孔门《诗经》之教的具体关目；再次，此说对后世《诗经》解释学影响至深；另外，秦汉以后的解诗作诗和品评诗的理论，几乎都以此说为基础。此说对后世诗歌创作内容与形式的理论也影响巨大。

以下笔者将简要分析"兴观群怨"说的旨意。"事父事君"从伦理说，"多识于鸟兽草木之名"从认识功能说，此处暂不论。

先说"兴"。从审美和诗学的角度说，孔子所论"兴"、"观"、"群"、"怨"四者之中，以"兴"对《诗》教理论最为重要，对后世诗歌艺术的创作、欣赏及其理论的艺术性的加强和提升，影响最为关键和深远。陈桐生谈到这一问题时，对为何"兴"更具艺术感兴特征的缘由，有很精彩的分析。他指出，诗乐教化的对象是人，是人的心灵、人的性情、人的品质、人的感性，而"兴"所关涉的正是艺术对人的心灵的触动、启迪与感发。艺术感兴贯穿于诗歌艺术活动的全过程，在诗歌创作活动中，艺术灵感的萌生、艺术想象的开展、艺术意象的构拟和意境的创造，都离不开艺术感兴；而诗歌鉴赏过程，也须经由通过感受、联想对艺术形象、作者情感和艺术境界进行体悟和再现的艺术感兴的环节。孔子所看重的诗歌的教化功能，也正是受众在艺术感兴过程中得以实现的，正是这种艺术感兴给受众心灵所带来的伦理感悟，使人的性情、品质、思想发生潜移默化的转变，进而促进人生境界的提升。所以，"兴"是实现诗乐教化的关键因素，"温柔敦厚"的品质就是通过《诗三百》"兴"的作用而得以实现。①

---

① 陈桐生：《礼化诗学》，学苑出版社，2009年版，第114页。

《礼记・学记》云:“不学操缦,不能安弦。不学博依,不能安诗。不学杂服,不能安礼。不兴其艺,不能乐学。故君子之于学也,藏焉修焉,息焉游焉。”“博依”谓广泛的比喻,懂得和学会比喻,是理解和应用《诗》的基础。“兴艺”、“乐学”之说,“息焉游焉”之说,体现的正是“兴”的“引譬连类”、“感发意志”的环节和作用,都说明儒家诗学不单是功利化的,而且也是审美化的。

“观”,郑玄云:“观风俗之盛衰”,邢疏:“《诗》有诸国之风俗,可以观览知之也。”朱熹《集注》:“考见得失。”这显然是由古代典籍中诸如“采诗”、“陈诗”以观风的记载而来的解释。① 周太师的“六《诗》”之教想必也包含借《诗》观某时某国的风俗政治的内容。

《论语・先进》载:“南容三复白圭,孔子以其兄之子妻之。”《史记集解》引孔安国云:“《诗》云:‘白圭之玷,尚可磨也;斯言之玷,不可为也。’南容读《诗》至此,三反之,是其心敬慎于言。”②孔子由南容“三复白圭”的行为中,察知了南容“敬慎于言”的性格特点。在平居时的待人接物中,通过分析一个人所喜好的《诗》篇,可以体察其心意和志趣,这也是“观”。这是孔子“《诗》可以观”说在现实中的应用,显然颇具合理性,并不神秘。

《尸子・卷下》载:

> 孔子曰:诵《诗》读《书》,与古人居;读《书》诵《诗》,与古人谋。

其中就包含着读《诗》《书》可以观古知今的意思。也就是说,《诗》可以让人观照古人的生活环境和处世之道,给人以现实的启发。③

---

① 《国语・周语》:“天子听政,使公卿至于列士献诗。”韦注:“献诗以风也。”《礼记・王制》:“命太师陈诗而观民风。”孔疏:“各陈其国风之诗,以观其政令之善恶。”《尚书大传》作“命大师陈诗以观民风俗”,《汉书・艺文志》:“古有采诗之官,王者所以观风俗,知得失,自考正也。”《孔丛子・巡守》:“(古天子)命史采民诗谣,以观其风,命市纳贾,察民好恶,以知其志。”

② 裴骃:《史记集解》,见司马迁:《史记》,中华书局,1959年版,第2209页。

③ 赵逵夫主编:《先秦文论全编要诠》,人民文学出版社,2010年版,第573页。

所以,“《诗》可以观”包含了解风俗厚薄、政治治乱,观察政治人物的思想意图以及体察一般人的性情修养和人格追求等多个方面。大体上我们可以说,孔子《诗》教之“观”,已涉及文学作品反映的社会历史和现实生活的内容,文学作品在读者意识和情感中的二次解读,以及作品经接受后外化为读者情志,又传达与他者的文学解读、鉴赏、表意及领悟隐喻等诸多复杂的环节和过程,显然已不是周太师“六诗”之教的简单的释辞知乐的初步认知和实用操作了。

“群”,孔安国释为“群居相切磋”。那么前述借《诗》“兴”己之志及“观”人之志的活动,若经过交流,如孔子与子夏、子贡的论诗,也算是“群”了。杨树达《疏证》:“春秋时期聘宴享动必赋《诗》,所谓‘可以群’也。”孔子的想法可能侧重点并不在此。这里的“可以群”,应当是偏于“合众人”、“乐群”的意思。通过《诗》篇能提供的人群的共同记忆和共同意志,人群可以建立起充分的认同感,个体的情感思想得以交流协调,各自的欲望和利益可以通过《诗》的礼乐平衡,矛盾和冲突也可由此化解消除,这就是《诗》达到的组织协调的功能。朱熹释“可以群”曰“和而不流”。今人黄怀信曰:“群,亦动词,谓使人合群,不孤立。”①可谓得之。所谓“礼不下庶人”,知《诗》与用《诗》,曾经是上层贵族文化优越感和身份高等感的体现。到了孔子那里,则更主要地成为君子言辞修养和社会交际的科目和媒介,成为一种和合同志的方式,追求高雅的举动。

最后说“怨”。孔子《诗》“可以怨”之说,孔安国注云“怨刺上政”,朱熹注云“怨而不怒”,大致符合孔子的原意,但没有反映出孔子也注意到了诗人一般的忧怨悲愤之情的抒写及其合理性。

“怨”与“兴”、“观”、“群”相比,更为看重个体的情感和意见的表达,但从《诗》的功能或用《诗》的方法看,实际上仍主要是指臣下借《诗》的艺文来寄托和传达不满和异见。在这一过程中,《诗》仍然是赋诗言志或借诗达情时可资比拟或譬喻的语言、义理资源,是双方都熟悉和明了的共同媒介和形式。《诗序》中往往把这种“刺”说成是诗人之本旨,这

---

① 黄怀信:《论语汇校集释》,上海古籍出版社,2008年版,第1554页。

自然问题很大。但就用诗角度看,其实是恰当的。一个人对于时政和君主的看法可能极其负面和反对,情绪可能极怨恚甚至到了激烈的地步,这些实际的情志,字面上当然可以用“怨”、“怼”、“讥”、“刺”来理解和表示,不论实际上是多么激烈乃至尖刻,只要它们是以“不斥言之”的含蓄方式借《诗》言说,表达上多了一层,沟通的愿望和诚意就显得实在一些,那它们本身就是“温柔敦厚”的了。就被借用的《诗》本身说,也许不那么客气、温厚,但这种借用的形式,在抒怨显怼的实际与其借古讽今的策略之间,恰恰加上了一层中庸的色彩,使被“刺”者不那么难以接受。这可以看作是用《诗》之“怨”。

另一方面,孔子对作《诗》之“怨”,即作诗者的抒怀发愤之怨,对作诗以排忧释憾的创作现象,也有较自觉的认识和深切的体会,并且用以理解和阐说《诗经》中大量存在的怨刺类作品的本事与原意。如在上博简《孔子诗论》第二至五简中,孔子对于《小雅》中多表达国事多艰、政治昏乱的怨怼之情,《国风》中多体现因统治者“残民”而导致“上下不和”的百姓“罢惓”[①]之情,明确地表示了肯定。在《诗论》中,孔子对《十月》、《小弁》、《巧言》、《祈父》、《节南山》、《雨无正》及《邶风·柏舟》、《北风》的评论,就都表现了他对作诗本旨的怨刺性质的认识和理解。如以为《雨无正》、《节南山》“皆言上之衰也,王公耻之”,以为《小弁》、《巧言》“则言馋人之害也”等,这些都是从诗人的创作动机和作诗之义的角度评说的。

《郭店楚墓竹简·语丛一》:“《诗》所以会古今之诗者也。”[②]按:后一个“诗”字当读为“志”。“会古今之志”,可能正是儒家《诗》教的基本原则和理路。一个“会”字所体现的,正是对作诗之情志和用诗之义旨的双向认知和看重。从这个角度说,孔子对于《诗经》的教习,虽确实是有鲜明的政治功利色彩。但我们显然可以感受到,他“《诗》可以怨”的论说中,也隐含着孟子“知人论世”和“以意逆志”说的先导。

总之,孔子《诗》教重兴、观、群、怨,虽然主要是从政教德治言语讽

---

① “罢惓”,亦有学者释为“慼患”,则更符合“怨”的精神。

② 李零:《郭店楚简校读记》(增订本),北京大学出版社,2002年版,第160页。

喻的角度出发，但其内在精神和思想方法，也包含了诗歌创作中的感发意志和诗歌接受传达情意的涵义。一方面，我们可以说中国文学，尤其是诗歌的功利主义特征是由孔子奠定的；另一方面，我们也要认识到，由于《诗经》在周王朝的传承习惯和尊崇地位，它向来被视作政教德治和礼乐制度的重要载体和途径，而孔子以《诗》为教，在保留了以德解诗方式，以政教致用的目的的同时，也使《诗经》逐渐脱离了礼乐仪式束缚，开始了文本化的传习与应用。这对后世《诗》学观念的文学化，是有着深远的影响的。“兴观群怨”及“事父事君”与“多识于鸟兽草木之名”的评说，不但深刻地影响了后世解《诗》的理论和方法，同时也影响了后世文人诗歌创作的目的、态度、内容和艺术形式。

六、孔子《诗》教思想的文学意义

陈桐生讨论中国古代诗教理念的生成轨迹，把上古至汉代《毛诗序》问世期间诗教理论的发展历程分为五个阶段：1.《诗三百》问世以前：萌芽期；2. 西周至春秋：初见轮廓期；3. 孔子—七十子—子思学派—孟子时期：理论建构期；4. 汉初：说《诗》体系的构建期；5. 西汉中叶以后诗教理论定型期。① 这一历程的概括描述有某种进化论的味道，虽然有其特定角度和总体上的正确性，但我们注意到，它并不能完全反映自三代至汉的“诗教”内涵和特征的变化的复杂性。一则，汉以后诗教理论仍有较为复杂的发展和演化过程；再则，更重要的是，就对中国古代诗学理论的影响和贡献而言，恐怕还是孔子的“温柔敦厚”及“兴观群怨”说最为根本和最为深远。

朱自清曾指出：“孔子的时代正是《诗》以声为用到《诗》以义为用的过渡期。”这是非常精辟的见解。不过他又认为“《诗》教意念”到汉代才形成并得到发展；而且说“不过无论怎样发展，这意念的核心只是德教、

① 陈桐生：《礼化诗学：诗教理论的生成轨迹》，学苑出版社，2009 年版，第17—18 页。

政治、学养几方面——阮元所谓政治言行——也就是所谓‘兴、观、群、怨’。‘温柔敦厚’一语，便从这里提炼出来。”①这一估计基本上等于认为“《诗》教”直到汉代仍然只有政治教化实用功能而无审美功能，未免过于保守；更重要的是，这样的认识也不符合孔门乃至后世儒家“《诗》教”的实际情况。对于这一点，台湾学者张高评有较为客观而深入的论说：

> 儒家主张以诗教人，使人得温柔敦厚之诗教；又教人作诗，令诗讽谏而不直斥，而有温厚之风格。温柔敦厚，本指作者之性情，又是作品的表现方法，最终体现为诗的风格。温柔敦厚之诗教，与中庸之道所谓“怨而不怒，乐而不淫，哀而不伤”；以及真善美追求、中和、和谐美学、比兴含蓄诗法，主文谲谏方式，多有关系，交相形成中国诗学诗教说之网络。宋代及清代诗话，讨论颇多。②

一般说来，孔子的时代，文学尚未独立，是“只有诗而无诗人的时代”，③除了那些主旨明确的仪式乐歌与数量不多的直刺时政的作品外，人们似乎不大重视诗人作诗时的本义本事。孔子论“温柔敦厚”和“兴观群怨”，都不是为作诗歌抒情思而发的，本来都是“《诗》教”功能论。但是，我们也可以作出适当的推测：诗人作诗应当格调中和，“发乎情，止乎礼义”，孔子未必不认同；虽然这种观念在战国时屈原宋玉之后，文学作品的创作成为传统的“立功”、“立德”、“立言”之外的自我价值树立方式，才成为文人学士的较为自觉的认识，也就是直到这时，“发愤抒情”才能成为作者操笔弄文，留下篇章于后世的理由。所以，孔子

---

① 朱自清：《诗言志辨·诗教》，华东师范大学出版社，1996 年版，第 123 页。

② 张高评：《经学与文学的会通》，《长江学术》2007 年第 4 期，第 34 页。另参刘健芬：《“温柔敦厚”与民族的审美特征》，《古代文学理论研究》第 13 辑，上海古籍出版社 1988 年版；邓新华：《中国古代接受诗学》，武汉出版社 2000 年版，第 59—63 页。

③ 马银琴：《论孔子诗教主张及其思想渊源》，《文学评论》2004 年第 5 期，第 78 页。

若处在汉代，遇见史迁，未必不会惺惺相惜，莫逆于心。只不过孔子时代，还没有独立的文学创作的观念罢了。但对于人的情志及其表达方式的思考，孔子不但已有涉及，而且留下了很深刻的思考和论说。象“修辞立其诚”、“辞达而已矣”等，是论言辞，但也可以推及创作领域。所以，本来是用《诗》功能论的“兴观群怨”和“温柔敦厚”二说，被汉人看作“解《诗》”的方法论，又被后人引申为作诗风格技巧和品诗理论原则，也不见得完全是对孔子的误解。

郑杰文《先秦〈诗〉学观与〈诗〉学系统》一文通过文献考察，分析了《诗经》传播过程中的“以《诗》为史”和“以《诗》为教”两大《诗》学系统的根源，在于西周以至春秋中期通行的是“以《诗》为史”的《诗》学观与自春秋后期以至西汉“以《诗》为史”和“以《诗》为教”两种《诗》学观并行的诗学现象。①

其实如前文所述，在西周甚至更早的“以《诗》为史”的时代，也有教《诗》的问题；在西汉以后主要“以《诗》为教”的时代，也一直存在“以《诗》为史”或“以《诗》证史”的观念和做法。影响所及，直至唐宋以降现代以前的漫长时期内，“有关风教”和“诗史”之称，一直是诗人的创作具有较高价值和较大成就的别称。所以，即使不论艺术创作风格原则方面的要求，仅以内容有关政教的功利性要求而言，孔子“温柔敦厚”及“兴观群怨”之说的影响也是极为深远的。

另外，从前面的论述可知，“温柔敦厚”之说也并非一味讲含蓄温婉，而是包含着笃实忠直地表达思想感情的意思的。这就与“兴观群怨”说能够相统一了。诗歌乃至整个文学创作密切关注社会人生尤其是政事、政治，本身是中国古代文学的优秀传统。文学作品的风格应蕴藉隽永，语言应富于想象，不干巴直白，也一直是我们的品评文学艺术的基本标准，这两种传统的确立，与孔子有很大的关系。即使在今天，仍值得我们辩证地继承和发扬。

总而言之，我们并不能把孔子时代的《诗》之教习看作是对上古宗

---

① 郑杰文：《先秦〈诗〉学观与〈诗〉学系统》，《文学评论》2004 年第 6 期，第 5 页。

教仪式乐歌的传承方式的近似沿袭，也不能将其简单视为王朝政教礼乐和君子赋颂的一般语言材料运用的实用、僵化的训练。从与前代的区别看，周代“诗教”的礼乐化是巨大变革，但从《诗经》文本及其在周代礼制中的实际应用看，这一转变又是极缓慢的。即使到了春秋时代，《诗经》中某些乐歌的宗教性和仪式性仍是很明显的。孔子的贡献，恰恰在于促成了“诗教”的道德修养功能的定型和文学言语范式的开创。这对于《诗经》在赋引传统逐渐式微之后仍能保持在国家政教系统和君子人格养成及文学言语中的重要典范地位，是至关重要的。“温柔敦厚”的“《诗》教”传统，就既是政治的，又是道德伦理的，又是文学创作、解读及运用的特征和要求了。可以说，孔子“《诗》教”在中国人性格形成和文艺美学观念的树立方面起到了某种决定性的促成和固化的作用。

今天我们应用“诗教”一词，文艺理论中仍然主要偏于指诗歌的政治或道德教化功能；在教育领域，也主要是指利用诗歌的诵读欣赏培育情操、增进修养的教育教学活动。这样的观念的成立和保持，无疑是受了孔子的影响。在这个意义上，我们可以这样认识孔子的《诗经》教习活动：其内容以《诗经》的文本、音乐及其运用为主，故可名为“《诗》教”；其精神和过程蕴含着广泛的诗学观念，故又可视之为泛诗学的诗教。

■ 作者简介

党万生（1970—　），男，甘肃古浪人，河西学院文学院教授。研究方向：先秦至南北朝文学。

《硕鼠》庶民理想国生成的文化生态三论

郝建杰

（太原师范学院文学院　山西太原　030012）

内容提要　本文试图以诗歌艺术的演义形式，就《诗经·魏风》中的《硕鼠》所提出的理想国作一探讨，以期从文化生态这一视角来阐释魏人的理想国。

关键词　《硕鼠》　庶民理想国　文化生态

古希腊柏拉图的《理想国》著作于公元前 4 世纪，而比这一文化事件更早的则是中国先秦时期形形色色的理想社会的提出，以后中西方都在不同历史时期提出了各具面貌的理想社会。大约是出于西为中用的原因，尽管我国也有具有本民族特色的词如陶渊明笔下的充满诗意的“桃花源”来概指理想社会，但是我国学界已经习惯于用“理想国”或者 16 世纪初英国的空想社会主义创始人托马斯·莫尔所提出的“乌托邦”这样的词来指称我国的各种在现实中不存在也难以实现的理想社会。理想国的文字描述形态是多种多样的，或哲学著作，或伦理学著作，或政治学著作，等等，不一而足，而我们现在探讨的理想国则以诗歌艺术为演义形式。作为中国古老的地方土音《魏风》中的《硕鼠》曾提出一个理想国，虽然有学者认为它是现实中存在的社会形态，①但如果从

① 参见马茜华《解读〈诗经·硕鼠〉的真正价值》，《德州学院学报》2006 年 3 期。

已然实现、正在实现和将要实现的时间向度来考察，或从现实实现和观念实现的事物存在状态来考察，魏国人所设计的理想国确实具有理想的特征，因而可谓之魏国人的理想国。当然此文的旧话重提，绝非简单地检视前人的研究成果，而是从文化生态这一全新角度来阐释魏国人的理想国。

一、离此岸不远的理想世界

西方的“理想国”和“乌托邦”的词义本身都有不可实现的意涵，中国的理想社会也大多难以实现，因而它们都具有玄虚的共同性，然而即使如此，也与现实的此岸世界存在远近之分，在“真”与“幻”作为两极的区间内处于不同的位置。相比较而言，魏国人的理想国是离此岸世界并不遥远的理想世界，具有强烈的现实意味，换言之，它是现实世界的自然延伸而不是颠倒。这一特点起源于农业社会，决定于理想者主体的庶民身份。

魏国人的理想国富含务实性而缺乏玄想色彩。被道家奉为经典的《列子·黄帝篇》中的华胥氏之国是一个玄想家的理想国：“其国无师长，自然而已。其民无嗜欲，自然而已。不知乐生，不知恶死，故无夭殇。不知亲己，不知疏物，故无爱憎。不知背逆，不知向顺，故无利害。都无所爱惜，都无所畏忌。入水不溺，入火不热。斫挞无伤痛，指擿无痟痒。乘空如履实，寝虚若处床。云雾不碍其视，雷霆不乱其听。美恶不滑其心，山谷不踬其步，神行而已。”显而易见，此一理想国非玄想不能实现，是道家思想兼仙家思想的产物，在人世间根本无法觅得踪迹。相比之下，魏国人的理想国有国有郊，是周代的城国建制。此理想国虽未提及官长，但必已隐含其义，不过此处的官长不当像“硕鼠”一般罔顾农人死活而疯狂敛财。国中之人对各自的物质财富也颇为珍视，做不到“无嗜欲”，更做不到“不知亲己，不知疏物”；他们乐愿公平分配，厌弃刻薄贪渎，对官长的作为“背逆”“向顺”之心分明，完全达不到“无爱憎”、“无利害”的超然境界。国中之人更不能乘空寝虚等特异功能，而是着实地生活在土地上。

道家人物的理想国是返古式的，而魏国人的则面向现实。老子《道德经》中设想了一个“小国寡民”的社会，这个社会摈弃种种人造工具不用，“使民复结绳而用之”。《易系辞下》云“上古结绳而治”，结绳而治是上古先民的社会治理方式，可知老子所说的邦国形貌应属于原始部落形态。《庄子》中的南越“建德之国”之国民“愚而朴”且“少私而寡欲”。民智未开且没有私有观念，此一情形必非“家天下”以后的情形而应属于原始共产制时期的社会写照。这种历史回响式的理想国具有明显的返古特征。“无食我黍”，“无食我麦”，“无食我苗”的呼告本身包含着彼此在财物上的区隔，他们是自私的，故魏国人的理想国存在财产的私有且承认私有制的合理性，而唯以财产互不侵夺为限，所以魏国人的理想国直接面向现实状况。

魏国人的理想国是开放非自足型而非封闭自足型的。春秋中期的老子在《道德经》中设想的“小邦”“使民重死而不远徙”，“邻国相望，鸡犬之声相闻，民至老死，不相往来”，小邦之民互不往来的隔绝状态阻断了邻邦之间从物质资源到思想精神的交往，是完全封闭式、自足式的。魏国人可以“适彼乐土”、“适彼乐国”、“适彼乐郊”，说明其理想国是一个开放系统因而具有广纳性，至少不阻止人口流动，而人口流动是其它社会元素流动的首发和核心因素。

魏国人的理想国是功利的而非超脱于功利的。庄子“建德之国”的国人“少私而寡欲”，“知作而不知藏，与而不求其报”，只求奉献而不求回报，超然物外。《礼记·礼运》所设想的“大同”社会，因为“天下为公”，“故人不独亲其亲，不独子其子……货恶其弃于地也，不必藏于己；力恶其不出于身也，不必为己。”这个“大同”社会虽然比庄子的建德之国重视功利，但并不自私自利，而是共同劳动，共同享用劳动果实。魏国人的理想国未超越私利自守的藩篱，缺乏共用共享的公有意识，主张自力自养，各享其成，反对据他人之物为己有。

德治，是魏国人理想国政治伦理的核心价值，其背后隐含着对有德之主的期望。庄子的“南越建德之国”虽然号称“建德”，但这个“德”与通常被理解为社会规范的道德并一致，实则是鄙弃道德，因为人们“不知义之所适,不知礼之所将”。义、礼的作用是维护社会良序,但在这一“建德之国”中却无处措置。这种无处措置实际上是取消以人君有为而治的制度式国体,达到无为而治的境地。返观魏国人的理想国,庶民们并不主张君主无为而治,也并不遗弃道德,而是要求君主“德我”、“顾我”,要以德治国,以德维护社会上下阶层的平等和谐。这种重德观念是周代的普世观念。《左传·文公十八年》:“先君周公制《周礼》曰:‘则以观德,德以处事,事以度功,功以食民’。”德经过事、功环节,最终是让人民安其食。所以德是维护社会平衡且属自上而下的精神工具。

魏国人理想国的上述种种特点说明它近于此岸而远于彼岸,而这一根本特点的决定性因素则是该理想提出者的庶民身份。《毛序》云:“《硕鼠》,刺重敛也。国人刺其君重敛蚕食于民,不修其政而畏若大鼠也。”如此言之,则“国人”是《硕鼠》诗的提出者。提到国人这一群体,我们不能不略述及春秋以上时代的社会分类分层。从横向分,有“国人”和“野人”之分;从纵向分,“国人”仍可细化。史学家童书业云:“春秋以上之所谓‘国人’,主要指国都之人,尤其是国都城内之人”。又云:“指国都范围内士、农、工、商四民之‘国人’,固包括农民在内矣;指国都城内之人之‘国人’,则主要指‘士’与‘工’、‘商’也”。① 因为农民是该诗的利害相关方,所以《毛序》所指的国人应指当时称为“庶民”或“庶人”的农民。在西周春秋时期,社会阶层存在一个比较稳定的社会生态链。《硕鼠》理想国近于此岸的特殊性正是由庶民阶层在此一社会阶层生态链中的特殊性造成的。《左传·桓公二年》载晋师服曰:“故天子建国,诸侯立家,卿置侧室,大夫有贰宗,士有隶子弟,庶人、工、商,各有分亲,皆有等衰。是以民服事其上而下无觊觎。”如此,则天子居于链条最高端,其次是诸侯,再次是卿,再次是大夫,再次是士,处于链条终端的是庶人、工、商。处于生态链的不同阶层由于据有的社会资源不同,于是人们提出适应各自处境的不同的社会诉求和不同的思想观念,从而在观念上形成各具社会根柢而又不易实现的理想国。道家、儒家、墨家、农家、法家等代表人物主要是大夫士,因为他们处于生态链的中段,思

① 童书业:《春秋左传研究》,上海人民出版社,1980年版,第132、133页。

想观念较多逸想，其理想国中玄虚成分亦较多；而那些笃实地以农事为业的庶民因为处于生态链的末端，因此其理想国则很少有玄虚成分。

二、经济政治激变下的孽生态

以庶人为终端的经济生态链是西周春秋时期的另外一种存在。《国语》所载晋文公的治国举措规定："公食贡，大夫食邑，士食田，庶人食力，工商食官，皂隶食职，官宰食加"。晋文公倡导的此种经济政策并非创新而是重新整顿规范原本存在而后被冲决的经济生态链。在这个生态链中突出一个"食"字，所以庶人处于其终端。

西周的制度设计者最初十分注重保持此一生态链的平衡性和完整性，庶民的重要性也显示在此一努力之中。周代设有贵族恩顾农民的税敛政策，为社会的和谐稳定贡献良多。《孟子·滕文公上》："周人百亩而彻，其实皆什一也。彻者彻也，助者藉也。……请野九一而助，国中什一使自赋。"十取其一，是历代认为惜民力爱民财的表现之一。《汉书·食货志》记董仲舒语云："古者税民不过什一，其求易共；使民不过三日，其力易足。民财内足以养老尽孝，外足以事上共税，下足以畜妻子极爱，故民说从上。"《尚书大传》卷 2："王者十一而税，而颂声作矣。"上述文献均以为十税其一为常政，且为人民所认可。若非仁政，断不会有颂声产生。即使在灾荒时期，也有相应的恩顾政策。《周礼·地官·大司徒》：大司徒"以荒政十有二聚万民：一曰散利；二曰薄征；三曰缓刑；四曰弛力；五曰舍禁；六曰去几；七曰眚礼；八曰杀哀；九曰蕃乐；十曰多昏；十有一曰索鬼神；十有二曰除盗贼"。大司徒要负责在灾荒发生时减轻国民的负担。这十二种救灾政策中，散利是贷种子粮食给民；薄征是减轻赋税；弛力减去徭役；舍禁放宽取利的途径；去几是不征关市之税，都是从经济方面减少人民的负担。《周礼·地官·遗人》："遗人掌邦之委积，以待施惠。乡里之委积，以恤民之艰阨；门关之委积，以养老孤；郊里之委积，以待宾客；野鄙之委积，以待羁旅；县都之委积，以待凶荒。"遗人是国家掌握余粮的官员，其职任是救济社会。这些都是周王室设官济民的规定，在各诸侯国中，也应该设有相应的职官和职能。当然，这些济民的善政不只针对庶民，但必然包括庶民在内。上述种种举措使得庶民处于与周围环境开展着正常的互动交流，整个生态系统也因此处于平衡状态。

国家处于常态时，国人在本国疆域内可以自由迁徙，以保持生态链的正常运转；但不被官方认可的迁徙则遭受牢狱之灾。早在周文王时期，就有防止人民逃亡的法律。《左传·昭公七年》："周文王之法曰：'有亡，荒阅'。"意思是奴隶有逃亡的，就要在大地上搜索。可见，不属于正常迁徙的逃跑行为是不被允许的。《周礼·地官·比长》曰："徙于国中及郊则从而授之。若徙于他，则为之旌节而行之。若无授无节，则唯圜土内之。"郑《注》："徙谓不便其居也，或国中之民出徙郊，或郊民入徙国中，明无罪恶。徙于他，谓出居异乡也。授之者有节乃达。乡中无授，出乡无节，过所则呵问，系之圜土，考辟之也。圜土者，狱城也。狱必圜者，规主仁，以仁心求其情，古之治狱，闵于出之。"由此可知，周代人民的迁徙必须具备前提条件，即必须履行官方规定的手续，否则是不被允许的。郑玄曾将《硕鼠》所反映的国民逃亡的事实与"三岁大比"相牵合，其《笺》云："我事女三岁矣，曾无教令恩德来顾眷我，又疾其不修政也。古者三岁大比，民或于是徙。"据贾《疏》，古人三年一大比，如果民不愿意居于某处，可以官方批准下履行相关手续迁向别处，或从乡迁于国中，或从国中迁于乡，只有罪犯不可以迁徙。大约上述迁徙只是治世的情况，或许其中也杂有后人的理想成分，但大体而言应该有所依据。

至于乱世的迁徙会突破上述规范。就迁出方而言，国内的乱局是促使居民迁出的直接动因。《公羊传》僖公十九年："梁亡，此未有伐者。其言梁亡何？自亡也。其自亡奈何，鱼烂而亡也。"《注》："梁君隆刑峻法，一家犯罪，四家坐之。一国之中，无不被刑者。百姓一旦相率俱去，状若鱼烂。鱼烂从内发，故云尔。"梁国的灭亡不是因为外敌入侵，而是因为梁国实行的严刑峻法导致一国中的百姓弃之而去。显然这种举国迁徙是不会经过官方的批准，也不需履行相关的手续。就迁入方而言，在春秋时期的国际形势中，出于诸侯国的需要，这种迁徙已经不限于一般民间行为和个体行为，而是一种官方行为。《管子》记齐桓公欲霸，管仲以轻赋敛、重农时、省刑罚谏之。桓公接受后，“于是令百官有司，削方，墨笔。明日，皆朝于太庙之门朝，定令于百吏，使税者百一锺，孤幼不刑，泽梁时纵，关讥而不征，市书而不赋。近者示之以忠信，远者示之以礼义，行此数年，而民归之如流水”。大批人民归往齐国，原因之一即是税负极少。

非常遗憾的是，魏国的历史在史书中记载近乎于无，我们只能从一般来演绎出个别。从“三岁贯汝，莫我肯顾”的愤责中可以得出一个结论，即上述救济政策在当时的魏国没有得到实施，而是施行了所谓的苛政。孔子曰“苛政猛于虎”(《礼记·檀弓下》)，繁重的税负必然对庶民的利益和爱国心造成严重的损害，从而引发庶民对统治者的不满，进而民心涣散，逃避苛政就成了选择之一。加之魏国土地小狭，无论是从国中迁徙郊，还是从郊迁徙于国，均无法逃避重敛。因此，“适彼乐国”、“适彼乐郊”，不应只是在魏国国内的迁徙，而很有可能是迁往魏国以外的其它诸侯国。

三、对“河北”局促地理的超越

人类理想国的创想史上存在一个有趣的现象，那就是不同的国度因其不同的自然和人文地理环境故而存在种种不同特征。国土面积的大小、人口的多少、资源的数量和种类，这些环境因素生成的理想国在某种程度上是适应这些自然和人文地理环境的结果。

魏国国境狭小和人口众庶是产生适彼乐国理想的客观驱动力。魏国国境小狭，多见于史籍。《史记·货殖列传》云：“昔唐人都河东，殷人都河内，周人都河南。夫三河在天下之中，若鼎足，王者所更居也，建国各数百千岁，土地小狭，民人众。”司马迁所说的河东指西汉的河东郡。汉河东郡承秦而设，《汉书·地理志》载：“河东郡，户二十三万六千八百九十六，口九十六万二千九百一十二。县二十四：安邑，大阳，猗氏，解，蒲反，河北，左邑，汾阴，闻喜，濩泽，端氏，临汾，垣，皮氏，长脩，平阳，襄陵，毚，杨，北屈，蒲子，绛，狐讘，骐。”河北县即《诗经》魏风之魏国，“《诗》魏国，晋献公灭之，以封大夫毕万，曾孙绛徙安邑。”如果以将所属各县与西周春秋时的诸侯国和地区对应，就会发现，魏国疆域着实小狭。国家疆域的大小需要采用不同的治理政策。宋吕乔年《丽泽论说集录》卷3论《十亩之间》云：“《十亩之间》，刺国小而不能居。此旧说也。虽然国虽小，视人君之处心何如耳。汤之国七十里尔，文王之国百里尔，当时不闻汤文之民以其国爲小也。汤文国虽狭，其心之处民则广矣大矣。魏国褊小，其君之心亦能广大而容民乎？想其心焦然不宁，自处既狭，其处民亦狭，而斯民始有不足。大抵诗人作诗比物极佳，桑者闲闲，桑者泄泄，见国人往来如此之繁，则以其褊小而民不散，譬之沧海之大，山林之广，鱼鳖鸟兽不见其多，苟畜之小沼聚之樊笼，则掉尾相并，鸣号终日，此无他，水少而地狭也。闲闲、泄泄，其国之小可知矣。国虽小，处于心者不可以小也。颜子之在陋巷，郊外之田二亩，岂能比于魏哉。然而克己复礼，使天下皆归，仁其气象，以二亩处之而有余也。诗人之意又当以是观之。”如果仔细揣摩吕乔年处民、处心的议论，则会发展国境小狭一般会使国人包括最高统治产生心地不够宽厚的心理。事实也正是如此：一般而言，大国的国民心态惯于以本国为中心，自信，开放，具有包容心，向心力和凝聚力都比较强。在与其他弱小国家的相处当中往往会产生凌霸弱小的心理倾向，在一定条件下也会出于同情心、包容心而给予弱小国家以帮助；小国、弱国国民心态则往往自卑、褊急，偏激而缺少自信，崇尚大国强国，当国家政策得当时尚可维持，而当政策不当时，国民的离心力就会大于向心力，弃国离家心理就自然产生。魏国地处河北，与关中、河南隔河相望，辗转于周、秦、晋等大国之间，原本就具有崇敬和向往大国的心态，加之魏国统治者施政不当，国民自然会产生去国离家而奔往所谓乐国的心理。由此可知，魏国国境狭小是产生国民“适彼乐土”、“适彼乐国”、“适彼乐郊”外徙心理的文化地理基础。

作者简介

郝建杰（1973—　），男，文学博士，太原师范学院讲师，主要研究先秦两汉文学与文化。

读《诗经》札记

魏代富

（山东师范大学文学院　山东济南　250014）

内容提要　关于《诗经》的研究论著自古及今可谓数不胜数，众多学者对《诗经》的探索使其发展越来越趋于成熟。但是之所以对《诗经》的研究永无止境，主要在于时代久远和众多学者在社会环境、个人学识方面存在的差异。本文是我在读《诗经》过程中写的几条札记，其主要内容是对一些字义、词义的考证，同时涉及由字义、词义推敲整篇诗歌的主旨。

关键词　诗经　字义　句义　诗义

《召南·羔羊》

“素丝五纶”、“素丝五緎”、“素丝五总”，毛《传》释曰：“纶，数也。”“緎，缝也。”“总，数也。”按照《诗经》的用词习惯来说，这三个词应该表示相同或相近的意思，《传》既云“数”又云“总”，是两者不能同一。王引之《经义述闻》认为：“纶、緎、总皆数也。五丝为纶，四纶为緎，四緎为总。”王氏的说法引起了很大的反响，为现在注释《诗经》者所采用。如果单从字义来说王氏的说法似乎合理，但是《诗序》解释此诗章旨说“在位皆节俭正直”，如果采用王氏之说，那么整个诗篇中就难以看出在位者的“节俭正直”。而且通过诗中的描述来看，应该是诗人对所赋对象视觉的直观表述，如果按照王氏的说法，则“素丝”三句，只能是诗人的猜想、推测了。徐鸿均《读毛诗日记》认为：“五，古文作✕，当读为交午之午。……午者，纵横也。”把“五”解释成缝制羔裘的线纵横交错的样子，因为精致的衣服要求缝合之处尽量看不出痕迹，这位在位者的衣服不仅看得出，而且纵横交错，正好能显示出此人的“节俭”。关于纶、緎、总，我认为都是渔网。毛《传》：“纶，数也。”“数”读如《孟子》“数罟不入洿池”的“数”，赵岐《注疏》：“数罟，密网也。”緎，即罭字，《说文》：“罭，网也。”总，《释文》：“緵字又作总。”《广雅·释器》：“緵罟谓之九罭。九罭，鱼网也。”因为渔网是纵横交叉编织而成，所以这里借用比作衣服缝口处素丝的形状。

《召南·驺虞》

“壹发五豝”，郑《笺》云：“君射一发而翼（按：驱也）五猪者，战（按：此处不作“使战栗”解，乃喻其如战时不杀老弱）禽兽之命。必战之者，仁心之至。”方玉润《诗经原始》云：“田猎之礼，亦不过猎人尽物，物不尽杀之意也云尔。”都是认为有五只小猪，但是只射出一支箭，表示射猎者怀有仁慈之心。今人的解释多认为是赞美猎人射技高超，则是把这句话解释成射一支箭而中五只小猪。但是驱兽五而射一发的解释显得过于迂腐，而射一发而中兽五则显得过于夸饰，恐都未必合于诗意。吴翌凤《逊志堂杂钞》云：“射十二箭为一发，《驺虞》诗注以为中必叠双为言，试思一箭亦岂能中五豕乎？”吴氏把一发解释成十二箭（按：此盖据《汉书·匈奴传》“矢四发”之注，文云：“射礼三而止，每射四矢，故以十二矢为一发。”），如果这样诗中驺虞的射计又显得过于拙劣了。我认为：这里的“五”也是“午”的假借，“午”又为“遻”的假借。《尔雅·释诂》：“遘、逢、遇、遻（即遻）也。”遻和逢、遇的意思相近，“壹发遻豝”即射一箭即射中。《庄子·达生》：“死生惊惧不入乎其胸中，是故遻物而不慴。”《庄子口义》：“遌（即遻）物而不慴，言虽为物所遌触而其神不动，故不惧也。”遻和触意思相近，既言“触豝”，则是射中无疑。

《鄘风·蝃蝀》

《蝃蝀》一诗，《诗序》云：“止奔也。卫文公能以道化其民。淫奔之耻，国人不耻也。”方玉润《诗经原始》驳之曰：“此诗若以刺淫为辞，则‘远父母兄弟’及‘大无信’、‘不知命’之言终觉费解。”其说甚是。《诗序》从“蝃蝀在东，莫之敢指”出发，认为彩虹乃象征淫荡之物，由此得出“淫奔之耻”的结论。我认为此诗当是妇女为丈夫所抛弃而思归于父母之所的意思，诗旨略同于《泉水》、《竹竿》。“莫之敢指”的“指”不是我们现在所说的指向，而是期望的意思。《庄子·知北游》：“东郭子曰：‘期而后可。’”郭象注曰：“欲令庄子指明所在。”是以期为指，那么指也可以为期。“莫之敢指”是说“不敢怀有期望”，与下文“朝隮于西，崇朝其雨”相对。前言“蝃蝀在东”，后言“朝隮于西”，是指彩虹之位置不定；彩虹乃雨后放晴之物，下文又言“崇朝其雨”，则是忽现忽隐。“蝃蝀在东，莫之敢指”、“朝隮于西，崇朝其雨”都是兴中含有比义，和文中的“大无信”相对，作者通过此来指斥男子的负心薄幸。

《郑风·子衿》

《子衿》一诗，《诗序》云：“刺学校之废也。世乱则学校不修焉。”朱熹《诗集传》以为是淫诗，方玉润于《诗经原始》中力驳朱子之说，而返诸《诗序》。解读此诗的关键，全在“嗣”字。毛《传》以为：“嗣，习也。古者以舞教乐，诵之歌之，弦之舞之。”以嗣为习，故与学校之事相联系。但是《释文》引《韩诗》作诒，《鲁诗》也作诒。又屈原《惜诵》“固烦言不可结而诒兮，愿陈志而无路”，王逸注：“诒，遗也。《诗》曰：‘诒我德音。’”陈乔枞云：“必是引《鲁诗》‘子宁不嗣音’而释之曰‘诒我德音’也。”所以“子宁不嗣音”的意思应该是：你难道不会传个音讯吗？从这个角度出发，此诗应该是描述了这样一种情形：一对青年男女偶尔闹了点小小的矛盾，彼此装作不理对方。但是在独处时，既抑制不住内心的思念，又不想首先向对方认错，在如此的心理矛盾下，产生了这首诗。“纵我不往，子宁不嗣音”、“纵我不往，子宁不来”，品其语气，是小女子含嗔之意。

《魏风·伐檀》

“坎坎伐檀兮，置之河之干兮。”檀，毛《传》解释说：“伐檀以俟世用，若俟河水清且涟。”《正义》云：“坎坎然身自斩伐檀木，置之于河之厓，以为轮辐之用。”都认为“檀”就是檀木，古今诸家也没有提出异议。其后的《小雅·杕杜》之“檀车幝幝”、《大雅·大明》之“檀车煌煌”都谈到檀车，是因为檀木的木质坚硬，是制作车轮辐的良好木材。但是我们细细的思考一下，这首诗是运用了重章叠句的手法，“伐檀”对应的是下文的“伐辐”和“伐轮”，而辐、轮都是车的具体某位置的部件，这里却解释为

“檀木”，恐未必妥当。我认为：此处“檀”本作“�”，后人未见过此字便妄改为“檀”。轤，即䡲字。古单、亶可相通。（《书·盘庚》：“诞告用亶”，《释文》云：“马本作单”。《小雅·天保》：“俾尔单厚”，《潜夫论》作“俾尔亶厚”。《大雅·板》：“下民卒瘅”，《释文》出“僤”字云：“本又作瘅，沈本作癉。”《周颂·昊天有成命》：“单厥心”，《国语》作“亶厥心”。《荀子·正论》：“尧舜擅让”，一本作“掸让”，今通谓之“禅让”。《集韵》：“儃，态也。亦作僤。”）䡲，《玉篇》释曰：“辋也”，因为其环绕车轮周边像网状。《说文》没有“䡲”字，有“輮”字（此据《说文》段注本，大徐本《说文》作：“輮，车轫也。”所释不同）《释名》：“辋，关西曰輮”，是一物而异名。輮，又或简写作柔，王褒《僮约》：“断柔（此处柔一本误作槧）裁辕”，《御览》注：“柔，车网也。”䡲、輮，又或称作枒（牙）、渠（详见段氏《说文解字注》之輮字注）。《韵会》又收有“轆”字，云“车辋也”，也是一物而异名。

《唐风·扬之水》

“扬之水，白石粼粼。”粼粼，毛《传》云：“清澈也。”（此承《说文》“水生厓石间，粼粼也”而释）前文“凿凿”、“皓皓”的对象都是说石，此处独言水，恐怕未必准确。此处“粼粼”当是“磷磷”之借，谓白石圆润光泽。《集韵》：“磷，石貌。”司马相如《上林赋》“磷磷烂烂”，注曰：“玉石符采映耀也。”

《秦风·蒹葭》

“道阻且跻”的“跻”，毛《传》云：“跻，升也。”郑《笺》云：“升者言其难至如升阪。”意思很是曲拗。这首诗的前面说“道阻且长”，后面说“道阻且右”（《笺》云：“右者，言其迂回也。”《正义》：“出其左亦迂回。言右，取其与涘、沚为韵。”），都是说道路或漫长或迂回而难以行走，皆就路本身的状况而言。如果把“跻”解释为“难至如升阪”，那么就是从人的角度出发了，体例上不一致。按：古“跻”同于“隮”，《书·微子》的“予颠隮”一本作“予颠跻”。《孔传》释“颠跻”作“颠陨隮坠”，阮元《经籍籑诂》载马注云：“隮，犹坠也”。是“隮”不仅有上升的意思，还有下坠的意思。段玉裁《说文解字注》中说：“按升降同谓之跻，犹治乱同谓之乱。俗作‘隮’，《顾命》‘由宾阶隮’、《毛诗》‘朝隮于西’、‘南山朝隮’、《周礼》‘九月阶’皆训升。《左传》‘知阶于沟壑矣’则训降。”是跻亦有降意，所以这里的“跻”不能仅仅训释为“升”，而是一字包含上升、下降两个意义，这里说的是道路上下升降、坎坷不平的样子。犹下文之说右，其实是忽左忽右，迂曲婉转。

《陈风・墓门》

“夫也不良，国人知之。知而不已，谁昔然矣？”郑《笺》云：“群臣皆知之。”苏辙的《诗集传》解释说：“佗之不良，国人莫不知之者。知而不之去，昔者谁为此乎？”都是人为诗的讽刺对象没有道德，是国人都知道的事情。但是我认为这里的“国人知之”应该解释为“国人使知之”，“知”是使动用法，犹下文的“歌以讯之”说用歌唱的方式告诉他。已，止也。“昔然”谓“知而不已”，“知而不已，谁昔然矣”是说“谁以前就知道了却不停止呢”，是反诘语气。下文说既不以我告之意为是，乃至国家扰乱才又想着我，二句的意思是相近的。此诗的意思是说处在上位的人听到贤者的劝诫而置之不理，及其社稷扰攘、国家倾颓之际反而希望先前进善言的贤人能够与其共患难。贤人非常痛恨这种做法，所以写了这首诗来讽刺他。

《陈风・泽陂》

“硕大且俨”，毛《传》云：“俨，矜庄貌。”《释文》说：“俨，一本作曮。”《韩诗》字作“嬒”。薛汉的《韩诗章句》解释说：“嬒，重颐也。”重颐，今俗称作“双下巴”。今人的译著多从这个解释，如程俊英的《诗经注析》、陈子展的《诗经直解》、周振甫的《诗经译注》。但是此诗的上章说“硕大且卷”以及《唐风・椒聊》中的“硕大无朋”、“硕大且笃”都是所写描述之人的身形仪态，是一种总的概括，表现为大的方面。这里的“硕大且俨”在句型上完全相同，却解释为“重颐”，则是对具体相貌进行描述，表现为小的方面，恐怕未必正确。我认为这里的“俨”本字当作“㶄”，《说文》云：“㶄，好也。”《韩诗》作“嬒”，是用了借字。古厌、㑹声同可以相假借，《书・禹贡》：“厥篚檿丝”，《史记・夏本纪》引作“其篚酓丝”。“俨”与“嬒”都是借字，大概许慎时“㶄”已经借为“嬒”，许氏不知，误以为本字。其后《广雅》释“嬒”为“美也”，则是用了“㶄”的本义。

《小雅·鱼丽》

“鲿鲨”,“鲨”具体是什么鱼,现在的注释者多不能知晓。程俊英的《诗经注析》怀疑即是现在的泥鳅,陈子展的《诗经直解》既说“此在今鱼类学上属何种类,待考”,又说“岂所谓银飘或飘雨耶”,也只是无依据的推测。《尔雅·释鱼》云:“鲨,鮀。”陆玑《毛诗草木鸟兽虫鱼疏》云:“鲨,吹沙也,似鲫鱼狭而小,体圆而有黑点,一名重唇,籥鲨常张口吹沙。”《尔雅注疏》从之。清徐珂《清稗类钞·动物类》:“鲨,小鱼也,产溪涧中,长五寸许,黄白色,有黑斑,鳍大,尾圆,腹鳍能吸附于他物,口广鳃大,常张口吹沙,故又名‘吹沙鱼’。”这种鱼在我的家乡山东日照莒县很常见,俗呼为“沙里趴”,聊城的临清地区呼为“草鱼棒子”。身通体浅黄,背部有黑斑,阔嘴、厚唇,唇上有短须。不善于在水中游动,经常趴卧沙上。生命力很强,在一般的小河浅流中都能见到。《正义》云:“时捕鱼者施笱於水中,则鱼丽历於罶者,是鲿鲨之大鱼。”只是以意解之,这种鱼长不大,长到十五厘米的就已经很难见到,而且那时其肉已经老涩,不如小者吃起来鲜美。且笱口小而腹大,大鱼很狡诈,对勉强容身而过的口绝对不会钻进去,所以很难捕获。这种事情问经常捕鱼的人,都是很清楚的。自古及今解析《诗经》的人,多生长在贵胄厚禄之家,不知农渔田猎之事,望风空谈,恐怕很难得到诗的本意。

又黄震的《黄氏日钞》记载:“王雪山谓后有鱼丽之阵,阵凡五,每阵又各有五,敌入其中者无有不着。然则罶者,曲薄也,虽不尽与阵法相似,而曲薄周匝,鱼之入其中亦无得而脱也。为鱼丽之阵,其殆取《鱼丽》之诗之义乎?”黄氏以为鱼丽之阵取名《鱼丽》这首诗是正确的,但是王雪山所诠释的阵法的具体形态则是错误的。《左传》:“奉公为鱼丽之陈,先偏后伍,伍承弥缝。”其《注疏》云:“司马法:车战二十五乘为偏,以车居前,以伍次之。承偏之隙而弥缝阙漏也。”按照司马法的描述,其具体阵法应该是:把兵车放置在阵前,兵车之间必然会存有一定的缝隙(缝隙大约能容一两个人),遣五人处于缝隙之后。待冲击之时,敌人闪过兵车,从缝隙中冲入,则五人共同攻击,使敌人有进无出。此处是取“罶”之意,而以《鱼丽》名之。

《小雅·采芑》

“方叔涖止”，《传》：“方叔，卿士也，受命而为将也。”马瑞辰《毛诗传笺通释》注解“卿士”说道：“卿士不见《周官》。《商书·微子》有曰：‘卿士师师非度。’《商颂》亦曰：‘降予卿士。’则其称盖始于商而周因之。士，事也；卿士谓卿之有事者。盖不常设，命将出师始以卿士称之。”马氏认为“卿士”就是“卿事”是对的，但是说“命将出师始以卿士称之”则是不正确的。《令彝》铭文载：“王令周公子明保尹三事四方，受卿事寮。丁亥，令矢告于周公宫，公令徙同卿事寮。”其下面又载：“眔卿事寮、眔者尹、眔里君、眔百工。眔者侯：侯、田、男，舍四方令。”《毛公鼎》铭文载：“父歆，已曰及兹卿事寮、太史寮，于父即尹，命汝摄司公族、三有司、小子、师氏、虎臣与朕亵事”。《令彝》主要谈的是明保（明保其人，或言周公孙名明者，或言周公子伯禽，或言《书》之君臣）主持祭祀的事情，《毛公鼎》则是记载周王（宣王时期）勉励毛公勤力国政并赏赐他东西的事情，都和“出师”没有关系。而且《令彝》“卿事寮”与“者（诸）尹”、“里君”、“百工”对举，《大雅·假乐》：“百辟卿士”，“卿士”与“百辟”对举，则卿士应该是国家重臣（若司马、司空之类）的泛称，就如同轮人、扁人同列于百工。《左传·隐公三年》：“郑武公、庄公为平王卿士。”杜预注云：“卿士，王卿之执政者。”当以杜说为是。

《小雅·车攻》

“四牡庞庞”，庞庞，毛《传》云：“充实也。”段玉裁《说文解字注》：“庞，谓屋之高者也，故字从广。引申之为凡高大之称。”其援引的例句就是“四牡庞庞”。又马国翰《目耕帖》卷17载：“《集韵》平声上，一东：‘庞、驡，充实也。’引《诗》：‘四牡庞庞，或从驡（当做马）。’案：驡，本字。庞，古文假借字。”我认为两家的说法都是不准确的，庞、驡都是“骉”的假借。《说文》：“骉，马盛也。《诗》曰：四牡骉骉。”骉从旁，古音属阳部；庞、驡从龙，古音属东部，古东阳合韵，可以相假借。（又“四牡彭彭”的“彭”也是“骉”的假借，《毛诗稽古编》卷27：“《出车》、《北山》、《大明》、《烝民》、《韩奕》、《駉篇》‘彭彭’皆当作‘骉’。”）

《小雅·庭燎》

“庭燎之光”，《毛传》：“庭燎，大烛也。”《诗集传》：“诸侯将朝，则司烜以物百枚，并而束之，设于门内也。”程俊英《诗经注析》：“用麻、秸等扎成。庭燎，在宫庭中燃起的火炬。”案：燎，本字当作“尞”。《说文》：“尞，祡祭天也。”又《说文》：“祡，烧柴尞祭天也。”段《注》曰：“凡祡尞作柴燎者皆误字。”是“祡”、“尞”本意皆为薪柴。《礼记·月令》：“以供郊庙及百祀之薪燎”，郑《注》曰：“大者可析谓之薪，小者合束谓之柴，薪施炊爨，柴以给燎。”盖“尞”本是众纤微之木合而为之，纂束一起。此字后又延伸为二字，若做薪柴以供炊饮用则加木旁，变为“橑”。《晏子春秋·内篇一·五》：“无委积之氓，与之薪橑，使足以毕霖雨。”《管子·侈靡》：“雕卵然后瀹之，雕橑然后爨之。”戴望注：“橑，薪也。”（橑，《说文》解作“椽”，是其本意，如《楚辞·九歌》“桂栋兮兰橑”。另《说文》又有“轑”，云“车盖弓也”，后“橑”与“轑”、“橑”与“燎”渐相借用。如《周礼·冬官考工记》“弓凿广四枚”注：“弓盖橑也。汉世呼弓为橑子，所以庇车者”；《论衡·说日》：“系明月之珠于车盖之橑”，此“橑”、“轑”借用之例。上文《礼记·月令》之“薪燎”及《晏子春秋》之“薪橑”，此“橑”、“燎”借用之例。）

《小雅·正月》

“忧心愈愈，是以有侮”，郑《笺》云：“我心忧政如是，是与讹言者殊途，故用是见侵侮也。”以“侮”为侮辱的意思，《正义》、《诗集传》等都同意这种解释。我认为此处得“侮”当是“痗”的假借，同于《卫风·伯兮》中“使我心痗”（《传》：“痗，病也。”）的“痗”。这句话当与上章中的“瘋忧以痒”相对（《传》：“瘋、痒，皆病也。”《博雅》：“痒，病也。”），意思是因为忧心过度而导致生了疾病。从心理学和生理学上讲，一旦人怀有忧虑就会使人的饮食减少，由于大脑的过度运转使对运动产生厌倦情绪，两方面结合就会使人的身体机能下降，容易引起疾病。这在古人诗中是常见的事情，如谢惠连的《西陵遇风献康乐》云：“积愤成疢痗，无萱将如何。”曹植的《赠白马王彪》云：“忧思成疾疢，无乃儿女仁。”如果解释为侮辱，读起来显得句意很不通顺。

同篇“昏姻孔云”，毛《传》云：“云，旋也。”《正义》言：“毛以为，言幽王彼有旨酒矣，又有嘉善之殽矣，礼物甚备足矣，唯知以此礼物协和亲比其邻近之左右，与妻党之昏姻甚相与周旋而已，不能及远人也。”是以

"云"为"周旋"(此从《说文》"云象回转之形释",云,甲骨文作"",象气之回旋)的意思。但是从整个《诗经》来考察,和这个句型相同的句子均不如此解释。"父母孔迩"、"驷驖孔阜"、"辰牡孔硕"、"德音孔昭"、"忧心孔疚"、"玁狁孔棘"、"皇父孔圣"、"谋夫孔多"、"盗言孔甘"、"祀事孔明"、"饮酒孔偕"、"牖民孔易"、"昊天孔昭"、"蹶父孔武"、"戎车孔博"、"路寝孔硕"皆为名词(或名词词组)+副词+形容词结构,"孔"作状语修饰后面作谓语的形容词。此处"云"如果释为"周旋",那么就成为一个动词,所以这种解释是不正确的。我认为,这里的"云"应当为"员"的假借,在古代两字音相同(同在文部,《左传》"伍员"杜注"音云"),可相假借(《书·秦誓》:"日月逾迈,若弗云来",《正义》:"员即云也"。《出其东门》:"聊乐我员",《释文》:"员本作云"。《说文》:"娟通作妘"。《石鼓文》"员猎员游"即"云猎云游")。"员"又借为"圆"(《孟子》"规矩方圆之至也","方员"即"方圆"),《说文》:"圜(即圆),全也。"《玉篇》:"圆,周也。"是周遍、完备的意思。《文心雕龙·明诗》:"自商暨周,雅颂圆备","圆备"即"完备"。此这里是说诗人讽刺的对象既有协和洽比的邻居,又有完备的婚姻,以用来衬托"念我独兮"的悲凉与凄怆。

《小雅·大东》

"睠言顾之,潸焉出涕。"睠,《毛传》:"睠,反顾也。"《笺》、《正义》从之。也就是说,睠和顾在这里属于意义相近的两个动词。但是我们来考察《诗经》中所有相同句型的用法,却发现没有和这句一样的。《柏舟》"静言思之"、《终风》"寤言不寐,愿言则嚏"、《泉水》"驾言出游"、《定之方中》"星(此处意为趁着天未亮)言夙驾"、《女曰鸡鸣》"弋言加之"、《杕杜》"会且近止"、《彤弓》"受言藏之"、《吉日》"驾言徂东"、《小明》"兴言出宿"、《瓠叶》"酌言尝之"、《桑柔》"瞻言(此处省略动词至)百里"都是表示语义上的递进关系,所以"睠言顾之"也应该如此。案:此处睠应该和《小明》"睠睠怀顾"的"睠睠"是一个意思,眷、睠古通(《皇矣》"乃眷西顾",《鲁诗》作"乃睠西顾")。睠睠怀顾,李善注《文选》引作"眷眷怀顾",眷眷,留恋不舍的意思。无论从句法和意义上讲,"睠言顾之"和"睠睠怀顾"表达的都是相同的意思。

《小雅·鼓钟》

“鼓钟伐鼛，淮有三洲，忧心且妯。”妯乃怞之借，《说文》：“怞，恨也。《诗》曰：忧心且怞。”《韩诗》作“忧心且陶”。案：陶古音与怞相近（《尚书》中的皋陶，古书中或作皋繇、咎繇、咎陶），可假借，陶也就有了悲伤的义项。古籍中陶多和郁连用，《尚书·五子之歌》：“郁陶乎予心，颜厚有忸怩”，《正义》注：“郁陶，言哀思也。”宋玉《九辩》云：“岂不郁陶而思君兮，君之门以九重。”王逸注“郁陶”曰：“愤念蓄积盈胸臆也。”扬雄《方言》卷1：“郁悠、怀、惟、虑、愿、念、靖、慎，思也。晋、宋、卫、鲁之间谓之郁悠（郁悠犹郁陶也）。”后世典籍中亦多见，此处略举几例。《全唐文》卷801：“既可逭乎灾眚，亦聊释乎郁陶。”徐陵：“郁陶思君未敢言，寄声浮云往不还。”周必大：“悔负毗陵约。长歌散郁陶。”谢玄晖：“朋情以郁陶，春物方骀荡。”杨琫：“晨昏苦郁陶。”吴长元：“慷慨一伤怀，览古心郁陶。”欧阳询：“郁陶怀所亲，引领情缅然。”王安石：“已将流景供谈笑，聊为知音破郁陶。”（阎若璩《尚书古文疏证》中认为“郁陶”没有悲伤哀思的意思，并作为《五子之歌》是伪作的证据，其实是不能成立的。）

《小雅·信南山》：中田有庐，疆埸有瓜，是剥是菹。

此句郑玄《笺》注曰：“中田，田中也。农人作庐焉，以便其田事。于畔上种瓜，瓜成又入其税，天子剥削腌渍以为菹。”后世的辩说争论多集中在当时的民众是否有进贡瓜以供祭祀腌渍的义务。清代的于鬯在他的《香草校书》中提出了新的问题，他认为“中田有庐”和“疆埸有瓜”是对文，所以“庐”也应该是瓜果一类，而不是草庐。他考证说：“廬（按：此处为便于问题的清晰，故用繁体）之言盧也，廬谐盧声，故得通借，即壶盧是也。”其后又云：“以下文剥菹献祖为专承瓜，不乘庐，则‘中田有庐’一句不成闲语乎？……且上章云‘疆埸翼翼，黍稷彧彧’二句为对文，则‘中田有庐，疆埸有瓜’亦对文可知。”我认为于氏的说法未必正确。首先，从前文“疆埸翼翼，黍稷彧彧”来看，是说田间的疆界划分得很整齐，中间长满了茂盛的庄稼。如果把“庐”解释为“壶盧”，也就是说，在田中间又种了壶盧，既与前章所叙述的矛盾，而且在古代典籍中也没有这样的记载。其次，壶盧是蔓生植物，需要依靠一定的载体向上蔓延，无论是在公田的中间有树或者在其地埋上竿木供其生长，这在当时都是不现实的。再次，按照于氏的说法，如果解释成草庐，“中田有庐”就成了闲文。可是在《诗经》当中，这种纯粹起兴作用的句子比比皆是。就以上章的“疆埸翼翼，黍稷彧彧”来说，其后句的“曾孙之穑，以为酒食”也只是承接了“黍稷彧彧”。所以，只从对文方面入手，而不考虑当时的社会环境是不正确的。

《小雅·何草不黄》

“有栈之车”，毛《传》云：“栈车，役车也。”郑《笺》、朱熹《诗集传》皆从之。但是《杕杜》中的“有杕之杜”的“杕”，《传》云“特生貌”，这两句句法相同，“有栈之车”释为栈车，恐怕未必正确。孔颖达大概已经认识到这个方面，所以他在《正义》中说：“有栈是车状，非士所乘之栈名也。”但是对于“有栈”到底是怎样一个“车状”，却没有作进一步的说明。我认为此处的“有栈”即“栈栈”，应当解释作车小貌，与前“芃”释作“小兽貌”相应。古从戋者多与小、少、浅相涉及。如戋，《集韵》：“戋戋，浅小之貌。”浅，《荀子·修身篇》：“少闻曰浅。”帴，《广韵》：“小儿藉也。”《类篇》：“褓也。”又《诗》“小戎俴收”之俴意同浅。

《大雅·板》

“昊天曰明，及尔出王。昊天曰旦，及尔游衍。”游衍，毛《传》云“游行衍溢”，是以衍为水溢出之衍。郑《笺》：“羡，溢也。或作衍。”盖羡古代有饶足富余的意思，所以毛、郑两家都训作“溢”。但是上文的“出王（往）”二者意义相连属，若训衍为溢，则与游意义相差甚远。马瑞辰意识到此点，故在其《毛诗传笺通释》中说道：“《小尔雅》：‘延、衍，散也。’游衍即放散之义，溢与散义正相成。”案：马氏训为放散亦未必准确，此处游衍当是游行之义。此处羡、衍均是延的假借。古羡可假作延，张衡《东京赋》“乃羡公侯卿士”，李善注引薛琮曰：“羡，延也。”朱骏声《说文通训定声》：“羡，假借为延。”古衍亦可假借为延，《周礼·春官·大祝》：“二曰衍祭”，郑玄注：“衍字当为延。”《唐风·椒聊》：“蕃衍盈升”，玄应《一切经音义》引作“蕃延盈升”。《集韵》：“莚，蔓延也。或作衍。”延有行之义，《说文》：“延，长行也。”《玉篇》：“延，行也。”

《鲁颂·泮水》

“憬彼淮夷，来献其琛：元龟象齿，大赂南金。”此段前三句诸家所释无异议，其争论集中于“大赂南金”。大赂，毛《传》：“赂，遗也。”郑《笺》：“大犹广也。广赂者，赂君及卿大夫也。”马瑞辰《毛诗传笺通释》：“大赂南金与元龟象齿对言，南金为献琛之一，大赂当为大辂之假借。”俞樾《群经评议》：“上文曰‘来献其琛’，既言献，不必更言赂矣，‘赂’当读为‘璐’。”于鬯《香草校书》：“古盖读‘贝’为‘赂’，大赂者，大贝也。”案：马氏之说盖据音同假借，但是大辂以北方所制为佳，此言“琛”，必非周鲁所习见者，故马氏之说未必是。又俞氏之说，颇合典籍所载，如《战国策·楚策》载：“黄金、珠、玑、犀、象出于楚。”但是缺乏直接证据。当以于氏之说为是，《易林·萃·中孚》：“元龟象齿，大赂为宝。”《比·噬嗑》：“元龟象齿，宝贝南金。”既言“大赂”，又言“宝贝”，则“赂”当释为“贝”。

《鲁颂·閟宫》

“龙旗承祀，六辔耳耳。”毛《传》：“耳耳然至盛也。”马瑞辰《毛诗传笺通释》：“耳耳即尔尔之假借。《说文》：‘尔，丽尔，犹靡丽也。’单言尔亦为盛，《采薇》诗‘彼尔维何’，《传》‘尔，华丽貌’是也。重言之则曰尔尔。”案：耳耳、瀰瀰、弥弥、沵沵、尔尔、缃缃古音同可相假借。《新台》“河水瀰瀰”之瀰瀰（或作弥弥），毛《传》：“瀰瀰，盛貌”，是瀰瀰、弥弥与耳耳之意同。又《玉篇》：“缃，六辔盛貌。”《广韵》：“缃缃，辔盛貌。”是耳耳即缃缃之证。又《载驱》“四骊济济，垂辔沵沵”，沵沵，《释文》作尔尔，《通雅》：“耳耳犹沵沵也，耳、尔古通。”是耳耳、尔尔、沵沵古通之证。（毛《传》释“垂辔沵沵”之沵沵为“众貌”，恐未确，亦当解释为盛貌。）

《商颂·那》

“顾予烝尝，汤孙之将。”郑《笺》：“将犹扶助也。嘉客念我殷家有时祭之事而来者，乃太甲之扶助也。”欧阳修《诗本义》：“云汤孙之将者，谓能将祀事也”，是以将为助义。朱熹《诗集传》：“此汤孙之所奉者，庶几其顾之也”，是以将为奉持义。案：此处当是言其祖先来享其祭祀，则汤孙之福特大也。在当时人们的观念中，祖先能够降临享用子孙们供祀的物品，预示着子孙将获得祖先的福佑。如果祖先不降临或者说不享用子孙们的祭祀，那预示着子孙将有祸患。此句当联系下首诗《烈祖》

来解,《烈祖》末句是"来假来饷,降福无疆。顾予烝尝,汤孙之将。""来假来饷"和"顾予烝尝"相对,"降福无疆"和"汤孙之将"相对,言汤孙受福之大,《烈祖》上有"我受命溥将",将犹溥也,谓广大。"有娀方将",将谓壮大。

■ 作者简介

魏代富(1985—),男,山东莒县人,博士,山东师范大学文学院讲师,主要从事先秦两汉文学文献研究。

《楚辞》校证(二十五则)*

王　伟

(贵州大学人文学院　贵州贵阳　550025)

内容提要　今本《楚辞》的部分内容有倒脱衍讹等错误现象,通过利用《楚辞》文本及王逸注《楚辞》之用语规律,并充分参考和吸收前儒时贤于《楚辞》或于其它典籍的研究成果以之校勘,将有益于《楚辞》文本的进一步校理。

关键词　楚辞　文本　校证

一、离骚:纷吾既有此内美兮,又重之以修能①

"既"字疑衍。

按:本篇从"纷吾既有此内美兮,又重之以脩能"到"乘骐骥以驰骋兮,来吾道夫先路"凡十六句,除本两句外,其余十四句两句之间上句皆七字句,惟独本句上句为八字,与其余不类已为可疑。此外,据王逸注"言己之生,内含天地之美气,又重有绝远之能"云云,是王逸并未释"既"字。因此可定"既"字当系后人因"又"字而误增。

二、离骚:惟夫党人之偷乐兮,路幽昧以险隘

一本无"夫"字。

按:"夫"字当为"此"字之误。据《离骚》"惟此党人其独异"、"惟此

---

* 本文系2011年贵州省社科规划项目(11GZZC09)、贵州省教育厅高等学校人文社会科学研究基地项目(11JD003)"《楚辞》校证与考论"阶段性成果。

① 本文所据《楚辞》以中华书局2002年版《楚辞补注》本为准。

党人之不谅兮”等皆言“惟此党人”例，是“夫”字当为“此”字之误。

三、离骚：岂余身之惮殃兮，恐皇舆之败绩

“余”疑为“惜”之误。

按：“岂余身”于此总觉不类，“余”疑为“惜”之误。如此，“岂惜身”与“恐皇舆”相协。且“岂惜”诗词习见，而《惜誓》“惜伤身之无功”意颇近之。据王逸注“非难身之被殃咎也”云云，是王本已误。

四、离骚：余既不难夫离别兮

一本无“夫”字。

疑无“夫”字是。而“难”疑为“惮”之误。

按：王逸注本句谓“言我竭忠见过，非难与君离别也”。而本句前所出“岂余身之惮殃兮”句与本句意义近似，王逸注：“惮，难也。”是本句当是后人以训诂字而易本字，又觉“余既不难”辞气不律，故又徒增“夫”字以足文义。

五、离骚：众女嫉余之蛾眉兮，谣诼谓余以善淫

“女”疑为衍文，而此处本当为“皆”字。

按：首先，“众女”仅于此处见于《楚辞》及《章句》，《楚辞》它篇及《章句》则屡言“众皆”。如《离骚》“众皆竞进以贪婪兮”，而王逸注《哀时命》“众孰可与深谋”谓“众皆谄谀”，注《九怀·危俊》“卒莫有兮纤介”谓“众皆邪佞，无忠直也”。是“众皆”一词夥也。其次，王逸注“众女，谓众臣。女，阴也，无专擅之义，犹君动而臣随也，故以喻臣”或有讹误。据王逸注例，一般而言，注于前者略于后。但《湘君》“将以遗兮下女”句，王逸注“遗，与也。女，阴也。以喻臣”也与此例相悖。比较而言，《湘君》注“女，阴也。以喻臣”，较之《离骚》“女，阴也”注更详。以此而论，或《离骚》“女”字本无。再次，“众”本可训“众臣”。如《尚书·盘庚上》：“邦之臧，惟汝众。”注谓：“有善则众臣之功。”《左传·襄公三年》：“唯君用鲜，众给而已。”注谓：“众臣祭，以刍豢为足。”是皆以“众臣”释“众”。故此处之正文或本为众，王逸注或本为“众，谓众臣”。而《后汉书·崔骃列传》：“扬娥眉于复关兮。”李贤注：“《楚词》曰：‘众女皆妒余之娥眉。”是唐人所见本尚有作“皆”字者。而“众皆嫉余之蛾眉兮，谣诼谓余以善淫”较之原文文气更畅。是“女”宜作“众”也。据上引王逸注云云，是王逸所见本已误。

六、离骚:跪敷衽以陈辞兮,耿吾既得此中正

“耿吾”疑作“纷吾”。

按:本句前言“纷吾既有此内美兮”,其“内美”一词正与“中正”之义相仿。而《九歌·大司命》“广开兮天门,纷吾乘兮玄云”等也皆言“纷吾”,是“耿吾”宜作“纷吾”为是。

七、离骚:理弱而媒拙兮,恐导言之不固

“导言”不辞,“导(導)言”疑为“党(黨)言”形声之误。而“党言”又为“昌言”之借。“昌言”即“嘉言”、“美言”。

按:《说文》:“昌,美言也。”段注谓:“《咎繇谟》曰:‘禹拜昌言。’今文《尚书》作‘党’。赵注《孟子》引《尚书》:‘禹拜党言。’《逸周书·祭公解》:‘拜手稽首党言。’《张平子碑》:‘党言允谐。’《刘宽碑》:‘对策嘉党。’皆昌言字之假借也。”段说甚覈。本句当“昌言”借为“党言“,“党(黨)言”又误为“导(導)言”也。而据王逸注“达言于君不能坚固”云云,是王本已误。

八、离骚:百神翳其备降兮,九疑缤其并迎

“缤其”疑为“纷其”之误。

按:首先,《楚辞》及其它典籍中之“纷其”一词皆反复出现,且都并列使用。如《九章·涉江》“霰雪纷其无垠兮,云霏霏而承宇”;《哀时命》“虹霓纷其朝霞兮,夕淫淫而淋雨”等篇之“纷其”皆未分释。而《楚辞》以外如《文选·甘泉赋》:“风滃滃而扶辖兮,鸾凤纷其衔蕤。”《芜城赋》“灌莽杳而无际,丛薄纷其相依”等之“纷其”一词也皆未分释。其次,王逸注《哀时命》等篇之“纷其”皆以“纷然”释之,如谓“虹霓纷其朝霞兮”为“纷然炫耀”云云皆是,而本篇注也谓“舜又使九疑之神,纷然来迎”云云,是据《章句》“纷然”之注也可证本篇王本本作“纷”。再次,本篇注“缤,盛也”也当为“纷,盛貌”之误。《离骚》:“纷吾既有此内美兮。”王逸注:“纷,盛貌。”《九歌·东皇太一》:“五音纷兮繁会。”王逸注“纷,盛貌”。其注皆言“纷,盛貌”是证。而段注《说文》谓:“古书也、貌二字多互讹。”段说是,如《说文·辵部·巡》:“视行也。”段注“也,各本作貌”是证。是王逸注“缤,盛也”为“纷,盛貌”之误也可证正文之“缤其”当为

"纷其"之误无疑。

九、离骚:皇剡剡其扬灵兮,告余以吉故

"故"疑作"占"。

游国恩先生谓:"'百神翳其备降兮,九疑缤其并迎',按下文云:'皇剡剡其扬灵兮,告余以吉故。''迎'与'故'不叶。"游先生谓"迎"与"故"不叶甚是。但游先生以江有诰、戴震等诸家谓"迎"为"迓"之说则不然。

按:"迎"字不烦校改。其误当在"故"字。"故"疑作"占"。本句前言"欲从灵氛之吉占兮,心犹豫而狐疑",而后句言"灵氛既告余以吉占兮,历吉日乎吾将行",其辞皆言"吉占"。而本句后之"既告余以吉占"句也正是对本句的呼应。且"迎"古韵"谈"部,"占"古韵"阳"部,"谈、阳"二部古音通转,是"故"或为"占"之形误。

十、天问:延年不死,寿何所止

"延年"疑作"禀命"。

按王逸注:"言仙人禀命不死,其寿独何所穷止也?"是王本本作"禀命"。而"禀命"常语也。如《九章·怀沙》谓:"万民之生,各有所错兮。"一本即作:"民生禀命。"闻一多《楚辞校补》谓:"……《国语·晋语》七曰:'将禀命焉',《楚语》上曰:'是无所禀命也',是'禀命'为古之恒语。"闻说至确。是本篇宜也作"禀命"为是。

十一、天问:厥萌在初,何所亿焉,璜台十成,谁所极焉?

闻一多《楚辞校补》谓:"何当为谁。'谁所亿焉'与下文'谁所极焉'语意相似,句法亦当一律。萌读为民。(《墨子·尚贤上篇》'国中之众,四鄙之萌人',《管子·揆度篇》'其人同力而宫室美者,良萌也',……萌皆读为民。)"闻说甚辩。但我们认为"谁所"当作"何所",而"萌"字不烦校改。

按:《楚辞》中言"谁所"者仅此一例,而言"何所"者则例不胜举。且《天问》中"何所"常出现于两句中的下句作为问词,如"桀伐蒙山,何所得焉?""厥萌在初,何所亿焉"等皆是。而"何"误为"谁"者,当以其互训而讹。《说文·人部》"何"字:"一曰,谁也。"《言部》"谁,何也"是证。而《天问》问例,除本句外,皆言"何所",如"鲧何所营? 禹何所成?"、"何所冬暖? 何所夏寒"等皆是。本篇前言"何所亿焉",则此"谁所"也当作

“何所”方合本篇语例。

而“萌”义本为“民”,不烦校改。《说文·民部》:“民,众萌也。”段玉裁注谓:“萌,古本皆不误,毛本作‘氓’,非。古谓民曰萌,汉人所用不可枚数。……大抵汉人萌字,浅人多改为氓。如《周礼音义》此节摘‘致氓’是也。”段说覈也。《汉书·陈胜项籍传》:“然而陈涉,瓮牖绳枢之子,甿隶之人。”如淳注:“甿,古文萌字。甿,民也。”司马相如《上林赋》:“地可垦辟,悉为农郊,以赡萌隶。”《文选》李善注:“韦昭曰:萌,民也。”刘孝标《辩命论》:“与三皇竞其萌黎,五帝角其区宇。”《文选》李善注:“韦昭《汉书注》曰:‘萌,民也。”是“萌”之为“民”,汉魏犹然。故“萌”字不烦校改。

十二、天问:何变化以作诈

“诈”疑作“态”。

按:王逸注“言象欲杀舜,变化其态,内作奸诈”云云,是或据“变化其态”而有“态”字,或据“内作奸诈”而有“诈”字。但览之《楚辞》,“诈”字仅见于此,而言“态”者多矣。如《思美人》“观南人之变态”等。且据王逸注,其强调“奸诈之态”为其中心思想。“态”可训“奸诈”,如《庄子·胠箧》:“故马之知而态至盗者,伯乐之罪也。”成玄英《疏》:“态,奸诈也。”而《离骚》:“余不忍为此态也。”王逸注“不忍以中正之性,为邪淫之态”,是王逸注彼处也训“态”为“邪淫、奸诈”之证。故本处“内作奸诈”之“奸诈”当是释“态”之语。《离骚》“余不忍为此态也”之“态”未曾独释,而是直接于注语中训之以“邪淫”,此或以王逸时人通晓“态”之诂训而未单独释之。此如《史记·范雎蔡泽列传》:“下惑于奸臣之态。”《索隐》谓:“态谓奸臣谄诈之志也。”所以《天问》此处注例也同于《离骚》之注,直接于训释中释之以“奸诈”。此也可证正文本作“态”也。

十三、天问:蜂蛾微命,力何固

“微命”与“力何固”不协,“微命”疑为“受命”之误。

按:“受命”一词屡见于《楚辞》及其它典籍,如《桔颂》“受命不迁”,《九叹·逢纷》“原生受命于贞节兮”等。其它典籍则如《说苑·善说》:“谨受命。”《汉书·谷永杜邺传》:“四辅既备,成王靡有过事。”师古注:“《周书·洛诰》称成王曰:‘诞保文武受命,乱为四辅。’”是“受命”常语也。而据王逸注“受天命，负力坚固”云云，是王本不误。

十四、吾告堵敖以不长，何试上自予

闻一多《楚辞校补》谓：“吾疑当为语，字之误也。”

按：“吾”当为“言”之误。“言告”典籍习语也。如《诗·周南·葛覃》“言告师氏，言告言归”之“言告”即是。而“言”于此语词也。马瑞辰《毛诗传笺通释》释《诗·周南·葛覃》之“言告师氏，言告言归”句谓：“《尔雅》：‘孔、魄、哉、延、虚、无、之、言，间也。’间谓间厕言词之中，犹今人云语助也。”马说是。王引之《经传释词》也谓：“言、云也，语词也。……若《诗·葛覃》之‘言告师氏’、‘言告言归’。”是“言告堵敖”之“言”也当即语词。而“告即语也”，《九章·怀沙》：“明告君子，吾将以为类兮。”王逸注“告，语也”是证。而据王逸注本篇“堵敖，楚贤人也。屈原放时，语堵敖曰”云云，是“语”字正释“告”字，而非正文有“语”字也。

十五、九章·涉江：驾青虬兮骖白螭

“驾”疑作“服”。

按：《楚辞》及其它典籍“服、骖”皆常连用，如《楚辞·远游》“服偃蹇以低昂兮，骖连蜷以骄骜”是也。而《国殇》“左骖殪兮右刃伤”句，何剑熏先生也谓“刃当为服”。是也“服、骖”相对为文也。此外如《战国策·魏策一》：“王独不见夫服牛骖骥乎？……听相之计，是‘服牛骖骥’也。”《汉书·扬雄传》：“丽钩芒与骖蓐收兮，服玄冥及祝融。”是皆“服、骖”为文也。而《淮南子·览冥训》：“服驾应龙，骖青虬。”刘文典《集解》引王念孙说谓：“‘服应龙’，‘骖青虬’，相对为文，故高注曰：‘在中为服，在旁为骖。’‘服’下不当有‘驾’字。此后人据高注旁记‘驾’字，因误入正文也。”是“服、骖”为文典籍习见。而本篇作“驾”者当涉王逸注“宜于驾乘”而误增“驾”字成“服驾”，后人遂又删“服”字而成今本，误同本篇所引《淮南子·览冥训》文。

十六、九辩·二：专思君兮不可化

“思”疑作“惟”。

按：《楚辞》中“思或作惟”，如《惜诵》：“专惟君而无他兮，又众兆之所雠。”一本惟即作思。而《惜诵》言“惟君”，《抽思》也言“惟荪”（荪即君），故本篇疑作“专惟君兮不可化”，如此则合《楚辞》之行文惯例。此作“思”者,当是后人以训诂字而易之。

十七、九辩·三:秋既先戒以白露兮,冬又申之以严霜

“既”字疑衍。

按:本句前后之“离芳蔼之方壮兮,余萎约而悲愁”及“收恢台之孟夏兮,然欿傺而沈藏”等句,两句并列其上句皆作“A—BC”之结构,如“离芳蔼”作“离—芳蔼”,“收恢台”作“收—恢台”等。本句倘有“既”字则与前后不类,且平心而诵,去此“既”字则前后畅然也。

十八、九辩·三:颜淫溢而将罢兮,柯彷佛而萎黄;萷櫹槮之可哀兮,形销铄而瘀伤。惟其纷糅而将落兮,恨其失时而无当

疑作“颜淫溢其将罢兮,柯彷佛而萎黄;萷櫹槮之可哀兮,形销铄而瘀伤。惟纷糅其将落兮,恨失时而无当”。

按:《楚辞》中“其将”与“而”连用时,一般上句皆言“其将”,下句皆言“而”。如《九辩·七》“白日晼晚其将入兮,明月销铄而减毁”,《七谏·沈江》“秋草荣其将实兮,微霜下而夜降”等皆无一例外。且《离骚》“时暧暧其将罢兮,结幽兰而延伫”,《哀时命》“时暧暧其将罢兮,遂闷叹而无名”诸句中,不仅“其将罢”习见,且也是上句皆言“其将罢”,下句皆言“而”。以此推之,可证“而将罢”当作“其将罢”。

而“惟其”作为发端词于《楚辞》仅见于此,《楚辞》中“惟”字发端,其例多是“惟”下缀之一名词,如《离骚》“惟草木之零落兮”、《哀郢》“惟郢路之辽远兮”、《悲回风》“惟佳人之永都兮”等。若此“惟其纷糅”为词,则殊为不类。故“惟其”之“其”字当衍。至于“而将落”与“而无当”之搭配也不合《楚辞》语例。上已证之《楚辞》中“其将”与“而”连用时,一般上句皆言“其将”,下句皆言“而”。是可定此处之“而将落”亦当作“其将落”。以此例之,可证“恨其”之“其”亦衍文无疑。且《九辩》本段自“收恢台之孟夏兮”句至“步列星而极明”凡二十二句,除此“惟其纷糅而将落兮,恨其失时而无当”两句外,其余两句之间皆“□□□而□□兮,□□□而□□”的上七下六结构,上已校“惟其”之“其”为衍文,则据本段句例,可定“恨其”之“其”亦系衍文。

十九、九辩·四:愿一见而有明

“有明”不辞,“有明”疑作“自明”。

按：览之典籍，“有、自”形近易讹，如陈刘珊《赋松上轻萝诗》：“山阿若近远，独有楚人知。”逯钦立《先秦汉魏晋南北朝诗》谓“有”，《类聚》作“自”是证。且据洪《补》引五臣注：“心之忧伤，愿见君而自明。”是五臣所见本不误。此“自明”即《惜诵》“恐情质之不信兮，故重著以自明”之“自明”。

二十、九辩·四：岂不郁陶而思君兮，君之门以九重。猛犬狺狺而迎吠兮，关梁闭而不通

“郁陶”疑衍。

按：“郁陶”一词《楚辞》仅见于此，但王逸无注。而《后汉书·文苑传》谓：“九重既不可启，又群吠之狺狺。”李贤注：“《楚辞》曰：岂不思夫君兮？君之门以九重。猛犬狺狺以迎吠，关梁闭而不通。”是其所见本亦无“郁陶”字。而据李贤注，本句疑作“岂不思夫君兮”是。“思夫君兮”亦见于《楚辞》它篇，如《九歌·云中君》“思夫君兮太息”是证。

二十一、九辩·六：霰雪雰糅其增加兮，乃知遭命之将至

“雰糅其”疑作“纷其”。

按：反复诵之“雰糅其”一句，总觉词气不律，疑“雰糅其”本作“纷其”。《楚辞》中“纷其”一词反复出现，且皆并列使用。如《九章·涉江》“霰雪纷其无垠兮，云霏霏而承宇”，《哀时命》“虹霓纷其朝霞兮，夕淫淫而淋雨”等篇之“纷其”皆未分释。而“纷、雰”声近字通，如本句“雰糅”，《九辩·三》作“纷糅”是其证。是本句当是“纷”先误为“雰”，后人又疑“雰其”不辞，故又加“糅”字于“雰”后也。

二十二、招魂：不可以久淫些

“淫”字疑衍。

按：王念孙《古韵谱》谓“久、止”为韵。而本句下文云“旋入雷渊，爢散而不可止些”，是本或为“不可以久些”，而与“止”相韵。且本篇“魂兮归来！北方不可以止些。增冰峨峨，飞雪千里些。归来兮！不可以久些”，也正以“止、久”为韵，是也可证本句之“淫”字当衍无疑。

二十三、招魂：《激楚》之结，独秀先些。菎蔽象棋，有六簙些

“《激楚》之结”疑作“《激楚》结风”。

按：典籍通言“激楚结风”也。如《文选·舞赋》：“激楚结风，阳阿之舞。”张晏曰:“激楚,歌曲也。《列女传》曰:‘听激楚之遗风。’结风,亦曲名。《上林赋》曰:‘邬、郢缤纷,激楚、结风。’文颖曰:‘激,冲激,急风也。结风、回风,亦急风也。楚地风既自漂疾,然歌乐者犹复依激结之急风为节。’”《文选·七发》:“于是乃发激楚之结风,扬郑卫之皓乐。”皆言“激楚结风”是也。且若作“之结”则与“象棋”不偶,而若“《激楚》结风”与“菎蔽象棋”则两相偶也。据王逸注“结,头髻也”是王本已误。

二十四、大招:叩钟调磬,娱人乱只

“调”疑作“击”。

按:王逸注“叩钟击磬”,而“调”无“击”义,如“调”为“击”,据王逸注例,则王必注之。且“磬”本为打击乐器,如《淮南子·泛论训》谓“语寡人以忧者击磬”可证。是可定王本当作“叩钟击磬”。此或“调”字脱“周”字而改“言”为“击”也。

二十五、大招:小腰秀颈

“秀”疑为“修”之声误

按:典籍习言“修颈”,如《淮南子·地形训》“修颈仰行”,路乔如《鹤赋》“宛修颈而顾步”,桓玄《鹤赋》“延脩颈以轩瞩”,王廙《笙赋》“延修颈以亢首”等皆是。而“修颈”即“长颈”,如《淮南子·原道训》:“驰骋夷道,钓射鹔鷞之谓乐乎?”高诱注:“鹔鷞,鸟名也。长颈绿身,其形似雁。”而庄逵吉谓:“马融注《左传》:鹔鷞,雁也。其羽如练,高首而修颈。”是“修颈”即“长颈”也。而本句前言“小腰”,则“修颈”之“修”正与“小”字相应,故“秀”宜作“修”方是。

作者简介

王伟(1975—),男,贵州印江人,土家族。文学博士,贵州大学人文学院副教授,硕士生导师。主要从事先秦文学文献研究。

宋玉骚体作品对屈作的继承与新变

李城瑶

（甘肃农业大学人文学院　甘肃兰州　730070）

内容提要　宋玉传世骚体作品《九辩》、《悲回风》二文，乃是宋玉抒发一己之悲的抒情之作。因作品中确有不少句子直接化用了屈原《离骚》与《九章》中的诗句，且大量运用了源自屈骚的香草美人的比喻，并借神话传说中的人、物、事来叙情志、写远游，直观看来对屈作有很多因袭相同之处，故而宋玉创作的独立性与骚体作品的独特性被大大抹杀。事实上，无论在创作主题、蕴含思想、运用素材上，还是在行文结构、遣词造句、用语习惯上，宋玉作品都与屈作有着很大差别；其"以柔情入景语，藻缋易深厚"的艺术风格，与屈作"其意悽怆，其辞瓌丽，其气激烈"的风貌亦有不同。

关键词　宋玉　骚体作品　继承　新变

《九辩》与《悲回风》皆收于《楚辞》，是宋玉流传下来的仅有的两篇骚体作品。① 从它们所具有的体裁样式和它们所展现的精神风貌来看，

① 据赵逵夫先生考证，旧题屈原《九章》中的《悲回风》并非屈原之作，而应是宋玉的手笔，理由如下：首先，《悲回风》不是楚怀王和顷襄王前期的作品，而是楚都迁陈之后的作品。所以，是宋玉、唐勒、景瑳之徒所作没有疑问。其次，所反映的思想不像《远游》、《惜誓》那样具有明显的道家思想，而在很多方面同宋玉的《九辩》相同或相近。赵先生以此为依据，在作品内容及艺术手法方面详列十三条例证（内容方面九条，艺术手法方面四条），将《悲回风》与《九辩》作对比，细致说明了二者在创作方面的一致性，最终得出"《悲回风》与《九辩》是同一位 （转下页注）

都与宋玉早期侍襄王时创作的大量赋作极不相类，实与屈骚为一体。也因此，后世学者对此二篇的研究多囿于同屈作的比较，往往见其同而不见其异，或对宋玉的著作权产生怀疑，或对其独立的创作价值肆意抹杀，使得《九辩》与《悲回风》的独特神采同宋玉的人格一样，在人们对屈原及屈作的狂热追随和极力盛赞中黯然失色。然而，倘若我们撇开扬屈抑宋的主观感情，客观地对《九辩》和《悲回风》进行深层次的文本解读，并对宋玉的创作心态做细致的体认，我们不难发现，《九辩》与《悲回风》虽上承屈骚精神而来，却在继承的基础上展现出了更多的独创性，产生了许多新变，具有独立于屈作的审美价值。主要地表现在以下三个方面：

第一，《九辩》与《悲回风》开篇皆以实景起兴，运用因秋兴感的抒情方式抒发自己浓厚的思想感情，情景交融，别开生面。钟嵘《诗品》有云："气之动物，物之感人，摇荡性情，形诸歌咏。"宋玉《九辩》开篇便叹："悲哉秋之为气也！萧瑟兮草木摇落而变衰。憭慄兮若在远行，登山临水兮送将归。"《悲回风》起句即悲："悲回风之摇蕙兮，心冤结而内伤。"诗人胸中长久激荡着的感伤，在秋风四起、万物衰败的环境中一触即发。草木逢秋而衰落，人逢衰世而委顿。诗人纤敏的性格特质遭遇了衰飒的节候时令，他眼前的秋气回风无不具有摧枯拉朽的巨大杀伤力，不仅威胁着自然界的万物，更催发了作者内心的无限悲凉。诗人敏锐地抓住了眼前景和胸中情之内在联系，从而把萧条外物与愁苦内心揉到一起，在诗歌开篇便造成了浓郁的感伤气氛，并构成了全诗因景起悲的抒情脉络。纵观屈原的作品，其中本就鲜有对时序物候的真实描写，更未见因景生情、以秋兴感而起笔的主观抒发。陈继儒评曰："秋气可悲，想古闷如也；自玉一为指破，遂开千古之怨端"，明确了宋玉以秋启怨的新创。此外，宋玉《九辩》全篇感情的抒发都贯注了他对秋景的深刻体认，"文人悲秋"由此发端。《九辩》中诗人对秋景的描摹细致入微，

（接上页注） 作者所作，它们的作者便是宋玉"的确凿结论。我们认为，这是可以信从的。本文将《悲回风》归为宋玉骚体作品作为论证基础即本与此。（详细的论证参赵逵夫先生《再论〈惜往日〉〈悲回风〉的作者问题》一文。该文发表在《文献》2009 年 7 月第 3 期上。）

辞归的燕子、歇唱的寒蝉、南去的北雁、啁哳的鹍鸡、哀鸣的蟋蟀、离枝的枯叶、萎黄的树干、衰谢的草木，甚至寒霜凉露、残月孤星，它们都成为诗人自觉摹写的对象，并又反过来承载了诗人的遭际感受，无不渗透着诗人的主观情感，从而建构出了一个完整的情景交融的深远意境，使全诗都被笼罩在了一种如暮秋般萧索、孤寂的气氛里，极具感染力。钱钟书《管锥编》曾言："(《九辩》中)凡与秋可相系着之物态人事，莫非'蹙'而成'悲'，纷至沓来，汇合'一涂'，写秋而悲即同气一体。举远行、送归、失职、羁旅者，以人当秋则感其事更深，亦人当其事而悲秋逾甚……"将宋玉悲秋概括得极为精辟。诚然，屈原的作品里也有写秋之笔。《湘夫人》"目渺渺兮愁予"的背景是"袅袅兮秋风，洞庭波兮木叶下"；《山鬼》的雨夜中"风飒飒兮木萧萧，思公子兮徒离忧"，亦颇似秋意；《离骚》"日月忽其不淹兮，春与秋其代序。惟草木之零落兮，恐美人之迟暮"、"哀众芳之芜秽"等，已将草木凋残赋予了特定身份人悲伤的情蕴；《抽思》"悲秋风之动容兮，何回极之浮浮"，主体的情志已开始在秋风中凸显。然《九歌》之原型乃楚民间祭神乐曲，其歌词内容须适合各种鬼神之身份并与传说相契合，它体制上的独特性使得它不可能如《九辩》一样抒发自己的遭遇与愤懑。所以，即便《九歌》中个别言秋的句子摇曳生姿不乏美感，却无法直接关联诗人的主观情感，不能构成配合诗人内在感情的外在意境。而《离骚》、《九章》中诗人的主观理想和激情往往表现得更为直接，偶然与诗人情绪碰撞的衰败秋景，较之诗人喷薄焦灼的激情，显得格外轻微，它们无力作为诗人磅礴情感的承载，而只能偶尔装点诗人的感喟。我们不难看出，较之屈作，宋玉在萧条肃杀的暮秋之日，纤敏的感受一触即发，悲从中来，不能自抑，他一再叹息自我的命运遭际，并将这无限的感伤融进了满目的苍凉之中，将一己悲愁同衰飒秋景熔于一炉，"情语待景语而厚，景语待情语而活，二者相辅相成"其笔下物候的递迁之于人心理的微妙关联让人警醒，其自我价值随时而陨的凄楚更为明确，举凡同秋有关的人事景物，都可以被有意无意地荟萃到悲秋主题的大旗之下，创造出一种富有个性情感的深远意境，最终构成了让人动容的"悲秋"情结，具有"绮靡以伤情"的特色，虽为抒情，却也增强了诗歌反映生活的真实性和现实性。自宋玉《九辩》之后，秋便引发了无数文人墨客的感怀,“自古逢秋悲寂寥”成为他们共同的生命体验,叹时伤物、悲秋惜春的主题也就成了一整部封建时代中国文学史中的沉重积淀。宋玉怀才不遇的遭际和敏感多情的气质更引发了那些出身寒微而遭遇不偶的贫士的共鸣,并被引为精神上的同类,影响甚远。

第二,《九辩》与《悲回风》皆显现出主体精神的转换,感伤主题下的不遇而悲自叹自怜取代了爱国主题下的矢志求索九死未悔,体现出了对自我价值的关注与内省。从表面来看,《九辩》、《悲回风》的基调和《离骚》、《九章》相近,其抒情主人公都处于愁苦压抑的状态,体现出不平之气。《离骚》、《九章》的绝大多数篇幅表现的都是诗人在追求人生理想过程中内心的矛盾、迷惘和愤懑;《九辩》、《悲回风》的抒情主人公亦在寻找人生归宿的历程中常常身处无所适从、无所依傍的困惑状态,内心受到极大的煎熬。从屈原的《离骚》、《九章》,到宋玉的《九辩》、《悲回风》,它们的情感体验一脉相通,可以相互印证。然而,从屈原到宋玉,虽然他们都有着遭谗被逐的遭际,其身份地位却不可相提并论,他们的心路历程也因此显得颇为迥异。这些来自创作主体自身的本质差异,反映到他们的作品中,便体现出不相类的精神风貌来。首先,《离骚》开篇屈原便表明身份:“帝高阳之苗裔兮,朕皇考曰伯庸。”屈原先祖是道德精纯与功业隆盛完美结合的王者,他作为名门望族的后裔出现,血统高贵,地位显赫,具有贵族的身份。《九辩》、《悲回风》的抒情主人公则以失职贫士、天涯孤旅的流浪者的身份登场,是一位布衣平民。出身与境遇的不同必然导致他们对各自人生的心理期待也有所不同。《离骚》抒情主人公不仅身份高贵,更抱有道德与功业的双重期待。他在个人修养上特别注重对先祖的推崇与服膺,在政治上则盛推先王美政、追效先王踵迹,心存“乘骐骥以驰骋兮,来吾导夫先路”的高远之志,以国家栋梁自命,并最终将实现生命价值具体落实到了楚国的强盛事业之上。而《九辩》、《悲回风》的抒情主人公作为孤苦无依的布衣寒士,他所感慨的是“时亹亹而过中兮,蹇淹留而无成”、“岁曶曶其若颓兮,旹亦冉冉而将至”,他的心理期待在于“事亹亹而覬进兮”,自身事业的进步、个人价值的实现是他的追求所在。在《九辩》、《悲回风》中,诗人对于匡君治国的鸿图壮志较少涉及,对个体的关注却达到了前所未有的高度,个人不能显达的感伤得到了真实而又直接的表露。其次,《离骚》、《九章》的抒情主人公曾积极参与过政事,并一度得到过君王的宠信和重用,因此,他们在遭受疏远和贬谪之后,心理落差很大,经常追述人生从政的黄金时期,并格外忧惧皇舆败绩、宗庙倾颓、宗嗣断绝,其忧君念国之情显得更加痛楚迫切。相较而言,《九辩》、《悲回风》的抒情主人公并不曾身任要职,在政治上从未被人器重,尽管也有着被谗失职的遭际,却没有经历如前者所经历过的政治上的大起大落,因此,作品中怀旧惜往的成分极少,主要是抒发现实的感慨,排解个人穷通所引发的苦闷哀愁。再者,当《离骚》、《九章》的抒情主人公愤懑绝望难以抑制时,即转向先祖神灵寻求慰藉,处于去留两难的状态时仍表现出对祖国故土的深情厚谊,并最终在矛盾挣扎中选择了以死明志。而《九辩》、《悲回风》的抒情主人公却将节令的变化、外物的衰颓与内心的苦楚糅合在了一起。他的苦闷无所依傍,唯有自悲自叹;他对死之将至感到恐惧,却也只能独自承受。即便他幻想自己上触云霓、远游昆仑,却始终得不到片刻的欢愉,仍旧被无边的愁绪所掩埋。我们不难看出,屈作中所塑造的主人公"是一个收揽八方政治风云、纵论天下大事的政治巨人形象,是一个具有超前政治预感和深沉忧患意识的政治先知者的形象,是一个悲天悯人力挽狂澜的救世主的形象"。① 这一形象的塑造倾注着屈原的爱国热情和政治理想,作品的字里行间也渗透着屈原忠贞耿介的精神性格。而在宋玉的笔下,主人公的性格特质已发生了鲜明的转变,他们不再富有赴汤蹈火的品性而深陷痛苦与矛盾的泥淖,他们无法主动做出任何选择来改变自己的处境,他们驰骋精神的远游也仅仅是为了寻求自我解脱、实现自我关照的方式。二者所体现出的精神风貌和意图旨趣是不相类的。然而,当我们着力关注文学本身时,相较"愤怒出诗人"的政治式作家的抒情,宋玉已开始自觉地将关照视野转向了情与景的相融相感和个人的穷通不遇。宋玉笔下反复出现的一系列带有浓郁悲凉衰颓色彩的审美意象和感伤气氛,始终凸显极着为强烈的悲剧意识,无不蕴含着对时代环境、政治局面、人生境遇的悲感,其核心则是对个人境遇的悲怨,更加

---

① 陈桐生:《楚辞与中国文化》,山西人民教育出版社,1997年版。

充分地为我们展现了落魄寒士孤独悲凉的内心世界。宋玉所奋力抒写的一己之悲构筑出别具一格的悲剧之美，具有较高的审美价值，这不仅体现出宋玉作品对于屈作的新变，也体现出了他对文学追求的自觉。

第三，宋玉在实词的选择上大大增多了对于叠字和连绵字的运用，在虚词的选择上则多用“之”、“而”、“以”结构句子，使得《九辩》与《悲回风》进一步打破了诗歌和乐的创作格局，显现出铺排罗列的赋化倾向，更加具有文学性。诚然，纵观《九辩》与《悲回风》，二文遣词造语都依然体现出楚地色彩，其风貌与屈原作品大致相类。尤其《九辩》，对屈作中的句子多有化用，其中不少词汇和词义更是与屈作完全相同，在为文造句上与之体现出极大的相似性。前人对此多有批评，甚至认为《九辩》乃是宋玉抄袭所为。然而，这些相似之处实为宋玉对楚辞一体基本风貌的继承，不应简单以抄袭视之，更不应与之完全等同。在语言运用方面，《九辩》与《悲回风》具有独立于屈作的个性化色彩。屈作中已有使用叠字和连绵字的情形，然首次大量而又相对集中的运用则自宋玉始。关于叠字的使用，《九辩》中四十一见，《悲回风》中二十六见，高频出现的叠字使其作品表现出整齐的节奏感和流畅的音乐美。“叠字的采用，本无关于字义，只是为了要抒发内在的深曲之情，势必用这一而再的重叠的声音去摹写它”①。《九辩》首章悲秋便接连使用了“翩翩”、“廱廱”、“亹亹”、“怦怦”等叠字，尽述秋之凄凉，尽写心之曲折。末章十四句更是连用十二组叠字，顺畅铺排，构成了宏大而又灵动的场面，展现了驰骋想象的自由奔放。《悲回风》中叠字的使用也淋漓尽致地摹写出诗人内心的凄苦孤独。“曾歔欷之嗟嗟兮”、“涕泣交而凄凄兮”、“愁郁郁之无快兮，居戚戚而不可解”，重叠的语词仿佛诗人心头层层叠叠的哀愁，百转千回，无法抑制；“藐蔓蔓之不可量兮，缥緜緜之不可纡。愁悄悄之常悲兮，翩冥冥之不可娱”，一系列叠词在同一诗节中排列而下没有停顿，时空更显悠长，忧愁更显深重；“登石峦以远望兮，路眇眇之默默”更是在一句之中两用叠词，反映出作者对语言的驾驭已兼具形式美与音乐美，富有表现力。双声叠韵连绵词的使用在《九辩》与《悲回

① 傅庚生：《文学鉴赏论丛》。

风》中更是俯拾皆是,它们用来描绘声色形状,使得景物更加灵动鲜活,情感更为真实可感。《九辩》写秋景,使用“萧瑟”、“憭栗”、“惆怅”、“仿佛”、“销铄”一类,多为双声字。抒发感慨,使用“怆怳懭悢”、“廓落”、“漻湲”、“离披”、“诳攘”之类,多系叠韵字。《悲回风》不仅双声字如“髣髴”、“於邑”、“踊跃”;叠韵字如“相羊”、“歔欷”、“从容”、“周流”、“逍遥”、“婵媛”,皆频现句中,诗人还有意识地将叠字与连绵字配合运用:“纷容容之无经兮,罔芒芒之无纪。轧洋洋之无从兮,驰委移之焉止?”“漂翻翻其上下兮,翼遥遥其左右。氾潏潏其前后兮,伴张弛之信期。”这些诗句不仅用丰富细腻的语汇形象地摹写出诗人内心的纷乱不安,还使得诗句整饬连贯,读来琅琅上口,颇有音乐感。这些都反映出宋玉对客观环境和语言文字皆具有高度敏感性,它们对于诗歌幽怨悲凉意境的形成,也起着极大的作用。与此同时,《九辩》、《悲回风》中亦加大了虚词“之”、“而”、“以”的使用。这种变化并没有改变句子的根本结构,却使实词的使用更为灵活,句子的容量更大,在表达上也更加细致准确,更好地传达了作者想要表达的深厚情感。此外,《九辩》、《悲回风》使用楚方言的比例已远少于《离骚》、《九章》,并且所用方言都不出屈子所用,可见宋玉“没有以方言入篇章的习惯,这与其他屈作大不相同。”①总体看来,《九辩》、《悲回风》的语言风格继承了南方诗歌辞藻华美的特色,又自觉吸收了北方诗歌敦厚质朴的传统,并加入了自己的用语习惯,显得辞彩动人而又情真意切,具有较高的审美价值。

另外,《九辩》与《悲回风》亦各具特色,还分别表现出一些有别于屈作的新风貌,体现出个性化色彩来:

《九辩》不仅在整体上打破了《离骚》以时间为序并贯穿自己经历和感情的章法结构,通过自由联想、回忆想象来直接展示自己的内心活动,以此表现随外物而不断流动的意识状态,还在句式上打破了《离骚》、《九章》四句一节的单一模式,形成一种错综变化的新句法。游国恩曾简要概括道:“试把《离骚》、《九辩》等篇比较一下,立刻会发现它

① 高秋凤:《宋玉作品真伪考》,文津出版社,1999年版。

们之间的不同，尤其是《九辩》句法的扩展，自由变化，接近散文，和'兮'字变了位置，最堪注意。"[①]《九辩》之句法扩展，首章表现最为突出，除"兮"字外，每句或七字，或九字，或六字，或八字，"坎廪兮贫士失职而志不平"一句更是有十字之多，并且各句自成音节而又句意完整，长短参差、错落有致，连缀起来极尽错综之妙，意义也更显深厚。对于语气词"兮"字的使用，《离骚》、《九章》整齐划一，除乱辞外皆隔句使用且全在句尾。《九辩》用"兮"则灵活多变，用在句尾时，或句句使用或隔句使用；用在句中时，则时而用在第三字（"萧瑟兮草木摇落而变衰"）、时而用在第四字（"超逍遥兮今焉薄"）、时而用在第五字（"登山临水兮送将归"）。"兮"字的变换使用形成一种跌宕起伏的节奏，不仅契合了诗人不平的心绪，也有助于有层次地抒情言志、造成感伤的气氛。这些都是有别于屈作的宋玉的创格。

《悲回风》则更加凸显了对心理活动的全面刻画。为了与主人公内心反复不定、哀怨绵长的心理活动相适应，作者采用了回环往复的抒写方法。诗中已说"夫何彭咸之造思兮"，又言"昭彭咸之所闻"，并再提"托彭咸之所居"，单指彭咸就提到三次；又如前有言"惟佳人之永都兮，更统世以自贶"，后又说"惟佳人之独怀兮，折若椒以自处"，不嫌重复；仅登高望远的迷蒙状态就叙写了三次："登石峦以远望兮"、"上高岩之峭岸兮"、"冯昆仑以瞰雾兮"，不厌其烦。诗人正是通过这样的反复开合，复叠错综，使得极其复杂的心理活动得到了淋漓尽致的展现。较之屈作，《悲回风》显现出了虽起伏不定却又明朗合理的感情旋律，其诗歌的意境也呈现出一种流动回旋的美，它们共同映衬着诗人纠结无绪的心理特质，带给读者一种别具特色的心理体验。

作者简介

李城瑶（1984—　），女，甘肃兰州人，甘肃农业大学人文学院教师。主要从事先秦两汉文学研究。

---

① 游国恩：《游国恩学术论文集》，中华书局，1989年版。

谶纬思潮与两汉诗歌创作

张峰屹

（南开大学文学院　天津　300071）

内容提要　谶纬本质上是一种政治文化思潮。谶纬思想观念在两汉社会产生了普遍影响，两汉时期以谶纬为主要内容的诗歌主要有帝王文人的作品、乐府诗歌和民间歌谣。

关键词　谶纬思潮　两汉诗歌

尽管汉诗不像汉赋声名那么大，两汉时期的诗歌创作其实还是很丰富的。《汉书·艺文志·诗赋略》载录西汉诗歌有二十八家(类)三百一十六篇：

高祖歌诗二篇；泰一杂甘泉寿宫歌诗十四篇；宗庙歌诗五篇；汉兴以来兵所诛灭歌诗十四篇；出行巡狩及游歌诗十篇；临江王及愁思节士歌诗四篇；李夫人及幸贵人歌诗三篇；诏赐中山靖王子哙及孺子妾冰未央材人歌诗四篇；吴楚汝南歌诗十五篇；燕代讴雁门云中陇西歌诗九篇；邯郸河间歌诗四篇；齐郑歌诗四篇；淮南歌诗四篇；左冯翊秦歌诗三篇；京兆尹秦歌诗五篇；河东蒲反歌诗一篇；黄门倡车忠等歌诗十五篇；杂各有主名歌诗十篇；杂歌诗九篇；洛阳歌诗四篇；河南周歌诗七篇；河南周歌声曲折七篇；周谣歌诗七十五篇；周谣歌诗声曲折七十五篇；诸神歌诗三篇；送迎灵颂歌诗三篇；周歌诗二篇；南郡歌诗五篇。

这些诗歌的绝大多数已经散佚，今天只有极少存留。[①] 这些诗歌作品虽已基本不存，但从名目也可见出其丰富多姿：从来源说，遍及各地，曲调不一；从作者说，有天子、王侯、嫔妃、官吏、庶民；从内容说，有宗庙祭祀、出行巡游、述志咏怀、民间歌谣等。还应指出的是，这个目录还远不能反映西汉诗歌创作的全貌。因为第一，《汉书·艺文志》是依据刘向、歆父子的《别录》、《七略》重新编写的，而成帝命刘向等校书，乃是由于汉兴以来“大收篇籍，广开献书之路”所得的书籍“颇散亡”。这散亡的书籍里，恐怕不会没有诗歌；第二，《汉志·诗赋略》说：“自孝武立乐府而采歌谣，于是有代、赵之讴，秦、楚之风，皆感于哀乐，缘事而发，亦可以观风俗，知薄厚。”可知以上二十八家(类)三百一十六篇歌诗，都是乐府所辑编的诗(故一概称为“歌诗”)，似并不包含其他诗作；第三，今传唐山夫人《安世房中歌》十七章，司马相如等《郊祀歌》十九章，汉《铙歌》十八曲，以及戚夫人《舂歌》，赵王刘友《歌》(诸吕用事兮)(《古诗纪》称“《幽歌》”)，汉武帝《秋风辞》、《瓠子歌》、《天马歌》、《西极天马歌》，汉昭帝《黄鹄歌》等有明确文献记载的诗歌，也不在其内。

迄今辑录两汉诗歌比较完善的，仍是逯钦立辑录的《先秦汉魏晋南北朝诗》之《汉诗》十二卷。其中的西汉诗歌，共有一百七十四首，包括：自刘邦至班婕妤二十六家诗共四十九首；杂歌谣辞七十一首；乐府诗歌(含郊庙歌辞、鼓吹曲辞)五十四首。[②]

东汉诗歌创作的情况，由于《后汉书》没有目录专志，其数量难以确知。根据《后汉书》诸文学(文章)家的专传和《文苑传》等，后汉文士大都有诗歌创作，其中也有创作极多者，如王逸“作《汉诗》百二十三篇”以及应奉“著《感骚》三十篇”、赵岐“作《厄屯歌》二十三章”等(以上均见《后汉书》各自本传。这些诗歌今都不存)，就是显例。逯书收录的东汉诗歌，共计四百六十四首，即：自马援至仲长统三十二家诗共九十三首；

---

① 如“高祖歌诗二篇”，当即是今存的《大风歌》、《鸿鹄歌》；“杂各有主名歌诗十篇”之中，或许包括有今存西汉有主名诗；等等。

② 逯钦立辑：《先秦汉魏晋南北朝诗》，中华书局，1983 年版。下文简称“逯书”。

杂歌谣辞一百五十七首;乐府诗歌(含相和歌辞、舞曲歌辞、杂曲歌辞、琴曲歌辞)一百三十九首;古诗七十五首。可以肯定,这个数字也远不能反映东汉诗歌创作的全貌。

综上可知,两汉诗歌创作原本是很繁荣的;只不过存世者甚少,仅六百三十八首(据逯书),其中还有不少残篇或佚句。这些诗歌,是今天了解两汉诗坛状貌的基本文献。而在这六百多首诗歌当中,明显涉言谶纬者有一百首左右,约占六分之一,这是本文展开论述的基本材料。

一

西汉时期,明显与谶纬相关的有主名诗和乐府诗,约有五十首左右。汉武帝是这类诗歌创作的大家。今存其《瓠子歌》二首,汉《郊祀歌》十九章中出于武帝之手的《天马》二首、《朝陇首》、《景星》、《齊房》、《象载瑜》①,以及其《李夫人歌》、《思奉车子侯歌》,就都是这类作品。它们或是描述灾异以祈愿,或是抒写祥瑞以颂德,或是在怀人中贯穿天人相感之思绪,体现着浓郁的谶纬观念内涵。下面一一简析之。

《瓠子歌》二首:

《汉书·沟洫志》载:"上既封禅,巡祭山川。其明年……上乃使汲仁、郭昌发卒数万人塞瓠子决河。于是上……自临决河,湛白马、玉璧,令群臣从官自将军以下皆负薪寘(填)决河。是时东郡烧草,以故薪柴少,而下淇园之竹以为揵。上既临河决,悼功之不成,乃作歌曰云云。"诗曰:

瓠子决兮将奈何?浩浩洋洋,虑殚为河。殚为河兮地不得宁,功无已时兮吾山平。吾山平兮巨野溢,鱼弗郁兮柏(读为迫)冬日。正道弛兮离常流,蛟龙骋兮放远游。归旧川兮神哉沛,不封禅兮安

① 《日出入》一首,似也当是武帝作,详下。

知外！皇谓河公兮何不仁，泛滥不止兮愁吾人！啮桑浮兮淮、泗满，久不反兮水维缓。

河汤汤兮激潺湲，北渡回兮迅流难。搴长茭兮湛美玉，河公许兮薪不属。薪不属兮卫人罪，烧萧条兮噫乎何以御水！隤林竹兮楗石菑，①宣防塞兮万福来。

这两首诗作于元封二年。② 除感慨水患成灾以及凿山填河、伐木塞水之艰难外，还充满天人相感通的祈愿。所谓"皇谓河公兮何不仁，泛滥不止兮愁吾人"，即是对水神的抱怨和祝咒；所谓"湛美玉，河公许"，是说"湛白马、玉璧"以祭祀水神，得到水神安流的许诺；而"宣防塞兮万福来"，自然是对水患平息、福祉降临的祈求。

《天马》二首：

《史记·乐书》载："至今上（武帝）即位，作十九章。令侍中李延年次序其声，拜为协律都尉。……尝得神马渥洼水中，③复次以为《太一之歌》，歌曲曰云云。后伐大宛得千里马，马名'蒲梢'，次作以为歌，歌诗曰云云。"其所载此二歌为：

太一贡兮天马下，沾赤汗兮沫流赭。骋容与兮跇万里，今安匹兮龙为友。

天马来兮从西极，经万里兮归有德。承灵威兮降外国，涉流沙

---

① 颜师古注："隤林竹者，即上所说'下淇园之竹以为揵'也。石菑者，谓臿石立之，然后以土就填塞之也。菑亦臿耳。"

② 《汉书·武帝纪》："（元封）二年冬十月，行幸雍，祠五畤。春，幸缑氏，遂至东莱。夏四月还，祠泰山。至瓠子，临决河，命从臣将军以下皆负薪塞河堤，作《瓠子之歌》。"

③ 裴骃《集解》引李斐曰："南阳新野有暴利长，当武帝时遭刑，屯田敦煌界。人数于此水旁见群野马中有奇异者，与凡马异，来饮此水傍。利长先为土人持勒靽于水傍，后马玩习久之，代土人持勒靽，收得其马，献之。欲神异此马，云从水中出。"

兮四夷服。

这两首《天马歌》,《汉书·武帝纪》均有记载。一云:"(元鼎四年)秋,马生渥洼水中。作《天马之歌》。"一云:"(太初)四年春,贰师将军广利斩大宛王首,获汗血马来,作《西极天马之歌》。"[①]据上引《史记·乐书》,这两首《天马歌》应属于"十九章"(即《郊祀歌》)。《汉书·礼乐志》所载《郊祀歌》十九章,即有此二歌:

> 太一况,天马下,[②]沾赤汗,沫流赭。志俶傥,精权奇,籋(蹑)浮云,晻上驰。体容与,迣(厉)万里,今安匹,龙为友。(原注:元狩三年马生渥洼水中作[③])
>
> 天马徕,从西极,涉流沙,九夷服。天马徕,出泉水,虎脊两,化若鬼。[④] 天马徕,历无草,径千里,循东道。天马徕,执徐时,[⑤]将摇举,谁与期?天马徕,开远门,竦予身,逝昆仑。[⑥] 天马徕,龙之媒,[⑦]游阊阖,观玉台。[⑧](原注:太初四年诛宛王获宛马作)

显然,《汉书·礼乐志》所载之歌,其文字与《史记·乐书》有较大不

---

① 《汉书·张骞传》:"初,天子发书《易》曰(按官本引宋祁曰:"古本作'发《易》书'。"):'神马当从西北来。'得乌孙马好,名曰'天马'。及得宛汗血马,益壮,更名乌孙马曰'西极马',宛马曰'天马'。"

② 颜师古注:"言此天马乃太一所赐,故来下也。"

③ 此云"元狩三年",误。察《武帝纪》,元狩三年无马生水中之事;唯元狩二年"夏,马生余吾水中(颜师古注引应劭曰:在朔方北也。)",亦非渥洼水(据裴骃《集解》引李斐说,渥洼水在敦煌)。又《武帝纪》明确载,此歌作于元鼎四年秋(已见正文引)。

④ 颜师古注:"言其变化若鬼神。"

⑤ 颜师古注引应劭曰:"太岁在辰曰执徐。言得天马时岁在辰也。"

⑥ 颜师古注引文颖曰:"言武帝好仙,常庶几天马来,当乘之往发昆仑也。"

⑦ 颜师古注引应劭曰:"言天马者乃神龙之类,今天马已来,此龙必至之效也。"

⑧ 颜师古注引应劭曰:"阊阖,天门。玉台,上帝之所居。"

同(尤其第二歌)。考其原因,盖武帝原作乃即兴歌咏;编入《郊祀歌》时,重又做过修改增润。《郊祀歌》十九章本非成于一时,察《礼乐志》在部分诗歌之后所附作年即可知。且《郊祀歌》为汉世郊乐,事关重大,必反复斟酌修润方可定稿。[①] 其过程延续武帝一朝,直到武帝末年才最终写定。[②] 故《礼乐志》所载两首《天马歌》,较之《乐书》之文,显然更为典雅而张皇其事。不过从本文的视角看,则无论《史》《汉》所载之文字如何不同,其思想倾向都是一致的,即:都充满了天人通畅祥和的谶纬观念。前一首强调武帝德馨而招致天地祥瑞,后一首突出武帝威德流布四夷而徕归之。并且,修订后的作品,更多凸显了天人交通的观念:缘于武帝之威德,不仅天赐祥瑞,武帝亦可登天“游阊阖,观玉台”了。

《朝陇首》、《景星》、《齐房》、《象载瑜》四首:

朝陇首,览西垠,雷电尞,[③]获白麟。爰五止,[④]显黄德,图匈虐,熏鬻殛。辟流离,抑不详,宾百僚,[⑤]山河飨。掩回辕,鬗长驰,腾雨师,洒路陂。流星陨,感惟风,籋归云,抚怀心。(原注:元狩元年行幸雍获白麟作)

景星显见,信星彪列,[⑥]象载昭庭,日亲以察。[⑦] 参侔开阖,爰

① 《汉书·礼乐志》:“(武帝)以李延年为协律都尉,多举司马相如等数十人,造为诗赋,略论律吕,以合八音之调,作十九章之歌。”《史记·乐书》:“通一经之士不能独知其辞,皆集会《五经》家相与共讲习读之,乃能通知其意。多尔雅之文。”

② 参见萧涤非《汉魏六朝乐府文学史》,人民文学出版社,1984年版,第43页。

③ 颜师古注引臣瓒曰:“尞祭五畤,皆有报应,声若雷,光若电也。”

④ 颜师古注:“止,足也。时白麟足有五蹄。”

⑤ 颜师古注:“百僚,百神之官也。”

⑥ 颜师古注引如淳曰:“景星者,德星也,见无常,常出有道之国。镇星为信星,居国益地。”

⑦ 颜师古注:“象谓县象也。载,事也。县象秘事,昭显于庭,日来亲近,甚明察也。”

推本纪，[1]汾脽出鼎，皇祐元始。五音六律，依韦飨昭，杂变并会，雅声远姚。空桑琴瑟结信成，四兴递代八风生，[2]殷殷钟石羽籥鸣。河龙供鲤醇牺牲，[3]百末旨酒布兰生，泰尊柘浆析朝酲。微感心攸通修名，[4]周流常羊思所并。[5] 穰穰复正直往宁，[6]冯蠵切和疏写平。[7] 上天布施后土成，穰穰丰年四时荣。（原注：元鼎五年得鼎汾阴作[8]）

齐房产草，九茎连叶，宫童效异，披图案谍。玄气之精，回复此都，[9]蔓蔓日茂，芝成灵华。（原注：元封二年芝生甘泉齐房作）

象载瑜，白集西，[10]食甘露，饮荣泉。[11] 赤雁集，六纷员，[12]殊翁杂，五采文。[13] 神所见，施祉福，登蓬莱，结无极。（原注：太始三年

---

① 颜师古注引晋灼曰："侔，等也。开阖，犹开辟也。言今之鼎瑞，参等于上世。"

② 颜师古注引应劭曰："四时递代成阴阳，八风以生也。"又其自注："八方之风，谓东北曰条风，东方曰明庶风，东南曰清明风，南方曰景风，西南曰凉风，西方曰阊阖风，西北曰不周风，北方曰广莫风。"

③ 颜师古注引晋灼曰："河龙，夏之所赐者也。供鲤，给厨祭也。"

④ 颜师古注："言精微所应，其心攸远，故得通达成长久之名。"

⑤ 颜师古注："思所并，思与神道合也，下言'合所思'是也。"

⑥ 颜师古注："言获福既多，归于正道，克当往日所愿也。"

⑦ 颜师古注引晋灼曰："冯，冯夷，河伯也。蠵，觜蠵，龟属也。"其自注："言冯夷命灵蠵，使切厉谐和水神，令之疏导川潦，写散平均，无灾害也。"

⑧ 此云"元鼎五年"，误。《武帝纪》明载："（元鼎四年）十一月甲子，立后土祠于汾阴脽上。……六月，得宝鼎后土祠旁……作《宝鼎之歌》。"故王先谦《汉书补注》说"五当作四"，是。

⑨ 颜师古注："玄，天也。言天气之精，回旋反复于此云阳之都，谓甘泉也。"

⑩ 颜师古注："象载，象舆也。山出象舆，瑞应车也。言此瑞车瑜然色白而出西方也。"

⑪ 官本引刘攽曰："此诗四句，先叙所见祥瑞之物也。象载瑜，黑车也。白集西，雍之麟也。甘露、荣泉，天之所降、地之所出也。"

⑫ 颜师古注："言六者，所获赤雁之数也。纷员，多貌也。言西获象舆，东获赤雁，祥瑞多也。"

⑬ 颜师古注引孟康曰："翁，雁颈也。言其文采殊异也。"

行幸东海获赤雁作)

《朝陇首》一首,《武帝纪》称《白麟之歌》:"元狩元年冬十月,行幸雍,祠五畤。获白麟,[1]作《白麟之歌》。"《景星》一首,《武帝纪》称《宝鼎之歌》:"(元鼎四年)十一月甲子,立后土祠于汾阴脽上。……六月,得宝鼎后土祠旁……作《宝鼎之歌》。"《齐房》一首,《武帝纪》称《芝房之歌》:"(元封二年)六月,诏曰:'甘泉宫内中产芝,九茎连叶。[2] 上帝博临,不异下房,赐朕弘休。其赦天下,赐云阳都百户牛酒。'作《芝房之歌》。"《象载瑜》一首,《武帝纪》称《朱雁之歌》:"(太始三年二月)行幸东海,获赤雁,作《朱雁之歌》。"这四支歌曲,都出自武帝手笔,分别歌咏白麟、宝鼎、芝草、朱雁这些祥瑞之物,以自我赞颂仁德善政与天地合德,频获天祐,祝愿王朝昌盛,永被天泽。

《李夫人歌》、《思奉车子侯歌》二首:

《李夫人歌》是武帝思念死去的妃子所作。《汉书·外戚传》载:"上思念李夫人不已,方士齐人少翁言能致其神。乃夜张灯烛、设帐帷、陈酒肉,而令上居他帐,遥望见好女如李夫人之貌,还幄坐而步,又不得就视。上愈益相思悲感,为作诗曰云云。"《思奉车子侯歌》是武帝怀念爱将霍去病之子、奉车都尉霍嬗(字子侯)所作。两支歌都是悼亡之作:

> 是邪非邪?立而望之,偏何姗姗其来迟。(《李夫人歌》)
>
> 嘉幽兰兮延秀,蕈妖嫣兮中溏。华斐斐兮丽景,风徘徊兮流芳。皇天兮无慧,至人逝兮仙乡。天路远兮无期,不觉涕下兮沾裳。(《思奉车子侯歌》)

汉武帝对李夫人的感情真挚而深切,由此作恍惚而痛切的思念抒

① 颜师古注:"麟,麋身、牛尾、马足、黄色、圆蹄、一角。角端有肉。"

② 颜师古注引如淳曰:"《瑞应图》:王者敬事耆老,不失旧故,则芝草生。"

发可见①。又,《汉书·霍去病传》说,去病死,“子嬗嗣。嬗字子侯,上爱之,幸其壮而将之,为奉车都尉。从封泰山而薨”。《古诗纪》卷141、《云笈七签》卷110均引《洞仙传》云“武帝思之,乃作歌曰云云”。这两支歌曲,抒发感情都很真挚浓郁,固无需论;本文的关注点,在于它们的抒情语境。《李夫人歌》的抒情语境是少翁用方术招徕李妃的魂灵,使李妃重现其形象。这个明显的骗局,武帝竟然相信——尽管其怀思情切、关心则乱,但也说明在他的思想观念中,本就相信此类神异之事。《思奉车子侯歌》的抒情语境是霍子侯的升仙:“(奉)车子侯者,扶风人也。汉武帝爱其清净,稍迁其位至侍中。一朝语家云:‘我今补仙官,此春应去,至夏中当暂还,还少时复去。’如其言。武帝思之,乃作歌。”(《古诗纪》卷141、《云笈七签》卷110引《洞仙传》)武帝本极慕仙,此歌既有怀念,又有艳羡,悼人又自悼。这里应该说明的是,西汉尚无道教,此类求仙、游仙思想,那时即属于谶纬方术。

今存西汉《黄鹄歌》一首,历来署名汉昭帝作:

> 黄鹄飞兮下建章,羽肃肃兮行跄跄,金为衣兮菊为裳。唼喋荷荇,出入蒹葭。自顾菲薄,愧尔嘉祥。

《西京杂记》卷1载:“始元元年,黄鹄下太液池,上为歌曰云云。”察《汉书·昭帝纪》:“始元元年春二月,黄鹄下建章宫太液池中,公卿上寿。”未载作歌之事。故《古文苑》卷8章樵注说:“按高祖歌曰‘鸿鹄高飞,一举千里’,正谓黄鹄也。群臣以为瑞,故上寿称贺。是时帝初即位,年九岁。”盖章樵以此歌为群臣上寿所作。黄鹄下太液池,是祥瑞重叠之吉兆。《昭帝纪》颜师古注引臣瓒曰:“时汉用土德,服色尚黄。鹄色皆白,而今更黄,以为土德之瑞,故纪之也。太液池,言承阴阳津液以作池也。”又引如淳曰:“谓之液者,言天地和液之气所为也。”故诗言“嘉

① 又如其《李夫人赋》(亦载《汉书·外戚传》),设想李夫人离去之后幽独的情境,回忆往日的欢宴,直抒“怛兮在心”的痛切思念,蝉联而出,十分深透地表达了他“呜呼哀哉,想魂灵兮”的真悫情感。

祥”。

西汉的帝王，自文帝始，即明确地信用天人感应的思想观念，其后天子莫不如是。他们或当均有此类诗歌创作，惟不存耳。西汉臣子的此类诗歌，今存更少，只有韦孟的《讽谏诗》，尚可见出谶验观念。《汉书·韦贤传》载：“（韦贤）其先韦孟，家本彭城，为楚元王傅，傅子夷王及孙王戊。戊荒淫不遵道，孟作诗风谏。……其谏诗曰云云。”这首诗略有刘汉史诗风貌，先是讲由殷、周到秦的天下变迁，再由秦说到大汉顺应天意而兴起，最后是对刘戊的直言讽谏。其颂刘汉之得天下云：

> ……五服崩离，宗周以坠。我祖斯微，迁于彭城。在予小子，勤诶厥生。阸此嫚秦，耒耜以耕。悠悠嫚秦，上天不宁。乃眷南顾，授汉于京。[①] 于赫有汉，四方是征。靡适不怀，万国攸平。

韦孟抒发的意思很清楚，就是歌颂刘汉受命于天。

以上所述，为西汉时期的有主名诗作。西汉的乐府郊庙歌辞——《安世房中歌》十七章、《郊祀歌》十九章，今存较为完好（均载录于《汉书·礼乐志》）。前者是庙乐，传为刘邦唐山夫人所作；[②]后者为郊乐，是汉武帝及司马相如等众文士所作。[③] 由于郊庙乐的根本性质就是顺天敬祖以颂德，其中的谶纬观念就表述得更为频繁深透。各举数例以简释：

---

① 颜师古注：“高祖起在丰沛，于秦为南，故曰‘南顾’。言以秦之京邑授与汉也。”官本引刘奉世曰：“秦视沛，犹在东北，安得云‘南’？孟意以汉兴于巴、蜀，故云尔。”

② 《汉书·礼乐志》：“《房中祠乐》，高祖唐山夫人所作也。周有《房中乐》，至秦名曰《寿人》。……高祖乐楚声，故《房中乐》楚声也。孝惠二年，使乐府令夏侯宽备其箫管，更名曰《安世乐》。”

③ 《汉书·礼乐志》：“至武帝定郊祀之礼……乃立乐府，采诗夜诵，有赵、代、秦、楚之讴。以李延年为协律都尉，多举司马相如等数十人，造为诗赋，略论律吕，以合八音之调，作《十九章》之歌。”

大孝备矣，休德昭清。高张四县(悬)，乐充宫廷。芬树羽林，云景杳冥。[1] 金支秀华，庶旄翠旌。七始华始，[2]肃倡和声。神来宴娭，庶几是听。

都荔遂芳，窅窊桂华。孝奏天仪，若日月光。[3] 乘玄四龙，[4]回驰北行。羽旄殷盛，芬哉芒芒。孝道随世，我署文章。

冯冯翼翼，承天之则。[5] 吾易(读为埸)久远，烛明四极。

嘉荐芳矣，告灵飨矣。告灵既飨，德音孔臧。惟德之臧，建侯之常。承保天休，令问不忘。

皇皇鸿明，荡侯(读若兮)休德。嘉承天和，伊乐厥福。在乐不荒，惟民之则。

孔容之常，承帝之明。下民之乐，子孙保光。承顺温良，受帝之光。嘉荐令芳，寿考不忘。

以上是《安世房中歌》的几章。《安世房中歌》的基本内容，大抵为崇孝、颂世，以颂孝为颂汉，为后世树立了庙乐典范。《孝经》载孔子说："夫孝，天之经也，地之谊也，民之行也。天地之经，而民是则之。"又说："……夫然，故生则亲安之，祭则鬼享之，是以天下和平，灾害不生，祸乱不作。"又说："昔者明王事父孝，故事天明；事母孝，故事地察。……天

---

① 王先谦《汉书补注》："下章言'神来宴娭'，此及下二语状神来，羽葆众盛。"

② 颜师古注引孟康曰："七始，天地、四时、人之始。华始，万物英华之始也。"按："七始华始"以下四句，通常断入下一章，此依逯书之断章。

③ 颜师古注："言以孝道进承于天，天神下降，故有光。"王先谦《汉书补注》："《释诂》：'仪，善也。'言天善之，故神来下降，光若日月。"

④ 王先谦《汉书补注》："左昭二十九年传：有夏孔甲扰于有帝，帝赐之乘龙、河汉各二。杜注云'合为四'。此乘四龙也。"

⑤ 王先谦《汉书补注》："'冯冯翼翼'，用《诗·卷阿》'有冯有翼'文，与《孟子》'辅之翼之'同义。《百官表》张注：'冯，辅也。'惟天爱民，辅翼百姓，所以承天。《易》：'乾元用九，乃见天则。'"按"乾元用九，乃见天则"，《易·乾·文言》语，王弼注云："九，刚直之物，唯乾体能用之。用纯刚以观天，天则可见矣。"

地明察，鬼神章矣。[①] ……宗庙致敬，鬼神著矣。[②] 孝弟之至，通于神明，光于四海，亡所不暨。”可见，“孝”的大义，不限于孝顺父母，更在于顺通天、地、人以成就祥和社会。上列诗章之“休德昭清，神来宴娭”、“孝奏天仪，若日月光”、“冯冯翼翼，承天之则”、“承保天休”、“嘉承天和”、“承帝之明，受帝之光”云云，就都是大汉孝通天人因而吉祥止止的歌颂。

《郊祀歌》十九章有云：

> 练时日，候有望，焫膋萧，延四方。九重开，灵之斿，垂惠恩，鸿祜休。灵之车，结玄云，驾飞龙，羽旄纷。灵之下，若风马，左仓龙，右白虎。……(《练时日》)
>
> 帝临中坛，四方承宇。绳绳意变，备得其所。清和六合，制数以五。[③] 海内安宁，兴文匽武。后土富媪，[④]昭明三光。穆穆优游，嘉服上黄。[⑤] (《帝临》)
>
> 惟泰元尊，媪神蕃釐。[⑥] 经纬天地，作成四时。精建日月，星辰度理。阴阳五行，周而复始。云风雷电，降甘露雨。百姓蕃滋，

① 孔安国传：“天地既明察，则鬼神之道不得不著也。谓人神不扰，各顺其常，祸灾不生也。”

② 孔安国传：“上句言天地明察，鬼神以章；此句言宗庙致敬，鬼神以著。言上下各致敬以祀其先人，则鬼神有所依归，不相干犯也。言无凶疠也。”

③ 颜师古注引张晏曰：“此后土之歌也，土数五。”按此云“清和六合”，乃兼天地而言。《易·系辞上》：“天数五，地数五。五位相得而各有合。天数二十有五，地数三十。凡天地之数，五十有五。此所以成变化而行鬼神也。”

④ 颜师古注引张晏曰：“媪，老母称也。坤为母，故称媪。海内安定，富媪之功耳。”按：《易·说卦》：“坤，地也，故称乎母。”

⑤ 颜师古注引孟康曰：“土色上黄也。”官本引刘攽曰：“予谓此‘帝’指天子耳。后之‘制数以五’，即谓武帝改服色而尚黄，数用五也。言‘后土富媪’者，由汉以土德也。”

⑥ 颜师古注：“泰元，天也。蕃，多也。釐，福也。言天神至尊而地神多福也。”

咸循厥绪。继统共勤，顺皇之德。[1] 鸾路龙鳞，罔不肸饰。嘉笾列陈，庶几宴享。灭除凶灾，烈腾八荒。钟鼓竽笙，云舞翔翔。招摇灵旗，九夷宾将。(《惟泰元》)

……灵既享，锡吉祥，芒芒极，降嘉觞。灵殷殷，烂扬光，延寿命，永未央。杳冥冥，塞六合，泽汪濊，辑万国。灵褆褆，象舆轙，票然逝，旗逶蛇。礼乐成，灵将归，托玄德，长无衰。[2] (《赤蛟》)

《汉书·礼乐志》谓："以正月上辛，用事甘泉圜丘，[3]使童男女七十人俱歌，昏祠至明。夜常有神光如流星，止集于祠坛。天子自竹宫而望拜。[4] 百官侍祠者数百人，皆肃然动心焉。"神乎其事。郊祀是祭祀天地以祈福，所以奉顺天地、赞美天地、描述天人通畅和谐，进而歌颂当世之德运祥和，是《郊祀歌》题中必有之意。上列这几首诗，《练时日》"垂惠恩，鸿祜休"，是说刘汉大得天神福佑；《帝临》"清和六合，制数以五"、"嘉服上黄"云云，是说刘汉顺承天地以治世，故安宁富足、清平祥和；《惟泰元》说刘汉"顺皇之德"，故甘霖普降、祥瑞众多而威服"九夷"；《赤蛟》"泽汪濊，辑万国"云云，是说上天嘉奖刘汉，赐降鸿福，保佑刘汉"延寿命，永未央"。《郊祀歌》十九章，涵义大抵如此。唯《日出入》一首应特别提出：

日出入安穷？时世不与人同。故春非我春，夏非我夏，秋非我秋，冬非我冬。泊如四海之池，偏观是邪谓何？[5] 吾知所乐，独乐

① 颜师古注："共读曰恭。皇，皇天也。此言天子继承祖统，恭勤为心而顺天也。"

② 颜师古注："言托恃天德，冀获长生，无衰竭也。"

③ 颜师古注："用上辛，用《周礼》郊天日也。辛，取齊戒自新之义也。为圜丘者，取象天形也。"

④ 颜师古注引韦昭曰："以竹为官，天子居中。"又自注曰："《汉旧仪》云：'竹宫去坛三里。'"

⑤ 颜师古注引晋灼曰："言人寿不能安固如四海，偏观是，乃知命甚促。谓何，当如之何也。"

六龙；六龙之调，使我心若。① 訾！黄其何不徕下。②

这首歌的作意，与《郊祀歌》其他诗章有别。它是有感于生命不及天地长久，故渴望长生久视；与《郊祀歌》"天人合一"的主调迥异其趣。根据汉武帝擅长作诗、有强烈的求仙渴望、此歌被纳入《郊祀歌》以及应劭的解说（见页下注文）等因素，这支歌曲应当也是武帝所作。

汉乐府鼓吹曲辞《铙歌》十八曲（载《宋书·乐志》），也是西汉的作品，但大多难以读懂，主要原因是文字错谬、增残、杂乱的情况严重，往往不知所云。此外，十八曲的内容驳杂不一，文人制作和民歌错杂成编，故典雅与通俗之风调并陈，颇为奇特——萧涤非说，此缘《铙歌》在汉代施用广泛所致。③ 其中与本文论题相关且可读者，只有《上陵》一首：④

上陵何美美，下津风以寒。问客从何来，言从水中央。桂树为君船，青丝为君笮，木兰为君棹，黄金错其间。沧海之雀赤翅鸿，白雁随。山林乍开乍合，曾不知日月明。醴泉之水，光泽何蔚蔚。⑤ 芝为车，龙为马，览遨游，四海外。甘露初二年，芝生铜池中。⑥ 仙

① 颜师古注引应劭曰："《易》曰：'时乘六龙以御天。'武帝愿乘六龙仙而升天，曰'吾所乐独乘六龙然，御六龙得其调，使我心若'。"

② 颜师古注引应劭曰："訾黄，一名乘黄，龙翼而马身，黄帝乘之而仙。武帝意欲得之，曰'何不来邪'？"又自注曰："訾，嗟叹之辞也。黄，乘黄也。叹乘黄不来下也。"

③ 以上参见萧涤非《汉魏六朝乐府文学史》第2编第2章第3节，人民文学出版社，1984年版。

④ 《铙歌》十八曲的某些诗句，也体现着明确的谶纬观念，如"圣人出，阴阳和。……驾六飞龙四时和"（《圣人出》）等，但太过零散，故不赘。

⑤ 《汉书·宣帝纪》："（甘露二年正月）诏曰：'乃者凤皇、甘露降集，黄龙登兴，醴泉滂流，枯槁荣茂，神光并见，咸受祯祥。其赦天下。'"

⑥ 《汉书·宣帝纪》："（神爵元年三月）行幸河东，祠后土。诏曰：'……乃元康四年，嘉谷玄稷降于郡国，神爵仍集，金芝九茎产于函德殿铜池中……'"盖此诗作于甘露二年，"芝生"云云乃追记前事也。

人下来饮，延寿千万岁。

据诗义，此歌当作于汉宣帝甘露二年。汉宣帝是西汉继武帝之后又一位好大喜功、粉饰太平且求仙慕道的帝王，所以在他做天子的二十五六年间，各种“祥瑞”不断。《汉书·宣帝纪》载历年神雀、甘露降集及宝鼎、奇兽涌现等等祥瑞之事甚夥，其年号“神爵”、“五凤”、“甘露”、“黄龙”，就是发生祥瑞后改元的结果。《汉书·郊祀志下》有较集中的记述：

宣帝即位，由武帝正统兴，故立三年，尊孝武庙为世宗，行所巡狩郡国皆立庙。告祠世宗庙日，有白鹤集后庭。以立世宗庙告祠孝昭寝，有雁五色集殿前。西河筑世宗庙，神光兴于殿旁，有鸟如白鹤，前赤后青。神光又兴于房中，如烛状。广川国世宗庙殿上有钟音，门户大开，夜有光，殿上尽明。……（神爵元年）正月，上始幸甘泉，郊见泰畤，数有美祥。……其三月，幸河东，祠后土，有神爵集，改元为神爵。……时，南郡获白虎，献其皮牙爪，上为立祠。又以方士言，为随侯、剑宝、玉宝璧、周康宝鼎立四祠于未央宫中。……是时，美阳得鼎，献之。……上自幸河东之明年正月，凤皇集祋祤。于所集处得玉宝，起步寿宫。……后间岁，凤皇、神爵、甘露降集京师。……其冬，凤皇集上林，乃作凤皇殿，以答嘉瑞。明年正月，复幸甘泉，郊泰畤，改元曰五凤。……（甘露元年）夏，黄龙见新丰。建章、未央、长乐宫钟虡铜人皆生毛，长一寸所，时以为美祥。……（黄龙元年）至冬而崩。凤皇下郡国凡五十余所。

这首《上陵》，就是在这样的背景下创作的。其所谓“沧海之雀赤翅鸿，白雁随”、“醴泉之水”、“芝生铜池”等等，显然是对此类“美祥”的歌颂。《郊祀志下》说宣帝“修武帝故事，盛车服，敬齊祠之礼，颇作诗歌”。可以想见，其中必有大量歌唱天人相得、和畅吉祥的内容，可惜今天都看不到了。

二

东汉时期，所述内容与谶纬相关的有主名诗和乐府诗，今存约二十首左右。据今存汉诗看，东汉此类诗歌的作者以文人为主，与西汉的以帝王、贵妃为主不同。此种情形，与谶纬在两汉的发展演进轨迹、与涉言谶纬诗歌的歌功颂德倾向都密切相关：[①]西汉王莽篡代之前的文士，主要是利用谶纬批评政治。所以那时涉言谶纬的诗歌，其作者就主要是皇室成员和与皇室关系密切者；而东汉的文士，在经、谶融合的思想环境下，主要是利用谶纬来歌颂政治。所以这时的作者就以文人为主了。至于帝王和皇妃、刘姓王侯，自然是要借用谶纬来颂美刘汉的。

明帝以勤政明察、公正守礼著称于后世，“善刑理，法令分明。日晏坐朝，幽枉必达。内外无倖曲之私，在上无矜大之色。……故后之言事者，莫不先建武、永平之政。”（《后汉书·明帝纪论》）与此同时，他还特别崇信谶纬，他的诏书往往引用图谶、充满谶纬观念，《明帝纪》大量记载各种祥瑞之事，以及他听从曹褒建议，以《尚书琁机钤》“有帝汉出，德洽作乐名‘予’”之谶记，改“太乐”为“太予乐”（见《后汉书·曹褒传》）等等，都是明证。所以明帝朝的诗歌中存在谶纬观念，就是自然的。今存东平王刘苍的《武德舞歌诗》、王吉的《射乌辞》以及白狼王唐菆的《莋都夷歌》（《古诗纪》的题名），便是如此。

《东观汉记》卷5《郊祀志》载：“永平三年八月丁卯，公卿奏议世祖庙登歌八佾舞名。东平王苍议，以为汉制旧典，宗庙各奏其乐，不皆相袭，以明功德。秦为无道，残贼百姓，高皇帝受命诛暴，元元各得其所，万国咸熙，作《武德》之舞。……光武皇帝受命中兴，拨乱反正，武畅方

① 今存内涵与谶纬相关的有主名汉诗（含部分乐府诗），都是西汉宣、元之前和东汉明帝后桓、灵前的作品，未见王莽篡代时期的诗作。就是说，这些诗歌都是两汉谶纬发展的第一阶段和第三阶段的作品。关于两汉谶纬发展分期及各时期的思想特征，本人另有《两汉谶纬思潮发展及其对士人的影响》一文专述。

外，震服百蛮，戎狄奉贡，宇内治平。登封告成，修建三雍，肃穆典祀，功德巍巍，比隆前代。以兵平乱，武功盛大。歌所以咏德，舞所以象功。世祖庙乐名，宜曰《大武》之舞。《元命包》曰：'缘天地之所杂乐为之文典。'文王之时，民乐其兴师征伐，而诗人称其武功。《枢机钤》(按：一般称作"《琁机钤》")曰：'有帝汉出，德洽作乐。'各与虞《韶》、禹《夏》、汤《濩》、周《武》无异，不宜以名舞。《叶图征》曰：'大乐必易。'《诗传》曰：'颂言成也。一章成篇，宜列德，故登歌《清庙》一章也。'《汉书》曰：'百官颂所登御者，一章十四句。'依书《文始》、《五行》、《武德》、《昭德》、《盛德》修之，舞节损益前后之宜，六十四节为武，曲副八佾之数。十月烝祭始御，用其《文始》、《五行》之舞如故。勿进《武德舞歌诗》曰云云。"其歌曰：

> 於穆世庙，肃雍显清。俊乂翼翼，秉文之成。越序上帝，骏奔来宁。建立三雍，封禅泰山。章明图谶，放唐之文。休矣惟德，罔射协同。本支百世，永保厥功。

光武庙进用刘苍所建议的《武德》舞，《汉书·明帝纪》有明确记载："(永平三年)冬十月，蒸祭光武廟。初奏《文始》、《五行》、《武德》之舞。"这支歌曲的涵义极分明，就是颂扬刘秀受命中兴汉室、天下归服的丰功伟绩，祈愿国运长久。其中"章明图谶，放(仿)唐之文"，是说刘汉上承唐尧之德运，受天命而兴盛。值得注意的是，刘汉王朝在如此庄重的祭祀典乐中，首次堂而皇之地写入了"图谶"——这当然有刘秀末年"宣布图谶于天下"的政治文化背景，但本文关注的是，这种以极端形式高扬"图谶"之思想文化地位的情形，充分说明谶纬思想自东汉初年始，即强势渗入思想文化领域，诗歌当然不能例外。

王吉的《射乌辞》，是一介武夫的即时吟哦。《初学记》卷 30 引《风俗通》曰："按《明帝起居注》曰：东巡泰山，到荥阳，有乌飞鸣乘舆上。虎贲王吉射中之，作辞曰：'乌乌哑哑，引弓射左腋。陛下寿万岁，臣为二千石。'帝赐钱二百万，令亭壁画为乌也。"《太平寰宇记》卷 9 也载："《后汉书》云：显宗东巡泰山，至荥泽，有飞乌翔集。因命虎贲王吉射之，乌上下其声，吉曰：'乌哑哑，引弓射之洞左腋。陛下寿万岁，臣为二千石。'既而射乌,中之。赐钱二百万。至今荥泽亭堡之间犹多画乌,即遗事也。"这支歌粗鄙浅显不足道,所以还把它举出来,是因为其中渗透着图谶观念。"乌"在上古是与太阳联系在一起的徵象,①而"日"又是人间君王的徵象。王吉之射中明帝乘舆上方飞鸣之乌,其谶验意义是明帝得日、与天合德,是祥瑞的徵象。② 因此王吉才得到赏赐,当地亭壁也多画乌之形象。

明帝时谶验观念的影响,甚至远及边陲。西南白狼王唐菆的《莋都夷歌》三章(载《后汉书·西南夷传》),即是证明。其前二章云:

> 大汉是治,与天意合。吏译平端,不从我来。闻风向化,所见奇异。多赐缯布,甘美酒食。昌乐肉飞,屈伸悉备。蛮夷贫薄,无所报嗣。愿主长寿,子孙昌炽。(《远夷乐德歌诗》)
>
> 蛮夷所处,日入之部。慕义向化,归日出主。圣德深恩,与人富厚。冬多霜雪,夏多和雨。寒温时适,部人多有。涉危历险,不远万里。去俗归德,心归慈母。(《远夷慕德歌诗》)

《后汉书·西南夷传·莋都夷》载:"永平中,益州刺史梁国朱辅好立功名,慷慨有大略。在州数岁,宣示汉德,威怀远夷,自汶山以西,前世所不至、正朔所未加白狼、盘木、唐菆等百余国……举种奉贡,称为臣仆。辅上疏曰:'……今白狼王唐菆等慕化归义,作诗三章。……有犍为郡掾田恭与之习狎,颇晓其言。臣辄令讯其风俗,译其辞语。今遣从事史李陵与恭护送诣阙,并上其乐诗……'帝嘉之,事下史官录其歌焉

---

① 《山海经·大荒东经》云:"汤谷上有扶木,一日方至,一日方出,皆载于乌。"郭璞注:"(日)中有三足乌。"清人吴任臣《山海经广注》:"案《春秋元命苞》曰:'阳数起于一,成于三。故日中有三足乌。'《灵宪论》曰:'日者阳精之宗,积而成乌,象乌而有三足。'《黄帝占书》:'日中三足乌,见者有白衣会物,类相感志。凡日无光,则日乌不见;日乌不见,则飞乌隐窜。'"(文渊阁《四库全书》本)按:《后汉书·班固传》李贤注引《春秋元命包》曰:"乌者,阳之精。"

② 《古微书》卷9《春秋文耀钩》:"太微宫有五帝星座……维星得,则日月光,乌三足,礼义循,物类合。"

云云。”《莋都夷歌》三章的创作时间，当在永平十七年。[①] 文字典雅得体，可能与田恭的翻译有关。上面举出的两首，所谓“大汉是治，与天意合”，“蛮夷所处，日入之部。慕义向化，归日出主”、“冬多霜雪，夏多和雨。寒温时适，部人多有”云云，歌颂刘汉王朝德合天地、如日之升，且恩泽普施、天地和洽，体现着鲜明的谶纬观念。

上文已言，东汉文人是此类诗歌创作的主体。而班固，是其中的佼佼者。其《两都赋》创作于明帝时，[②]赋后所附五诗（载《后汉书·班固传》），即贯穿鲜明的图谶观念：

於昭明堂，明堂孔阳。圣皇宗祀，穆穆煌煌。上帝宴飨，五位时序。谁其配之？世祖光武。[③] 普天率土，各以其职。猗与缉熙，允怀多福。（《明堂诗》）

乃流辟雍，辟雍汤汤。圣皇莅止，造舟为梁。皤皤国老，乃父乃兄。抑抑威仪，孝友光明。[④] 於赫太上，示我汉行。鸿化惟神，永观厥成。（《辟雍诗》）

乃经灵台，灵台既崇。帝勤时登，爰考休征。三光宣精，五行布序。习习祥风，祁祁甘雨[⑤]。百谷溱溱，庶卉蕃芜。屡惟丰年，

---

① 《后汉书·明帝纪》：“是岁（永平十七年），甘露仍降，树枝内附，芝草生殿前，神雀五色翔集京师。西南夷哀牢、儋耳、僬侥、盘木、白狼、动黏诸种，前后慕义贡献；西域诸国遣子入侍。”

② 《后汉书·班固传》说“自为郎后，遂见亲近。时京师修起宫室，浚缮城隍，而关中耆老犹望朝廷西顾。固……乃上《两都赋》。”察《汉书·叙传》，班固“永平中为郎，典校秘书”。

③ 李贤注：“《前书》曰：‘天神贵者太一，太一佐曰五帝。’五位，五帝也。《河图》曰：‘苍帝威灵仰，赤帝赤熛怒，黄帝含枢纽，白帝白招矩，黑帝叶光纪。’扬雄《河东赋》曰：‘灵祇既飨，五位时序。’谓各依其方而祭之。”

④ 李贤注引《孝经援神契》曰：“天子尊事三老，兄事五更。”

⑤ 李贤注：“三光，日、月、星也。宣，布也。精，明也。五行，水、火、金、木、土。布序，谓各顺其性，无谬沴也。习习，和也。……《礼斗威仪》曰：‘君政颂平，则祥风至。’宋均注曰：‘即景风也。’祁祁，徐也。……《尚书考灵耀》曰：‘荧惑顺行，甘雨时’也。”

於皇乐胥。[①]（《灵台诗》）

岳修贡兮川效珍，吐金景兮歊浮云。宝鼎见兮色纷缊，焕其炳兮被龙文。[②] 登祖庙兮享圣神，昭灵德兮弥亿年。（《宝鼎诗》）

启灵篇兮披瑞图，获白雉兮效素乌。[③] 发皓羽兮奋翘英，容絜朗兮於淳精。[④] 章皇德兮侔周成，永延长兮膺天庆。[⑤]（《白雉诗》）

明堂、辟雍、灵台，是上古兼有祭祀、布政、宣教等功能的重要场所，是实现通天得人之政教目的的重要体制，本身即具有浓厚的神道设教意味；宝鼎、白雉，是意义重大的祥瑞器物，包含得天下、得天瑞的天授君权的政治意义。班固以诗歌咏这些制度和"美祥"，其颂汉之用意、其深含之谶纬思想，是不言自明的。

另外，据《太平御览》，班固曾作《汉颂》，中有《论功歌诗》。《御览》录载二首：

后土化育兮四时行，修灵液养兮元气复。冬同云兮春霢霂，膏泽洽兮殖嘉谷。（《太平御览》卷1）

因灵寝兮产灵芝，象三德兮瑞应（《古诗纪》卷3云：一作"应

---

① 李贤注："《诗·周颂》曰：'绥万邦，屡丰年。'……《诗·小雅》曰：'君子乐胥，受天之祜。'"

② 《汉书·明帝纪》："（永平六年）二月，王雒山出宝鼎，庐江太守献之。夏四月甲子，诏曰：'昔禹收九牧之金，铸鼎以象物，使人知神奸，不逢恶气。遭德则兴，迁于商周；周德既衰，鼎乃沦亡。祥瑞之降，以应有德。……太常其以礿祭之日，陈鼎于庙，以备器用。'"

③ 李贤注："灵篇，谓《河》、《洛》之书也。《固集》此题篇云'《白雉素乌歌》'，故兼言'效素乌'。"按：《后汉书·明帝纪》："（永平十一年）时麒麟、白雉、醴泉、嘉禾所在出焉。"

④ 李贤注引《春秋元命包》曰："乌者，阳之精。"

⑤ 李贤注引《孝经援神契》曰："周成王时，越裳献白雉。"

瑞")图,[①]延寿命兮光此都。配上帝兮象太微,参日月兮扬光辉。(《太平御览》卷570,题为《灵芝歌》)

前一首,歌唱春霖适时而降,嘉禾滋长,预兆丰年。颂天即是颂汉——大汉仁德和洽天人,故四时顺行,天祥地瑞。[②] 后一首,专述灵芝之瑞,赞美汉皇德配天地。

班固而外,崔骃《北巡颂》附歌、《七言诗》,张衡《东巡诰》附歌,都是此类诗作。先把它们列出来:

皇皇太上,湛恩笃兮。庶见我王,咸思觌兮。仁爱纷纭,德优渥兮。滂霈群生,泽淋漉兮。惠我无疆,承天祉兮。流衍万昆,长无已兮。(《北巡颂》附歌[③])

鸾鸟高翔时来仪,应治归德合望规,啄食竹实饮华池。(《七言诗》,《太平御览》卷916)

皇皇者凤,通玄知时[④]。萃于山趾,与帝邀期。吉事有祥,惟汉之祺。(《东巡诰》附歌,《艺文类聚》卷39)

---

① 三德,《尚书·洪范》箕子为武王陈"洪范九畴",其六曰"乂(艾)用三德","三德:一曰正直,二曰刚克,三曰柔克。"孔颖达《疏》:"既言人主有三德,又说随时而用之。……既言三德张弛、随时而用,又举天地之德,以喻君臣之交。地之德,沈深而柔弱矣,而有刚,能出金石之物也。天之德,高明刚强矣,而有柔,能顺阴阳之气也。以喻臣道虽柔,当执刚以正君;君道虽刚,当执柔以纳臣也。"孙星衍《疏》:"此三德,谓天、地、人之道。正直者,《论语》云'人之生也直',人道也;刚克,天道。柔克,地道。"应瑞图,《古微书》卷9《春秋文耀钩》:"太微宫有五帝星座,五帝所行,同道异位。……故天枢得则景星见,甘露零,凤皇翔,朱草生;璇星得则嘉禾液;……摇光得则陵醴出,玄芝生江吐。"故下文云"配上帝兮象太微,参日月兮扬光辉"。

② 逯书依《太平御览》引录下一首之例,将这首歌题名为《嘉禾歌》。

③ 罗国威:《日藏弘仁本文馆词林校证》,中华书局,2001年版。按:《续修四库全书》第1582册《文馆词林》唯"流衍万昆"作"流衍乃昆",其余文字均同。

④ 《左传·昭公十七年》"凤凰氏,历正也"杜预注:"凤凰知天时。"

崔骃《北巡颂》，收录于《文馆词林》卷 346。其序曰："元和三年正月，[①]上既毕郊祀之事，乃东巡狩。出河内，经青、兖之郊，回舆冀州，遂礼北岳。圣泽流浃，黎元被德，众瑞并集。乃作颂曰。"颂文后半部附载此歌。张衡《东巡诰》，[②]收录于《艺文类聚》卷 39，其文有云："惟二月初吉，帝将狩于岱岳，展义省方，观民设教。率群宾备法驾，以祖于东门。届于灵宫，是日也，有凤双集于台。壬辰，祀上帝于明堂。……群臣曰：'帝道横被，旁行海表。一人有尟，万民赖之。'从巡助祭者，兹惟嘉瑞，乃歌曰云云。帝曰：'朕不敢当，亦不敢蔽天之吉命。'"由这两段文字，已清晰可见此二诗的谶验内涵。至于崔骃《七言诗》，今存当是残句，其"鸾鸟来仪，应治归德"云云，歌颂祥瑞之义也甚明显。此外，侯瑾歌诗残句"周公为司马，白鱼入王舟"（《北堂书钞》卷 51），也属此类。

东汉乐府也有一些咏唱谶纬内容的歌曲，如《琴曲歌辞》中的《文王受命》、《仪凤歌》、《霍将军歌》、《获麟歌》（此歌原无题，《古诗纪》题此名。以上四歌见蔡邕《琴操》）、《南风歌》（见《乐府诗集》卷五七）等即是。

《文王受命》，《乐府诗集》卷 57 题名《文王操》。蔡邕《琴操》曰：[③]"受命者，谓文王受天命而王。文王以纣时为岐侯，躬修道德，执行仁义，百姓亲附。是时纣为无道……天统易运，诸侯瓦解，皆归文王。其后有凤皇衔书于文王之郊。文王以殷帝无道，虐乱天下，皇命已移……乃作凤皇之歌。其章曰云云。"逯书经详细考证，结论道："前汉人所传《文王操》，尚仅有弦无歌。……歌辞为后汉人之所作也。"

《仪凤歌》，《乐府诗集》卷 57 题名《神凤操》。《琴操》云："《仪凤歌》者，周成王之所作也。成王即位，用周、召、毕、荣之属，天下大治，殊方绝域莫不蒙化。是以越裳献雉，重译来贡。太平之瑞，同时而应。麒

---

① 按：《后汉书·章帝纪》及《后汉纪》、《东观汉记》均无章帝于元和三年东巡的记载，而均云时在"元和二年"初，盖《文馆词林》刻误。

② 张震泽：《张衡诗文集校注》（上海古籍出版社，1986 年版）以为，《东巡诰》作于安帝延光三年。又，《艺文类聚》引文有删节，参见张震泽《校注》。

③ 蔡邕：《琴操》，《续修四库全书》第 1092 册影印孙星衍辑校本。下文引用此书均据此本。

麟游苑囿，凤皇来舞于庭。颂声并作，佥然大同。于是成王乃援琴而鼓之曰云云。”又，《宋书·符瑞志》载：“武王没，成王少，周公旦摄政七年，制礼作乐，神鸟凤凰见，蓂荚生。乃与成王观于河、洛，沈璧。礼毕，王退俟，至于日昧，荣光并出幕河，青云浮至，青龙临坛，衔玄甲之图，坐之而去。礼于洛，亦如之。玄龟、青龙、苍兕止于坛，背甲刻书，赤文成字，周公援笔以世文写之。书成文消，龟堕甲而去。其言自周公讫于秦、汉盛衰之符。麒麟游苑，凤凰翔庭。成王援琴而歌曰云云。”逯书以此歌又载于《尚书摘洛戒》，①云：“《尚书摘洛戒》乃两汉纬书，后汉何休曾为之作注，《琴操》袭用之。证其必出后汉。”

《霍将军歌》(《乐府诗集》卷 60 题名《琴歌》)，《琴操》云：“《霍将军歌》者，霍去病之所作也。去病为讨寇校尉……益封万五千户侯，禄大将军等。② 于是志得意欢，乃援琴而歌之曰云云。”

《获麟歌》，《琴操》云：“鲁哀公十四年西狩。薪者获麟，击之，伤其左足。将以示孔子。孔子道与相逢，见，俛而泣，抱麟曰：‘尔孰为来哉！孰为来哉！’反袂拭面，乃歌曰云云。……夫子奉麟之口，须臾吐三卷图：一为赤伏刘季兴为王，二为周灭夫子将终，三为汉制造作《孝经》。夫子还，谓子夏曰：‘新主将起，其如得麟者。’”逯书云：“《孔丛子》、《论语摘衰圣》皆载此歌，③知为汉人假托。《琴操》既沿用之，故附之于

---

① 按：《摘洛戒》一作《摘洛贰》。《古微书》卷 4 将此歌录入《尚书中候》。安居香山、中村璋八《纬书集成》则两录入《中候》、《摘洛戒》(河北人民出版社，1994 年版)。

② 《乐府诗集》题解引《古今乐录》此句为“秩禄与大将军等”。

③ 《孔丛子·记问》：“叔孙氏之车卒曰子鉏商，樵于野而获兽焉。众莫之识，以为不祥，弃之五父之衢。冉有告夫子曰：‘有麕而肉角。岂天之妖乎？’夫子曰：‘今何在？吾将观焉。’遂往。谓其御高柴曰：‘若求之言，其必麟乎！’到，视之，果信。言偃问曰：‘飞者宗凤，走者宗麟，为其难致也。敢问今见，其谁应之？’子曰：‘天子布德，将致太平，则麟、凤、龟、龙先为之祥。今周宗将灭，天下无主，孰为来哉？’遂泣曰：‘予之于人，犹麟之于兽也。麟出而死，吾道穷矣！’乃歌曰云云。”(上海古籍出版社 1990 年影印杭州叶氏藏明翻宋本)又，《论语摘衰圣》载此歌，见《古微书》卷 26。

此。”此说至确。由蔡邕“三卷图”的记载（尤其刘邦兴为王、孔子为汉制二者），已可确证其为汉代人伪托；而汉代谶纬书中此类记载尚多，[①]其必为汉代人假托无疑。

《南风歌》，《乐府诗集》卷 57 题解：“《古今乐录》曰：‘舜弹五弦之琴，歌《南风》之诗。’《史记·乐书》曰：‘舜歌《南风》而天下治。《南风》者，生长之音也。舜乐好之，乐与天地同，意得万国之欢心，故天下治也。’”逯书将此歌作为东汉《琴曲歌辞》的附录，盖不信其为虞舜作，又未及考辨也。察《史记·乐书》裴骃《集解》引郑玄曰：“《南风》，长养之风也，言父母之长养己也。其辞未闻也。”郑玄知其义而不闻其辞，盖其时歌辞流传不广，或郑玄时尚无此歌辞。唯《史记·乐书》有“舜弹五弦之琴，歌《南风》之诗”语，当是既有乐曲又有歌辞。但须注意：司马迁死后，《史记》颇有散佚，《乐书》即在班固所说“亡十篇”之内，今存者乃史迁之后的人（或疑褚少孙）补作。至于《集解》又引王肃《孔子家语》“《南风》……其辞曰：南风之薰兮，可以解吾民之愠兮”云云，乃是另一支《南风歌》，彼歌又载于《尸子》。《家语》为王肃伪造，已成定谳；《汉书·艺文志》“杂家类”著录“《尸子》二十篇”，但后世所传《尸子》亦为后人伪造。[②] 总之，《南风歌》必为后人假托，合参上述情况，再看歌诗中“负书

---

① 马骕《绎史》卷 86《孔子类记三》引《孝经右契》即极具代表性：“孔子夜梦三槐之间、丰沛之邦，有赤烟气起。乃呼颜渊、子夏往观之。驱车到楚西北范氏之街前，刍儿捶麟，伤其左前足，束薪而覆之。孔子曰：‘儿来！汝姓为谁？’儿曰：‘吾姓为赤诵，字时乔，名受纪。’孔子曰：‘汝岂有所见乎？’儿曰：‘吾有所见：一禽如麕，羊头，上有角，其末有肉，方以是西走。’孔子曰：‘天下已有主也，为赤刘，陈、项为辅。五星入井，从岁星见。’发薪下麟，视孔子。孔子趋而往，麟茸其耳，吐三卷图，广三寸，长八寸，每卷二十四字。其言赤刘当起，曰：‘周亡，赤气起，大曜兴，玄丘制命帝卯金。’”

② 张西堂《尸子考证》有详说，其云：“恐真尸佼之书已亡，唐、宋所见之本，或为后人伪造者。”（文载《古史辨》第 4 册，上海古籍出版社 1982 年版）梁启超《〈汉书·艺文志·诸子略〉考释》也说：“盖原书在东汉已佚其大部分，而魏晋间人依托补撰。”（见所著《清代学术概论》附录《中国古代学术流变研究》，东方出版社 1996 年版，第 230 页）故《尸子》载此《南风歌》，很可能是后人抄自《家语》。

图”、“案图观谶”、“凤凰来仪”诸语，推测此歌为后汉人作，当非无稽之谈。

以上简略考述说明：这几支歌曲应当都是东汉时期的作品。现将它们列出：

翼翼翔翔，彼鸾凰兮。衔书来游，以命昌兮。瞻天案图，殷将亡兮。苍苍昊天，始有萌兮。五神运精，合谋房兮。① 与（按：与，《乐府诗集》卷57作“兴”）我之业，望来羊（按：来羊，《乐府诗集》卷57作“羊来”）兮。②（《文王受命》）

凤皇翔兮于紫庭，余何德兮以感灵。③ 赖先人（按：人，《宋书·符瑞志》作“王”）兮恩泽臻，于胥乐兮民以宁④。（《仪凤歌》）

四夷既获，诸夏康兮。国家安宁，乐无央兮。载戢干戈，弓矢藏兮。麒麟来臻，凤凰翔兮。与天相保，永无疆兮。亲亲百年，各

① 传文王时有凤凰衔书授文王，又有五星聚于房宿之瑞。《宋书·符瑞志上》：“（文）王至于磻溪之水，吕尚钓于涯，王下趋拜曰……尚答曰：‘望钓得玉璜，其文要曰：“姬受命，昌来提，撰尔雒钤报在齐。”’尚出游，见赤人自雒出，授尚书曰：‘命曰吕，佐昌者子。’文王梦日月著其身，又鸑鷟鸣于岐山。孟春六旬，五纬聚房。后有凤凰衔书，游文王之都。书又曰：‘殷帝无道，虐乱天下，皇命已移，不得复久。灵祇远离，百神吹去，五星聚房，昭理四海。’”按：刘邦初兴，亦有“汉元年十月，五星聚于东井。……此高皇帝受命之符也”（《汉书·天文志》）之谶。

② 《孔子家语·辩乐》：“孔子学琴于师襄子……有间，（师襄）曰：‘孔子有所缪然思焉，有所睪然高望而远眺。’（孔子）曰：‘丘迨得其为人矣。黮而黑，颀然长，旷如望羊，掩有四方。非文王，其孰能为此！’师襄子避席叶拱而对曰：‘君子，圣人也！其传曰《文王操》。’”王肃注：“旷，用志广远。望羊，远视也。”又，《释名》卷3《释姿容》：“望羊：羊，阳也。言阳气在上，举头高，似若望之然也。”

③ 紫庭，指帝王宫庭。紫微、太微、天市为星官三垣。古人常把紫微与天子所处之地对应起来，有紫都、紫宫、紫庭等称谓。又《山海经·南山经》：“丹穴之山……有鸟焉，其状如鸡，五采而文，名曰凤凰。首文曰德，翼文曰顺，背文曰义，膺文曰仁，腹文曰信。是鸟也，饮食自然，自歌自舞，见则天下安宁。”

④ 以下还有“凤皇来兮百兽晨（当作震）”一句，当是另一章的起句。《宋书·符瑞志》不录此句，今据删。

延长兮。(《霍将军歌》)

唐虞世兮麟凤游,今非其时来何求?麟兮麟兮我心忧。(《获麟歌》。以上四歌见蔡邕《琴操》)

反彼三山兮,商岳嵯峨。天降五老兮,迎我来歌。有黄龙兮,自出于河。负书图兮,委蛇罗沙。案图观谶兮,闵天嗟嗟。击石拊《韶》兮,沦幽洞微。鸟兽跄跄兮,凤凰来仪。凯风自南兮,喟其增叹(按:叹,《古诗纪》卷4作"悲")。(《南风歌》,《乐府诗集》卷57)

从这些歌曲"衔书来游以命昌兮,瞻天案图殷将亡兮"、"凤皇翔兮于紫庭,余何德兮以感灵"、"麒麟来臻凤凰翔兮,与天相保永无疆兮"、"黄龙负图"、"凤凰来仪"的咏唱中,即不难见出,它们都充斥着鲜明的谶纬观念。

三

谶纬思想观念在两汉社会产生了普遍影响,其时的民间歌谣中有较多谶纬观念的表述,即是重要而直观的表征。两汉此类民间歌谣,今存约二十首左右,主要形式是童谣。詹苏杭《谶纬与汉代童谣》一文,[①]曾从政治文化的角度,对汉代童谣作出过研究。本文仅作简单例释,以显现谶纬思潮对汉代诗歌创作的广泛渗透。

1. 西汉歌谣

(1)颍水清,灌氏宁。颍水浊,灌氏族。(颍川儿歌)

---

① 詹苏杭:《谶纬与汉代童谣》,《乐山师范学院学报》第24卷第6期,2009年6月。

《史记·魏其武安侯列传》载:“(灌夫)家累数千万,食客日数十百人。陂池田园,宗族宾客为权利,横于颍川。颍川儿乃歌之曰云云。灌夫家居虽富,然失势,卿相侍中宾客益衰。……(后与丞相田蚡争田,又在田蚡娶燕王女宴庆上使酒骂座)武安(田蚡封武安侯)乃麾骑缚夫置传舍……劾灌夫骂坐不敬,系居室。遂案其前事,遣吏分曹逐捕诸灌氏支属,皆得弃市罪。”

(2)井水溢,灭灶烟,灌玉堂,流金门。(元帝时童谣)

《汉书·五行志中之上》载:“元帝时童谣曰云云。至成帝建始二年三月戊子,北宫中井泉稍上,溢出南流,象春秋时先有鸜鹆之谣,而后有来巢之验。[①] 井水,阴也;灶烟,阳也;玉堂、金门,至尊之居:象阴盛而灭阳,窃有宫室之应也。王莽生于元帝初元四年,至成帝封侯,为三公辅政,因以篡位。”

(3)燕燕尾涎涎,张公子,时相见。木门仓琅根,燕飞来,啄皇孙,皇孙死,燕啄矢。(成帝时童谣)

《汉书·五行志中之上》载:“成帝时童谣曰云云。其后帝为微行出游,常与富平侯张放俱称富平侯家人,过阳阿主作乐,见舞者赵飞燕而幸之,故曰‘燕燕尾涎涎’,美好貌也。‘张公子’,谓富平侯也。‘木门仓琅根’,谓宫门铜锾,言将尊贵也。后遂立为皇后。弟昭仪贼害后宫皇子,卒皆伏辜,所谓‘燕飞来,啄皇孙,皇孙死,燕啄矢’者也。”

---

① 按《左传·昭公二十五年》载,“有鸜鹆来巢”。师己曰:“异哉!吾闻文、成之世童谣有之曰:‘鸜之鹆之,公出辱之。鸜鹆之羽,公在外野,往馈之马。鸜鹆跦跦,公在乾侯(晋邑名,鲁昭公后死于此地),征褰与襦。鸜鹆之巢,远哉遥遥。裯父(昭公)丧劳,宋父(定公)以骄。鸜鹆鸜鹆,往歌来哭。’童谣有是,今鸜鹆来巢,其将及乎?”《汉书·五行志》云:“先有鸜鹆之谣,而后有来巢之验。”《谷梁传》注引刘向曰:“去穴而巢,此阴居阳位,臣逐君之象也。”

(4)邪径败良田,谗口乱善人。桂树华不实,黄爵巢其颠。故为人所羡,今为人所怜。(成帝时歌谣)

《汉书·五行志中之上》载:"成帝时歌谣又曰云云。'桂',赤色,汉家象。'华不实',无继嗣也。王莽自谓黄,象'黄爵巢其颠'也。"

(5)出吴门,望缇群。见一蹇人,言欲上天。令天可上,地上安得人?(王莽末天水童谣)

《后汉书·隗嚣传》注引《续汉志》曰:"王莽末天水童谣曰云云。时(隗)嚣初起兵于天水,后意稍广,欲为天子,遂破灭。嚣少病蹇。吴门,冀都门名也,有缇群山。"

(6)谐不谐,在赤眉。得不得,在河北。(更始时南方童谣)

《后汉书·光武纪》注引《续汉志》曰:"更始时,南方有童谣云云。后更始为赤眉所杀,是不谐也。光武由河北而兴,是得之也。"

2. **东汉歌谣**

(7)天久不雨,烝人失所。天王自出,祝令特(特,《北堂书钞》卷 90 作"时")苦。精符感应,滂沱下雨。(洛阳人为祝良歌)

《水经注》卷 15《洛水注》引《长沙耆旧传》云:"祝良,字召卿,为洛阳令。岁时亢旱,天子祈雨不得。良乃曝身阶庭,告诫引罪。自晨至申,紫云沓起,甘雨登降。人为歌曰云云。"

(8)黄牛白腹,五铢当复。(蜀中童谣)

《后汉书·五行志一》载:"世祖建武六年,蜀童谣曰云云。是时公孙述僭号于蜀，时人窃言王莽称‘黄’，述欲继之，故称‘白’。‘五铢’，汉家货，明当复也。述遂诛灭。”

(9)直如弦，死道边。曲如钩，反封侯。(顺帝末京都童谣)

《后汉书·五行志一》载：“顺帝之末京都童谣曰云云。案顺帝即位，孝、质短祚，大将军梁冀贪树疏幼以为己功，专国号令以赡其私。大尉李固以为清河王雅性聪明，敦《诗》悦礼，加又属亲。立长则顺，置善则固。而冀建白太后，策免固。征蠡吾侯，遂即至尊。固是日幽毙于狱，暴尸道路。而太尉胡广封安乐乡侯、司徒赵戒厨亭侯、司空袁汤安国亭侯。”

(10)城上乌，尾毕逋。公为吏，子为徒。一徒死，百乘车。车班班，入河间。河间姹女工数钱。以钱为室金为堂，石上慊慊舂黄粱。梁下有悬鼓，我欲击之丞卿怒。(桓帝初城上乌童谣)

《后汉书·五行志一》载：“桓帝之初，京都童谣曰云云。案此皆谓为政贪也。‘城上乌，尾毕逋’者，处高利独食，不与下共，谓人主多聚敛也。‘公为吏，子为徒’者，言蛮夷将畔逆，父既为军吏，其子又为卒徒往击之也。‘一徒死，百乘车’者，言前一人往讨胡既死矣，后又遣百乘车往。‘车班班，入河间’者，言上将崩，乘舆班班入河间迎灵帝也。‘河间姹女工数钱，以钱为室金为堂’者，灵帝既立，其母永乐太后好聚金以为堂也。‘石上慊慊舂黄粱’者，言永乐虽积金钱，慊慊常苦不足，使人舂黄粱而食之也。‘梁下有悬鼓，我欲击之丞卿怒’者，言永乐主教灵帝，使卖官受钱，所禄非其人，天下忠笃之士怨望，欲击悬鼓以求见，丞卿主鼓者亦复谄顺，怒而止我也。”

(11)茅田一顷中有井，四方纤纤不可整。嚼复嚼，今年尚可后年铙。(桓帝末京都童谣)

《后汉书·五行志一》载:“桓帝之末,京都童谣曰云云。案《易》曰:‘拔茅茹,以其汇,征吉。’(按:见《易·泰·初九》)茅,喻群贤也。井者,法也。于时中常侍管霸、苏康憎疾海内英哲,与长乐少府刘嚣、大常许永、尚书柳分、寻穆、史佟、司隶唐珍等,代作唇齿。河内牢川诣阙上书:‘汝、颍、南阳,上采虚誉,专作威福;甘陵有南北二部,三辅尤甚。’由是传考黄门北寺,始见废阁。‘茅田一顷’者,言群贤众多也。‘中有井’者,言虽阨穷,不失其法度也。‘四方纤纤不可整’者,言奸慝大炽,不可整理。‘嚼复嚼’者,京都饮酒相强之辞也。言食肉者鄙,不恤王政,徒耽宴饮歌呼而已也。‘今年尚可’者,言但禁锢也。‘后年铙’者,陈、窦被诛,天下大坏。”

(12)白盖小车何延延。河间来合谐,河间来合谐。(桓帝末京都童谣)

《后汉书·五行志一》载:“桓帝之末,京都童谣曰云云。案解犊亭,属饶阳河间县也。居无几何,而桓帝崩。使者与解犊侯,皆白盖车从河间来。‘延延’,众貌也。是时御史刘儵建议立灵帝,以儵为侍中。中常侍侯览畏其亲近,必当间己,白拜儵泰山太守。因令司隶迫促杀之。朝廷少长,思其功效,乃拔用其弟郃,致位司徒。此为合谐也。”

(13)承乐世董逃,游四郭董逃,蒙天恩董逃,带金紫董逃。行谢恩董逃,整车骑董逃,垂欲发董逃,与中辞董逃。出西门董逃,瞻宫殿董逃,望京城董逃。日夜绝董逃,心摧伤董逃。(灵帝时京都《董逃歌》)

《后汉书·五行志一》:“灵帝中平中,京都歌曰云云。案‘董’谓董卓也,言虽跋扈,纵其残暴,终归逃窜,至于灭族也。”

(14)侯非侯,王非王,千乘万骑上北芒。(灵帝末京都童谣)

《后汉书·五行志一》:"灵帝之末,京都童谣曰云云。案到中平六年,史侯登蹑至尊,献帝未有爵号,为中常侍段珪等数十人所执。公卿百官皆随其后。到河上,乃得来还。此为'非侯非王上北芒'者也。"

(15)千里草,何青青,十日卜,不得生。(献帝初京都童谣)

《后汉书·五行志一》载:"献帝践阼之初,京师童谣曰云云。案'千里草'为'董','十日卜'为'卓'。凡别字之体,皆从上起,左右离合,无有从下发端者也。今二字如此者,天意若曰'卓自下摩上,以臣陵君'也。'青青'者,暴盛之貌也。'不得生'者,亦旋破亡也。"

(16)八九年间始欲衰,至十三年无孑遗。(荆州童谣)

《后汉书·五行志一》:"建安初,荆州童谣曰云云。言自中兴以来,荆州无破乱。及刘表为牧,民又丰乐,至此逮八九年。当始衰者,谓刘表妻当死,诸将并零落也。'十三年无孑遗'者,言十三年表又当死,民当移诣冀州也。"①

综合本文所述,两汉时期以谶纬为主要内容的诗歌,主要有帝王文人的作品、乐府诗歌和民间歌谣。前两类诗歌的主题,大抵都是歌颂刘汉受命于天、德合天地的符瑞祯祥;而民间歌谣,则更多是借用谶记来表现讽刺的主题,与现实的社会人生联系紧密。值得注意的是,两汉帝王、文人的此类诗歌创作,主题单一(歌颂),也没有明显的发展变化。这与同时期辞赋创作中鲜明的"讽谏"精神很不相同,更没有辞赋创作那样西汉重"刺"、东汉重"美"的特征演变。缘何如此?是个值得进一步深究的现象。

---

① 李贤注引干宝《搜神记》曰:"是时华容有女子忽啼呼云:'荆州将有大丧!'言语过差,县以为妖言,系狱。百余日,忽于狱中哭曰:'刘荆州今日死。'华容去州数百里,即遣马吏验视,而刘表果死。县乃出之。续又歌吟曰:'不意李立为贵人。'后无几,曹公平荆州,以涿郡李立字建贤为荆州刺史。"

■ 作者简介

张峰屹(1962—),南开大学文学院教授,博士生导师,主要从事先唐文学与文论研究。

由白居易诗论其对贾谊不遇之关怀

孙永忠

（台湾辅仁大学中国文学系　台湾新北　24205）

内容提要　贾谊怀佐国之才，却为汉文帝冷落，终至抑郁而亡，在汉初应为显著不遇之案例。司马迁同情他，在《史记》中将其与屈原同传，《吊屈原文》与《鹏鸟赋》这两篇重要作品，藉着《史记》传播。两者在理性与感性的述说中，呈现贾谊对生命意义的省思与尝试的调整，但其间弥漫的感慨却是无法消弭。其他汉代文人，或许限于当朝的避讳，或许因思想背景的差异，对贾谊的同情有限。在唐代，贾谊的遭遇却掀起另一番关注，许多唐代诗人为之感慨、惋惜。怀才是一种原罪，不遇是一种无奈，自我开脱只是一种说法。贾谊因鹏鸟抒忧，却或引发更多之不遇文人的感伤。本文拟就白居易诗作仔细整理，了解其对贾谊的关注与深层意义，期望以其对贾谊不遇的关怀研究结果，建立研究基准，以为日后其他诗人对贾谊接受的研究指标，这或有助于了解贾谊在后代所引发的文学效应。

关键词　白居易　贾谊　贾生　鹏　不遇

一、前　　言

《史记·屈原贾生列传》记载：

贾生名谊，洛阳人也。……文帝召以为博士。是时贾生年二十余，最为少。每诏令议下，诸老先生不能言，贾生尽为之对，人人各如其意所欲出。诸生于是乃以为能，不及也。孝文帝说之，超迁，一岁中至太中大夫。①

可知贾谊年纪轻轻，便由地方拔擢入朝，因才高而深受文帝赏识与重用，一年之间超迁为太中大夫。太中大夫由秦设立，掌管谏言、论议，位阶约在从四品，可见贾谊升迁之速与受重之程度。贾谊认真地整理天下利弊时势，提出许多改革意见。但他的积极，却引发朝中重臣、耆老对他不满，谗间汉文帝疏远贾谊。《史记》贾谊本传相关记载如下：

贾生以为汉兴至孝文二十余年，天下和洽，而固当改正朔，易服色，法制度，定官名，兴礼乐。乃悉草具其事仪法，色尚黄，数用五，为官名，悉更秦之法。孝文帝初即位，谦让未遑也。诸律令所更定，及列侯悉就国，其说皆自贾生发之。于是天子议以为贾生任公卿之位。绛、灌、东阳侯、冯敬之属尽害之，乃短贾生曰："雒阳之人，年少初学，专欲擅权，纷乱诸事。"于是天子后亦疏之，不用其议，乃以贾生为长沙王太傅。②

由上文可知，贾谊为报皇恩，认真思考汉帝国之未来，设定各种改革方案，原以为可以有所作为。未料操之过急，却遭绛侯、灌婴等保守势力反对，竟遭文帝疏远，被遣派至长沙担任长沙王太傅。

贾谊意不自得，又以长沙卑湿，自认寿不得长。所以过湘水时为赋吊屈原，伤吊之余也自哀自伤。在长沙三年，一日傍晚有鸮飞来室内，楚人称此鸟为鹏，贾谊以为乃不吉之兆，伤悼之余，乃为《鹏鸟赋》，征引黄老之说以自广。后来汉文帝召见贾谊，君臣在宣室细谈鬼神之事，汉文帝感慨自己学问不如贾谊。改委贾谊担任少子梁怀王太傅。数年后，梁怀王堕马而死。贾谊自责为傅无状，哭泣岁余而死。死时年仅三

① 司马迁：《史记》卷84《屈原贾生列传》，明伦出版社，1972年版，第2481页。
② 《史记》，第2481页。

十三岁。

若悉心检讨贾谊的各种施政策略，可见其经国治世之才。大致可以分为：《汉书》录贾谊《治安策》、《处置淮阳各国疏》、《谍封淮南厉王诸于疏》三文，涉及内政、外交、法制等内容，更清晰呈现贾谊王佐之才。如此有才有抱负的贤臣，却怀才不遇，忧伤致死，引发后世文人议论与感慨。例如西汉·刘歆云："贾谊在长沙，鹏鸟集其承尘。长沙俗以鹏鸟至人家，主人死。谊作《鹏鸟赋》，齐死生，等荣辱，以遣忧累焉"，①但仅记录其事；西汉·孔臧作《鸮赋》，针对贾谊以为鹏鸟是不祥之兆，提出鸮之吉凶"在德为祥，弃常为妖，循气而应，天道不渝"，②多有儒家精神。东晋·陶渊明诗云："进德修业，将以及时。如彼稷、契，孰不愿之？嗟乎二贤，逢世多疑。候詹写志，感鹏献辞"，③感慨屈、贾二人，生不逢时。

到了唐代，天下一统，国富兵强，在唐之前，可以相提并论者惟有汉代。所以唐人经常在诗文中运用汉皇比喻当朝皇帝；运用汉代臣子的故事，表达自己的情思。虽然汉代实施"察举制"抡才，唐代以"科举制"用人，但中央集权的政权体制是相同的。到了唐代，儒家学而优则仕的观念，根深蒂固的在天下读书人脑海里；建功立业、创发三不朽的企望，衍发在天下读书人的理念中。不过，君臣的关系微妙，臣子的遇与不遇，才情得申或否，多关系于君王喜好。于是怀才不遇的比例增高，哀怨之歌添矣，史书上不遇的人事，也就多受关怀。贾谊便是其中重要案例。由《全唐诗》检索，称"贾谊"者五十七首；称"贾生"者六十八首；称"鹏"四十八首。其间有称"贾生"，却非贾谊者；或有关键词重复运用者，若去其重复后，约存一百五十首作品，若添以"长沙"搜检，估计更增

① 刘歆著，王根林校点：《西京杂记》(外五种)卷5，上海古籍出版社，2012年版，第40页。

② 孔臧：《鸮赋》，引自欧阳询《艺文类聚》卷92鸟部下，上海古籍出版社，1999年版，第1610页。

③ 陶潜著，龚斌校笺：《陶渊明集校笺》卷6《读史述九章·屈贾》，上海古籍出版社，1996年版，第424页。原注："余读《史记》，有所感而述之。"

百首诗作，可见唐人对贾谊的关切之深。

笔者将贾谊不遇及鹏鸟集舍这些遭遇，组合为“贾谊不遇”的典故。假设诗人会因自己的遭遇、世代的变异、年龄的更易，对贾谊不遇的典故有不同的诠释与关怀，故本文拟先就众唐诗人中择一代表进行分析研究，建立比对指标。综观全局，以为：白居易身处中唐，经历多位君王，以世代变异而言承先启后；居中唐文坛领袖，其动静观瞻影响甚广；书及贾谊典故之作品，分部在其青、壮、老年；其仕途经历由独占鳌头，贬谪江州、任职杭州、返京入阁等；心态上由“兼善”而转变为“独善”；相关诗的数量又足以分析运用。整体评估，对建立指标而言非常恰当。

二、白居易诗作中的贾谊不遇

白居易共有十一首诗作，均运用了贾谊不遇的典故，谨依序整理如下表：

年　岁	诗　题	用　典	居处地	归类
35岁 唐宪宗元和元年(806)	《代书诗一百韵寄微之》	贾谊有才，却遭群小谗言。	在京	律诗
35岁 唐宪宗元和元年(806)	《和梦游春诗一百韵》	贾谊有才遭忌，命运只能问占鹏鸟。	在京	律诗
44岁 唐宪宗元和10年(815)	《寄唐生》	贾谊有佐国才，以喻唐生之识。	在京。八月被贬江州，冬季到。	讽喻一
44岁 唐宪宗元和10年(815)	《读史五首·屈贾》	屈、贾均有才情，而屈原乱世遭弃，其遗憾应不如贾生。	在京。八月被贬江州，冬季到。	讽喻二

（续表）

年　岁	诗　题	用　典	居处地	归类
45岁 唐宪宗元和11年(816)	《忆微之伤仲远》	以贾生自比，有才而遭谗，不遇。	在江州	律诗
45岁 唐宪宗元和11年(816)	《端居咏怀》	以贾生自比，有才而遭谗，不遇。	在江州	律诗
46岁 唐宪宗元和12年(817)	《江亭夕望》	以为才情不如贾生，君王三年未召。	在江州，芦山草堂落成	律诗
46岁 唐宪宗元和12年(817)	《偶然二首》之一	以遇君不明遭弃，重申屈原之恨不如贾生。	在江州	律诗
48岁 唐宪宗元和13年(818)	《江州赴忠州至江陵已来舟中示舍弟五十韵》	以贾生自比，有才而遭谗，不遇。但有反省。	赴忠州	律诗
58岁 唐文宗大和三年(829)	《和春深二十首》之九	用贾谊遭贬，遇鹏鸟事。	在洛阳	律诗
60岁 唐文宗大和五年(831)	《不准拟二首》之二	回忆往事，以贾谊贬长沙事与自身经历相比。	在洛阳	律诗

＊注：上表“归类”系依《白氏文集》之分类。

第一首《代书诗一百韵寄微之》，据朱金城《白居易集笺校》考乃作于元和五年(810)，①白居易三十九岁。当年元稹因谏河南尹房式不法

① 《代书诗一百韵寄微之》诗，见谢思炜《白居易诗集校注》，中华书局，2006年版，第977页。下文以谢《注》代称。另，朱金城《白居易集笺校》，上海古籍出版社，1988年版。下文以朱《笺》代称。文中白氏生年等，参考朱金成《白居易年谱》，上海古籍出版社，1982年版。

事，被贬江陵士曹参军。白居易因任拾遗谏官二年任满，请调改授京兆府户曹参军，仍充翰林学士，在长安。此诗作于该年九月。

全诗首叙与元稹因“同登科第，俱授祕书省校书郎”结识，因心性契合而情同金兰。进而列举多年来许多交谊同欢之乐行，再述元和元年同登制科之荣，与微之官拜监察及自己为拾遗兼翰林学士之事。其后述举元稹监察政绩与努力，不过却未受皇上肯定，竟而贬谪江陵，再述说相思清苦等情。本诗与本文较紧关的部分：

> ……未为明主识，已被幸臣疑。木秀遭风折，兰芳遇霰萎。千钧势易压，一柱力难搘。腾口因成痏，吹毛遂得疵。忧来吟贝锦，谪去咏江蓠。邂逅尘中遇，殷勤马上辞。贾生离魏阙，王粲向荆夷。……

运用了贾谊有才却遭群小谗言，造成君臣分间，遂无奈离开京师的典故，比喻了元稹的不幸遭遇。

另一首《和梦游春诗一百韵并序》，[①]据朱《笺》考，此诗也作于元和五年(810)。此诗有序，白居易强调元稹到江陵以《梦游春诗七十韵》相寄，以示相知。白居易就之增广，述其所感。以为：“所以甚感者，叙婚仕之际。所以至感者，欲使曲尽其妄，周知其非，然后返乎真，归乎实。”诗文从梦述起，谈及元稹仕宦经历，以及胸襟抱负。微之正廉端直的操行却遭贬斥，在异域待罪，引发诗人同情。诗云：

> ……谪为江府掾，遣事荆州牧。趋走谒麾幢，喧烦视鞭朴。簿书常自领，缧囚每亲鞫。竟日坐官曹，经旬旷休沐。宅荒渚宫草，马瘦畬田粟。薄俸等涓毫，微官同桎梏。月中照形影，天际辞骨肉。鹤病翅羽垂，兽穷爪牙缩。行看须间白，谁劝杯中绿。时伤大野麟，命问长沙鹏。……

---

① 见谢《注》，第 1130 页。

“时伤大野麟，命问长沙鹏”句，先用《左传》哀公十四年叔孙氏西狩获麟典故，①以麟出非其时来呈现时下的困扰。又用贾谊任长沙王太傅有鹏飞入生舍，贾生为赋自广的典故。描写元稹伤感借酒浇，无助则问天。在白居易的笔下，贾谊郁卒问占于鹏鸟的无奈，恐元稹心中时时浮现。

第三首为《寄唐生》，②此诗白居易归类为讽谕诗。作于唐宪宗元和十年(815)，白居易四十四岁。朱《笺》：“《河南邵氏闻见后录》卷19：‘元和中，处士唐衢善哭，闻白乐天谪，辄大哭。’”又，白居易《与元九书》云：“有唐衢者，见仆诗而泣，未几而衢死。”③可知在当年岁暮时，唐生已经过世。所以推测此诗大约作于同年稍早。当时，白居易在长安担任太子左赞善大夫。三月，元稹贬通州(今四川达县)司马。两河藩镇割据势力联合叛唐，六月竟派人刺杀力主讨伐的宰相武元衡。白居易率先上疏，请急捕凶手以雪国耻。却被妒忌者参劾违例上疏、过问政事；又造谣说白母为看花落井而死，其竟赋《赏花》、《新井》等诗，有伤名教。于是贬为江州刺史，续贬为“江州司马”。这一年对白居易而言，是个波涛汹涌的一年。

唐生为唐衢，与白居易有谊深厚，有着共同的理念。此诗托寄唐生，抒写悲愤，自明其创作“新乐府”的初衷，乃一篇阐发“新乐府”创作动机、基本理念及艺术特色的重要论述。

> 贾谊哭时事，阮籍哭路岐。唐生今亦哭，异代同其悲。唐生者何人，五十寒且饥。不悲口无食，不悲身无衣。所悲忠与义，悲甚

---

① 《左传·哀公十四年》：“春，西狩于大野，叔孙氏之车子钼商获麟。以为不祥，以赐虞人。仲尼观之，曰‘麟也。’然后取之。”见战国·左丘明撰；杜预集释《左传》，上海古籍出版社，1997年12月版，第1797页。长沙鹏事见《史记·屈原贾生列传》。

② 见谢《注》，第78页。

③ 《与元九书》作于元和十年(815)，参朱金城《白居易年谱》，第63页。

则哭之。太尉击贼日，尚书叱盗时。① 大夫死凶寇，諫议谪蛮夷。② 每见如此事，声发涕辄随。往往闻其风，俗士犹或非。怜君头半白，其志竟不衰。我亦君之徒，郁郁何所为。不能发声哭，转作乐府诗。篇篇无空文，句句必尽规。功高虞人箴，痛甚骚人辞。非求宫律高，不务文字奇。惟歌生民病，愿得天子知。未得天子知，甘受时人嗤。药良气味苦，琴澹音声稀。不惧权豪怒，亦任亲朋讥。人竟无奈何，呼作狂男儿。每逢群盗息，或遇云雾披。但自高声歌，庶几天听卑。歌哭虽异名，所感则同归。寄君三十章，与君为哭词。

贾谊《治安策》云："臣窃唯时势，可为痛哭者一，可为流涕者二，可为长太息者六。"③《晋书・阮籍传》云："籍本有济世志，属魏、晋之际，天下多故，名士少有全者，籍由是不与世事，遂酣饮为常。……时率意独驾，不由径路，车迹所穷，辄恸哭而反。"④而《旧唐书・唐衢传》云："唐衢者，应进士，久不第。能为歌诗，意多感发。见人文章有所伤叹者，读迄必哭，涕泗不能已。……故世称唐衢善哭。"⑤可见白居易运用贾谊与阮籍恸哭之事，分别陈述唐生对世事的关心与怀才不遇。然后继续阐述"我亦君之徒，郁郁何所为。不能发声哭，转作乐府诗"，强化诗歌创作目的。"不惧权豪怒，亦任亲朋讥"，只盼君王能听到卑微的声音，能够了解生民之痛。此诗运用了贾谊洞察时弊的才能，来比喻唐生的关心国事。当然，白居易政治上的挫折，或许因而激扬他运用诗歌上达民怨的企图，也因此成就了他文章事业。

第四为《读史五首》第一。白居易讽喻诗共四卷，此诗位于第二卷，

---

① "太尉击贼"，白氏自注："段太尉以笏击朱泚。"即段秀实。"尚书叱盗"自注："颜尚书叱李希烈。"即颜真卿。

② "大夫"，白氏自注："陆大夫为乱兵所害。"即陆长源。"谏议"自注："阳谏议左迁道州。"即阳城。

③ 收于班固：《汉书》卷48《贾谊传》，明伦出版社，1972年版，第2221页。

④ 房玄龄：《晋书》卷49《阮籍传》，鼎文书局，1976年新校本，第1359页。

⑤ 刘昫：《旧唐书》卷111《唐衢传》，鼎文书局，1976年新校本，第1359页。

朱《笺》未考何年之作。但前编《赠友五首》诗,朱《笺》以为作于元和十年(815)。鉴于诗文情思与白居易个人仕宦遭遇,笔者暂时归列为元和十年作品。

《读史五首》第一首言屈原、贾谊事。读史,本来就有鉴古观今的特质,有自我省思的刺激。以楚怀王流放屈原至湘南,当时楚国的国政本已日益荒淫,国力衰退。屈原遭谪,不忍去国而徬徨,绕泽悲吟,后世同情。而汉文帝对贾谊产生间隙,亦将之贬谪至湘南。可是当时"海内殷富,兴于礼义,断狱数百,几于刑措",①政治是清明祥和,一片向上的气势,贾谊却被贬谪湘南,心情苦闷是可以想象的。诗人随后将从政仕途沉浮视为一个经常,只是在"良时"或"乱世"被贬,当事人必有不同的感慨。当处乱世,君王不贤,在朝为官是没有什么荣耀的;但盛世若遭屏弃,那该是多么的遗憾。所以定论屈原的愤懑,绝对不如贾谊来的深呀。

> 楚怀放灵均,国政亦荒淫。彷徨未忍决,绕泽行悲吟。汉文疑贾生,谪置湘之阴。是时刑方措,此去难为心。士生一代间,谁不有浮沉。良时真可惜,乱世何足钦。乃知汨罗恨,未抵长沙深。②

贾谊过湘水为赋以吊屈原,曾说:"逢时不祥。鸾凤伏窜兮,鸱枭翱翔。阘茸尊显兮,谗谀得志;贤圣逆曳兮,方正倒植。世谓随、夷为溷兮,谓跖、蹻为廉;莫邪为钝兮,铅刀为铦。"③逢时不祥所以呈现方正倒植的现象,可是在圣朝遇到圣主明君,却不能抒才为国,是要悔恼终身的。下文第六首《端居咏怀》表现的是一样的情怀。他另一首作于初到江州之时的《谪居》:"面瘦头斑四十四,远谪江州为郡吏。逢时弃置从不才,未老衰羸为何事。火烧寒涧松为烬,霜降春林花委地。遭时荣悴一时

---

① 班固:《汉书》卷4《文帝纪》,明伦出版社,1972年版,第105页。

② 谢《注》,第202页。

③ 贾谊《吊屈原文》。

间，岂是昭昭上天意。”[1]也强调逢盛明之时却遭贬仄的凄苦之情，或许这就是唐代诗人的一个基本论定。

第五首《忆微之伤仲远》，[2]朱《笺》考定为唐宪宗元和十一年(816)，白居易四十五岁。此时白居易被贬江州，正是生命一个低潮。白居易《初授拾遗》诗云：

> 奉诏登左掖，束带参朝议。何言初命卑，且脱风尘吏。杜甫陈子昂，才名括天地。当时非不遇，尚无过斯位。况余蹇薄者，宠至不自意。惊近白日光，惭非青云器。天子方从谏，朝廷无忌讳。岂不思匪躬，适遇时无事。受命已旬月，饱食随班次。谏纸忽盈箱，对之终自愧。[3]

其在《与杨虞卿书》中亦云：“当其在近职时，自惟贱陋，非次宠擢，夙夜腆愧，思有以称之。”[4]可知他初仕时，对自己的期许甚高。

《与杨虞卿书》书写了他被贬江州前夕感慨杂涌的心情，[5]所谓“郁结之志，旷然未舒，思欲一陈左右者久矣”。[6] 信中言道元和九年六月，盗贼当街杀害右丞相惨案，以及自己基于职责，出于忠愤，率先上书谏言惩凶，“故武相之气平明绝，仆之书奏日午入。两日之内，满城知之”，未料因此遭受诸多非议。他事后反省，以为即便因此遭罪，也义无反

---

① 谢《注》，第 1264 页。

② 谢《注》，第 1281 页。自注：“李三仲远去年春丧。”

③ 谢《注》，第 35 页。

④ 白居易著，丁如明、聂世美校点：《白居易全集·与杨虞卿书》，上海古籍出版社，1999 年版，第 638 页。

⑤ 杨虞卿：字师皋，虢州弘农人。元和五年进士，初为校书郎，后擢监察御史。历官弘文馆学士、给事中、工部侍郎，官至京兆尹。大和年间被贬虔州司马，卒于任所。由信中：“且与师皋始于宣城相识，迨于今十七八年，可谓故矣。又仆之妻，即足下从父妹，可谓亲矣。亲如是，故如是，人之情又何加焉？”可知其与白居易为姻亲、好友。

⑥ 由信中“及仆左降诏下，明日而东”句可知。

顾。但此次左迁，竟“不以此为罪名”。居易信中强调：

性又愚昧，不识时之忌讳，凡直奏密启外，有合方便闻于上者，稍以歌诗导之，意者欲其易入而深戒也。不我同者，得以为计，媒孽之辞一发，又安可君臣之道间自明白其心乎？加以握兵于外者，以仆洁慎不受赂而憎，秉权于内者，以仆介独不附己而忌，其余附丽之者，恶仆独异，又信狺狺吠声，唯恐中伤之不获。以此得罪，可不悲乎？

说明自己在“直奏密启”之外，还以诗歌讽谏君上，期望影响力道更为强烈。未料，有心之人从中挑拨，分化君臣关系。自己因不识时之忌讳，得罪握兵、秉权者，又被群小忌妒陷害，以莫须有得罪，感慨不已。

元和十年春，遭逢友人李顾言之丧，又与元稹关山阻隔，所以白居易有许多幽叹之情，化入《忆微之伤仲远》诗中：

幽独辞群久，漂流去国赊。只将琴作伴，惟以酒为家。感逝因看水，伤离为见花。李三埋地底，元九谪天涯。举眼青云远，回头白日斜。可能胜贾谊，[1]犹自滞长沙。

李顾言字仲远，曾官监察御史，居常乐里，与元、白过从甚密。本诗首先强调自己漂流易地，只能以琴消遣寂寥，用酒温暖心房。但仍然不免感慨时光徒逝，友人疏离。如今李顾言之逝与元稹同贬的凄凉长驻难消。最后以自嘲的口吻说：自己一定没有贾谊贤能，所以迄今皇帝尚未召唤回京。“可能”是言“岂有可能”，可见白居易以贾谊被贬又蒙召回的遭遇为借比，述说自己的遭遇更为悲情。

---

① 贾谊被贬长沙三年后，文帝召见。《史记·屈原贾谊列传》载：“贾生征见。孝文帝方受厘。上因感鬼神事，而问鬼神之本。贾生因具道所以然之状。至夜半，文帝前席。既罢，曰‘吾久不见贾生，自以为过之，今不及也。’拜谊为梁怀王太傅。”

第六首《端居咏怀》,[①]朱《笺》考定为元和十一年(816)作,当时白居易在江州司马,年四十五岁。端居,意谓平常居处。此时白居易任江州司马,所能触及的公务有限,所以特意用端居来强调平常的闲居。诗云:

> 贾生俟罪心相似,张翰思归事不如。斜日早知惊鹏鸟,秋风悔不忆鲈鱼。胸襟曾贮匡时策,怀袖犹残谏猎书。从此万缘都摆落,欲携妻子买山居。

第一句与第三句互补,贾谊《吊屈原文》:"恭承嘉惠兮,俟罪长沙"的意思,说明自己被贬江州的心情与贾谊相同。一则是恭承皇恩得以在贬谪处悔过,深恐再犯错误,加深罪过;另一方面则也少不了"既以谪去,意不自得"之情绪。第二句与第四句互补,乃引用张翰弃官归田典故:"翰因见秋风起,乃思吴中菰菜、莼羹、鲈鱼脍。曰:'人生贵得适志,何能羁宦数千里,以要名爵乎?'"[②]说明自己应该要学习张翰,摆脱仕宦所带来的困苦折磨。五、六句用《史记·司马相如列传》:"常从上至长杨猎,是时天子方好自击熊彘,驰逐野兽,相如上疏谏之"典,[③]申明自己其实原有匡世济时的胸襟与能力,现今已领悟一切,只想带着妻子回归山林,逍逸尘外。此诗运用贾谊比喻自己带罪之身。

第七首《江亭夕望》,[④]朱《笺》考定作于元和十二年(817),白居易四十六岁,仍在江州。当年二月白居易卢山草堂落成,经常与僧朋道侣交游,冀求知足自得,与世无忤。他在仕途上的打击,使得早年直谏的勇气渐失,态度上由"兼济"逐渐转为"独善"。反映在诗歌创作上,是讽谕诗减少,闲适、感伤诗的创作量日增。虽说如此,《江亭夕望》仍能感受到他对国事深刻的系念。诗云:

---

① 谢《注》,第1289页。

② 见《晋书·文苑传·张翰列传》卷92,第4页。

③ 《史记·司马相如列传》卷117,第2999页。

④ 谢《注》,第1321页。

凭高望远思悠哉，晚上江亭夜未回。日欲没时红浪沸，月初生处白烟开。辞枝雪蕊将春去，满镊霜毛送老来。争敢三年作归计，心知不及贾生才。

傍晚时分登高望远，望的是家乡或是魏阙？日没、月初，代表诗人在江亭驻留许久。是今天如此，还是经常如此？望着枝头春色消退，望到白发日增。虽然被贬尚未三年，但是心系家国，日夜企盼归去。想到贾谊被贬长沙三年之后，汉文帝宣召入京，不知自己是否有这样的机会。说是才情不如贾谊，所以不感期盼，但是心底却是万分企望圣召。

第八首《偶然二首》之一，①朱《笺》考本诗作于元和十二年(817)，白居易在江州。偶然，有时候，亦作“偶而”、“偶尔”。人生是奇妙的，有许多事并不在情理上发生，似乎就是“命”了。诗云：

楚怀邪乱灵均直，放弃合宜何恻恻。汉文明圣贾生贤，谪向长沙堪叹息。人事多端何足怪，天文至信犹差忒。月离于毕合滂沱，有时不雨何能测。

照理说明智的皇帝会重用贤能忠诚的臣子，但是贾谊却被汉文帝疏远到长沙。天体运行应该是非常规律的，依经验，月亮若远离毕星，就该下雨，但有时发现月亮虽远离毕星，但却没有下雨。若天体运转都没准则，那还有什么可以依循的？贾谊又一次与屈原比较，说明即便恰逢圣主明君之世，贤臣也可能不被重用。

第九首《江州赴忠州至江陵已来舟中示舍弟五十韵》，②朱《笺》考定本诗为唐宪宗元和十四年(819)，当时白居易四十八岁。冬，好友崔群做宰相，特起用他为忠州(今四川省忠县)刺史，举家自江州启程赴任忠州任所，此诗即为途中所作。因在迁徙途中，不免由当初秦地关中作客京师谈起，庆幸如今自己有家人同行。沿途“山逐时移色，江随地改

① 谢《注》，第1323页。

② 谢《注》，第1421页。

名”,风光无限,民情风俗尽收眼底。在心情渐渐调适后,对自己多年来追逐功业的行为作了一番检讨,诗云:

> ……忽愁牵世网,便欲濯尘缨。早接文场战,曾争翰苑盟。掉头称俊造,翘足取公卿。且昧随时义,徒输报国诚。众排恩易失,偏压势先倾。虎尾忧危切,鸿毛性命轻。烛蛾谁救护,蚕茧自缠萦。敛手辞双阙,回眸望两京。长沙抛贾谊,漳浦卧刘桢。鵩鸠鸣还歇,蟾蜍破又盈。年光同激箭,乡思极摇旌。潦倒亲知笑,衰羸旧识惊。乌头因感白,鱼尾为劳赪。剑学将何用,丹烧竟不成。孤舟萍一叶,双鬓雪千茎。老见人情尽,闲思物理精。如汤探冷热,似博斗输赢。险路应須避,迷途莫共争。此心知止足,何物要经营。玉向泥中洁,松经雪后贞。无妨隐朝市,不必谢寰瀛。但在前非悟,期无后患婴。多知非景福,少语是元亨。晦即全身药,明为伐性兵。昏昏随世俗,蠢蠢学黎甿。鸟以能言,龟缘入梦烹。知之一何晚,犹足保余生。

世网系比喻社会上礼法、伦理、道德等对人的束缚。白居易首先表明自己误牵于世网,今日拟用江水洗涤前非。此处用的是《孺子歌》:“沧浪之水清兮,可以濯我缨,沧浪之水浊兮,可以濯我足”的典。可是如何误触世网,又是如何觉悟于今呢?于是叙述当年科场如意,争胜翰苑,称俊群英的过去。但不懂得顺应时势,切合时宜。以为只要认真为国,一切均是应该。未料遭同僚排挤,皇帝也因此疏远自己。一时自己的境遇就像《尚书》所云:“心之忧危,若蹈虎尾,涉于春冰”,①即使牺牲性命也毫无意义。但是自己的个性如此,难以自拔。诗人用了飞蛾扑火、桑蚕茧缚等现象自喻,说明一切灾难都是自己招揽。此时又用了贾谊的典故,比喻自己像贾谊一样,终被君王抛置在长沙异地。时光不断的迁逝,而自己潦倒穷途的磨难尚未过去。头发因忧愁而发白,脸上因挫折

① 《尚书·周书·君牙》,见钱宗武、江灏译注《尚书》,台湾古籍出版社,1996年版,第276页。

而刻满伤纹，只能感慨书剑无用、炼丹亦无成。随着年华老逝，渐通物理。领悟“险路应湏避，迷途莫共争。此心知止足，何物要经营”的道理。所以隐晦而弃明，选择昏蠢随俗，隐于朝市，与世无争。虽然领悟较晚，但是或许可以全躯保命。感慨的语气中，运用贾谊遭贬的无奈，比喻自己的善良无知。贾谊的遭遇，早该放在胸中作为自己的警惕。

第十首《和春深二十首》之九，①朱《笺》考定此诗作于唐文宗大和三年(829)，白居易五十八岁，在长安。作者在《和微之诗二十三首序》云：“微之又以近作四十三首寄来，命仆继和，其间瘀絮四百字、车斜二十篇者流，皆韵剧辞殚，瑰奇怪谲。”所称“车斜二十篇”即是此组诗作。元稹原诗已佚，然由刘禹锡《同乐天和微之春深二十首》自注“同用家、花、车、斜四韵”，可知三人继和的现象。

此诗组先后歌咏了“富贵家”、“贫贱家”、“执政家”、“方镇家”、“刺史家”、“学士家”、“女学家”、“御史家”、“迁客家”、“经业家”、“隐士家”、“渔父家”、“潮户家”、“痛饮家”、“上巳家”、“寒食家”、“博弈家”、“嫁女家”、“娶妇家”、“妓女家”等二十种身份人物于春深之感，虽然身分与分类并未恰当，但作为一种唱和游戏而言，则无可厚非。其中第九首描写迁客家春深感慨。诗云：

> 何处春深好，春深迁客家。一桮寒食酒，万里故园花。炎瘴蒸如火，光阴走似车。为忧鹏鸟至，只恐日光斜。

迁客骚人本为一体，不遇而处江湖者，既待罪却又期盼伺机而起。即便春深如许，迁客举引寒食酒，但心系万里家园。贬谪之地“炎瘴蒸如火”，充分呈现类似长沙卑湿的场景，光阴奔逝，青春不能长在的无奈，无情的锥刺骚人脆弱的心。担忧自己与贾谊同命，心中深恐着夕阳时分，担忧着鹏鸟厄运的造访。此诗以贾谊作为描写的对象，作为天下骚人迁客的代表，传神的表达了迁客身份的内心煎熬。同样运用夕阳景象的第三首执政家，就有着不同的企望与荣耀。诗云：“何处春深好，春

---

① 谢《注》，第 2072 页。

深执政家。凤池添砚水，鸡树落衣花。诏借当衢宅，恩容上殿车。延英开对久，门与日西斜。"宋·钱易《南部新书·甲》云："上元中，长安东内始置延英殿，每侍臣赐对，则左右悉去。故直言谠议，尽得上达。"[①]试想延英殿君臣对议，这是何等荣耀尊宠？同样是西斜日照，却与迁客家两样情怀。对映之下，令人不胜唏嘘。

唐文宗大和三年(829)，白居易以五十八岁高龄重返洛阳。自当年四月，回到洛阳起，到逝世共十八年，未离开过洛阳。其间徜徉饮酒、弹琴赋诗、游山玩水，并与香山寺僧如满结香火社，时相往来，自号"香山居士"；又因颇放意诗酒，故自号"醉吟先生"。大和五年(831)，白居易六十岁时，写了《不准拟二首》[②]强调《不准拟身年六十》，表达了即便六十生日，但不许自己颓老、丧失青春的情怀。第二首谈及当年被贬多年的心酸困苦，都幸运的熬过来了。所以要珍惜这六十岁的机会，"游春犹自有心情"。其中第二首诗云：

> 忆昔谪居炎瘴地，巴猿引哭虎随行。多于贾谊长沙苦，[③]小校潘安白发生。不准拟身年六十，游春犹自有心情。

作者前两句述说当年贬流之境，炎热充满瘴疠之气，蛮荒只听猿哭虎啸，自注"余自左迁江峡，凡经七年。"强化自己比贾谊贬谪长沙三年还要凄苦。不但同情了贾谊，也回味了自己当年的艰辛。

三、白居易诗引用贾谊典故意涵探析

白居易十一首引用贾谊不遇典故的诗作，若更深入分析、梳理，可以发现许多的微妙之处。谨分三大项分析如下：

---

① 钱易撰，黄寿成点校：《南部新书》甲卷，中华书局，2002年版，第2页。

② 谢《注》，第2222页。

③ 自注："余自左迁江峡，凡经七年。"

(一)从元稹贬官、唐衢辞世相关诗作观察:

此处所言相关诗作为:《代书诗一百韵寄微之》、《和梦游春诗一百韵》、《寄唐生》。白居易与元稹的交情,可从白居易《赠元稹》诗进一步了解。[①] 诗云:"自我从宦游,七年在长安",白居易唐德宗贞元十五年(799)冬至长安应进士试,至唐宪宗元和元年(806)适为七年,可知本诗作于元和元年。两人交谊"不为同登科,不为同署官。所合在方寸,心源无异端。"《与元九书》中,白居易称道:"今所爱者,并世而生,独足下耳",可见两人相知相惜。元和五年(810),元稹在洛阳任监察御史,因摄河南尹房式不法事过急,奉召去官归长安。途次敷水驿遇宦官争厅,触怒宪宗,"执政以稹少年后辈,务作威福",三月贬江陵士曹参军。[②] 白居易曾极力上疏营救,不果。[③] 前文所引《代书诗一百韵寄微之》、《和梦游春诗一百韵》均为事后所作感慨。白居易云:"未为明主识,已被幸臣疑。木秀遭风折,兰芳遇霰萎。千钧势易压,一柱力难搘。"[④]所述元稹之遭遇,其实与贾谊相似。白氏因深厚交情故而对其遭遇急切,也因此为其感到殷然、不平。这样的悲愤,其实超越白居易所能自持者。

白居易《伤唐衢二首》之一云:"自我心存道,外物少能逼。常排伤

---

① 诗云:"自我从宦游,七年在长安。所得惟元君,乃知定交难。岂无山上苗,径寸无岁寒。岂无要津水,咫尺有波澜。之子异于是,久处誓不谖。无波古井水,有节秋竹竿。一为同心友,三及芳岁阑。花下鞍马游,雪中杯酒欢。衡门相逢迎,不具带与冠。春风日高睡,秋月夜深看。不为同登科,不为同署官。所合在方寸,心源无异端。"谢《注》,第37页。

② 此事件可参《旧唐书·元稹传》卷166,中华书局,1997年版,第4331页。

③ 见白居易《论元稹第三状监察御史元稹贬江陵府士曹参军》见丁如明、聂世美校点《白居易全集》,第818页。白居易左迁诏令下,元稹在通州作《闻乐天授江州司马》:"残灯无焰影幢幢,此夕闻君谪九江。垂死病中惊坐起,闇风吹雨入寒窗。"

④ 见《代书诗一百韵寄微之》诗。

心事，不为长叹息。忽闻唐衢死，不觉动颜色。悲端从东来，触我心恻恻。”①诗中强调两人“一言如旧识”、“交心不交面”。第二首更言自己初任谏官，见兵革方歇，生民憔悴，因伤民疾痛而不识忌讳的作了《秦中吟》，在遭受许多非议之际，“唯有唐衢见，知我平生志。一读兴叹嗟，再吟垂涕泗。因和三十韵，手题远缄寄。致吾陈、杜间，赏爱非常意。”②可知两人理念相同，交谊深厚。唐衢突然过世，应该让白居易痛失同道。因唐衢善哭，所以运用贾谊哭时事，阮籍哭歧路的典故，引出唐生对国事苍生的关怀，也因其“五十着青衫，试官无禄食”的遭遇，与贾谊、阮籍壮志不得抒的悲情相似，白居易为之恸伤不已。唐生之死，又一次戳破了白氏的理性。可知在白居易笔下，贾谊的不幸，已等同于友朋的遭遇。

（二）从自身被贬江州、忠州时期相关诗作观察：

此处所言相关诗作为：《读史五首·屈贾》、《忆微之伤仲远》、《端居咏怀》、《江亭夕望》、《偶然二首》之一、《江州赴忠州至江陵已来舟中是舍弟五十韵》。元和十年所作《读史》五首，言词稍有情绪起落，但仍不失平稳，不像遭贬的心情，更像理性的叙说。但当白居易自身忠而见疑，遭遇诬蔑、委屈时，他的情绪也是相当起伏的。

从元和十年六月右丞相遇害起，白居易率先上书谏言逞凶，即陆续受贬责、诬陷。是年八月被奏贬江州。若由《与元九书》云：“仆数月来检讨囊箧中，得新旧诗，各以类分。”③推判在离开京城赴江州期间，便在作诗整理。到江州后，自编诗集十五卷。书信中，他言道将诗作分为四类：

> 自拾遗来，凡所遇所感，关于美刺兴比者，又自武德讫元和，因事立题，题为“新乐府”者，共一百五十首，谓之“讽喻诗”；又或退公

---

① 谢《注》，第 83 页。

② 见《寄唐生》诗。谢《注》，第 78 页。

③ 见《与元九书》，见丁如明、聂世美校点《白居易全集》，第 647 页。

> 独处，或移病闲居，知足保和吟玩情性者一百首，谓之“闲适诗”；又有事物牵于外，情性动于内，随感遇而形于叹咏者一百首，谓之“感伤诗”；又有五言、七言、长句、短句，自一百韵至两韵者四百余首，谓之“杂律诗”。凡为十五卷，约八百首。

白居易接着说明各分类的界定：

> 仆志在兼济，行在独善，奉而始终之则为道，言而发明之则为诗。谓之“讽喻诗，兼济之志也；谓之“闲适诗”，独善之义也。故览仆诗者，知仆之道焉。其余“杂律诗”，或诱于一时一物，发于一笑一吟，率然成章非平生所尚，但以亲朋合散之际，取其释恨佐欢。今铨次之间，未能删去，他时有为我编集，斯文者略之可也。

可知白居易严守诗教，将诗歌作为教化、讽谏的主要工具。他最重视的是“讽喻”与“闲适”两类，因为这两类正可以体现他兼济与独善的道行准则。但他为何要在此时强化这两类重要，甚至要删去杂律诗呢？笔者以为或藉董理诗作，删除不必要之事端。他在江州一年后，有《答户部崔侍郎书》，说明了自己待罪江州的心态：

> 顷与阁下在禁中日，每视草之暇，匡床接枕，言不及他，常以南宗心要，互相诱导。① 别来闲独，随分增修，比于曩时，亦似有得，得中无得，无可寄言。来书云“粗示可乎”，斯不可也。……然自到浔阳，忽已周岁，外物尽遣，中心甚虚。虽赋命之间，则有厚薄，而忘怀之后，亦无穷通，用此道推，颓然自足。又或杜门隐几，块然自居，木形灰心，动逾旬月。当此之际，又不知居在何地，身是何人，虽鹏鸟

① 南宗心要：据孙昌武《诗与禅》考定，东大图书，1994 年版，第 202 页。元和十一年，白居易《答户部崔侍郎书》就提到彼此“常以南宗心要互相诱导”，可以看出白在元和年间就已倾心南宗禅。萧丽华《白居易诗中庄禅合论之底蕴》(唐代文学国际学术研讨会，西安，1996 年 9 月)也如此主张。

集于前,枯柳生于肘,[1]不能动其心也,而况进退荣辱之累耶?[2]

书信中提到他修习南宗禅。强调比于曩昔,似有所得。这一年来,外物尽遣,而心无挂累。及便人生在世赋命有其厚薄,而自己在闻道之后,已无不自得。即便同样遇到鹏鸟入室,或肘生柳枝这样的异变之事,他也不动于心,更何况尘世间的仕途升降,荣耀或耻辱这样的问题,当然也更不足忧。可是他真的是宠辱皆忘了吗?其实,贾谊的失落、惊恐及期盼,就是自身的写照。

(三)从晚年退居洛阳时期相关诗作观察:

此处所言相关诗作为:《和春深二十首》之九、《不准拟二首》之二。宪宗元和十五年(820),白居易与元稹均被召还长安,白氏当时四十九岁。随即宪宗崩,穆宗继位。授中书舍人,后又拜尚书主客郎中,知制诰,加朝散大夫,转上柱国。其精神又重振奋,诗云:"得水鱼还动鳞鬣,乘轩鹤亦长精神。"[3]可知当时其未忘怀功名。不过牛、李党争渐烈,除无能作为之外,更兴忧惕,担心再遭谗害,故请求外任。穆宗长庆二年(822)出为杭州刺史,躲避朋党倾轧,也愈亦消沉仕途,多探究佛理妙义,找寻精神寄托。[4] 加上他有耽酒寻酣,以醉为乡之好,"往往酣醉,终日不醒",[5]也是一种不遇的自我麻醉表现。[6] 晚年宦职屡有调整,

---

① 于此用贾谊《鹏鸟赋》与《庄子·至乐》之典故。

② 见《答户部崔侍郎书》,见《白居易全集》,第 652 页。

③ 见《初加朝散大夫又转上柱国》诗:"紫微今日烟霄地,赤岭前年泥土身。得水鱼还动鳞鬣,乘轩鹤亦长精神。且惭身忝官阶贵,未敢家嫌活计贫。柱国勋成私自问,有何功德及生人。"谢《注》,第 1528 页。

④ 据《宋高僧传》所载,白居易向名僧探讨佛理妙义,多在出守杭州之后。赞宁撰,范祥雍点校《宋高僧传》,中华书局,1996 年版。

⑤ 见《效陶潜体诗十六首》诗序,见谢《注》,第 498 页。

⑥ 由晚年所作《醉吟先生传》云:"性嗜酒,耽琴,淫诗。凡酒徒、琴侣、诗客,多与之游,游之外,栖心释氏、通学小中大乘法",可见一斑。《白居易全集》,第 997 页。

文宗大和三年(829),因病请假百日,假满,免官授太子宾客分司洛阳,当时五十六岁。四月返洛后,从此终老于此,十八年间不改“长归”初意。① 武宗会昌六年(846),八月病逝于洛阳,享年七十五岁。

总结白居易仕途,其实并不顺遂,长年处于幽愤不安的状况。《新唐书》载:

> 居易被遇宪宗时,事无不言,湔剔抉摩,多见听可,然为当路所忌,遂摈斥,所蕴不能施,乃放意文酒。既复用,又皆幼君,偃蹇益不合,居官辄病去,遂无立功名意。②

以为白居易早无功名之意。但其五十八岁与六十岁,退居洛阳时所作的两首诗,均用贾谊遭贬又遇鹏鸟事为典,甚而回忆前尘往事,以贾谊贬长沙与自身经历相比。可证此时即便宣言“栖心释氏”,却对当年仕途风波仍有余愠,贾谊典故则为其心中隐隐之憾的表征。

四、结　　语

白居易三十五岁首次引用贾谊不遇典故,主要是以贾谊遭遇比拟元稹、唐衢遭遇。密集运用贾谊不遇典故的时间,是在四十四至四十八岁,自己被贬江州到忠州期间,此时贾谊不遇多则与自身遭遇相关。五十八岁及六十岁运用,已少悲苦情绪。在典故运用中,强化了贾谊有王佐之才,具忠君爱国之思,因受小人谗言离间,导致君王失察被贬。贾谊在长沙期间鹏鸟集舍,占问为赋自宽,诗人寄予非常之同情。这与一般诗人用贾谊典没有太大区别。较特别的是:他以为屈、贾均有才情,然屈原处乱世,逢昏君而遭弃,其遗憾应不如贾生在盛世、逢明君,竟遭

---

① 大和三年四月,白氏返回洛阳,有《归旅道宅》诗:“往时多暂住,今日是常归。”见罗联添撰,《白乐天年谱》,国立编译馆,1989年版,第256页。

② 见《新唐书·白居易传》卷119,中华书局,1997年版,第4304页。

贬斥来得悲情。在白居易意见中，贾谊只能无奈的将自己的遭遇诉诸命运的安排，或许有是有其道理的。那白居易引用贾谊典故入诗，他面对人生的态度，就该同于贾谊《鹏鸟赋》中的大观达人般，“纵躯委命兮，不私与己。其生兮若浮，其死若休。澹乎若深渊之静，泛乎若不系之舟。”如白居易《与杨虞卿书》说：

> 仆之是行也，知之久矣，自度命数，亦其宜然。……命通则事偶，事偶则幸来。幸之来，尚归之于命，不幸之来也，舍命复何归哉？所以上不怨天，下不尤人者，实如此也。又常照镜，或观写真，自相形骨，非富贵者必矣。以此自决，益不复疑。故宠辱之来，不至惊怪，亦足下素所知也。今且安时顺命，用遣岁月。①

《与元九书》云：

> 大丈夫所守者道，所待者时。时之来也，为云龙为风鹏，勃然突然，陈力以出；时之不来也，为雾豹为冥鸿，寂兮寥兮，奉身而退。进退出处，何往而不自得哉。

均强调了自己“上不怨天，下不尤人”，“安时顺命”，进退出处，何往而不自得。《旧唐书》本传载：

> 居易儒学之外，尤通释典，常以忘怀处顺为事，都不以迁谪介意。……居易与凑、满、朗、晦四禅师，追永、远、宗、雷之迹，为人外之交。每相攜游咏，跻危登险，极林泉之幽邃。至于倚然顺适之际，几欲忘其形骸。或经时不归，或逾月而返，郡守以朝贵遇之，不之责。②

---

① 见《与杨虞卿书》。

② 见《旧唐书·白居易传》卷166，中华书局，1997年版，第4345页。

强调白居易因通释法，所以“常以忘怀处顺为事，都不以迁谪介意。”本传所云，基本上与白居易《庐山草堂记》所陈类似。① 元和十一年秋，白居易在庐山修筑草堂，翌年春季落成，有《记》载明其间之乐。其中提及：“昔永、远、宗、雷辈十八人同入此山，老死不返，去我千载，我知其心以是哉！”除表达对前辈高僧之景仰崇敬，对佛法的向望也不言可喻。而文中即提到参与落成典礼之东西二林长老凑、朗、满、晦、坚等高僧，与本传所云居江州时期与方外常往来相同。② 可知在其江州贬谪期间，与方外僧侣往来往甚密。又据《宋高僧传》所载，白居易向名僧探讨佛理妙义，多在出守杭州之后，以是世人多相信他的通达。

但从白居易诗引用贾谊典故频率与内涵分析，白氏透露了得失之情，内心还有一丝禅修照顾不到的隐痛。笔者以为：当他因《赏花》、《新井》之尤被贬，对贾谊的同情或关怀，必然油然更增，导致被贬江州、忠州时期对贾谊加倍关心，以贾谊自比的机会都提增了。由他给杨虞卿的书信中，提及拥兵者、有权者、忌妒者，都向皇帝进了谗言，造成君臣疏离的下场，他的遭遇与贾谊非常相似。这因诗作牵连被贬的事件，对白居易有相当大的打击与影响。所以他重新诠次诗作。在《与元九书》中，他特别强调“讽喻”与“闲适”两类诗作，符合他达则兼济天下，穷则独善其身的原则。却未再提“感伤诗”，只针对“杂律诗”说明，特别强调非平生所尚，日后若元稹为其编辑诗集时，可以将之删去。目前白居易诗集中已无法证实，累其左迁之《赏花》、《新井》诗为何，假若真有其诗，或许就该列为“感伤”或“杂律”之作。这两类的作品无论是“有事物牵于外，情性动于内，随感遇而形于叹咏者”；“或诱于一时一物，发于一笑一吟，率然成章非平生所尚，但以亲朋合散之际，取其释恨佐欢。”虽“率然成章”，却都该来自作者真诚、诚挚的情思，也许没有了过多理性，少

---

① 《庐山草堂记》，见《白居易全集》，第630页。

② 所谓东西二林，为东晋慧远所建的东林寺及东晋慧永所建西林寺。据《白氏长庆集》卷24《唐故江州兴国寺律大德凑公塔碣铭序》可知：凑公姓成，京兆蓝田人，法号神凑，为东林寺高僧。满，法号智满；坚，法号智坚，这两个人也是东林寺僧人。朗、晦二人事迹无考。

了许多道理，方能看出作者最真诚的情意，达到“释恨佐懽”的效果。综观本文所整理的十一首诗作中，只有二首为白氏的“讽喻诗”，九首均为杂律。可以推测，白居易自称的安时处顺之说，只是一个理想常态，偶尔也会有意外发生。

在《鹏鸟赋》，贾谊用庄老思想疏通情怀，但终不能自宽，抑郁而逝。唐人除老庄之外，还有佛法。佛、道是一种药，但面对生命的挫折，未必能有效应。或许在君王集权环境下，怀才是一种原罪，不遇是一种无奈，自我开脱只是一种说法。唐人说贾谊故事，可能更多是在说自身遭遇。贾谊的不遇与诗人的际遇暗合，崁在诗人内心深处，即便到其晚年，仍与自己最低沉的心跳暗触。由白居易在诗作中引用贾谊的典故，对贾谊遭遇的同情共感，也加强了我们对诗人的同情与了解。剖析诗人脆弱之处，并非要藐视白居易，而是更疼惜他受困、受辱时的挣扎与痛苦。更尊重他不离志道，坚持兼济或独善的情怀。

■ 作者简介

孙永忠，台湾辅仁大学中国文学系副教授兼系所主任，主要从事中国古代文学研究。

推类而言:汉代乐器赋叙写模式探析

王欣慧

(台湾辅仁大学中国文学系　台湾新北　24205)

内容提要　自嵇康将两汉以来音乐赋的体制风流归结为“称其材干,则以危苦为上;赋其声音,则以悲哀为主;美其感化,则以垂涕为贵。丽则丽矣,然未尽其理也。”历来对汉代音乐赋的讨论便大多集中在对此一固定叙写模式的追本溯源或以悲为美的音乐美学上,似有意为两汉音乐赋莫不相袭的体制进行辩解。然而嵇康《琴赋》本身也沿袭了这样的叙写模式,只是将危苦之材变为醇和之材,悲哀之音变为平和之音,垂涕之美变为致和之美。换言之,嵇康对两汉音乐赋的批评是在于汉人“不解音声”,而非体制相沿。本文无意就汉至晋的音乐思想进行阐发,而是着眼在由材之危苦(醇和)到音之悲哀(平和),而最终期待引发垂涕(致和)之美效用的层层推衍写作手法,亦即分析“推类而言”的修辞策略在汉代乐器赋中的运用,并试图从中发掘枚乘《七发》、王褒《洞箫赋》、马融《长笛赋》在相同叙写模式中所类应出的不同音乐效果。

关键词　乐器赋　《七发》　《洞箫赋》　《长笛赋》　叙写模式　推类

一、前　　言

自嵇康《琴赋》提出:“八音之器,歌舞之象,历世才士,并为之赋颂,其体制风流,莫不相袭。称其材干,则以危苦为上;赋其声音,则以悲哀为主;美其感化,则以垂涕为贵。”①此后,危苦之材、悲哀之音、垂涕之

① 萧统:《文选》,华正书局,2000年版,第255页。

美,便成了后世对两汉乐器赋叙写模式的既定印象。诚然,固定的叙写模式或可视为"文体通行既久,染指遂多,自成习套"的一种结果,①即使是嵇康的《琴赋》都未能摆脱前人的那套叙写模式;是以,我们若只是着眼于文学写作的自成习套上,自然会觉"观仿太切,了无新意"②,潘岳《笙赋》就说:"若乃绵蔓纷敷之丽,浸润灵液之滋,隅隈夷险之势,禽鸟翔集之嬉,固众作者之所详,余可得而略之也。"③索性将笙的材料产地、生长环境略而不谈。然而,面对这自成习套的叙写模式,若重点不只是在"观仿太切",而是在于"观仿"的背后,其实是为了表达某一种共同的、基本的认知,那么我们就不能单纯地以相袭、模仿和了无新意来看待这个现象。

蔡英俊先生在论及汉赋艺术特征时,特别针对赋体"推类而言"④的表现手法加以说明:

> 汉赋所以被认定为一种"推类"的艺术,主要就是建立在对于所呈现的对象事物的分类与串接的模式上:"类"是指称汉赋所描述的对象事物在"类型"上所属的特定的范畴,"推"则是阐明汉赋在呈现对象事物时所运用的"铺排"或"推衍"的连结方式。就此而

① 王国维:《人间词话》,汉京文化事业有限公司,1980年版,第54条,第33页。

② 洪迈《容斋随笔》卷7:"枚乘作七发,创意造端,丽脂腴辞,上薄骚些,盖文章领袖,故为可喜。其后继之者,如傅毅《七激》、张衡《七辩》、崔骃《七依》、马融《七广》、曹植《七启》、王粲《七释》、张协《七命》之类,观仿太切,了无新意。"(见《全宋笔记》第5编,大象出版社,2012年版,第94页。)

③ 萧统:《文选》,第260页。

④ 关于赋体"推类"的特色,《汉书·扬雄传》记载:"雄以为赋者,将以风也,必推类而言,极丽靡之辞,闳侈巨衍,竞于使人不能加也。"(《汉书》,卷87,中华书局,1997年,第3575页。)皇甫谧《三都赋序》也说:"赋也者,所以因物造端,敷弘体理,欲人不能加也。引而申之,故文必极美;触类而长之,故辞必尽丽。然则美丽之文,赋之作也。"(《文选》,卷45,第641页。)可见"推类而言"是赋体特定的写作手法。

> 言，所谓“引而申之，触类而长之”的提法，则清楚标明了这种分类与串接的具体写作方式。……“引而申之”或许可以说是指称由一个立论的中心点加以推衍、引申的写法，譬如作品中论及“方位”，则势必分项逐一写出“东”、“西”、“南”、“北”、“上”、“下”或“左”、“右”等具体的方位。至于“触类而长之”的写法，则是作品在叙说某一类特定的事物时，必须就该类事物所可能包含的细目加以排比、串接，譬如叙及“植物”，则势必一一详述相关的类属，或“木本”、“草本”，或“水生”等具体的草木之名。①

虽然上述引文主要是分析汉赋如何运用类推的联想来进行意念与文字表现的发展，但是这种藉由类推以呈现事物的方式，正如同邹衍采取“必先验小物，推而大之，至于无垠”，“先列中国名山大川，通谷禽兽，水土所殖，物类所珍，因而推之，及海外人之所不能睹”②的类推法所构造出来的宇宙图式，都是一种描述（认识）世界的方式。而这样的书写模式，已然成为战国到两汉时期为人所熟知的一种意义表述模式，以至于成为一种足以辨识、自然而然接受的集体共识。③ 郑毓瑜先生即以《吕氏春秋》及《史记·殷本纪》中“伊尹说商汤”的故事为例，指出“推类而言”的写作方式，可以说是自伊尹以迄汉赋作家在劝说君王上出现的一致修辞策略，但也可以反过来说，这种“推类而言”的修辞策略，成为劝说君王的习惯性选择。④

因此，如果我们从习惯性、认知性的角度来看待所谓的“习套”，那么乐器赋中所具有的固定叙写模式，就是一个值得深究的问题。换句话说，我们不应该只是归纳、排比两汉魏晋乐器赋中相同的叙写模式，

---

① 蔡英俊：《中国古典诗论中“语言”与“意义”的论题——“意在言外”的用言方式与“含蓄”的美典》，台湾学生书局，2001 年版，第 47—48 页。

② 司马迁：《史记》，中华书局，1997 年版，卷 74，第 2344 页。

③ 关于“类推法”于上古时期所形成的感知模式，可参见郑毓瑜：《替代与类推》，《引譬连类：文学研究的关键词》，联经出版事业股份有限公司，2012 年版，第 206—266 页。

④ 郑毓瑜：《替代与类推》，《引譬连类：文学研究的关键词》，第 216 页。

而是应该去追问，何以嵇康在批评了历代才士莫不因袭的乐舞赋体制之后，仍采用相同的模式写琴？潘岳“固众作者之所详，余可得而略之也”的说法，有没有可能不是因为担心“观仿太切，缺乏新意”，而是这固定的体制风流，已成为一种可供辨识、足以召唤知识记忆、自然而然接受的集体共识？

二、枚乘《七发》“以悲为美”的修辞策略

枚乘《七发》中描写悲音的一段，向来被视为音乐赋的滥觞。主要是因为枚乘虽写琴音，却先从制琴之材的龙门之桐写起，再写桐木经由名师手艺精制成琴，之后才写乐师鼓琴而歌，以及鼓琴之后音声感物的效果，这一描述至悲之音的四段过程，被后来专门赋写乐器的音乐赋吸收，成为固定的叙写模式。因此，学界便多着眼于《七发》所述“至悲”之音对后代音乐赋的影响，以及赋中“以悲为美”的音乐审美取向。①

首先就至悲之音而言，前行学者多探究赋中“以悲为美”的由来，指出早在战国时期“尚悲”的音乐风气就已存在，《韩非子·十过》记载：

> 奚谓好音？昔者卫灵公将之晋，至濮水之上，税车而放马，设舍以宿，夜分，而闻鼓新声者而说之，使人问左右，尽报弗闻。乃召师涓而告之，曰：“有鼓新声者，使人问左右，尽报弗闻，其状似鬼神，子为我听而写之。”师涓曰：“诺。”因静坐抚琴而写之。师涓明日报曰：“臣得之矣，而未习也，请复一宿习之。”灵公曰：“诺。”因复留宿，明日，而习之，遂去之晋。晋平公觞之于施夷之台，酒酣，灵

① 如：黄韵如，《汉魏六朝音乐赋研究》（国立中央大学中国文学系在职专班硕士论文，2011 年）；何美谕，《魏晋乐论与乐赋音乐审美研究》（国立成功大学中国文学系博士论文，2008 年）；杨佩萤，《从六朝乐赋再探文学抒情传统》（国立台湾师范大学国文研究所硕士论文，2004 年）；戴伊澄，《文选音乐类赋篇研究》（国立台湾师范大学国文研究所硕士论文，2002 年）。

> 公起，公曰："有新声，愿请以示。"平公曰："善。"乃召师涓，令坐师旷之旁，援琴鼓之。未终，师旷抚止之，曰："此亡国之声，不可遂也。"平公曰："此道奚出？"师旷曰："此师延之所作，与纣为靡靡之乐也，及武王伐纣，师延东走，至于濮水而自投，故闻此声者必于濮水之上。先闻此声者其国必削，不可遂。"平公曰："寡人所好者音也，子其使遂之。"师涓鼓究之。平公问师旷曰："此所谓何声也？"师旷曰："此所谓清商也。"公曰："清商固最悲乎？"师旷曰："不如清徵。"公曰："清徵可得而闻乎？"师旷曰："不可，古之听清徵者皆有德义之君也，今吾君德薄，不足以听。"平公曰："寡人之所好者音也，愿试听之。"师旷不得已，援琴而鼓。一奏之，有玄鹤二八，道南方来，集于郎门之垝。再奏之而列。三奏之，延颈而鸣，舒翼而舞。音中宫商之声，声闻于天。平公大说，坐者皆喜。平公提觞而起为师旷寿，反坐而问曰："音莫悲于清徵乎？"师旷曰："不如清角。"平公曰："清角可得而闻乎？"师旷曰："不可。昔者黄帝合鬼神于泰山之上，驾象车而六蛟龙，毕方并辖，蚩尤居前，风伯进扫，雨师洒道，虎狼在前，鬼神在后，腾蛇伏地，凤皇覆上，大合鬼神，作为清角。今主君德薄，不足听之，听之将恐有败。"平公曰："寡人老矣，所好者音也，愿遂听之。"师旷不得已而鼓之。一奏之，有玄云从西北方起；再奏之，大风至，大雨随之，裂帷幕，破俎豆，隳廊瓦，坐者散走，平公恐惧，伏于廊室之间。晋国大旱，赤地三年。平公之身遂癃病。故曰：不务听治，而好五音不已，则穷身之事也。[①]

此处虽然是藉由清商、清徵、清角等音声质性的不同比附君德的厚薄，暗示君王应致力于修身正行，扩施善政，而非沉溺于音乐不止；但从卫灵公行至濮水之上听闻新声（亡国之声）而感愉快，晋平公君臣听清徵后大悦、坐者皆喜，复又坚持聆听至悲之音清角，可见好音是以悲哀为主。此外，刘向《说苑·善说》也提及："雍门周以琴见孟尝君，孟尝

① 王先慎：《韩非子集解》，中华书局，1988年版，卷3，第62—66页。

君曰:‘先生鼓琴,亦能令文悲乎?’”[①]扬雄《琴清音》也有“晋王谓孙息曰:‘子鼓琴能使寡人悲乎?’”[②]的记录,均显示听音尚悲的风气由来已久。

《七发》假设楚太子有疾,吴客前往问候,以至悲之音、至美之味、至骏之骑、至乐之游、至壮之猎、至诡之涛,层层递进,以诱发太子兴起听闻要言妙道的兴致。楚太子之疾,很明显是来自于“久耽安乐,日夜无极”[③]的富贵病,所谓“贵人之子必宫居而闺处,内有保母,外有傅父,欲交无所。饮食则温纯甘膬,脭醲肥厚;衣服则杂沓曼暖,燂烁热暑。”[④]如此“恣支体之安”的结果,却是导致“玉体不安”、“邪气袭逆,中若结轖”,以至于“纷屯澹淡,嘘唏烦酲,惕惕怵怵,卧不得瞑。虚中重听,恶闻人声,精神越渫,百病咸生,聪明眩曜,悦怒不平”[⑤]的精神不稳定状况。而这种因久耽安乐而产生的心理疾病,自然是擅长脏腑治疗的扁鹊[⑥]或能够祈神袪病的巫咸无法医治的。换言之,楚太子自言“惫,谨谢客”,是指心情意绪上的极度疲倦,唯有“宜世之君子,博闻强识,承间语事”,才能“变度易意”,[⑦]改变太子意兴阑珊的生活态度和意志。《淮南子·泰族训》就说:

> 凡人之所以生者,衣与食也,今囚之冥室之中,虽养之以刍豢,衣之以绮绣,不能乐也。以目之无见,耳之无闻,穿隙穴,见雨零,

① 刘向:《说苑》(《中国子学名著集成》),《中国子学名著集成》编印基金会,1978年版,卷11,第355—356页。

② 扬雄:《琴清音》(《丛书集成续编》),艺文印书馆,1970年版,第2页。

③ 萧统:《文选》,第478页。

④ 同前注。

⑤ 同前注。

⑥ 司马迁,《史记·扁鹊列传》:“人之所病,病疾多;而医之所病,病道少。故病有六不治:骄恣不论于理,一不治也;轻身重财,二不治也;衣食不能适,三不治也;阴阳并,藏气不定,四不治也;形羸不能服药,五不治也;信巫不信医,六不治也。有此一者,则重难治也。”(第2794页)。

⑦ 萧统:《文选》,第479页。

> 则快然而叹之，况开户发牖，从冥冥见照照乎！从冥冥见照照，犹尚肆然而喜，又况出室坐堂，见日月光乎！见日月光，旷然而乐，又况登泰山，履石封，以望八荒，视天都若盖，江河若带，又况万物在其间者乎！其为乐岂不大哉！①

人若处于冥室之中，即使“养之以刍豢，衣之以绮绣”，也不能使之快乐，反而是在“穿隙穴”、“开户牖”、“出室堂”、“登泰山”、“履石封”、“望八极”一连串循序递进的开启耳目见闻中，连类出“雨零”、“照照”、“日月”、“天都”、“江河”，乃至“万物”在其间的动态世界，方可大乐。《七发》中的楚太子宫居闺处、欲交无所，以致悦怒不平，与《淮南子》中囚于冥室之人极为相似，枚乘于是透过铺陈“听音”、“饮食”、“骑乘”、“游览”、“畋猎”、“观涛”、“闻道”等各种嗜欲活动，以连类出“至悲”、“至美”、“至骏”、“至乐”、“至壮”、“至诡”、“至妙”的身心感受，让一再自言“仆病未能也”的楚太子，终于“据几而起”、“涊然汗出”，使心中长久郁积的邪气霍然消散。因此，“至悲”之音与“至美”之味、“至骏”之骑、“至乐”之游、“至壮”之猎、“至诡”之涛、“至妙”之道相同，都是诉诸感官经验以求除忧转喜的一种修辞手段。② 是以，对于《七发》中至悲之音的描写，我们或可不必再追问听音尚悲的由来，或者悲音感人的所在，而是应该追问何以写悲音必须连带写危苦之琴材？

---

① 何宁：《淮南子集释》，中华书局，1998年版，卷20，第1418—1419页。

② 刘勰《文心雕龙·杂文》说：“枚乘摛艳，首制《七发》，腴词云构，夸丽风骇。盖七窍所发，发乎嗜欲，始邪末正，所以戒膏粱之子也。”（范文澜，《文心雕龙注》，商务印书馆，1995年版，第254页。）此后学者也多从“劝百讽一”的角度，视《七发》为一具有政治讽喻性的作品。本文从连类、疗愈的角度重新检示《七发》的写作，主要得自于郑毓瑜先生《连类、讽诵与嗜欲体验的传译—从〈七发〉的疗疾效能谈起》（《清华学报》，新36卷第2期，2006年12月，第399—425页）一文的启发。

三、"以类相感"的悲境营造与"物类相召"的集体记忆

前文提及刘向《说苑》及扬雄《琴清英》记载了孟尝君及晋王要求鼓琴者弹琴令己生悲一事,鼓琴者的回答分别是:

> 雍门子周曰:"臣何独能令足下悲哉?臣之所能令悲者,有先贵而后贱,先富而后贫者也。不若身材高妙,适遭暴乱,无道之主,妄加不道之理焉;不若处势隐绝,不及四邻,诎折傧厌,袭于穷巷,无所告愬;不若交欢相爱无怨而生离,远赴绝国,无复相见之时;不若少失二亲,兄弟别离,家室不足,忧戚盈胸。当是之时也,固不可以闻飞鸟疾风之声,穷穷焉固无乐已。凡若是者,臣一为之徽胶援琴而长太息,则流涕沾衿矣。今若足下拜上千乘之君也,居则广厦邃房,下罗帷,来清风,倡优侏儒处前选进而谄谀;燕则斗象棋而舞郑女,激楚之切风,练色以淫目,流声以虞耳;水游则连方舟,载羽旗,鼓吹乎不测之渊;野游则驰骋弋猎乎平原广囿,格猛兽;入则撞锺击鼓乎深宫之中。方此之时,视天地曾不若一指,忘死与生,虽有善琴者,固未能令足下悲也。"①
>
> 息曰:"今处高台邃宇,连屋重户,藿肉浆酒,倡乐在前,难可使悲者。乃谓少失父母,长无兄嫂,当道独坐,暮无所止,与此者乃可悲耳。"乃援琴而鼓之,晋王酸心哀涕曰:"何子来迟也!"②

雍门子周和孙息都认为琴声并不能引发悲情,鼓琴者之所以能奏出令人生悲的乐曲,纯粹是因为听者心中原有的悲凄之情,这样的说法其实也就是后来嵇康在《声无哀乐论》中主张的"哀乐自当以情感,则无系于

---

① 刘向:《说苑·善说》,第356—357页。

② 扬雄:《琴清英》,第2—3页。

声音。”①

我们姑且不论声音本身是否具有哀乐之情，但雍门子周和孙息无法鼓琴令孟尝君、晋王生悲的原因竟然都出自于人主居则“广厦邃房”、“连屋重户”，食则“藿肉浆酒”，燕则“倡乐在前”、“斗象棋而舞郑女”，生活上的富贵安乐正是枚乘笔下楚太子生活的写照。为了能够让久耽安乐的君王产生悲情，孙息营造了“少失父母，长无兄嫂，当道独坐，暮无所止”的孤苦情境；雍门子周则是设辞讲述孟尝君与秦、楚为敌，日后可能亡国的危苦场景，所谓：

> 千秋万岁后，庙堂必不血食矣。高台既以坏，曲池既以渐，坟墓既以下而青廷矣。婴儿竖子樵采薪荛者，蹢躅其足而歌其上，众人见之，无不愀焉，为足下悲之曰：“夫以孟尝君尊贵乃可使若此乎？”于是孟尝君泫然泣涕，承睫而未殒，雍门子周引琴而鼓之，徐动宫征，微挥羽角，切终而成曲，孟尝君涕浪汗增，欷而就之曰：“先生之鼓琴令文立若破国亡邑之人也。”②

两人的情境营造，使得晋王及孟尝君在听琴声的当下皆泫然泪下，欷歔不已。虽然，枚乘假托的楚太子情况与孟尝君、晋王不同，但透过情境的营造才能让至悲之音产生感人的效果，应该是源自于先秦以来对于“感于物而后动”的音乐说的认识，《乐记》就说：

> 是故其哀心感者，其声噍以杀；其乐心感者，其声啴以缓；其喜心感者，其声发以散；其怒心感者，其声粗以厉；其敬心感者，其声直以廉；其爱心感者，其声和以柔。六者，非性也，感于物而后动。③

---

① 嵇康：《嵇中散集》，中州古籍出版社，1997年版，卷4，第3页。

② 刘向：《说苑·善说》，第358—359页。

③ 《礼记》（《十三经注疏》，艺文印书馆，2001年版），卷38，第663页。

声音的“噍杀”、“啴缓”、“发散”、“粗厉”、“直廉”、“和柔”，都是来自于人心的“哀”、“乐”、“喜”、“怒”、“敬”、“爱”，而声音所能引发的感受，自然也会因人而异，《淮南子》提到：

> 夫载哀者闻歌声而泣，载乐者见哭者而歌。哀可乐者，笑可哀者，载使然也。①
>
> 夫歌《采菱》，发《阳阿》，鄙人听之，不若此《延路》、《阳局》。非歌者拙也，听者异也。②

这已经考虑到声音效果与听音者本身情感状态的关系。因此枚乘为使精神萎靡的楚太子闻悲音而能起听之，势必得采取类似善说者雍门子周“以类相感”的情境营造模式，激发楚太子的内在感情。首先“高百尺而无枝”的龙门之桐，已然给人一种孤挺形象的联想；紧接着“上有千仞之峰，下临百丈之溪。湍流溯波，又澹淡之”的生长环境，导致桐木“其根半死半生”的状态，又进一步引人进入一种因同情而生的哀感；如此半生半死状态下的桐木，还得再历经“冬则烈风漂霰、飞雪之所激”，“夏则雷霆、霹雳之所感”的各种考验，其惨绝的境遇，足以使人生悲。如此层层铺衍出的孤、危、苦情境描写，正是“推类而言”中所谓的“引而申之”的修辞手法，一如雍门子周连用四个“不若……”之例以推衍“先贵后贱”、“先富后贫”的悲惨情境。

悲情既已引发，因此雍门子周认为不需要再听“飞鸟疾风之声”就足以使人“流涕沾衿”。飞鸟之号、疾风鸣条，都是悲音的一种，雍门子周在铺陈了四种悲境之后，认为不需再听其它悲音已足够令人伤心。悲境与悲音，就“悲感”而言，当为相关的类属。就“触类而长之”的修辞策略而言，雍门子周的言说仅止于“触类”，枚乘则进一步“长之”，所谓“朝则鹂黄、鳱鴠鸣焉，暮则羁雌、迷鸟宿焉。独鹄晨号乎其上，鹍鸡哀鸣翔乎其下”，透过禽鸟的悲鸣，让受话者继续对桐木产生悲凄的联想；

---

① 何宁：《淮南子集释》，卷 11，第 777 页。

② 何宁：《淮南子集释》，卷 18，第 1294 页。

然后再经由“使琴挚斫斩以为琴”，连类出“孤子之钩以为隐”、“九寡之珥以为约”；最后“使师堂操畅，伯子牙为之歌”，连类出“麦秀”悲曲。也就是说，枚乘藉由一连串的“推类而言”，将原本个别的、无所关涉的桐木、禽鸟、孤子、九寡、乐曲全都连系统摄于一，由悲境引生悲音，最终无非是为引发楚太子愿意起而听之的悲情。如此透过类推以营造情境的言说方式，很明显的是先秦以来劝说君王时的习惯性选择。

那么，我们可以再问，枚乘为什么是透过物—琴来类推出“至悲”之音？或许汉代初期代表先秦儒道两家音乐观的《乐记》、《淮南子》可以为我们解答。《乐记》言：

> 凡音之起，由人心生也。人心之动，物使之然也。感于物而动，故形于声。声相应，故生变，便成方，谓之音，比音而乐之，及干戚羽旄，谓之乐。①

指出音乐的根源来自人心有感于外物而动了情，说明了音乐与人、物之间的关系。至于《淮南子·天文训》则说：

> 二阴一阳成气二，二阳一阴成气三，合气而为音，合阴而为阳，合阳而为律，故曰五音六律。②
>
> 道曰规，始于一。一而不生，故分而为阴阳。阴阳合和而万物生。故曰一生二，二生三，三生万物。……以三参物，三三如九，故黄锺之律，九寸而宫音调，因而九之，九九八十一，故黄锺之数立焉。③

认为音律的形成是从“道”派生万物的过程中而来，将音乐、万物及宇宙生成相结合。可见，无论是儒家或道家的音乐观，谈无形（抽象）的音均

① 《礼记》，卷38，第662页。

② 何宁：《淮南子集释》，卷3，第222页。

③ 何宁：《淮南子集释》，卷3，第244—245页。

会诉诸有形（具象）的物，是当时人的普遍思维方式，《七发》中谈至美之味，也是从犓牛、笋蒲、肥狗、山肤、楚苗、安胡等食材写起。

李泽厚论及两汉美学时就指出，秦汉以来统治者对物质生产的重视，使得汉代美学，具有唯物论的倾向，不论是辞赋、画像石或《史记》中的篇章，它们所描绘的都是一个极为丰富多样、琳琅满目的世界，象征了对认识、掌握和占有广大外部世界的强烈渴望。[①] 因此，《七发》写悲音，势必写乐器，写乐器则必写制器之材，写制器之材则又必写生长环境、四时物候，最后又必写人为制作及乐音感物之深[②]。

此处必须再补充说明人为制器的过程。嵇康在总结前人音乐赋叙写模式时，只提出了三段式结构，即危苦之材、悲哀之音、垂涕之美。然而生长于天地之间的桐木，要成为能够发出声响的乐器，中间必须经过人为的加工，这就颇接近荀子“制天命而用之”的主张。《天论》说：

> 大天而思之，孰与物畜而制之？从天而颂之，孰与制天命而用之？望时而待之，孰与应时而使之？因物而多之，孰与骋能而化之？思物而物之，孰与理物而勿失之也？愿于物之所以生，孰与有物之所以成？故错人而思天，则失万物之情。[③]

荀子认为自然界是可以被人认识和改造的，然而这个改造并不是为了逆天、胜天，而是蕴涵了人与自然万物的互动关系，且人具有主动作用

---

① 李泽厚、刘纲纪：《中国美学史》，谷风出版社，1986 年版，第 519—524 页。

② 有关乐音的感人效果，嵇康从两汉音乐赋中归纳出“以垂涕为贵”的结论，然而《七发》中写悲音的动人却是从感物入手，所谓“飞鸟闻之，翕翼而不能去；野兽闻之，垂耳而不能行；蚑、蟜、蝼、蚁闻之，拄喙而不能前。”这样的写作手法也可追溯至先秦，如《荀子·劝学》说：“瓠巴鼓瑟，而流鱼出听；伯牙鼓琴，而六马仰秣。”（王天海，《荀子校释》，上海古籍出版社，2005 年，第 22 页。）《韩非子·十过》写：“一奏之，有玄鹤二八，道南方来，集于郎门之垝。再奏之而列。三奏之，延颈而鸣，舒翼而舞。”（王先慎，《韩非子集释》，第 64 页。）都是透过描写鸟兽虫蚁之物的感动，以联类出人的感动。

③ 王天海：《荀子校释》，第 13 页。

的能力。枚乘笔下的龙门之桐，经过琴挚斫斩为琴、师堂操〈畅〉、伯子牙为之歌的人为处理，希望能改变楚太子遁佚之志，不正是荀子所谓的“化性起伪”？换句话说，从“材”变为“音”，中间历经“人为”的过程；“音”再造成“美”，则是透过“感物”的中介。如此自然之物（桐木）→人（琴挚）→人为之物（琴）→人（师堂、伯子牙）→自然之物（飞鸟、野兽），呈现出天、物、人之间互为交涉的关系，正是一种对宇宙（世界）及天人关系的认识和理解。

两汉时期，除了乐器赋，凡是描写人为之器的赋作，几乎都采取类似的写作模式，如：(邹阳《几赋》)高树凌云，蟠纡烦冤，旁生附枝。王尔公孙之徒，荷斧斤，援葛藟，攀乔枝。上不测之绝顶，伐之以归。眇者督直，聋者磨砻；齐贡金斧，楚人名工，乃成斯几。①

(刘安《屏风赋》)维兹屏风，出自幽谷。根深枝茂，号为乔木。孤生陋弱，畏金强族。移根易土，委伏沟渎。飘飖殆危，靡安措足。思在蓬蒿，林有朴樕。然常无缘，悲愁酸毒。天启我心，遭遇征禄。中郎缮理，收拾捐朴。大匠攻之，刻雕削斲表。虽剥裂，心实贞悫。均衡器类，庇荫尊屋。②

(班固《竹扇赋》)青青之竹形兆直，妙华长竿纷实翼。杳筱丛生于水泽。疾风时，纷纷萧飒。削为扇，翣成器，美托御君王。③

(蔡邕《笔赋》)惟其翰之所生，于季冬之狡兔，性精亟以慓悍，体遄迅以骋步。削文竹以为管，加漆丝之缠束。形调博以直端，染玄墨以定色。画乾坤之阴阳，赞虑皇之洪勋。叙五帝之休德，扬荡荡之明文。④

① 费振刚、胡双宝、宗明华辑校：《全汉赋》，北京大学出版社，1993年版，第39页。

② 同前注，第45页。

③ 同前注，第352页。

④ 同前注，第579页。

这些器用赋也都从器用之材的生长环境写起,再写到人为制器,最后谈到器用对于人的效用,与乐器赋的差别仅在于乐器赋能“感化万物”。由此可知,我们若不从规仿太过的角度看待这些相似度极高的修辞手法,而是从对宇宙认识、物类相召的集体共识来理解这些所谓的习套,那么这些博闻强识的赋家,不正如《七发》中有资略的方术之士,如庄周、魏牟、扬朱、墨翟等辈,其“论天下之精微,理万物之是非”,①所以“令人远观博见者也”。②

四、王褒《洞萧赋》、马融《长笛赋》的叙写模式及内在质变

综上所述,我们可以发现,枚乘采“推类而言之”的叙述方式写《七发》、写悲音,是先秦以来的集体思维模式,是认识宇宙、解释天人(物我)关系的共识,这种现象也可从《淮南子》对于八方物产的描述中看出,《墬形训》记载:

> 东方之美者,有医毋间之珣㺹玗琪焉。东南方之美者,有会稽之竹箭焉。南方之美者,有梁山之犀象焉。西南方之美者,有华山之金石焉。西方之美者,有霍山之珠玉焉。西北方之美者,有昆仑之球琳琅玕焉。北方之美者,有幽都之筋角焉。东北方之美者,有斥山之文皮焉。中央之美者,有岱岳以生五谷桑麻,鱼盐出焉。③

四面八方,引物连类,如数家珍地列举作为认知对象的物类,这样的写

① 萧统:《文选》,第 484 页。

② 语出《淮南子・要略》,言:“览冥者,所以言至精之通九天也,至微之沦无形也,纯粹之入至清也,昭昭之通冥冥也。乃始揽物引类,览取挢掇,浸想宵类,物之可以喻意象形者,乃以穿通窘滞,决渎壅塞,引人之意,系之无极,乃以明物类之感,同气之应,阴阳之合,形埒之朕,所以令人远观博见者也。”(何宁:《淮南子集释》,卷 21,第 1443—1444 页。)

③ 何宁:《淮南子集释》,卷 4,第 336—337 页。

作模式基本上也就是汉代京殿苑猎大赋的修辞策略。

至于乐器赋，现今可见的完整篇章如王褒《洞箫赋》、马融《长笛赋》，几乎也都是采取《七发》四段式（制器之材、人为制成、乐师演奏、乐音效果）结构的铺写方式。

首先就制器之材而言，《七发》中吴客为以至悲之音激发楚太子，透过连类方式将各种孤、危、凄、苦场景串连在一起，以营造出至悲情境。据《汉书·王褒传》载，元帝尚为太子时，“体不安，苦忽忽善忘，不乐”，于是宣帝诏使王褒等人至太子之宫“虞侍太子”，太子喜王褒所作的《甘泉》及《洞箫颂》，病愈后，便“令后宫贵人左右皆诵读之”，[①]可见《洞箫赋》是为治愈元帝恍惚健忘、失意不乐的毛病，可以说是吴客激发楚太子的真实版。但与《七发》不同的是，《汉书》载元帝：“多材艺，善史书。鼓琴瑟，吹洞箫。自度曲，被歌声，分刌节度，穷极幼眇。”[②]也就是说，《洞箫赋》是为疗治太子不乐之疾而投其所好之作，自然也可以从古来便为人喜听的悲音入手。然而，王褒的发话对象是贵为储君的太子，再加上自武帝以来儒术独尊的政治氛围，因此“乐而不淫”、“中节操兮”成了《洞箫赋》疗疾的药方。[③] 在“可以乐却不能过度”的前提下，制箫之材（竹）的生长环境与《七发》中的桐木大不相同，《洞箫赋》言：

> 原夫箫干之所生兮，于江南之丘墟。洞条畅而罕节兮，标敷纷以扶疏。徒观其旁山侧兮，则岖嵚岿崎，倚巇迤𡾰，诚可悲乎其不安也。弥望傥莽，联延旷荡，又足乐乎其敞闲也。[④]

有别于《七发》龙门之桐的孤挺，王褒笔下的江南之竹，条畅而罕节、敷纷而扶疏，予人一种“修美”的想象。紧接着，描述竹子所处的环境，如果只是单看它生长在崎岖险峻的山侧，自然会产生悲凄的感觉，但是它

---

① 《汉书》，卷 64 下，第 2829 页。

② 《汉书·元帝纪》，第 298 页。

③ 王褒《洞箫赋》语。

④ 《文选》，卷 17，第 244 页。

连绵旷远,则是一片闲静宽敞,似乎又引人进入一种“足乐”的境界。于是以下自然连类出“吸至精之滋熙”、“禀苍色之润坚”、“回江流川而溉其山”、“玉液浸润而承其根”的优渥生长环境,因此能够“托身躯于后土,经万载而不迁”。[①] 在这样的环境底下:

> 孤雌寡鹤,娱优乎其下兮,春禽群嬉,翱翔乎其颠。秋蜩不食,抱朴而长吟兮,玄猿悲啸,搜索乎其间。[②]

有孤鹤优闲愰荡、春禽成群嬉戏,完全没有一丝悲愁;也有长吟的秋蝉、悲啸的玄猿,在其间往来穿缩。也就是说,王褒在此并没有继续类推,反而是用正反并置的手法,有意营造哀、乐同时兼具的情境效果。有趣的是,王褒行文至此,在描述修竹被制成洞箫之前的一段话,就更值得玩味:

> 惟详察其素体兮,宜清静而弗喧。幸得谥为洞箫兮,蒙圣主之渥恩。可谓惠而不费兮,因天性之自然。[③]

江南之竹原本是“托身躯于后土,经万载而不迁”,然而无论是孤鹤娱优、春禽群嬉,或是秋蜩长吟、玄猿悲啸,都不适合竹子成长,因为竹要能修好,必须“清静而弗喧”;幸好得蒙圣主赐名并制为洞箫,修竹才能继续因着自然的天性,不耗损它的美好本质而加惠于人。在此,王褒类连的是修竹“附性命乎皇天”的滋养和洞箫“蒙圣主之渥恩”的厚泽;天与天子,基本上都是长养万物者,这样的模拟关系,应是受到天人感应说的影响。因此,王褒为疗治太子不乐之疾,势必少不了道德的说教。

其次,在人为制成方面,《七发》以春秋时鲁国乐师琴挚斫木制琴,并以“野茧之丝以为弦,孤子之钩以为隐,九寡之珥以为约”类推出琴声

① 《文选》,卷17,第244页。
② 同前注。
③ 同前注。

之悲;《洞箫赋》则是以春秋时巧匠公输般制箫,唐尧时乐官夔定律,在人选上明显分别制器与调音。由于洞箫蒙受天(天子)命,始终浸润于渥泽中,因此箫身"带以象牙,掍其会合。锼镂离洒,绛唇错杂"[①],十分华丽精美。然而接下来吹奏箫声之人却是"性昧之宕冥,生不睹天地之体势,闇于白黑之貌形"[②]的盲人。虽然古时多以瞽瞍为乐师,但王褒在描述华美的箫身后以盲师吹乐,原因是"寡所舒其思虑",才可"专发愤乎音声"。[③] 换句话说,洞箫虽然雕饰精美,却不能眩惑于此,才能专心于音声,都是"乐而不淫"的展现,可见道德劝说的意味十分明显。

再次,枚乘对于乐音的描写不加着墨,王褒反而是"穷变于声貌"。[④] 紧承前几段对于竹子生长环境的可悲/足乐、箫材所处地域的喧闹/清静、乐器与乐师的锼镂离洒/闇于白黑,由此推衍而下,王褒对于乐音的描绘也是两两相对:

> 气旁迕以飞射兮,驰散涣以逫律。趣从容其勿述兮,骛合沓以诡谲。或浑沌而潺湲兮,猎若枚折。或漫衍而络绎兮,沛焉竞溢。惏栗密率,掩以绝灭;嚁霵晔踕,跳然复出。若乃徐听其曲度兮,廉察其赋歌。啾咇嘀而将吟兮,行鍖銋以龢啰。风鸿洞而不绝兮,优娆娆以婆娑。翩绵连以牢落兮,漂乍弃而为他。要复遮其蹊径兮,与讴谣乎相龢。故听其巨音,则周流泛滥,并包吐含,若慈父之畜子也。其妙声,则清静厌瘱,顺叙卑达,若孝子之事父也。科条譬类,诚应义理,澎濞慷慨,一何壮士!优柔温润,又似君子。故其武声,则若雷霆輘輷,佚豫以沸渭。其仁声,则若飖风纷披,容与而施惠。[⑤]

---

① 《文选》,卷17,第244页。
② 同前注,第245页。
③ 同前注。
④ 《文心雕龙·诠赋》,见范文澜《文心雕龙注》,第135页。
⑤ 《文选》,卷17,第245页。

有气流相互撞击飞射而出的奔快节奏,也有连绵不绝柔弱纡徐的缓慢曲调;有周流泛滥的巨音,也有安静深邃的妙声;有澎濞慷慨变化迅速的武声,也有优柔温润恰似南风吹拂的仁声。当中又以"若慈父之畜子"、"若孝子之事父"、"一何壮士"、"又似君子"形容乐音的各种变化,不仅指出了不同声音可以引起与之相应的情感,即所谓的"以类相动",而且慈父与孝子、壮士与君子,还寓含了人伦关系在其中;至于两相对照、两音并存的情况,似乎又意味着不偏不颇的中和理想。

最后,谈到乐音的效果,王褒除了继续采取感物以动人的写作方式外,在写物之前,先叙说了人如何在箫声的感化下改变了原有的性情:

> 故贪饕者听之而廉隅兮,狼戾者闻之而不怼。刚毅强虣反仁恩兮,啴哰逸豫戒其失。锺期、牙、旷怅然而愕兮,杞梁之妻不能为其气。师襄、严春不敢窜其巧兮,浸淫、叔子远其类。嚚、顽、朱、均惕复惠兮,桀、跖、鬻、博儡以顿悴。吹参差而入道德兮,故永御而可贵。①

荀子《乐论》曾说:"夫声乐之入人也深,其化人也速。"又说:"乐者,圣王之所乐也,而可以善民心,其感人深,其移风易俗。"②《乐记》也说:"乐者,通伦理者也。""声音之道,与政通矣。"③王褒写箫声感人之深,使人性由恶转善,正是承袭儒家的乐教精神。依此,我们若重新检视王褒所谓的"故知音者乐而悲之,不知音者怪而伟之"意思,恐怕就不只是单纯地从"知音"与否来谈箫声所造成的不同情感冲击,而是指知音者才能"闻其悲声,则莫不怆然累欷,撇涕抆泪;其奏欢娱,则莫不惮漫衍凯,阿那腲腇者已",④于是接下来对箫声感物的描述,"是以蟋蟀蚸蠖,蚑行

① 《文选》,卷 17,第 245—246 页。

② 王天海:《荀子校释》,第 814、815 页。

③ 《礼记》,卷 38,第 665、663 页。

④ 《文选·洞箫赋》,第 246 页。

喘息；蝼蚁蝘蜓，蝇蝇翊翊。迁延徙迤，鱼瞰鸡睨，垂喙蜎转，瞪瞢忘食”，[①]就不单指乐音感物而已，而是另有所指。《乐记》言：“是故知声而不知音者，禽兽是也。知音而不知乐者，众庶是也。惟君子能知乐。”[②]现在连蟋蟀、蝼蚁、鱼鸟等禽兽也都能知音，那么那些“感阴阳之龢，化风俗之伦”又岂能只是知哀、乐之音呢？[③]

总的来说，王褒《洞箫赋》与枚乘描述至悲之音相同，都采取了“推类而言”的修辞手法，只不过枚乘欲推衍出悲极的境界，而王褒则欲推衍出不过度、不偏颇、行道德教化的结果。虽然目的不同，但层层类连、类应的叙写方式却是一样的。

再看马融《长笛赋》，由于他在赋序说：

> 融既博览典雅，精核数术，又性好音律，能鼓琴吹笛，而为督邮，无留事，独卧郿平阳邬中。有雒客舍逆旅，吹笛为《气出》、《精列》相和。融去京师，踰年，蹔闻，甚悲而乐之。追慕王子渊、枚乘、刘伯康、傅武仲等《箫》、《琴》、《笙》颂，唯笛独无，故聊复备数，作《长笛赋》。[④]

可知，马融此时正处于仕途不如意的状态，因此听到雒客吹笛而心生悲凄之感。是以在描述笛材及其生长环境时，便以“奇生”、“阴崖”、“孤岑”、“极危”、“将颓”、“悲号”、“长啸”等词汇推类出极端悲苦的情境：

> 惟籦笼之奇生兮，于终南之阴崖。托九成之孤岑兮，临万仞之石磎。特箭槁而茎立兮，独聆风于极危。秋潦漱其下趾兮，冬雪揣封乎其枝。巅根跱之槷刖兮，感回飙而将颓。……是以间介无蹊，人迹罕到。猿蜼昼吟，鼯鼠夜叫。寒熊振颔，特麚昏髟。山鸡晨

---

① 《文选·洞箫赋》，第 246 页。

② 《礼记》，卷 38，第 665 页。

③ 《文选·洞箫赋》，第 246 页。

④ 《文选》，卷 18，第 249 页。

> 群,槛雉晁雊。求偶鸣子,悲号长啸。由衍识道,噍噍讙噪。经涉其左右,哤聒其前后者,无昼夜而息焉。①

亦即赋中自言的"夫固危殆险巇之所迫也,众哀集悲之所积也。"②这样的手法与《七发》无异。然而人迹罕至的悲苦之境,却引来了悲凄之人:

> 于是放臣逐子,弃妻离友,彭胥伯奇,哀姜孝己,攒乎下风,收精注耳,靁叹颓息,掐膺擗摽,泣血泫流,交横而下,通旦忘寐,不能自御。于是乃使鲁般、宋翟,构云梯,抗浮柱,蹉纤根,跋篾缕,膺陗阤,腹陉阻,逮乎其上,匍匐伐取,挑截本末,规摹彟矩。夔襄比律,子壄协吕,十二毕具,黄锺为主。挢揉斤械,剸掞度拟。鍃硐隤坠,程表朱里。定名曰笛,以观贤士。③

马融不同于枚乘、王褒在刻画完乐材的生长环境后便直接写人为制器,反而是加进了悲苦情境对人造成的"同类相召"效果,然后才使鲁班、夔襄等人规摹彟矩、比律协吕,加工制为笛子,并用它来"以观贤士"。也就是说,人之悲原本就存在,与笛音无关;笛竹虽然生长在危苦环境中,但经过加工后,应夺胎换骨,涤除积郁,用以考察人物是否贤正,有其教化使命在。

顺此脉络而下,于是"游闲公子,暇豫王孙,心乐五声之和,耳比八音之调,乃相与集乎其庭"④,以详观笛子吹奏出的各种曲调:

> 详观夫曲胤之繁会丛杂,何其富也。纷葩烂漫,诚可喜也。波散广衍,实可异也。掌距劫遌,又足怪也。⑤

---

① 《文选》,卷 18,第 250 页。

② 同前注。

③ 同前注,第 250—251 页。

④ 同前注,第 251 页。

⑤ 同前注。

故聆曲引者，观法于节奏，察变于句投，以知礼制之不可踰越焉。听簉弄者，遥思于古昔，虞志于怛惕，以知长戚之不能闲居焉。故论记其义，协比其象，彷徨纵肆，旷漾敞罔，老庄之概也。温直扰毅，孔孟之方也。激朗清厉，随光之介也。牢刺拂戾，诸贲之气也。节解句断，管商之制也。条决缤纷，申韩之察也。繁缛骆驿，范蔡之说也。剺栎铫憆，晳龙之惠也。①

此段对于乐音声貌的描绘可分为两个层次来谈：首先，“何其富”、“诚可喜”、“实可异”、“又足怪”，乃是各种不同表现风貌的笛声给人的直接感受；其次，从音乐的节奏、停顿中观察自然的法度与变化，可知礼乐的不可逾越；从体会乐中奏乐者的心志，可知长戚不能使人安居，都已表明音声不再只是愉悦人心，而是要能从中体现某些人生道理。因此，笛音当中也蕴含了“老庄之概”、“孔孟之方”、“随光之介”、“诸贲之气”、“管商之制”、“申韩之察”、“范蔡之说”、“晳龙之惠”等先秦各家学术思想的风貌，这又类似《七发》中令楚太子据几而起的要言妙道。

再加上吹笛者“上拟法于韶箾南籥，中取度于白雪渌水，下采制于延露巴人”，是以世间“尊卑都鄙，贤愚勇惧”皆可得而知之，将音乐与教化结合，因此，马融的听笛以观贤士与《礼记·王制》所说的“命太师陈诗以观民风”②有异曲同工之妙。而笛音最后所造成的效果，也就不只是动人感物而已，而是“熊经鸟申，鸱视狼顾。拊噪踊跃，各得其齐。人盈所欲，皆反中和，以美风俗。”③正是儒家乐教的理想，《乐记》说：

乐也者，圣人之所乐也。可以善民心，其感人深，其移风易俗，故先王著其教焉。④

① 《文选》，卷18，第252—253页。
② 《礼记》，卷11，第226页。
③ 《文选·长笛赋》，第253页。
④ 《礼记》，卷38，第678页。

在儒家的想法里，音乐最终要能达到善民心、移风易俗的效用。《长笛赋》言：

> 屈平适乐国，介推还受禄。澹台载尸归，皋鱼节其哭。长万辍逆谋，渠弥不复恶。蒯聩能退敌，不占成节鄂。王公保其位，隐处安林薄。宦夫乐其业，士子世其宅。鱏鱼喁于水裔，仰驷马而舞玄鹤。①

屈原自沉、介之推不言禄、澹台灭明不为子收尸、皋鱼为亲亡立哭而死、南宫万谋逆弑君、高渠弥向郑昭公复仇、蒯聩与子争国、陈不占有义无勇等，马融认为这些都是过激的行为，然而在音乐的感召下都能改变本性归于中和，使人各安其位、各守其份，达到玄鹤舞、驷马仰的淳德境界。

马融本身善吹笛，赋序中也强调自己能鼓琴吹笛却仅为督邮，可见托物言志的意味浓厚。因此就写作手法而言，《长笛赋》不全然采取"推类而言"的赋写模式，仅在描述竹子生长环境时铺衍出悲哀的效果，并类召出各种悲苦之人。其后就以观乐的角度称美笛音的教化功能，并在赋的结尾为笛发出"况笛生乎大汉，而学者不识，其可以裨助盛美，忽而不赞，悲夫"的不平之鸣。② 由此可知，《长笛赋》又加入了"因物喻志"的"比"的表现方式，③承袭了屈骚的"举类而见义"。④

---

① 《文选·长笛赋》，第 253—254 页。

② 同前注，第 254 页。

③ 锺嵘《诗品·序》："因物喻志，比也。"（见王叔岷笺证：《锺嵘诗品笺证稿》，中央研究院中国文哲研究所，1992 年版，第 72 页。）

④ 《史记·屈原贾生列传》言屈原："其文约，其辞微，其志洁，其行廉，其称文小而其指极大，举类迩而见义远。"（第 2482 页。）

五、结　　语

就赋而言，各类性质的赋都有某种程度的叙写模式，如：畋猎赋的结构，一定是狩猎前的仪杖、狩猎时的迅猛、狩猎后的祭天；京都赋一定是从四方空间、各式物产的铺陈开始，再到都城内的楼阙宫殿、百官乐舞、典仪制度的描绘；纪行赋则是在空间的移动上，结合各地点有关的历史事件。这样的叙写习套，难免给人规仿太过的印象，但如果从"推类而言"的修辞角度重新审视它，那么即使潘岳《笙赋》将笙的材料产地、生长环境略而不谈，我们也能从赋末归结出的"乐所以移风于善，亦所以易俗于恶。……惟簧也，能研群声之清；惟笙也，能总众清之林。卫无所措其邪，郑无所容其淫。非安下何乐，不易之得音，其熟能与于此乎"，推想出匏、竹"绵蔓纷敷之丽，浸润灵液之滋，隅隈夷险之势，禽鸟翔集之嬉"的情状。①

如此一来，我们也就不难理解何以嵇康指摘两汉音乐赋"体制风流，莫不相袭"的同时，《琴赋》竟也采取相同的叙写模式。原来，嵇康所欲批判的只是汉人的"不解音声"，反对声有哀乐，认为天地充满醇正和平之气，因此琴声的高低曲调无论如何复杂多变，都只是出于自然本性的中和之声，所以"伯夷以之廉，颜回以之仁，比干以之忠，尾生以之信，惠施以之辩给，万石以之讷慎"，②是因为人本身的性格不同，最终产生的效用也不同，但都能够因为琴声"含至德之和平"而感荡心志、发泄幽情。③

扬雄以为："赋者，将以风之也，必推类而言。"④虽然是针对汉大赋而言，但若就乐器赋来看，何尝不是如此？枚乘、王褒、马融、嵇康等人

---

① 《文选》，卷 18，第 261—262 页。

② 《文选》，卷 18，第 259 页。

③ 同前注。

④ 《汉书·扬雄传》，第 3575 页。

赋写音声或乐器的目的或许不在讽谏,但为达到至悲、中节、化俗、致和的乐音效用,不也"推类而言之"?

作者简介

王欣慧,台湾辅仁大学中国文学系助理教授,主要从事中国古代文学研究。

《古诗归》与《古诗镜》成书及体例探析

王雅辰

（西华师范大学　四川南充　637002）

内容提要　两汉诗歌在古典诗歌史上拥有卓著的成就，对两汉诗歌的研究同样成果斐然，然而当世学人对其选本的关注与研究却明显不足。本文取《古诗归》与《古诗镜》这两部辑录了相当数量的两汉诗歌选本为对象，浅析其成书的背景、过程与体例。此二书成书于明中后期，且在各自诗学理念的指导下辑录了一批汉代诗歌、在两汉诗歌批评方面颇具特色，成为晚明及后世汉诗研究与批评的重要参考和依据。本文期借对二书的探析，来一窥明代汉诗选本，引起对明代汉诗选本的关注。

关键词　两汉诗歌　《古诗归》《古诗镜》　成书　体例

两汉诗歌上承先秦遗风，下启六朝、盛唐诗歌风气，在中国古典诗歌史上起到了承前启后、不可替代的重要作用。汉诗在诗歌的风格、类型与创作技艺上呈现出繁荣的局面，成为后世诗歌之典范与给养。

对两汉诗歌的批评研究是历代文人学者高度聚焦的研究领域，尤其在明朝，文学流派间思潮纷涌，诗学思想交错碰撞，诗歌批评大盛。在这样的时代特征影响下，晚明诗话家发起“古体宗汉魏”的主张，一批批承载诗歌批评与时代思潮的诗歌选本运势而生。其中《古诗归》与《古诗镜》更是领衔晚明诗学理念的选本代表：两个选本同为明代中后期成书，且在各自诗学理念的指导下辑录了一批汉代诗歌、在两汉诗歌批评方面颇具特色，成为晚明及后世汉诗研究与批评的重要参考和依据。

本文将以《古诗归》与《古诗镜》这两部具有代表性的选本为研究文本，浅观两个选本的成书背景、成书过程与编排体例。

一、成书编纂背景

明代是一个处在变化与转型的时期，是一个封建社会逐步解体衰退、商品经济活跃繁荣的时期。尤其在万历初期到崇祯末年，党争不断、宦祸四起，明代的社会和文化均发生了翻天覆地的变化，明代社会的裂变正在发生。

商业经济在明代中后期发展迅速，繁荣的商品经济促进了出版业的发展，选本的刊印也在图书市场的带动下火热起来。

(一)明代选本兴盛的文化因素

选本的创作群体是活跃在文坛上的一批批文人学者们，在社会发生变革的晚明社会，文人的思想、心态变化和内心世界的觉醒会直接地影响他们的创作。

商业经济的发展给城市生活注入了活力，推动了明中后期社会结构的重大变化。商业化的社会风气改变了市民阶层的生活习惯、人生态度和娱乐趣味，这样的影响出现在了社会生活的各个方面，文人是转变较大的群体之一。

在明代后期宽松的社会氛围和繁荣的商业经济的背景下，那些入仕失利的士人们也能够获得较好的经济来源，主要方式就是出售自己的文字产品。文人向商品经济妥协以谋求生路，相应的，贩卖的诗文、字画也促进了这一时期书坊的发展和繁荣。《四库全书总目》总集类小序记载了这样的情形“至明万历以后，侩魁渔利，坊刻弥增……。”经济的发展给文人心态也带来了改变，传统观念不再成为束缚，个人的意识在晚明的社会生活背景下被极大程度的唤醒。实现自由、注重体验成为文人学者能够普遍接受的生活追求。这种文人学者身上发生的多层面的转变，在文学上的体现就是追求个性的自由和解放。晚明时期出现了一批张扬自我的文学主张，例如李贽提出著名的“童心说”，汤显祖的“重情论”，袁宏道提倡的“独抒性灵、不拘一格”等等，都是强调“个体化”的文学创作的表现。

在多元、自由的文化环境的酝酿下，文学流派此消彼长，所主张的文学观念也层出不穷。其中，“复古”与“反复古”的争辩是各派长期关注的焦点，参与讨论的先后有茶陵派、前后七子、唐宋派、公安派、竟陵派等文学流派。文坛先有前后七子的师法秦汉之说，继而又有唐宋派为反对前后七子转而标举八大家，到了晚明，文坛又出现了针对师古而主张师心、标举性灵的公安派。继公安而起的竟陵派进一步倡导“真性灵”并且重新重视“以古人为归”。

明代文人在诗歌创作上并无超越前代的成就，但在诗学理论批评上却出现了繁荣的局面。诗学理论纷呈的景象催生了文学批评专著的涌现，与此同时，明人也十分青睐通过文学选本来阐释个人及文学团体的文学主张，文学选本在这一时期获得了长足发展。

(二)前代文献传世与出版业发展

在明代以前就已经成书并流传的两汉诗歌文献资料，对明代人编选两汉诗歌的选本有着重要意义。这类基本文献主要有两类：

其一是诗歌、诗文总集。这类有萧统的《文选》、徐陵《玉台新咏》、左克明《古乐府》等，所选诗歌基本是按照汉魏六朝的时期限定的。另外还有李昉等人的《文苑英华》、郭茂倩《乐府诗集》等，这类集子所收录诗歌下限到唐代，且内容丰富，都是明人非常重视的文献来源。

其二是类书。这类有欧阳询《艺文类聚》、徐坚《初学记》等，都是作于唐代，编撰时间不远于汉魏时期，所录也更趋于原始原貌，成为不少选家取材的对象。

前代在诗文总集和类书上的编纂成果在明代传播都很广泛，“这一方面扩大了汉魏六朝诗歌在普通读者间的影响，另一方面也成为明人在编选汉魏六朝诗歌总集时的重要凭借。”①

---

① 杨焄：《明人编选汉魏六朝诗歌总集研究》，复旦大学博士学位论文，2004 年。

明代出版业的繁荣也是选本能够兴盛的一个重要原因。在诗歌选本的流通、普及方面,各路书商及刻坊发挥着重要作用。《诗归》就是典型的代表,《诗归》在明代先后就有君山堂、汇锦堂和吴兴闵氏等不同刻本。《诗归》一书在明后期的发行状况可谓风行一时,这与书坊的运作不无关系。书商以盈利为宗旨,在书刊发行之初就广泛了解市场需求,之后才决定是否投入刊刻。书坊刻书,虽然刊刻质量不及《古今诗删》这类家刻本的质量精良,但却能比较真实地反映出当时人们的喜好。反过来,"畅销"的书籍也刺激书商进一步的刊印发行,进而对书籍的宣传起到推波助澜的作用,竟陵派与《诗归》影响力的扩张与此不无关系。

雕版印刷技术在明代已经非常成熟,雕版印刷业的发展也为明代选本的刊刻提供了产业支持。胡应麟在《少室山房笔丛》当中描述过这样的情景:"吴会、金陵,擅名文献,刻本至多。巨帙类书,咸会萃焉。海内商贾所资,二方十七,闽中十三,燕越弗与也。"还有一处"余所见当今刻本,苏、常为上,金陵次之,杭又次之。近湖刻、歙刻骤精,遂与苏、常争价"。[①] 由此看见,在当时的江浙一带,形成了以南京、苏州、湖州、徽州为核心的刻书产业中心。还出现了一些有趣的印刷技术,比如套色印刷就很受欢迎,"又有书商将钟惺、谭元春《诗归》中的评语移植到李攀龙的《诗删》上,用朱、墨两色分别印行两人的评语。"[②]明人编选的大部分选本都是在这样的产业链条的支持下出版的。

陆时雍的《古诗镜》因受陆个人独立于政治与诗学团体之外的局限,在当时并未达到像《诗归》这类选本一样高的关注度,但是却能独树己见地选诗评诗,成为"明代选本之善本",也跟陆时雍所处时代的经济、文化环境密切相关。

① 胡应麟:《少室山房笔丛·甲部·经籍会通》卷4,中华书局,1958年版,第55—56,59页。

② 杨焄:《明人编选汉魏六朝诗歌总集研究》,复旦大学博士学位论文,2004年。

二、作者个人经历与成书

(一)钟惺、谭元春

关于《古诗归》的作者钟惺与谭元春的生平情况，学界已研究的比较完备了，今主要据《隐秀轩集》、《谭元春集》、《新刻谭友夏集》等书籍的考证成果，将《古诗归》的两位作者及成书情况梳理如下。

钟惺(1574—1625)，字伯敬，号退谷，又称止公居士，临终受戒，自起法名断残。竟陵人(今湖北天门市)，祖籍江西吉安永丰。明武宗正德中，钟惺的高祖迁居至竟陵皂市，钟氏几代乡居于此。钟惺的父亲钟一贯考取过秀才，家风使然，钟惺有非常好的家学基础。尽管自幼体弱多病，但少年钟惺天资非常好，一方面怀着对古昔神童诗人的向往憧憬，一面刻苦学习名家诗文，一直坚持在入仕的道路上。万历十九年(1591)，十八岁的钟惺补诸生，也是在这一年里他娶妻生子，几年后爱子肆夏被人视为“神童”，人生尚得意。二十岁以后，钟惺开始了诗歌创作，最早受到前后七子复古思潮的影响，到后来开始反对七子和拟古的做法。接下来的十二年，他一直“困于诸生”，直到万历三十一年(1603)才乡试中式。次年，比他小了十二岁的谭元春登门拜访钟，这两位日后竟陵派的挚友完成了第一次会面。随后，钟惺在经历了亲生母亲、继父母相继去世和爱子夭折的巨大打击下沉寂了几年。万历三十八年(1610)，三十七岁的钟惺中了庚戌榜进士。这一批中榜进士可谓人才济济，前三甲的韩敬、马之骐、钱谦益都成了钟惺的好友，除这三人外，同榜的还有日后深得崇祯帝信任的杨嗣昌、诗人王士禛的叔祖王象春、政坛画坛都有名的邹之麟等等。遗憾的是，这榜进士由于党争之祸陷入了几乎长达十年的科场案，这给钟惺的仕途生涯带来了无法抹去的阴影。钟惺先后做过行人、工部主事、南礼部仪制司主事、祭祀司郎中等，都是比较闲散的官职，无政绩可述。天启元年(1621)冬天，钟惺升迁为福建提学佥事，由于家事耽误，他只考察了福州、延平、兴化三地后就丁父艰去职，也因此立即就遭到弹劾。钟惺归家后于天启五年

(1625)年去世。

政坛上的钟惺是失败的,但在文坛上却取得了莫大的成功。在万历二十八年(1600),二十多岁的钟惺就指出:“明诗无真初、盛而有其中、晚,真宋、元。(魏太易墓志铭)”钟惺实际上是在说,七子所模拟的盛唐风格不过是毫无生命的伪体,反倒不及公安派效法白居易、苏轼进行的创作,尚且能抒发一己之性灵。可见钟惺早年就对诗学颇有己见。

谭元春(1586—1637),字友夏,湖广承天府竟陵县人。谭元春生于万历十四年,和钟惺相似的是,谭元春也是多年奔波在科举之路上,久困诸生,屡屡失利,直到天启七年(1627)才举湖北乡试第一。四十一岁的谭元春恩贡上京却未能中第,其后又遇母丧,再登礼部时又是以应试失败告终。到了崇祯十年,谭再次上京赴考,也成了他最后一次应试之旅。在行至京师还有三十里地时,谭元春最终因病逝于旅店,时年五十二岁。谭元春一生深受科考之苦,不过幸而也是早年成名文坛,不枉一世偃蹇。

钟惺比谭元春年长十二岁,两人相识时钟已有不小的名气。但是两人志趣相投,又有一致的文学见解,成为了挚友。钟惺在与谭元春相交十年之时,开始了诗归的编选,据谭元春《退谷先生墓志铭》的记载:“万历甲寅、乙卯(1614—1615)间,取古人诗与元春商定,分朱蓝笔,各以意弃取,锄莠除砾,笑哭由我,虽古人不之顾,世所传《诗归》是也。”由此可知,《诗归》编撰于明万历四十二至四十三年(1614—1615)。今人解国旺与陈艳芬分别在他们的论文中(《明代古诗选本研究》;硕士论文《〈唐诗归〉与〈唐诗镜〉比较研究》)通过对钟惺写给蔡敬夫的书信等材料,推断出《诗归》确切的编选开始于万历甲寅年四月初。《诗归》是在写成的两年以后才首次刊印(万历四十五年),在此之前,钟、谭二人也是不停在修改书稿直至刊印成书。

(二)陆时雍

陆时雍由于其政治处境的困扰,个人生平记载不见于明代史书。目前可参阅的资料主要有《四库全书总目提要》、《楚辞疏》的序、跋中略有提及,另外还有《光绪嘉兴府志》和陆时雍的友人周拱辰作的传文当中有所记述，今有赵逵夫先生《陆时雍与〈楚辞疏〉》一文博辑众籍，考辨出陆氏大致生平。

陆时雍，字昭仲，号澹我，生于万历中期(1590年前后)，《四库总目提要》载为崇祯癸酉(1633)贡生，一生未出仕，卒于崇祯十二年到明亡之前(1639—1644)。据《嘉兴县志》的记载，崇祯初年，时诏大臣保举能人异士，陆时雍前去一试却未果，久留京师成为戴太仆的座上宾。然而戴太仆遇事被弹劾，陆时雍受牵连同捕入狱，后卒于系所。

陆时雍出生在一个清贫的知识分子家庭，随着他的父亲陆中举、步入仕途，家境渐渐好转，也正是如此，陆时雍一家对科举一事分外重视。不料科举之路艰难，陆时雍在入仕之路上一生未有所成。落寞与狼狈也令他对科举心生反感，相关的也一并厌倦起了尊古复古的时代"教条"，转而提倡"真素"，主张起诗情韵味来。

评点文学在明代到达了一个全盛的时期，陆时雍身处明末，所览皆是各流派曾引一时风骚的诗学选本，这是他的优势。《诗镜》编选之时，正值《诗归》流行传播的顶峰，陆在创作时受到《诗归》的影响，又能正视《诗归》的不足，弥补其在编选、评点上的偏颇之处。遗憾的是，《诗镜》成书过程暂无从考证。

陆时雍的诗学思想的集中体现就是《诗镜》一书，除此之外的几部著作分别是：《韩子著》、《扬子注》、《淮南子注》、《楚辞新疏》、《陆昭仲诗集》八卷。①

三、编排体例与版本

(一)《古诗归》

《诗归》成书于万历四十三年(1615)。全书共五十一卷，其中"自古逸至隋，凡十五卷，曰《古诗归》；初唐五卷，盛唐十九卷，中唐八卷，晚唐

① 参考赵逵夫：《陆时雍与〈楚辞疏〉》，《文献》季刊，2002年第3期。

四卷，凡三十六卷，曰《唐诗归》（钟惺《诗归序》）”。[①] 全书共选诗三千三百余首，所选诗歌包含了近体、古体、乐府诗外，对歌谣、古语等也一定有收录。编次以时代为序，不分朝野。书前有钟、谭二人分别撰写的序言。此书在万历四十五年，也就是成书后的第二年首次刊印，曾风行一时，重订翻刻的版本在当时比较多。根据解国旺在《明代古诗选本研究》一文中的梳理，《古诗归》所知版本有 9 种之多，分别藏于国内一些主要的科研机构、地方图书馆、高校图书馆。现将当今留存的主要几个版本条述如下：

1. 明万历四十五年刻本。《诗归》共五十一卷，其中《古诗归》部分十五卷。现藏于北京大学图书馆、清华大学图书馆、中国科学院图书馆等。这是《古诗归》最早的版本，钟惺和谭元春的评语分别用“钟云”、“谭云”置于各自评语前。《四库全书存目丛书》集部第 337—338 册据清华大学图书馆藏明万历四十五年刻本影印。这一版是重刻版次较多的一种，如明末崇祯辛巳年（1641）陆朗刊刻的《石友斋重订古诗归》，书前有王锡琛《古诗归序》字样为“庚辰春日王锡琛友石甫题于石友斋”，接着是王重《古诗归序》，字样为“金沙王重有三甫题”。

2. 闵氏三色套印本。由明代闵振业、闵振声刻印。《诗归》共五十一卷，其中《古诗归》部分十五卷。现藏于文化部文学艺术研究院、上海图书馆、复旦大学图书馆、天津图书馆、浙江图书馆等。根据王重民《中国善本书提要》一书中考证，此版应当是在天启六年（1626）以后刻成。此版除了钟、谭二人作序外，还收录了“延陵吴德舆书”的“诗归叙”，另外还有“陇西闵振业识”之《小引》。由于是套色印刷，钟惺评语在前用朱色印刷，谭元春评语在后用黛色，再无专门标识。文字与评语和万历本相比都有不同之处。清代光绪年间仍有重刻本，《续修四库全书》集部第 1589 册曾据此予以影印出版。

3. 明末刻本。由明代刘斆重订，清代鲍瑞骏跋。《诗归》共五十一卷，其中《古诗归》部分十五卷。现藏于湖北省图书馆。钟、谭评语用夹批方式出现，且为小字双行；二人分别用“钟评”、“谭评”来区别。

---

① 钟惺、谭元春：《诗归》，钟惺作《诗归序》，湖北人民出版社，1985 年版，第 4 页。

4. 明刻本。现藏辽宁省图书馆。《续修四库全书》集部第1589—1590册影印此刻本。

5. 今人点校本。张国光、张业茂、曾大兴点校，简体横排版，由湖北人民出版社1985年出版，仅发行3000册。《诗归》共五十一卷，其中《古诗归》部分十五卷。评语按照钟前谭后来排列，在各自评语之后用“钟”、“谭”标识区别，评语中有以“又”字区分的评语部分，不知何人所评，此书未加说明。此书未说明以何种版本为依据，但有金沙王重、王锡琛二人分别作的《古诗归序》，其后才是钟、谭二人的序，推测应当参考了明崇祯陆朗刊刻的《石友斋重订古诗归》本。

(二)《古诗镜》

《诗镜》的成书暂无可考证。全书共九十卷，其中《古诗镜》即唐前部分为三十六卷，有总论一篇于前。目前可知的版本主要是明刻本和文渊阁四库全书本，另外还有今人点校本一种。介绍如下：

1. 明崇祯刻本。此版刊刻于1628—1644年，下署“檇李陆时雍选，武林门人张炜如编”字样，现藏于国家图书馆。

2. 清文渊阁《四库全书》本。文渊阁《四库全书》集部1411册。

3. 今人任、赵点校本。任文京、赵文岚点校，简体横排版，河北大学出版社2010年出版发行。此本采用台湾商务印书馆1983年影印自文渊阁《四库全书》集部1411册《诗镜》部分为底本，同时用《文选》(上海古籍出版社1986年版)、《玉台新咏》(中华书局1985年版)、《乐府诗集》(中华书局1979年版)、《全唐诗》(中华书局1999年版)进行全面对校，对异文出校记。

四、结　　语

《古诗归》与《古诗镜》是明代中晚期汉诗选本当中比较有代表性的诗歌选本，它们分别引领不同的诗学思想，形成了独特的诗歌选录与批评的方式，不仅在明代中晚期的汉诗批评中形成影响，更为后世汉代诗歌研究提供了参考和借鉴。根据《四库全书总目提要》记录书名统计，明代正德至崇祯的 138 年间，涉及唐前诗歌的选本就有 22 种之多，[①] 这反映出明代汉诗选本之盛、汉诗受关注之多。近年来已有学者涉猎明代的汉诗选本研究，笔者谨以此文引起对明代汉诗选本之关注，亟待更多成果出现。

■ 作者简介

王雅辰(1990—)，女，甘肃平凉人，西华师范大学教师，主要从事先秦两汉文学研究。

① 明代中后期有关古诗选本有：冯惟讷的《古诗记》，李攀龙的《古今诗删》，曹学佺的《石仓历代诗选》，梅鼎祚的《汉魏诗乘》和《古乐苑》，陆时雍的《古诗镜》，释正勉的《古今禅藻集》，杨慎的《风雅逸篇》，黄佐的《六艺流别》，浦南金的《诗学正宗》，徐献忠的《六朝声偶》和《乐府原》，刘濂的《九代乐章》，张之象的《古诗类苑》，臧懋循的《诗所》，刘一相的《诗宿》，钟惺、谭元春的《诗归》，田艺蘅的《诗女史》，屠本畯的《情采编》，邵一儒的《六朝声偶删补》，唐汝谔的《古诗解》，李伯玙的《文翰类选大成》。

王褒《甘泉赋》、《洞箫赋》作年考

彭春艳

（贵州师范大学文学院　贵州贵阳　550001）

内容提要　王褒《甘泉赋》、《洞箫赋》作年众说纷纭，在辩驳各说的基础上，通过考定王褒被征年份及卒年，确证王褒《甘泉赋》作于五凤元年（前 57），《洞箫赋》作于甘露元年（前 53）。

关键词　王褒　《甘泉赋》　《洞箫赋》　作年考

王褒赋有《甘泉赋》、《洞箫赋》。《华阳国志》卷 10 上："王褒……初为王襄作《乐赋》、《中和颂》。"《乐赋》在本传中被称为《乐职》，作于神爵四年（前 58）。《补续全蜀艺文志》卷 1 载王褒《吊苌弘赋》，《历代赋汇》补遗卷 14 亦称王褒作，其实为柳宗元所作。

王褒《甘泉赋》系残篇，《全上古三代秦汉三国六朝文·全汉文》载"十分未升其一，增惶惧而目眩。若播岸而临坑，登木末以窥泉"。《全汉赋》、《全汉赋评注》增"却而望之，欝乎似积云，就而察之，霨乎若泰山"。程章灿另辑"耀照形之玉璧"，并认为《甘泉宫颂》即《甘泉（宫）赋》"。[①]《全汉赋校注》增收"耀照形之玉璧"。《甘泉赋》虽残缺，但因涉及甘泉这一帝王行幸且必载入史册的地方，其作年仍具可考性。

王褒《甘泉赋》作年四说：（一）元康二年（前 64）。康金声。[②]（二）

① 程章灿：《魏晋南北朝赋史》，江苏古籍出版社，2001 年版，第 333 页。

② 康金声：《汉赋纵横》，山西人民出版社，1992 年版，第 244 页。

神爵元年(前61)。刘跃进。[1] (三)神爵三年(前59)。刘斯翰。[2] (四)五凤元年(前57)。石观海、王洪林。[3]

就上述四说,析之如下:元康二年(前64)年宣帝无出行记载,不曾到甘泉,且时王褒尚未在帝身边。即使如有的学者认为王褒于神爵元年被征,但此年改元在三月,而宣帝幸甘泉则在此前之正月,而《汉书·王褒传》明言王褒被征是在“神爵、五凤之间”。神爵三年(前59)王褒在成都可证之其《僮约》:“神爵三年(前59)正月十五日,资中男子王子渊,从成都安志里女子杨惠,买夫时户下奴便了”。因此,(一)、(二)、(三)说不成立。将王褒卒年误定在神爵元年(前61),又该年宣帝幸甘泉,故有《甘泉赋》作于神爵元年(前61)之说。此系年错误源自史书对王褒持节求金马碧鸡道病死时间相抵牾的记载。《汉书》出现此误,与其编撰者前后不一有关。(四)说认为“王褒何次从游未详,姑定在最接近神爵二年的五凤元年”,其“姑定”一词,有待进一步论证。鉴于此,拟就相关史料证之如下:

《汉书·王褒传》:“神爵、五凤之间……(益州刺史王襄)使褒作《中和》、《乐职》、《宣布诗》。……上乃征褒。……数从褒等放猎。……其后,太子体不安,苦忽忽善忘,不乐,诏使褒等皆之太子宫虞侍太子。……太子喜褒所为《甘泉》及《洞箫颂》。……后方士言益州有金马碧鸡之宝,可祭祀致也,宣帝使褒往祀焉,褒于道病死。”据此可知:《甘泉赋》乃王褒被召至其死亡期间随帝至甘泉时所作,且去虞侍太子不远。

现在一是需考定王褒被征的年份,二是其卒年。首先,看其卒年。持节往求金马碧鸡道病死,《汉书·郊祀志下》记为神爵元年(前61),荀悦《前汉纪·孝宣》则记为五凤三年(前55)。后之史书多本二者:《资治通鉴·汉纪》、《西汉年纪·宣帝》、《通志》卷43、《两汉笔记》卷6、《御批历代通鉴辑览》卷17等从前者;《前汉纪》、《大事记续编》、

---

① 刘跃进:《秦汉文学编年史》,商务印书馆,2006年版,第224页。

② 刘斯汉:《汉赋——唯美文学之潮》,广州文化出版社,1989年版,第213页。

③ 石观海:《中国文学编年史·汉魏卷》,湖南人民出版社,2006年版,第102页;王洪林:《王褒集考释》,巴蜀书社,1998年版,第65页。

《滇考》卷上、《滇略》卷7等从后者。对此，王祎《大事记续编》已论证："《通鉴》以褒传有宣帝时修武帝故事之语，故载于神爵元年幸甘泉之后。按：本传神爵、五凤之间，数有嘉应。……则非神爵年间事明矣。"神爵元年（前61）亡，何以神爵三年（前59）作《僮约》？故卒于神爵元年（前61）不成立。

《元后传》："五凤中，太子所幸司马良娣死，太子悲恚发病，不乐，宣帝令皇后择后宫家人子可以虞侍太子者，送王政君太子宫，以此尤知非神爵年间事，今从荀悦汉纪载之于此。"王褒以赋作虞侍太子在太子发病期间。《汉书·元后传》："本始三年（前71）生女政君，即元后也。"五凤中，献政君，年十八矣，入掖庭为家人子。……岁余，会皇太子。……发病，忽忽不乐。久之，宣帝……乃令皇后择后宫家人子可以虞侍太子者，正君与在其中"，"及王妃壹幸有身，甘露三年（前51）生成帝于甲馆画堂。"[①]元后本始三年（前71）生，十八岁为家人子在五凤四年（前54）。"岁余"则在甘露元年（前53），太子发病。"久之"王政君得幸，由其"壹幸有身，甘露三年（前51）生成帝于甲馆画堂"可推其得幸在甘露二年（前52）。太子发病在甘露元年（前53）。如果王褒神爵元年（前61）、五凤三年（前55）病死，不可能以赋虞侍甘露元年（前53）发病之太子。王褒往祭金马碧鸡所作之《移金马碧鸡文》中有"黄龙见兮白虎仁"，神爵元年（前61）南郡获白虎威凤为宝，甘露元年（前53）夏四月，黄龙见新丰，[②]可推王褒卒于甘露元年（前53）夏四月后，石观海之说可参。[③]《汉书·郊祀志下》、《前汉纪·孝宣》及以后史料对王褒卒年的记载误。

现来考定王褒被征之年。"神爵、五凤之间，天下殷富，数有嘉应。上颇作歌诗，欲协律之事，丞相魏相奏言知音善鼓雅琴者渤海赵定、梁国龚德，皆召见待诏"，于是益州刺史王襄举荐王褒。魏相五凤元年（前

---

① 班固：《汉书》，中华书局，1962年版，第4014、4015、4016页。

② 班固：《汉书》，中华书局，1962年版，第259、269页。

③ 石观海：《中国文学编年史·汉魏卷》，湖南人民出版社，2006年版，第106页。

57)四月薨，[1]“五凤”自前57年至前54年。故王褒被征在五凤元年(前57)四月前。王褒生活之宣帝时至甘泉共5次：神爵元年(前61年)、五凤元年(前57)、甘露元年(前53)、三年(前51)、黄龙元年(前49)。王褒被召到卒期间幸甘泉为五凤元年(前57)、甘露元年(前53)春正月，相较而言，甘露元年(前53)，王褒虞侍太子，往益州祭金马碧鸡，在返回的路上病卒；五凤元年(前57)四月前王褒已经被征，在正月的甘泉之行中，献赋展示才华，当在情理之中，并将其献给甘露元年(前53)发病之太子，虞侍祛病，于时于情于理均合。

王褒《洞箫赋》作年三说：(一)元康二年(前64)。康金声。(二)神爵三年(前59)。刘斯翰。(三)五凤元年(前57)。石观海。[2]《洞箫赋》当作于甘露元年(前53)王褒虞侍太子时。

通过确考王褒《甘泉赋》、《洞箫赋》写作时间，进一步明晰王褒生平，有利于其个人研究的补充与完善，同时，对部分史书记载之讹误亦有纠谬之用。不当之处，还望方家不吝赐教。

作者简介

彭春艳，贵州师范大学文学院副教授，中国古代文学博士，主要从事先秦两汉文学的研究。

① 班固：《汉书》，中华书局，1962年版，第2821、2822、808页。

② 康金声：《汉赋纵横》，山西人民出版社，1992年版，第244页；刘斯汉：《汉赋——唯美文学之潮》，广州文化出版社，1989年版，第213页；石观海：《中国文学编年史·汉魏卷》，湖南人民出版社，2006年版，第102页。

《古文苑》词语考释(二)*

伏俊琏　伏麒鹏

（西北师范大学国学中心　甘肃兰州　730070）

内容提要　《古文苑》是文选之后又一部文学总集，共选录先秦至六朝的文章264篇。南宋章樵曾为之作注，钱锺书认为“略胜于无”。本文挑选其中一些疑难词语进行考释。

关键词　《古文苑》　词语　考释

荣

卷9王融《游仙诗》其一：“长河且已荣，曾山方可砺。”章樵注：“荣者草木之荣华，犹言海变桑田。”按，章注误。荣者，荣光也。“长河且已荣”，谓黄河出现了彩色的光气。《尚书中侯·握河纪》：“尧修坛河洛，仲月辛日礼拜，至于日稷，荣光出河，休气四塞。白云起，风回摇，龙马衔甲，赤文绿地，临坛止霁，吐甲图而囗。”沈约《诣建平王上书》：“青云浮雒，荣光塞河。”《文心雕龙·正纬》：“荣河温洛，是孕图纬。”温子升《舜庙碑》：“青云浮洛，荣光塞河。”

---

*　本文是2014年国家社科基金年度一般项目“《古文苑》校注”成果之一，项目批准号：14BZW079。《〈古文苑〉词语考释(一)》，发表于《先秦文学与文化》第3辑，上海远东出版社2014年1月。

参差

卷9王融《游仙诗》其四:“弭节且夷与,参差闻凤笙。”章樵无注。按“参差”,双声联绵词。本为不齐貌,后引申为杂乱,繁多貌。“参差闻凤笙”,谓听到了繁复响亮的凤笙声。同卷王融《奉和南海王殿下咏秋胡妻》其四:“参差兴别绪,依迟起离慕。”“参差兴别绪”,谓别思正浓也。又宗夬《别萧咨议》:“别酒正参差,乖情将陆离。”“参差”、“陆离”对文,其义相近。又《阻雪连句遥赠和》沈约一首云:“幽山有桂树,岁暮空参差。”“空参差”谓丛生之桂树徒然繁茂也。《古文苑》卷15杨雄《光禄勋箴》:“郎虽执戟,谒者参差。”章樵注:“郎虽备员,执戟以卫。宾谒不肃,出入无度。”“谒者参差”,即谓通接宾客之官员众多也。《文选》卷20丘迟《侍宴乐游苑送张徐州应诏诗》:“参差别念举,肃穆恩波被。”“参差别念举”谓离别之念杂乱而生也。又卷26谢朓《詶王晋安》:“怅望一涂阻,参差百虑依。”以“参差”饰“百虑”谓虑之繁乱也。又陆厥《奉答内兄希叔》:“凫鹄啸俦侣,荷芰始参差。”荷芰参差,谓荷芰繁茂也。又卷27曹植《白马篇》:“宿昔秉良弓,楛矢何参差。”参差,繁多、杂乱也。降及唐宋,此义犹存,如柳永《望海潮》词:“风帘翠幕,参差十万人家。”“参差十万人家”,谓人家众多,有十万之数也。又从众多、繁乱义引申为几乎、差不多。如《文选》卷27谢朓《晚登三山还望京邑》:“白日丽飞甍,参差皆可见。”“参差皆可见”谓差不多完全可以看见,几乎全部可见也。《敦煌变文集·无常经讲经文》:“贪为身,贪为己,垂忆二亲遭拷捶。莫道思量救拔门,眼里参差皆没泪。”参差没泪,即几乎没有眼泪的意思。白居易《长恨歌》:“中有一人字太真,雪肤花貌参差是。”“参差是”即完全是、几乎是。董解元《西厢记》:“莺莺在普救,参差被虏。”“参差”也是差一点儿的意思。

好仇

卷9《萧咨议衍答》:“缓歌承别酒,鸣琴和好仇。”章樵注:“前诗谓将所爱者。《诗》:窈窕淑女,君子好仇。”按,章注“前诗”指王融所写的《别萧咨议》,其诗曰:“徘徊将所爱,惜别在何梁。衿袖三处隔,江山千里长。"章注："谓携宠爱之姬妾。……咨议与诸贤别，及姻侍有不随行者，明日成三处。"其实，上引四句诗是有异文的，"爱"，《艺文类聚》卷29引作"忧"；"处"，《玉台新咏》、《初学记》并作"春"。第一句是问句，问为何而忧；第二句答句，答谓惜别耳。三句谓分别之时间，四句言分别之后，两地相去之远。章氏置异文不顾，故多所误解。萧衍迁随王镇西咨议参军，将赴荆州，同列以诗相送。萧衍是否与爱姬相别，史无明文。推原相关各诗，绝无萧衍携爱姬、别家人之意。《萧咨议衍答》诗中的"好仇"，非指女性，而是指萧衍的男性同僚。且章氏所引"好仇"之出处也不对。萧衍诗用的是《周南·兔罝》"赳赳武夫，公侯好仇"之"好仇"。高亨《诗经今注》曰："仇，读为俦，伴侣。"好仇，即好朋友。嵇康《琴赋》："凌扶摇兮憩瀛洲，要列子兮为好仇。"注："《毛诗》曰：窈窕淑女，君子好仇。"又《赠秀才入军五首》其一："携我好仇，载我轻车。"注曰："《毛诗》曰：君子好仇。"按李善注"好仇"之出处，两者皆误同章樵。李氏博雅，而浑忘"公侯好仇"之句，实可为注古书之难发一浩叹。

依迟

卷9王融《奉和南海王咏秋胡妻》其四："参差兴别绪，依迟起离慕。"又《奉和月下》："独知此夜月，依迟慕神赏。"章樵皆无注。按，"依迟"，迭韵联绵词，义为依恋不舍貌。王维《别辋川别业》："依迟动车马，惆怅出松萝。"韩愈《禘祫议》："今一朝迁之，岂惟人听疑惑，抑恐祖宗之灵，眷顾依迟，不即享于下国也。"王诗、韩文皆"依迟"之用例也。朱起凤以为"依迟"即"依违"，"迟"与"违"形相近，所以"依违"误作"依迟"。[①] 按，依违、依迟是两个不同的词，朱说误。

扑握、弥离

卷9《木兰诗》："雄兔脚扑握，雌兔眼弥离。双兔傍地走，安能辨我是雌雄。"章樵注："握，一作朔。"按："扑握(朔)"、"弥离"，均联绵词。郭晋稀先生《风诗蠡测续篇》一文中有"附释迷离、扑朔"一条，曰：

---

① 朱起凤：《辞通》，上海古籍出版社，1982年版，第215页。

“马瑞辰释《王风·中谷有蓷》‘有女仳离’,以‘仳离’为‘毗刘’、‘暴乐’,是矣。又释为‘茀离’、‘弥离’,非是也。今按‘茀离’、‘弥离’亦作‘迷离’,‘茀’与‘弥’、‘迷’皆唇声。又转作‘蒙茏’,‘蒙’亦唇声,‘茏’亦来母也。《尔雅·释诂》注:‘茀离即弥离,犹蒙茏耳。’蒙茏今字亦作朦胧。

“《陈风·东门之枌》:‘婆娑其下’,‘市也婆娑’。婆娑为阿部,迭韵联绵词。‘婆娑’对转入安部为‘蹒跚’、‘媻姗’、‘蹁跹’。《汉书·司马相如传》:‘媻姗勃窣上金隄’,《文选》注‘媻姗犹蹒跚也’。《史记·平原君传》:‘盘散行汲’,《集解》:‘散亦作珊。’张衡《南都赋》:‘翘遥迁延,□□蹁跹。’偏旁改易,形体更多。‘跹’字改作‘旋’,则有‘盘旋’;‘旋’字转牙,则作‘盘桓’。《庄子·大宗师》有‘跰□而往鉴于井’,则作‘跰□’。婆娑之音稍转又作‘摩挲’、‘模索’、‘摸索’,《后汉书·方术传》蓟子训‘与一老人共摩挲铜人’。《埤雅》:‘模索,扪搎也。’‘扪搎’,亦为声转。转作入声,则有蹩躠,《庄子·马蹄》:‘蹩躠为仁。’又作‘末杀’,《释名·释姿容》:‘摩娑,末杀也,手上下之言也。’又作‘勃窣’,见前引《汉书》。更作‘扑朔’,见《木兰诗》。此等词皆以上字唇音下字齿音相转移,其形繁多,不可纪极;其义虽略有变化,但大抵不离其宗。

“《木兰诗》云:‘雄兔脚扑朔,雌兔眼迷离。’换言之,即‘雄兔脚蹒跚,雌兔眼朦胧’也。由于释者不知声转,遂多臆说。”①

郭氏深于音韵文字,其说甚是。整理一下郭氏所举音转之例,则扑朔这一联绵词有“婆娑”、“蹒跚”“媻姗”、“盘散”、“盘珊”、“蹁跹”、“盘旋”、“盘桓”、“跰□”、“摩挲”、“模索”、“摸□”、“扪搎”、“蹩躠”、“末杀”、“勃窣”等多种变体。

北山

卷9王融《寒晚敬和何征君点》:“早轻北山赋,晚爱东皋逸。”章樵注:“周彦纶隐于钟山,后应诏出为海盐县令,欲过北山,孔稚圭假山灵之意作《北山移文》,点早年已轻之。”前人作文,很少用同时代人之文章

① 郭晋稀:《诗经蠡测》,巴蜀书社,2006年版,第56—57页。

或故事，王融之生年虽后于孔稚圭，但援孔文入诗，在那个时代是极不可能的事。何况何点"早轻北山赋"究竟是轻其文，还是轻其人？章氏之注，不通之甚。按"北山赋"之"北山"，是指《诗经·小雅·北山》。其第二章有"溥天之下，莫非王土；率土之滨，莫非王臣"数句，谓土地人民皆为帝王所有。何点素有林泉之志，不愿为尘俗束缚，所以早年就"不事王侯，高尚其事"而轻人赋《北山》了。

织成、一量

卷10曹操《与杨太尉书论刑杨修》："并遗足下贵室错彩罗縠裘一领，织成韡一量，有心青衣二人。"章樵无注。织成，谓不待剪裁而成也。《说文》十三上："纚，冠织也。"段注："冠织者，为冠而设之织成也。凡缯布不须剪裁而成者，谓之织成也。"又："绲，织成带也。"段注："凡不待剪裁者曰织成。"

一量，即后世之"一双"。杨慎《词品》卷2："高文惠妻与夫书曰：'今奉织成袜一量，愿着之，动与福并。''量'，当作'两'，《诗》'葛屦五两'是也。无名氏《踏莎行》词末云：'夜深着辆小鞋儿，靠着屏风立地。''辆'、'两'盖古今字也。小词用《毛诗》字，亦奇。"《艺文类聚》卷78引《列仙传》："留书，以赤玉舄一量为报。"齐高帝萧道成《手诏赐张融衣》："今送一通故衣，意谓虽故乃胜新也。是吾所著，已令裁减，称卿之体，并履一量。"①

去

卷11《乞复华山下十里以内民租田口算状》："谨案文书，臣以去元年十一月到官，其十二月奉祠西岳华山。"章樵无注。按：去为表示以往年份的词。《资治通鉴》卷140《齐记六》"帝(魏主)曰："去十七年，朕拥兵二十万，以人事之盛也，而天时不利。今天时既从，复云人事未备，必仆射之言，终无征伐之期也。"胡三省注："齐世祖永明十一年，魏高祖之十七年也。……去，犹昨也。"按魏高祖(孝文帝元宏)说此番

① 萧子显：《南齐书》，中华书局，1972年版，第727页。

话,时在太和十九年,也即南齐明帝萧鸾建武三年(公元 496 年)。十九年上距十七年,差两年。十九年说十七年事,则在十七年前加"去"字,表示从前、过去之意。用"去"来表以往年份,存世文献中其例甚伙,略举数例,以见一斑。《宋书·礼志》:"孝建元年六月,湘东国刺称:'国太妃以去三十年闰六月二十八日薨,未祥周忌。当在六月,为取七月?勒礼官议正。'"《裴良墓志》:"第三子升,字仲仙,奉朝请、荆州卫军府外兵参军,以去永安三年在州亡,年廿四。"①《崔仲方妻李丽仪墓志》:"去周天和六年五月十七日遘疾,殒于京师之第,时年廿□。"②敦煌卷子《燕子赋》(甲):"但雀儿去贞观十九年,大将军征讨辽东,[投募]充傔,当时配入先锋。"又《唐太宗入冥记》:"大唐天子太宗皇帝去武德七(九)年,为甚杀兄弟于前殿,囚慈父于后宫?"又《张议潮变文》:"先去大中十载,大唐差册立回鹘使御史中丞王瑞章持节而赴单于。"

径塞

卷 15 杨雄《城门校尉箴》:"幽幽山川,径塞九路。"章樵无注。按《孟子·尽心下》:"孟子谓高子曰:'山径之蹊间,介然用之而成路,为间不用,则茅塞之矣。'""径塞"一词,即从此来。而"径"又非小路之谓,谓山岭也。赵岐注曰:"山径,山之领。"焦循《正义》:"王氏念孙《广雅疏证》云:'《释丘》:岭、陉,坂也。陉之言径也。《孟子·尽心篇》:山径之蹊间介然。赵岐注云:山径,山之领。《法言·吾子篇》云:山岖之蹊,不可胜由矣。马融《长笛赋》云:膺陗阤,腹陉阻。并字异而义同。岭之言领也,岭通作领。《列子·汤问篇》云:终北国中,有山名曰壶领。"《说文》十四下"陉"字段玉裁注:"陉者,领也。《孟子》作径。云山径之蹊。赵注:山径,山领也。杨子《法言》作山岖之蹊,皆即陉字。"径塞,即陉塞。"陉塞九路",谓多条路途为山领所阻断。读"径"为"陉",则文从字顺,若不知其本字,而以常义释之,则扞格难通。

---

① 罗新、叶炜:《新出魏晋南北朝墓志疏证》,中华书局,2005 年版,第 197 页。

② 同上,第 366 页。

唐芒

卷15杨雄《城门校尉箴》："盘石唐芒，袭险重固。"章樵无注。按"唐芒"，迭韵联绵词，其意为山石高大的样子。又可写作"嵣岼"，张衡《南都赋》："其山则崆峣𡾊嵑，嵣岼嶚剌。"李善注："嵣岼，山石广大之貌也。"

征陆

卷15杨雄《上林苑令箴》："山有征陆，野有林麓。"章樵注："征，一作陉。"钱熙祚《古文苑校勘记》："征字误，九卷本作径，《御览》又作陵。"按：征，当从九卷本或一作本作"陉"或"径"。径、陉字通，义为山岭，说祥"径塞"条。《御览》作"陵"，义亦通。《盐铁论·本议》："故圣人作为舟楫之用以通川谷，服牛驾马以达陵陆，致远穷深，所以交庶物而便百姓。""陵陆"与"径陆"义同。陆，《诗经·小雅·天保》："如山如阜，如冈如陵。"毛传："言广厚也。高平曰陆，大陆曰阜，大阜曰陵。"《说文》十四下："阜，大陆也。山无石者象形。"段注："山下曰：有石而高，象形。此言无石，以别于有石者也。《诗》曰：如山如阜。山与自同而异也。《释名》曰：土山曰阜。象形者，象土山高大而上平，可层絫而上，首象其高，下象其三成也。"毛传言陆、言阜、言陵，阜、陵皆山，则陆亦为山。《说文》以"大陆"释"阜"，更可证"陆"为山之属。段注曰阜"象土山高大而上平"，则陆为高而上平之土山，与阜相较，差小之耳。所谓"陉陆"，即山之岭及山之高而上平者，均统属于山，故曰"山有征陆"也。

当

卷17王褒《僮约》："当如王大夫言，不如早归黄土陌。"章樵无注。按，当，表示假设的连词，义即假如、倘若、傥使。王引之曰："傥，或然之词也；字或作'党'、或作'当'、或作'尚'。"[1]《墨子·法仪》："然则奚以为治法而可？当皆法其父母奚若。"又《兼爱》曰："当使若二士者言行之

① 王引之：《经传释词》，中华书局，1956年版，第138页。

合,犹合符节也,无言而不行也。”

增算

卷17闻人牟准《魏晋侯碑阴文》:“及《华山下亭碑》、《增算状》、《殷叔时碑》、《魏大飨碑》、《群臣上尊号奏》及《受禅石表文》并在许繁昌。”章樵注:“碑为樊毅作。毅又有《乞复华山下民租口筭状》,此云增算,未详。”按《增算状》是否是《口筭状》,还不能确定,但增算一词不常见,其词义是增加口算钱。口算,汉代税法,相当于后世的人头税。《史记·平准书》司马贞《索隐述讃》:“增算告缗,裒多益寡。”告缗,详《平准书》及《汉书·食货志下》。

将

卷19《楚相孙叔敖碑》:“病甚临卒,将无棺椁。”章樵无注。按,将,且也,又也。将、且一声之转。“将无棺椁”谓且无棺椁,又无棺椁也。

有央

卷20杨雄《元后诔》:“冀以金火,赤仍有央。”章樵注:“金,刘姓;火,汉德;赤,火之色。有央,犹未央也。言冀火德之方中。”章以“冀火德之方中”释句意,近是;而谓“有央,犹未央也”,有不可训未,央前加未,则又增字为释。按,“有”,动词词头;“央”,久远之义。《说文》五下:“央,久也。”“有央”之“央”正用此义。《魏故使持节仪同三司都督相州诸军事车骑大将军相州刺史元公墓志铭》:“倒月如电,崩流迅疾,天地讵央,君往已毕。”①讵央,同义复词,谓长久也。讵,通“腒”。《广雅》:“腒,久也。”

弥流

卷20杨雄《元后诔》:“德被四表,弥流魂精。去此昭昭,就彼冥

① 赵超:《汉魏南北朝墓志汇编》,天津古籍出版社,2008年版,第235页。

冥。”章樵无注。张震泽曰:“言其德行广及海外,而其精魂却流散,去此光明之世,就彼冥冥地下。”①释“弥流”为“流散”,非是。按,“弥流”即“弥留”,病重濒死之谓。《汉博陵太守孔彪碑》:“而疾弥流,乃碩乃□。”②

作者简介

伏俊琏(1960—),西北师范大学国学中心教授、博士生导师,主要从事中国古典文献的教学研究工作。

伏麒鹏(1964—),甘肃会宁县政协研究室研究员,西北师范大学国学中心兼职研究员,主要从事中国古典文献的研究工作。

① 张震泽:《杨雄集校注》,上海古籍出版社,1993年版,第312页。
② 《全上古三代秦汉三国六朝文》,中华书局,1958年版,第1021页。

古文籍语疑四题

祝中熹

（甘肃省博物馆　甘肃兰州　730050）

内容提要　古典文献是华夏文明的重要载体，其中的许多名篇在我国文化传承中占据光辉地位。但因时代过于久远而造成的种种障碍，导致后世对某些词语产生疑义和歧解，有些乃至成为历代学者争议不休的文字疑案。这在一定程度上影响着人们对经典著作思想内容或艺术形象的正确领会。理清并辨正这些疑案，不仅是注释、阅读文史名篇的需要，也可丰富我们对古今贤达治学门径和成就的认知，并磨炼自己的学术功力。本文是作者在这方面进行探索所迈出的几步。

关键词　泾以渭浊　献状　绘事后素　饮器

一、泾以渭浊

《诗·邶风·谷风》抒写一个劳动妇女被丈夫遗弃的悲苦情思，以自述口气倾诉了她的满腔愤怨，为三百篇中最受重视的名作之一。其第三章云：

泾以渭浊，湜湜其沚。宴尔新昏，不我屑以。毋逝我梁，毋发我笱。我躬不阅，遑恤我后！

此章在全诗中具有枢纽地位，而"泾以渭浊"之兴义，又直接关系到对全诗的理解。然而，说来令人难以置信，泾、渭二水之清浊，见者一目了然，却被汉后至今的许多学者作了与事实完全相反的解说，堪称古文籍训诂领域的一大"冤案"。

暂抛开诗句的比喻义不谈，单就"泾以渭浊，湜湜其沚"二语来说，事情原本很简单。《说文》："湜，水清见底也。"沚，本作止，谓水之静澄。以，因为。诗意为：泾水由于渭水而变混浊了，但当它静止的时候，便会恢复原本的清澈状态。泾水在今西安市以北不远处注入渭河，泾清渭浊，在二水汇流处有给人印象深刻的对比显示，即成语所谓之"泾渭分明"。《毛传》曰："泾渭相入而清浊异。"从语言习用结构上讲，泾与清对应，渭与浊对应，意亦甚明。《郑笺》释"湜湜其沚"与《说文》不同，但解"泾以渭浊"却立足于《毛传》，毫不含糊："泾水以有渭故见渭浊。"据《经典释文》，后一个渭字有本作"谓"，对此学者们作过不少讨论。阮元《毛诗注疏校勘记》在剖析了《郑笺》文意后，指出当以"谓"字为是，①近世学人多从之。愚意不论"渭"与"谓"孰当，均不影响笺文对泾清渭浊的判断。"见"乃"见笑"、"见爱"之见，表达"被"义。如本作"见渭"，则全句意为：泾水因入渭水而被渭水所浊；如本作"见谓"，则全句意为：泾水因入渭水而被说成浊的。

对"泾以渭浊"作与《传》、《笺》相反解释的，现知最早始于南朝后期的陆德明，他在《经典释文·毛诗音义》中说："泾，音经，浊水也；渭，音谓，清水也。"②随后，孔颖达撰《诗经正义》，即采陆说而阐发该章："言泾水以有渭水清，故见泾水浊，以兴旧室以有新昏美，故见旧室恶。本泾水虽浊，未有彰见，由泾渭相入而清浊异；言已颜色虽衰，未至丑恶，由新旧并而善恶别。"③朱熹《诗集传》对此说又作了进一步发挥："泾浊

---

① 阮元校刻：《十三经注疏(附校勘记)》，中华书局影印本，1983年，上册第307页。

② 陆德明：《经典释文》，中华书局影印本，1983年版，58页。

③ 阮元校刻：《十三经注疏(附校勘记)》，中华书局影印本，1983年，上册第304页。

渭清，然泾未属渭之时，虽浊而未甚见，由二水既合，而清浊益分。然其别出之渚，流或稍缓，则犹有清处。妇人以自比其容貌之衰久矣，又以新婚形之，益见憔悴，然其心则固犹有可取者。但以故夫之安于新婚，故不以我为洁而与之耳。”①显然，孔、朱在阐述他们所主张的泾、渭二水比喻义时，对《郑笺》作了完全扭曲的理解："见渭”之“见”字，被视为动词，用其“显示”义；而“渭”字则被当做衍文而弃置不顾。他们增字解经，用绕弯子的方式，把“泾以渭浊”说成是：泾水因有渭水的对比而更显浑浊。孔颖达和朱熹在我国经学传承中有很高的声望，他们的看法对后世影响极深。

善于寻根追底的清代经学家们，在弃妇究竟以清自喻还是以浊自喻的问题上，可谓众说纷纭，但却大都遵从陆、孔、朱等所言泾浊渭清的前提。俞止燮是个例外，他在《癸巳存稿》中指出：“今案：《释文》说非也。以水验之，当依唐初一本。《笺》申《传》解诗，言已以新人而形其丑，然本性湜湜然清。譬泾清以入渭，有渭同行而浊，古人因渭（从水）之浊，而入渭之泾亦见谓（从言）为浊。然入渭后有湜湜之止，是泾本清也。”“儒生不解郑意，于《笺》字纷纷窜改。实则郑言泾水清也，渭水浊也。”②俞氏对清、浊比喻义的认识，仍未摆脱成说的影响，但他第一个注意到应当“以水验之”，揭示了泾清渭浊的客观事实。遗憾的是，俞氏的辨正并未引起学界足够的重视。延及当代，一些《诗经》注析领域的文著仍采误说，坚持要把“泾以渭浊”解释成由于渭之清衬托了泾之浊，以喻新人之美衬托了旧人之衰。如游国恩先生主持的北大中国文学史教研室选注的《先秦文学史参考资料》解此诗即言：“泾水浊，以喻自己；渭水清，以喻新人。”“泾水遇到渭水，就显得更浊了（犹言‘旧人遇到新人，就显得更憔悴了。’）”③时下有的《诗经》译本，把“泾以渭浊”直接译成“泾水搅得渭水浊”。

---

① 朱熹：《诗集传》，中华书局，1958 年版，第 21 页。

② 俞正燮：《癸巳存稿》，商务印书馆，1957 年版，15—16 页。

③ 北京大学中国文学史教研室选注：《先秦文学史参考资料》，高等教育出版社，1957 年版，39 页。

为什么明显违背事实的解说，竟能长期被学界认可呢？我想有两方面的原因：一是呆板地信从了《汉书·沟洫志》"泾水一石，其泥数斗"的记载，认定泾水的含泥量特高；二是错解了该诗以泾渭起兴的本意，认定清、浊分别喻新和旧。对于第一点，俞正燮已作过论析，他说："泾渠石地，入夏则浊，春秋冬皆清。《汉书·沟洫志》'泾水一石，其泥数斗。且溉且粪，长我禾黍'，谓夏三月。《陕西通志》有明季修广惠渠议，引古碑云：'四月闭泾口，防浊水汙渠；七月启泾口，引泾水灌地。'则春秋冬皆清。……渭则出今渭原鸟鼠山，经陇州，至高陵纳泾。渭渠沙地，四时皆浊，无清时也。"①事实正如俞氏所言，已无须再论。至于第二点，欲剖明尚须略费笔墨。综观《谷风》全诗格调，弃妇自述其纯贞、善良和勤劳，断无自比浊水之理，《郑笺》说她"持正守初"是对的。值得注意的是《诗·小雅》中也有一首《谷风》，也是写弃妇愤怨，显为同一母体的作品。其意旨都是在申扬自己的有德而揭斥对方的不义，都不涉及容貌丽与衰的问题。将女性容貌问题拉扯来阐发诗义，实缘自一种陈旧而迂俗的家庭观念，是不恰当的。既着眼于容貌立论，自然是新妇美艳，应以"清"作比；旧妇老衰，须用"浊"设喻。旧妇本来即已老衰，再经新妇的对比便更加憔悴。有了这个既定前提，就非把泾水说成原本就浊，再加上清渭的衬托便得更浊了不可，否则在逻辑上就讲不通。我国传统经学研究向来存在重义理而轻真知的文化倾向，为了宣扬论者所信奉的某种观念或主张，宁肯对实存加以扭曲。《谷风》的泾渭清浊文案，为此再增一个生动的例证。

其实，该诗中的"清"与"浊"，比喻的都是德行品质，而非容姿。二者皆用于弃妇自身，只不过清指的是真质，浊指的是愚见罢了。弃妇自述之意为：我本有清纯美善的品德，如今你觉得我污浊可厌，是因为你有了新欢；但我勤善守正的本质仍在，不会因你的背义而消失。如果一定要落实泾与渭的比喻对象，泾无疑为弃妇自喻，至于渭，与其说是喻新妇，不如说是喻男方喜新厌旧娶了新妇这件事。

前文说泾浊渭清误解的影响延及当代，并不意味着听不到据实持

---

① 俞正燮：《癸巳存稿》，商务印书馆，1957 年版，第 16 页。

真的声音。新版《辞源》“泾渭”条下，即旗帜鲜明地改正旧说，在引录了《经典释文》的错释后指出：“按泾清渭浊，合于实际。其两水交汇之处，泾因渭入而浊（熹按：渭大泾小，渭主泾从，应说泾因入渭而浊），《诗》意甚明，《释文》说误。”更值得昭示的是黄焯先生的考辨，其《诗疏平议·谷风》曰：“案《笺》云‘泾水以有渭，故见谓浊。以，用也，由也。玩《笺》文‘以’字，泾清渭浊。已自显著。又《说文》：‘巠，水脉也；胃，谷府也。’二水孰为清浊，即字义可判矣。”尤其可贵的是，他还交代说：“清乾隆帝尝命陕抚秦承恩由陕溯甘，亲履二水之源。旋据覆奏，实系泾清渭浊。”并将秦承恩的奏文节录附于文后（该奏文详述了实地考察经过及导致二水清浊的生态环境）①。至此，这一文案当如黄先生所说，已经“群疑可释”了。

二、献　状

《左传》僖公二十八年，载晋、楚城濮之战前，晋军伐曹：

> 三月丙午，入曹。数之以其不用僖负羁，而乘轩者三百人也，且曰献状。

传文言晋军攻入曹都，俘获曹共公，晋文公重耳对其进行谴责。“献状”一语颇费解，自古歧说纷陈。较受关注的看法有以下几种：(1)杜预说。“轩，大夫车。言其无德居位者多，故责其功状。”②按当时制度，大夫以上贵族才能乘轩车；曹为一小国，乘轩者竟达 300 人，足见其政风之骄奢。杜预释“状”为功状，“责其功状”，即要求曹君把乘轩者的政绩讲一讲。(2)颜师古说。“昔重耳过曹，曹恭公不礼，闻其骈胁，薄

① 黄焯：《诗疏平议》，上海古籍出版社，1985 年版，第 59—60 页。

② 阮元校刻：《十三经注疏·春秋左传正义》杜预注，中华书局影印本，1983 年版，第 122 页。

而观之。晋文怀耻,以为深怨。今既乘胜,志在雪报。尚托公义,故先责不用负羁而乘轩者众。因曰:今我之来,献骈胁容状耳。斯盖蚩弄之言。"[1]颜氏联系往事来解释"献状"。当年重耳流亡列国,至曹时遭到曹共公的无礼对待,《左传》僖公二十三年载其事:"及曹,曹共公闻其骈胁,欲观其裸。浴,薄而观之。"颜氏认为"献状"是晋文公得势后为泄愤的嘲弄语:你不是要看吗?我来让你好好看看!(3)惠栋说。"献状谓观状也。先责其用人之过,然后诛观状之罪,以示非恶报也。"[2]这也是联系当年重耳在曹受辱事作解,不过惠氏直接释献状为观状,谓晋文明言要惩罚曹君当年的无礼行为。(4)于鬯说。"盖当是曹君日与美女三百人乘轩驰驱以为乐,故责之。然则献状之义亦可知矣,乃即使其献此与美女三百人驰驱之状也"。[3] 于氏依《晋世家》乘轩者为美女一说,认为"献状"是令曹共公把淫乐放荡的场景表演一番。(5)吴曾祺说。"谓令其自陈所应得之罪状也"[4]。旧版《辞源》说与此同:"谓既数其罪,又令其自呈供状也。"此说释"状"为罪状,"献状"意为让曹君交代罪行。

诸说中于鬯说最无道理。且勿论《晋世家》该处文字学界多有质疑("美女"二字疑为衍文),即如所言,晋文面数曹君时曹君已国破被俘,这种背景下逼令他复现率领三百美女乘轩驰乐的场面,既无此必要,更无此可能。吴曾祺与旧《辞源》说简明易解,但此说不与当年曹共公窥浴事挂钩,"献状"只表述要曹共公交代罪行的意思,难符当时情势。晋文亲率大军攻曹俘君,就是来雪愤讨罪的,何须调查取证?曹共公的罪状已经义正言辞地宣布了,还让他交代什么?何况,责令对方供认罪行的严肃语境中,是不应用"献"字作动词的。杜预说认为"献状"是由上一句谴责"乘轩者三百人"而派生的要求,是要曹君献上那些人的"功状"。这样解释前后文意虽能贯通,但中间的"且曰"二字便十分别扭。

---

① 颜师古:《匡谬正俗》(卷 4),商务印书馆 1937 年《丛书集成初编》本。

② 惠栋:《春秋左传补注》,阮元编《清经解》(第二册),上海书店,1988 年影印本,第 718 页。

③ 于鬯:《香草校书·春秋左传》(下册),中华书局,1984 年版,第 773 页。

④ 吴曾祺:《国语韦解补正》,商务印书馆,1911 年铅印本。

按古汉语习用规律，“且曰”之后所述应是与前述内容有别的另一项内容。

颜师古与惠栋均联系当年重耳在曹被曹共公窥浴一事来解释“献状”，思路是正确的。但颜谓晋文自己声明是来“献状”给曹共公看的，颇含戏剧性，推测成分较大。惠说视“献状”为“观状”，是晋文声讨曹君不用僖负羁而乘轩者三百人之外的另一桩罪行，这种认识文献依据比较充分。《国语・晋语四》亦载重耳在曹受辱事，并明言日后“文公诛观状以伐郑”，注引贾侍中云：“郑复效曹观公骈胁之状，故伐之。”又引唐尚书云：“诛曹观状之罪，还而伐郑。”且不论郑因效曹观文公胁而遭伐，抑或晋军因伐曹返途而顺便伐郑，要在导致晋文动兵的受辱事件，已被用“观状”一词来表述。据此，“状”确实应当解释为身体的形状，而不能理解为功状、罪状、供状，或如于鬯所言的“驰驱之状”。因此惠说颇受重视，清儒多从之。如洪亮吉的《春秋左传诂》，沈钦韩的《左传补注》，李富孙的《左传异文释》等，均与惠说相应辅。当代最有影响的《左传》著作杨伯峻先生的《春秋左传注》，在介绍了有关此语的一些看法后，也认为惠说“较有据”①。

然而，仔细推敲一下不难发现，惠说存在一个致命的软肋，那就是“献状”同“观状”是绝对不能划等号的。“观状”对晋文而言可视为罪行，“献状”则不能。首先要问，“且曰”的主词是什么？是谁“曰”？是承接“不用僖负羁”云云的语法层序指曹君呢？还是承接“数之”的语法层序指晋文呢？如系前者，则“且曰献状”句意指当年曹共公令重耳“献状”给他看，但这和《左》、《国》记载的事实不符。那时曹共公是“谍其将浴，设微薄而观之”，属偷看性质，且事前作了周密安排，并未声言要晋文“献状”。如系后者，解作晋文列数曹君罪状中的一条，则当如《晋语四》那样直言“观状”而不会用“献”字。须知“观”与“献”表意绝然不同，此处二者的主体正好是对立的两方：一方“观”对方之所“献”；另一方“献”给对方“观”。观与献二词决定主体的不同处境和身份，是不能混而为一的。如果说当年曹共公“观状”是一种无礼的卑劣行为的话，“献

① 杨伯峻：《春秋左传注》，中华书局，1983 年版，第 453 页。

状”则是身处逆境者被迫忍受的一种耻辱。惠说的错误在于，用二词缘自同一事件的假相，掩盖了二词表义不同的实质。

我认为，如果“献状”之“状”解作形体，而且“且曰”的主词是晋文的话，“献”字便只能视为“呈露”。呈露虽为献字的引申义，但仍隐含煮牲敬奉神灵本义中卑对尊的意蕴。正如《字汇·犬部》所言：“凡以物相馈，下之于上曰献。”受献者必处尊位。《左传》昭公二十七年载吴公子光设宴招待王僚，王僚害怕被刺，戒备森严，“羞者献体，改服于门外”。杜注：“羞，进食也；献体，解衣。”献体即指赤身露体。据《正字通》，状与体义通，故“献状”也就是献体。《左传》晋文伐曹那段文字的语气是一贯的，记叙了晋文攻占曹都后对曹共公的报复性惩罚。总主语是晋文，“数之”的是他，“且曰”的也是他。先从大义上指斥曹共公弃贤臣而耽淫逸的昏奢，然后命令曹共公也裸体献状，以泄当年受辱之愤。这样解释，不仅前后史事有了关联，整段文字的表意也才能圆通无隙。

虽然古文籍不乏对晋文公的赞誉，说他“文而有礼”，但他毕竟是个晋君嫡传公子哥，即使流亡在外也备受宠护，性格中有刚狠恣意的一面，坎坷时能韬晦忍辱，得势后恩怨必报。对于当年逆境中所受凌侮，他一直是耿耿于怀的。为报经卫之五鹿向野人乞食，野人予之土块之愤，他伐卫而“取五鹿”。过郑时郑大夫叔詹谏言郑君礼遇文公，遭拒后又谏言既不能礼遇即应杀掉以防后患，为此晋文伐郑即点名索要叔詹，且“将烹之”。这样的性情，对于曹共公窥其裸体之恨，他岂能轻易放过！对一国之君晋文不会轻动杀机，那最痛快的报复就是也让曹共公出出丑，“献”一下“状”。这种以牙还牙的泄愤方式，晋文完全做得出来。

在此我想顺便指出新版《辞源》的一处小小失误。其“献状”条下列了两个义项，一为“呈进功状”，一为“呈现形状”。前一义项首举《左传》晋文伐曹之例，编者既依杜注，此自无可非议。但所举另一文例，却与“功状”无关。该例采自《文选》所载南朝刘宋颜延年的《赭白马赋》。为说明问题，我这里扩大一下引文范围：“徒观其附筋树骨，垂梢植发，双瞳夹镜，两权协月，异体峰生，殊相逸发。超摅绝夫尘辙，驱骛迅于灭没。简伟塞门,献状绛阙,旦刷幽燕,昼秣荆越。”①该赋咏赞宋文帝心爱的一匹骏马,主旨即在于突显其“特禀逸异之姿”,故赋文极言马之雄壮与迅疾。“简”字形容马的勇武,“塞”指边塞,“绛阙”谓宫门。“简伟塞门,献状绛阙”,意谓此马高大英武的形象,一会儿驰骋于边疆,一会儿出现在御禁,同下文“旦刷幽燕,昼秣荆越”相呼应。全赋纯咏马之姿态与行踪,无一句涉及对军政事务的传递。所以,“献状”仍是表“呈现形体”之义,不能做进呈“功状”的文例。

三、绘事后素

《论语·八佾》载孔子与子夏的一段对话:

> 子夏问曰:“‘巧笑倩兮,美目盼兮,素以为绚兮’,何谓也?”子曰:“绘事后素。”曰:“礼后乎?”
>
> 子曰:“起予者商也!始可与言《诗》已矣。”

师徒二人所谈论的,是《诗·卫风·硕人》中的句子。《硕人》一诗,《诗序》称:“闵庄姜也。庄公惑于嬖妾,使骄上僭,庄姜贤而不答,终以无子。国人闵而忧之。”诗极言庄姜姿貌的优美,被认为是《诗经》中把女性描写得最漂亮的一首。须指出的是,原诗中并没有“素以为绚兮”这一句,后儒多认为这是存世《诗经》的脱逸。此姑勿论,我们关心的是对孔子“绘事后素”一语应作何解释。此语可迳直解释为:“绘画之事,应最后涂饰白的颜色。”也可视之为介词省略句,实即“绘事后于素”,意为:“绘画之事,应先涂白色底子,然后再用彩色。”在《论语》注释领域,自古至今这两种理解一直并存。应当说,古汉语文法的欠严密,造成了这种反向歧义的文字疑案。

何晏《论语集解》引郑玄注曰:“绘,画文也,凡绘画,先布众色,然后

① 萧统编:《文选》,中华书局,1927年版,第205页。

以素分布其间，以成其文。”意思是说，用白颜色间隔五彩，方能形成美丽的花纹，故白色须后饰。《周礼·考工记》：“凡画缋之事，后素功。”郑玄注曰：“素，白采也。后布之，为其易渍汙也……郑司农说以《论语》曰‘缋事后素’。”在此郑玄又从另一角度申说为什么要“后素”：白色易污，后涂方能保持画面的鲜明洁净。为了强化自己的看法。郑玄还引用了另一位著名学者郑众的意见。清儒孙诒让在《周礼正义》中进一步阐发郑义：“白色以皎洁为上，渍汙则色不显，故于众色布毕后布之。若先布白色，恐布他色时渍汙之，夺其色也。”①

朱熹的《论语集注》对此作了与二郑、何晏相反的解释。他视“绘事后素”为“绘事后于素”：“倩，好口辅也；盼，目黑白分也。素，粉地，画之质也；绚，采色，画之饰也。言人有此倩盼之美质，而又加以华采之饰，如有素地而加采色也。”对《考工记》那句话，他的理解也和郑注相反：“绘事，绘画之事也。后素，后于素也。《考工记》曰：‘绘画之事后素功。’谓先以粉地为质，而后施五采。犹人有美质，然后可加文饰。”②此说显然有违《考工记》该语的本意，故朱熹的追随者曾埋怨他错用了《考工记》而忽视了《礼记·礼器》，因为该篇有支持绘事以素为后的文字：“君子曰：甘受和，白受采，忠信之人可以学礼。”孔疏：“甘为众味之本，不偏主一味，故得受五味之和；白为五色之本，不偏主一色，故得受五色之采。忠信之人，不有杂行，故可以学礼。”③这种素在前、采在后，忠信在前、礼在后的主张，的确同朱熹的观点相一致。杨伯峻先生的《论语译注》即采朱熹说，将“素以为绚兮”译作“洁白的底子上画着花卉”，将“绘事后素”译作“先有白色底子，然后画花”。④ 清代学者，从汉儒者和从朱熹者皆大有人在，二说并立现象一直持续下来。从古注说者除前引孙诒让外，毛奇龄较具代表性，其《论语稽求篇》云：“绘画之事，五采并设。素之色在五采之间，素固非所先也。然而五采虽备，素反后设，

---

① 孙诒让：《周礼正义》，中华书局，2000 年版，第 3311 页。

② 朱熹：《四书章句集注·论语集注》，中华书局，1983 年版，第 63 页。

③ 阮元校刻：《十三经注疏(附校勘记)》，中华书局 1983 年影印本，第 1442 页。

④ 杨伯峻：《论语译注》，中华书局，1988 年版，第 25 页。

若惟恐先素而汙易滋者，是必俟众采先布而后各布素以成其章。”对于《礼器》之文，毛氏分辨说：“《礼器》‘甘受和，白受采’，所言与《考工》绘事不同。其所云白者，以地言也，非以采言也，故曰‘受采’，言地可加采也。”[①]从朱熹说者，可以全祖望为代表，其《经史问答》言此事曰：“《论语》之说正与《礼器》相合。盖《论语》之素乃素地，非素功也，谓其有质而后可文也。何以知之？即孔子借以解《诗》而知之。夫巧笑美目，是素地也，有此而可加粉黛簪珥衣裳之饰，是犹之绘事也，所谓绚也。故曰绘事后于素也。”[②]程树德《论语集释》赞同全说。[③]

上述二说很难以绘画技巧定是非，因为事实上先敷白底以绘彩与绘彩之后再用白粉勾勒，两种画法古今都被人使用。就拿堪称彩绘之祖的史前彩陶工艺来说，两种画法都存在。有的是先在陶面涂一层浅颜色的陶衣，然后再用深颜色绘上图案；也有的是先绘黑色线条，然后在黑线条周边镶绘白色线条，或在黑底上缀饰白色圆点。为求问题的解决，必须对孔子师徒对话作全局性析辨。应先弄明白子夏何以由诗意联想到“礼后”。好在“礼后”一语和“后素”不同，它不产生歧义，它形不成介词省略句，不论“礼”用什么来比喻，它的位置在后是肯定的。何晏在引郑玄注文后云：“喻美女虽有倩盼美质，亦须礼以成之。”又引孔安国曰：“孔子言绘事后素，子夏闻而解，知以素喻礼，故曰‘礼后乎？’”清儒惠士奇曰：“子夏疑‘素以为绚’，夫子以后素惟绘事为然，故举以示之，子夏遂因素而悟礼。盖五色之黑、黄、苍、赤，必以素为之齐；犹五德之仁、义、智、信，必以礼为之间。”[④]惠氏的解说比郑注更明朗，他不仅以素喻礼，又以五彩喻五德。五彩靠白素的间隔显其华美，五德赖礼乐的宣施成其功效。这种认识，符合儒家的思想观念。德是人的内在精神素质，是

---

① 毛奇龄：《论语稽求篇》，阮元编《清经解》（第 1 册），上海书店 1988 年影印本，第 743 页。

② 全祖望：《经史问答》，阮元编《清经解》（第 2 册），上海书店 1988 年影印本，第 517 页。

③ 程树德：《论语集释》，中华书局，1992 年，第 158—159 页。

④ 惠士奇：《礼说》，阮元编《清经解》（第 2 册），上海书店 1988 年影印本，第 103 页。

第一位的;礼是德的社会显示,是德的派生物。先有内在的德,才有外现的礼。因此当子夏因素后而悟礼后的时候,当即受到孔子的表扬。

朱熹一派学者无疑也是主张德在先而礼在后的,但他们以素喻德,以采喻礼。朱熹就说过:"礼必以忠信为质,犹绘事必以粉素为先。"前引全祖望的意见以巧笑美目为素地,而以粉黛装饰为彩绘,表达的也正是这个意思。这样理解素与彩的比喻对象,当然只能把"绘事后素"说成是"绘事后于素",否则便不能应合儒家"礼后"的理念。但这样阐发义理,却难以同"素以为绚"的诗意相融汇。《仪礼·聘礼》郑注:"采成文曰绚。""素以为绚"是说白颜色显示了五彩花纹,素后之意已逻辑地蕴含于句中。原诗是在描写妇女的容貌,而并非讲绘画。全祖望意识到了这一点,但却作了颠倒性的喻意理解,把美女的笑盼比作"素地"。其实恰好相反,那三句诗的本意是:倩美的酒窝,顾盼的眼波,红唇黑睛,敷了白粉愈显艳丽。唇睛是天生的,肯定先已有;白粉是妆敷品,当然乃后加。故孔子才由女性的美容联想到绘画的程序,说"绘事后素"。刘宝楠《论语正义》已别具慧眼地言及此:"'素以为绚',当是白彩用为膏沐之饰,如后世所用素粉矣。绚有众饰而素则后加,故曰素以为绚。"[①]刘氏所言实即人们都很熟悉的白粉定妆。联系到绘画,则众彩为先设之色,白素为后勾之文;以此喻品质,则仁义为本具之德,礼乐为辅设之教。素粉为容颜服务,白色为众彩服务,礼乐为仁义服务。粉使容美,素使彩显,礼使德成。所以我们说,孔子与子夏是以素喻礼的,"绘事后素"不能理解为"绘事后于素"。

四、饮　　器

春秋末年,晋国公室已极度衰微,世家大族权重一时,其中智氏最为强盛。智伯在灭亡了范氏、中行氏之后,又胁迫韩、魏二家合攻赵氏。

---

① 刘宝楠:《论语正义》,王先谦编《清经解续编》(第4册),上海书店1988年影印本,第789页。

赵襄子率众坚守晋阳一年多，智伯“引汾水灌其城，城不浸者三版。城中悬釜而炊，易子而食”①。危急关头，襄子乘夜派人出城，秘密与韩、魏联系，争取韩、魏倒戈反攻智氏。此谋成功，最终三家联合灭掉了智氏，瓜分了晋国。这是人们熟知的一段历史故事，除了《史记》曾详述外，战国及两汉文籍如《战国策》、《吕氏春秋》、《韩非子》、《淮南子》、《说苑》等均有所载。诸书尤多言赵襄子杀智伯以泄切齿之恨，如《战国策·赵策一》即谓：

及三晋分知氏，赵襄子最怨智伯，而将其头以为饮器。

何为“饮器”？后世有两种绝然不同的说法：一说为用以小便的“溺器”，一说为用以酌饮的“酒器”。《史记·刺客列传》载此事，《索隐》云：“裴氏注彼引韦昭云‘饮器，椑榼也’。晋灼曰：‘饮器，虎子也。’皆非。”《正义》：“刘云：‘酒器也。每宾会设之，示恨深也。’按：诸先儒说恐非。”司马贞和张守节并不相信他们引述的说法，而自己也提不出新的解释，这表明此语至迟在唐时已成疑案。至当代，疑犹未解。旧版《辞源》在介绍了“酒器”和“虎子”二说后云：“古有二说，未知孰是。”新版《辞源》主释“饮酒之具”，辅释“一说为溺器”。其他工具书及文选注释，有的二说并陈，有的迳从溺器说。朱起凤《辞通》“溲器”条下，列举许多文例后说：“试思骷髅乃不祥之物，即使与其人深怒积怨，亦决无以其首为饮具之理。读书须别具眼光，不可随人言下转，此类是也。”他认为“饮”乃“溲”之误字。② 这种认识颇具代表性。

朱起凤先生是据情理立论的，但他所据的是现代社会的情理。无数事例告诉我们，如无确凿史证，仅凭后世之情理揣度古人，往往会出错。我们今天视骷髅为不祥之物，先秦时人可能另有其价值观念。人头曾长期成为战争中双方将士们的猎获对象，并充当计功受爵的凭证。作为战利品，胜利者为什么不可以把使用仇敌的头骨视为一种荣耀呢？匈奴族就有用敌人头骨饮酒的习俗（下文将论及），晋国同匈奴地域邻接，赵襄子受匈奴习俗影响而为此，似无多大的悖理处。况且，溺器说

① 司马迁：《史记·赵世家》，中华书局，1975 年版，第 1795 页。

② 朱起凤：《辞通》卷 16，上海古籍出版社，1982 年版，第 1662 页。

表面看来好像合乎情理，事实上也未必，因为情理应以物理作基础。人的骨头可作液体容器的部分是有限的，诸书多言“破其首”为饮器，“破”者，自眉骨处截之也，所余部分呈碗状。我们在博物馆中有时能看到藏传佛教中或具法器性质的这种头骨碗。从实用角度权衡其容量，是不宜用作溺器的。

“饮器”的正解为饮酒之具，这有充分的文献根据。《周礼·考工记》：“梓人为饮器，勺一升，爵一升，觚三升。”孙诒让疏：“为饮器者，饮酒所用之器也。”①勺、爵、觚均为饮酒用具，无可置疑。“饮器”乃一类称，即使以头骨做成，既称“饮器”，亦当为饮酒用具。《汉书·匈奴传》载元帝初，汉廷派韩昌、张猛入匈奴，“单于以径路刀、金留犁挠酒，以老上单于所破月支王头为饮器者，共饮血盟。”关于老上单于杀月氏王一事，《史记·大宛列传》亦有明文：“至冒顿立，攻破月氏。至匈奴老上单于，杀月氏王，以其头为饮器。”《汉书·张骞传》又从侧面述及此事：“匈奴降者，言匈奴破月氏王，以其头为饮器，月氏遁而怨匈奴。”此事之真实性不容争辩。老上单于死于汉文帝后元四年（前160年），至元帝初已历一百一十多年，而用月氏王头骨所做饮杯尚存，且用于庄严的盟会，足见其受珍视的程度。

还应注意到，一些先秦及两汉文籍载述智伯身死头破事，未用“饮器”一词，而直接谓之“饮杯”、“酒器”或“觞”。如《韩非子·难三》：“知伯无度，从韩康、魏宣而图以水灌灭其国，此知伯之所以国亡而身死，头为饮杯之故也。”《吕氏春秋·义赏》：“（赵襄子）令张孟谈逾城潜行，与魏桓、韩康期而击智伯，断其头以为觞，遂定三家。”《说苑·建本》：“智伯围襄子于晋阳，襄子疏队而击之，大败智伯，漆其首以为酒器。”此皆“饮器”指饮酒用具之明证。智伯为人寡情狠戾，赵襄子以其头作酒杯，不单纯是缘自晋阳之围，怨恨的种子早在十余年前即已埋下。而且，事情不仅与饮酒有关，还与头有关。《淮南子·道应训》载赵简子死前立无卹（即襄子）为后，“董阏于曰：‘无恤贱，今以为后，何也？’简子曰：‘是为人也，能为社稷忍羞。’异日，知伯与襄子饮而批襄子之首，大夫请杀

① 孙诒让：《周礼正义·冬官考工记》，中华书局，2000年，第3358页。

之，襄子曰：'先君之立我也，曰能为社稷忍羞，岂曰能刺人哉！'"[①]《说苑·建本》言此事则曰"智伯与襄子饮而灌襄子之首"。[②]《史记·赵世家》所载详于诸书："晋出公十一年，知伯伐郑。赵简子疾，使太子毋恤将而围郑。知伯醉，以酒灌击毋恤。毋恤群臣请死之，毋恤曰：'君所以置毋恤，为能忍訽。'然亦愠知伯。知伯归，因谓简子，使废毋恤，简子不听。毋恤由此怨知伯。"[③]两人之间存在这么一段怨辱纠葛，故清儒梁玉绳评此事云："断头为觞，盖以报灌酒之辱也。"[④]

谓"饮器"乃小便用具，主要依据以下几条材料：《韩非子·喻老》："智伯兼范、中行，而攻赵不已。韩、魏反之，军败晋阳，身死高粱之东，遂卒被分。漆其首，以为溲器。"[⑤]《汉书·张骞传》晋灼注："饮器，虎子属也，或曰饮酒之器也。"[⑥]《淮南子·道应训》高诱注："饮溺器，椑榼也。"[⑦]《晋书·徐嵩传》载姚苌灭苻坚，苌将姚方成执坚之臣徐嵩，遭嵩厉色怒斥，"方成怒，三斩嵩，漆其首为便器"。我要指出，前三条材料都有可商之处。《韩非子·喻老》言"溲器"，"溲"固然可以释为小便，但也存在他释，王先慎《韩非子集解》即引《说文》及《仪礼·士虞礼》"明齐溲酒"郑玄注，以证"溲器"为"酿酒之器"。姑勿论对"溲器"应作何解释，《韩非子·难三》述此事却又说智伯"头为饮杯"。同一部书讲同一件事，何以如此自相矛盾？故许多著名学者如毕沅、庄逵吉、泷川资言等，都认为《喻老》篇"溲"字乃"酒"字之讹，他们的意见不无道理。《汉书·张骞传》晋灼注谓"虎子属也"，恐即受《喻老》"溲"字误说的影响；但晋灼还是有点半信半疑，故又补充了"或曰饮酒之器也"一句，表明他并不固持"虎子"之说。《淮南子·道应训》高诱注"饮溺器"之"溺"字，则肯定有误。第一，"饮溺器"三字不伦不类，古无此称，其中当有衍字或讹

---

① 刘文典：《淮南鸿烈集解》，中华书局，1989年版，第382页。

② 向宗鲁：《说苑校正》，中华书局，2000年版，第75页。

③ 司马迁：《史记·赵世家》，中华书局，1975年版，第1793页。

④ 陈奇猷：《吕氏春秋校释》注引梁玉绳语，学林出版社，1984年版，第789页。

⑤ 梁启雄：《韩子浅解》，中华书局，1985年版，第169页。

⑥ 班固：《汉书·张骞传》，中华书局，1975年版，第2687页。

⑦ 刘文典：《淮南鸿烈集解》，中华书局，1989年版，第382页。

字。第二，前引《吕氏春秋・义赏》"断其头为觞"，高诱注很明确："觞，酒器也。"《淮南子・汜论训》"智伯以三晋之地擒"，高诱注颇详明地述说了这一史事，谓襄子联合韩魏，"大破智伯之军，获其首，以为饮器。"①同一个高诱，不至于这般自我抵牾。第三，高注"饮溺器"之后又接言"椑榼也"，而"椑榼"为盛酒之器，古今无异议。《汉书・张骞传》颜注，即引韦昭语："饮器，椑榼也。"说器为椑榼，则"溺"字非衍即误。第四，前引《说苑・建本》关于"智伯围襄子"那段文字，显然即取自《道应训》，只改动了一句话，即把"破其首以为饮器"改为"漆其首以为饮器"。这说明刘向也认为"饮器"即酒器。此外，古籍校勘领域有《道应训》非高诱所注，应属许慎作注篇章的说法。果如此，则高诱自我抵牾之嫌可释，"溺"乃"酒"字之讹的可能性就更大了，因为在许慎的《说文》中决找不到与"饮"或"溲"相联系的"便器"之说。

至于《晋书・徐嵩传》所言以头骨为"便器"的那条材料，如非史家误笔的话，姚方成因持"溲器"旧说而试仿效之的可能性是存在的。但即使姚方成确用人头骨作了"便器"，也难以否定当年赵襄子的"饮器"为酒具，因为有大量以头骨作酒具的事例存在。《续资治通鉴・宋记》载西夏建国前策画攻宋之鄜延，云："元昊悉会诸豪，刺臂血和酒置骷髅中共饮之。"②《辽史・二国外记》亦载西夏人有盟誓时"用鸡、猪、犬血和酒，贮于骷髅中饮之"的习俗。③ 可见用人头骨作盟誓时的饮杯，不独匈奴族为之，党项族也曾盛行。

作者简介

祝中熹（1938— ），甘肃省先秦文学与文化研究中心研究员、甘肃省秦文化研究会会长，主要从事先秦史、秦文化及相关文物的研究工作。

---

① 刘文典：《淮南鸿烈集解》，中华书局，1989年版，第440页。
② 毕沅编：《续资治通鉴》，上海古籍出版社，1990年版，第197页。
③ 脱脱等撰：《辽史・二国外记》，中华书局，1988年版，第1524页。

“阴厌”、“阳厌”考*

瞿林江

（南京师范大学文学院　江苏南京　210097）

内容提要　“厌祭”，就是独自让神吃饱祭品的无尸之祭。“阴厌”、“阳厌”得名于“鬼神尚幽闇”的先民观念，只是孔子为殇祭时的两种情形而设之名，所祭为宗子，名之为“阴厌”，祭于奥（庙室西南隅，隐奥无事）；所祭为庶子或无后者，名之为“阳厌”，祭于屋漏（庙室西北隅，有日光漏入）。阴厌、阳厌可统称为厌祭，但只限于殇祭。成丧祭中，除无禄的庶人外，士大夫以上均不可行厌祭。郑玄所构造出的成人丧祭中的“阴厌”、“阳厌”，可谓完全曲解了《曾子问》中的孔子之言。后人在《仪礼》中沿用“阴厌”、“阳厌”之名，只是崇奉“礼是郑学”的缘故而已。

关键词　郑玄　阴厌　阳厌　仪礼

一、郑玄相关论述

“阴厌”、“阳厌”之名仅见于《礼记·曾子问》：

曾子问曰：“祭必有尸乎？若厌祭，亦可乎？”孔子曰：“祭成丧

* 本文是南京师范大学2013研究生科研创新计划资助项目“《钦定礼记义疏》驳议郑注研究”阶段性成果，项目编号：CXLX13_348。

者必有尸，尸必以孙。孙幼，则使人抱之。无孙，则取于同姓可也。祭殇必厌，盖弗成也。祭成丧而无尸，是殇之也。”

孔子曰：“有阴厌，有阳厌。”曾子问曰：“殇不祔祭，何谓阴厌、阳厌？”孔子曰：“宗子为殇而死，庶子弗为后也。其吉祭特牲，祭殇不举肺，无肵俎，无玄酒，不告利成，是谓阴厌。凡殇与无后者，祭于宗子之家，当室之白，尊于东房，是谓阳厌。”①

不见于先秦其它典籍。郑玄关于“阴厌”、“阳厌”论述主要在《礼记》和《仪礼》注中。《礼记·曾子问》：“若宗子有罪，居于他国，庶子为大夫，其祭也，祝曰：孝子某使介子某执其常事。摄主不厌祭。”郑注云：

皆辟正主。厌，厌饫神也。厌有阴有阳，迎尸之前，祝酌奠，奠之且飨，是阴厌也。尸谡之后，彻荐、俎、敦，设于西北隅，是阳厌也。此不厌者，不阳厌也。②

《礼记·曾子问》：“殇不祔祭，何谓阴厌、阳厌。”郑注云：

“祔”当为“备”，声之误也。言殇乃不成人，祭之不备礼，而云阴厌阳厌乎？此失孔子指也。祭成人，始设奠于奥，迎尸之前，谓之阴厌；尸谡之后，改馔于西北隅，谓之阳厌。殇则不备。”③

《礼记·祭法》：“王下祭殇五：適子、適孙、適曾孙、適玄孙、適来孙。诸侯下祭三，大夫下祭二，適士及庶人祭子而止。”郑注云：

祭適殇者，重適也。祭適殇于庙之奥，谓之阴厌。王子、公子

---

① 郑玄注、孔颖达疏、吕友仁整理：《礼记正义》，上海古籍出版社，2008年版，第807—811页。《注疏》合为一章，杨天宇《译注》分为两章，今从杨。

② 《礼记正义》，第802页。

③ 《礼记正义》，第808页。

祭其適殇于其党之庙。大夫以下，庶子祭其適殇于宗子之家。皆当室之白，谓之阳厌。"①

《仪礼・特牲馈食礼》："佐食彻尸荐、俎、敦，设于西北隅，几在南，厞用筵，纳一尊。佐食阖牖户，降。"郑注云：

厞，隐也。不知神之所在，或诸远人乎？尸谡而改馔，为幽闇，庶其飨之，所以为厌饫。《少牢馈食礼》曰：'南面而馈之设。'此所谓当室之白，阳厌也。则尸未入之前为阴厌矣。《曾子问》曰："殇不备祭，何谓阴厌、阳厌也。"②

郑玄之说融会贯通，自成体系，自唐孔颖达、贾公彦疏注后，更加完备。从中我们可以看出郑玄认为：1、祭祀成人、殇均有厌祭，即无尸而让神独自享用祭品，厌祭又可分为阴厌和阳厌。2、祭祀成人开始时，在尸未来之前，祝在庙室西南隅（奥）的摆好尊，让神享用，是阴厌。3、祭祀成人结束时，尸起身离开后，佐食撤去尸享用过的荐、俎、敦，改放在庙室西北隅，让神享用，是阳厌。4、祭祀未成人（殇），无需备礼，只得其中一种厌祭，即祭祀嫡殇，用阴厌；祭祀庶殇，用阳厌。

宋以后，陆佃、吴澄、敖继公等人质疑郑玄之说，认为"阴厌"、"阳厌"就殇祭而言，成丧祭之仪中无"阴厌"、"阳厌"，清万斯大、姚际恒、江永等详申其义。其后由于汉学的兴盛，有些学者又对郑说将信将疑，如秦蕙田说：

陈氏《礼书》谓王未迎尸，阴厌也，天子诸侯正祭有阴厌；又曰厌所以饫神，正祭有厌，谓其尸不存故也；又曰阴厌尊有玄酒，诚可

① 《礼记正义》，第 1802 页。

② 郑玄注、贾公彦疏、王辉整理：《仪礼注疏》，上海古籍出版社，2008 年版，第 1419 页。

谓深于礼者矣。故今列入迎主之后、迎尸之前,俟学礼者质焉。①

文中“陈氏”即北宋陈祥道,他说“正祭有厌”,即秉承郑说,但秦蕙田对此列而存疑,不作过多辩解。又如孙希旦云:

> 郑氏以迎尸之前,祝酌奠,为阴厌;尸谡之后,彻荐、俎、敦,设于西北隅,为阳厌。陆氏、敖氏非之,而以阴厌、阳厌专为祭殇之名。然此篇言“摄主不厌祭”,则祭末改设之名为厌明矣。又云“殇不祔祭,何谓阴、厌阳”,厌则成人之祭有阴、阳二厌亦明矣。盖厌者,无尸而以饮食饫神之名。祭殇无尸,故曰“厌祭”。初之飨神,尸未入,祭未之改设,尸既谡,故亦皆曰“厌”。飨神在奥,祭宗子之殇亦于奥,以其在幽阴之所,故皆曰“阴厌”。改设在西北隅,祭凡殇亦于西北隅,以其在显明之处,故皆曰“阳厌”。不妨异事而同名也。②

孙所著《集解》,可算是有清一代《礼记》研究的集大成之作,然对于此问题,虽然百般为郑立言,最终也只能说“不妨异事而同名也”。可见他们一方面受当时尊汉的学风影响,对郑说持保赞成观点,另一方面因为他们秉承宋学,对郑说加以质疑。乾嘉后,凌廷堪、胡培翚、黄以周等人信崇郑玄之说,为郑申辩,则是完全站在了汉唐学者的一边,对前人的质疑不屑一顾,但陆、万等人的质疑证据,凌、胡、周等人并未完全驳倒。本文细析这些证据,立足《曾子问》的文本,指出郑玄之说尚有商榷之处,说明其来龙去脉及其余力影响。

① 秦蕙田:《五礼通考》卷 86,文渊阁《四库全书》本。

② 孙希旦:《礼记集解》,中华书局,1989 年版,第 540 页。

二、《曾子问》的三个问题

从上文可知，对《曾子问》的理解是郑玄一系列观点的出发点和立足点，因此有必要对《曾子问》原文文本作进一步研究。结合历代相关论述，其中关键之处有三，一一加以剖析、探讨：

问题一、“摄主不厌祭”，能否说明成丧祭中有“厌祭”？

上文说“宗子为士，庶子为大夫”，“宗子有罪，居于他国”，“摄主不厌祭”。厌，通作“餍”，即吃饱之义。“厌祭”，即让神吃饱之祭。然在祭祀时，一般都有尸来代替神享用祭品，神是很难吃饱的，所以要神吃饱，要么在祭祀的末尾增加“彻荐、俎、敦，设于西北隅”的环节，要么不设尸，此时神才能尽情享用。前者属于正祭，所以当以后者最为合理，所以郑注说“厌时无尸”。由此可见“厌祭”必须同时具备“无尸”和“饫神”两个条件。那么“摄主不厌祭”，根据传统的逻辑学原理，即包含三种情况：一是无尸不饫神，二是有尸饫神，三是有尸不饫神。这三种情形，第一种是无道理的，所以排除，第二种是宗子（正主）所行之正祭，故又排除，只有第三种，当切合孔子原意。不让神吃饱，即在祭末，不把荐、俎、敦，改设于西北隅，这是郑玄推断此处为所谓“阳厌”的根据。

那么我们能不能反过来说“正主有厌祭”呢？不能，如果“不厌祭”即孔子所说的“有尸不饫神”，那么它的反命题同样也有三种，即有尸饫神、无尸不饫神、无尸饫神，第二种是无理的，故排除，但第一种和第三种都是成立的。“厌祭”仅仅属于第三种，不能包含第一种。从下文孔子云“祭成丧者必有尸”来看，“摄主不厌祭”的反命题只能是第一种，即正主只能举行正规的有尸之祭，且要让神吃饱。所以任何人从“摄主不厌祭”这句话推出成丧祭（正祭）有厌祭的相关言论，都是无理的，如凌廷堪就是其中之一，他说：

考《曾子问》云“殇不祔郑注：“祔”当为“备”，声之误也。祭，何谓阴厌、阳厌"，夫殇不备阴厌、阳厌，则成人之祭有阴厌、阳厌可知矣。《曾子问》又云"摄主不厌祭"，夫摄主无厌祭，则正祭有厌祭可知矣。①

从中也我们不难发现，凌论证前提是承认郑玄"祔当为备"之说，以此来论证郑说之确。如此论证，胡适先生称之为"丐辞"②，皆为袒护郑说而已。

那么孔子为什么要说"摄主不厌祭"呢？原因在于正如下文曾子所问成丧祭祀不用尸可行吗？此处庶子代祭，当可以无尸吧？按礼，成丧祭绝不可无尸（士大夫以上宗庙之祭均要有尸，无禄者可以无尸，《大戴礼记·曾子天圆》云"无禄者稷馈，稷馈无尸"③是也）。所以孔子特别提出"摄主不厌祭"，意在提醒。

问题二、"曾子问曰：殇不祔祭，何谓阴厌、阳厌"，能否说明成丧祭中存在阴、阳二厌？

郑玄认为"祔"是"备"声之误，孔疏云："曾子既闻孔子云'有阴厌，有阳厌'，不解孔子之旨，谓言祭殇始末，一宗之中有此两厌，故问云：祭成人之时，有此二厌。殇不祔祭，祔，备也。谓祭殇简略，何谓备有阴厌有阳厌也？"又云："案《丧服小记》云'殇与无后者从祖祔食'，今云'殇不祔祭'，与《小记》文乖，故知'祔'当为'备'。"④此是郑玄认为成丧中有阴阳二厌的重要依据，古无轻唇音，"祔"和"备"古音同属并母，祔属侯部，备属职部，侯职旁对转，故二字音近可通，自无可疑，但问题是此处

---

① 凌廷堪著、彭林校点：《礼经释例》，北京大学出版社，2012年版，第251、252页。

② 胡适先生说："在伦理学上，往往有人把尚待证明的结论预先包含在前提之中，只要你承认了那前提，你自然不能不承认那结论了：这种论证叫做丐辞。"见《评论近代考订〈老子〉年代的方法》一文，《胡适文集》第5册，北京大学出版社，1998年版，第85页。

③ 王聘珍撰、王文锦点校：《大戴礼记解诂》，中华书局，1983年版，第101页。

④ 《礼记正义》，第808页。

“祔祭”和《丧服小记》“祔食”两者可不可对举，郑、孔之说值得怀疑。翁方纲云：“《记礼》者，各自为篇，非必尽出一手也。况古礼之详，莫可尽考，何从而处处针对之？《曾子问》篇‘殇不祔祭’，无论其与《小记》之文是离是合，总之，此句断非‘备’字也”①。殇孙之所以不得和先祖一起祭祀，是因为祭先祖有尸，而祭殇孙无尸。孙希旦亦云：“殇唯祔与除服二祭则止。祔，附也。‘不祔祭’言不得附于宗庙四时之祭也。”②可见郑玄读“祔”为“备”，是其致误的关键。

郑注云：“言殇乃不成人，祭之不备礼，而云阴厌、阳厌乎？此失孔子指也。”孔疏云：“祭殇简略，何谓备有阴厌有阳厌也？”③从此可见郑、孔把经文中“何谓”解释成“何谓有”，一字之差，文意全变。“何谓”是疑问不知之物，“何谓有”是疑问已知之物。依此可见，曾子言“何谓阴厌、阳厌”，是并不知什么叫阴厌、阳厌，故疑而发问，并未有失孔子之指。

问题三、《曾子问》所记殇祭“阴厌”、“阳厌”和《仪礼·特牲馈食礼》所记成丧祭中“阴厌”、“阳厌”仪节是否相同？

其一，《曾子问》“阴厌”云“无肵俎”；而《特牲》云“佐食升肵俎，鼏之，设于阼阶西”，有肵俎，用于敬尸。

其二，《曾子问》“阴厌”云“无玄酒”；而《特牲》云“尊于户东，玄酒在西”，有玄酒。

其三，《曾子问》“阳厌”云“当室之白”，郑注云“当室之白，谓西北隅得户明者也。明者曰阳”；而《特牲》云“佐食彻尸荐、俎、敦，设于西北隅”。“西北隅”和“室之白”很难说定是一处（宋黄震《黄氏日钞》认为“室之白”指东房），即使一处，据郑注，就范围而言，“西北隅”大于“室之白”，“设于西北隅”，非一定设于“室之白”。

其四，《曾子问》“阳厌”云“尊于东房”；而《特牲》云“几在南，厞用筵，纳一尊”，在室，非东房。

---

① 翁方纲：《礼记附记》卷1，清稿本。

② 《礼记集解》，第542页。

③ 《礼记正义》，第808页。

从上可见，两处所谓“阴厌”、“阳厌”的祭器摆设及处所，并非完全相同。《曾子问》中孔子所谓的“阴厌”、“阳厌”之名是为殇祭时的两种情形而设，而《特牲馈食礼》、《少牢馈食礼》中郑玄所谓的“阴厌”、“阳厌”只是成丧祭时迎尸前、送尸后的两处不同的礼器陈设、祝告之总称；《曾子问》殇祭从头至尾均无尸，而《特牲馈食礼》成丧祭只是暂时无尸，所有陈设、祝告均为有尸而设。两者无论在适用范围，还是在具体细节上，都有本质的区别。《礼记义疏》云：“成人之祭未尝不厌，迎尸以前之酌奠，是为飨神，飨神即以饫神，陆佃所云‘告神’者是也，以为阴厌，则非；尸谡以后之彻俎、敦是为改馔，改馔亦以饫神，陆佃所云‘依神’者是也，以为阳厌，则非。”①其说有理。郑玄所构造出的成人丧祭中的“阴厌”、“阳厌”，可谓完全曲解了《曾子问》中的孔子之言。

《特牲》、《少牢》成丧祭时，因暂时无尸(殇祭始终无尸)，又因前在奥(闇)，后在西北隅(明)，祭殇亦在此两地。两者有此类似，故郑玄遂以“阴厌”、“阳厌”同称之。其实这只是借用《曾子问》“阴厌”、“阳厌”之名而已。据笔者管见，先秦时，成丧祭中并非实有此二名。即使我们如此称呼，那也只是习惯因素，其中原委，今天的读者需要明白。

三、“阴厌”、“阳厌”得名

孔子云：“名不正则言不顺，言不顺则事不成。”故于“阴厌”、“阳厌”，虽然出自孔子之口，但首先有必要对其得名由来作进一步探讨。梳理历代相关论述后，孔子如此定名，前人认为大致有三种原因，各有

① 《钦定礼记义疏》卷27，《四库全书》本，上海古籍出版社，1987年版，第759、760页。《仪礼·少牢馈食礼》云：“主人西面，祝在左。主人再拜稽首。祝祝曰：‘孝孙某，敢用柔毛刚鬣、嘉荐、普淖，用荐岁事于皇祖伯某，以某妃配某氏。尚飨！’”(《仪礼注疏》，下册第1474页)《周礼·春官·守祧》云“既祭，则藏其隋与其服”，郑众注云“隋，谓神前所沃灌器名”，郑玄注云“隋，尸所祭肺脊黍稷之属，藏之以依神”。(郑玄注、贾公彦疏、彭林整理《周礼注疏》，上海古籍出版社，2010年版，中册第811页)

依据：

(一)奥、屋漏之说。

包括郑玄在内的众多学者持此观点，以《仪礼》连言之。《尔雅·释宫》云：“西南隅谓之奥，西北隅谓之屋漏，东北隅谓之宧，东南隅谓之窔。”(见图)邢疏云：“古者为室，户不当中而近东，则西南隅最为深隐，故谓之奥。而祭祀及尊者常处焉。”[①]《礼记·曲礼》“为人子者，居不主奥”郑注云：“室中西南隅谓之奥。”孔疏云：“奥者，室内西南隅也。室向南，户近东南角，则西南隅隐奥无事，故呼其名为奥。”[②]从此两处可见，奥位于室西南隅，且此处隐奥，故名奥，为尊者之所和祭祀之处。郑玄所谓“阴厌”，当在此处。

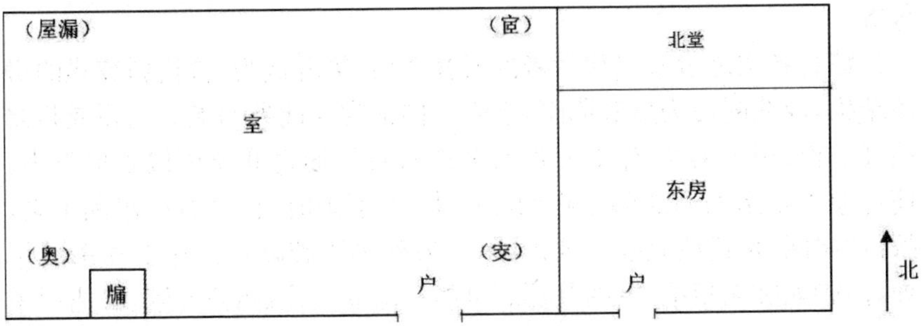

(图：宫室局部[③])

“屋漏”之说的由来，至今尚无定论。《曾子问》郑注云：“当室之白，谓西北隅得户明者也。明者曰阳。”《尔雅·释宫》邢疏引孙炎亦曰：

① 郭璞注、邢昺疏、王世伟整理：《尔雅注疏》，上海古籍出版社，2010年版，第229页。

② 《礼记正义》，第34、35页。

③ 据钱玄《三礼通论·名物篇·宫室》所绘，南京师范大学出版社，1996年版，第169—173页。

"屋漏者，当室之所白，日光所漏入。"[①]清黄以周说："'户'当作'牖'。当室之白，其光由牖漏入，不由户明也。"[②]此三说皆谓室之西北隅有日光漏入，故名屋漏。但郑笺《诗》在注《礼》后，《诗经·大雅·抑》"相在尔室，尚不愧于屋漏"郑笺云："屋，小帐也。漏，隐也。礼祭于奥，既毕，改设馔于西北隅，而厞隐之处，此祭之末也。"[③]认为"屋"是"幄"的借代，"幄漏"即是幄帐内隐蔽处，可见郑说前后不一。

由于郑玄前后的不统一，关于"屋漏"的解释，歧解纷纭，如刘熙说"礼，每有亲死者，辄撤屋之西北隅薪，以爨灶煮沐，供诸丧用，时若值雨则漏，遂以名之也"[④]，认为是屋子漏雨而得名；孔颖达说"诗人意称，王朝小人不敬鬼神，瞻视女在庙堂之中，犹尚不愧畏于屋漏之神"[⑤]，又认为是屋漏是神名；金鹗说"室之西北隅有向。向，北出牖也，日光自牖中漏入，故名屋漏"[⑥]，是认为室的北面有窗户，日光从此窗户漏入，如此等等。

综合各家之说及当代学者的研究考察，笔者认为，古代斜坡式的房屋结构，西北隅最为低矮阴暗，于是人们常常在此处的上方屋顶或是北墙开一窗，用于采光(先秦时没有玻璃)，日光通过此窗可以直射下来，使得原本幽暗的西北隅变得明亮起来，但下雨时，也会有雨渗漏下来，故以"屋漏"指代西北隅。杜甫《茅屋为秋风所破歌》云"床头屋漏无干处，雨脚如麻未断绝"中的"屋漏"可能一语双关，既指西北隅，又指屋子真的漏雨。屋漏可通天，故"不愧于屋漏"，即不愧于天。郑玄所作笺注，尚有待商榷。总之，"屋漏"一词两字节，不同于其它三隅单字节称呼(有学者指出"屋漏"起源于单音词，后来裂变成双音词[⑦])，但其代表

① 《尔雅注疏》，第229页。

② 黄以周：《礼书通故》，中华书局，2007年版，第803页。

③ 毛亨传、郑玄笺、孔颖达疏、龚抗云等整理：《毛诗正义》，北京大学出版社，2000年版，第1374页。

④ 刘熙：《释名》，中华书局，1985年版，第84页。

⑤ 《礼记正义》，第2050页。

⑥ 金鹗：《求古录礼说》，山东友谊出版社，1992年版，第197页。

⑦ 孙景涛：《"屋漏"探源》，《语言研究》，2005年12月第4期，第96—101页。

室之西北隅，离户最远，无可疑问。

综上，隐暗名“阴”，明亮名“阳”；无尸祭于奥隐暗处名“阴厌”，无尸祭于屋漏明亮处名“阳厌”，便顺理成章了。

(二)阴童、阳童之说。

此说起于金榜《礼笺》，其云：

> 《记》云“是谓阴厌”、“是谓阳厌”，明阴厌、阳厌为祭殇与无后者之定名，不得通于成丧之祭。《杂记》有“父母之丧，尚功衰，而附兄弟之殇，则练冠附于殇，称‘阳童某甫’”注云：“阳童，谓庶殇也。宗子则曰阴童。”是阴厌、阳厌以阴童、阳童得名，不系于所祭之地。谓祭于奥为阴，祭于西北隅为阳，非礼意也。①

其后胡培翚、曹元弼等人俱辩其说云：

> “阴童”之称唯见于注，“阴厌”、“阳厌”之称自古有之，是阴童、阳童正由祭以阴厌、阳厌得名也，否则童何分于阴、阳乎？且《曾子问》云“当室之白”，“是谓阳厌”，明是据所祭之地名之，金说未确。②

我们认为胡、曹等人的辩论是可靠的，王锷师《〈礼记〉成书考》一书把《曾子问》归于“春秋末期和战国前期的文献”，而把《杂记》归于“战国中期的文献”，可见《曾子问》成篇在前，《杂记》成篇在后。就前后关系而言，“阴厌”、“阳厌”“之名来于阴童”、“阳童”也是不有可能的，况“阴童”之词不见于任何先秦典籍，可能只是郑玄的臆度。

---

① 金榜：《礼笺》卷 2，清乾隆五十九年方起泰胡国辅刻后印本。

② 胡培翚：《仪礼正义》卷 36，清木犀香馆刻本；曹元弼《礼经学·解纷》第五下，清宣统元年刻本。

(三)阴阳、虚实之说。

清常增云：

> 阴厌、阳厌以祭之先后言，不以地言。祭者广博求神，非但一处，未知神之所在，故始奠于奥，又改也。《郊特牲》云："魂气归于天，形魄归于地。"盖形魄为实，魂气为虚，先实后虚，故先求阴，后求阳也。始奠于奥，先求诸阴也，故曰"阴厌"；改西北隅，后求诸阳也，故曰"阳厌"。
>
> 適殇祭于室奥，《士昏礼》"同牢在奥"，又云"御衽于奥"，又《曲礼》云"为人子者，居不主奥"，是尊者常居之处，故宗子得为阴厌，尊宗子从成人之礼也。所谓"阴"者，以先求诸阴得名，不以奥也。凡殇祭于西北隅，不敢在成人之处，所谓"阳"者，以后求诸阳得名，不以西北隅也。①

常增论述的前提是成丧祭中有阴阳二厌，且和殇祭中宗子、庶子之祭重名，但对嫡殇祭于奥，而凡殇与无后者祭于屋漏的原因问题，为我们打开了另外的思路，这一点是值得肯定的。可见郑、胡、曹等人坚持"阴厌"、"阳厌"之名仅仅从其祭地而得来，尚不足于说明最初根源。

综上，笔者认为：之所以嫡殇祭名"阴厌"，凡殇与无后者祭名"阳厌"，是因为"鬼神尚幽闇"(《礼记》郑注中多次提及)，嫡尊庶卑，祭祀以祭于阴为主，祭于阳为次，故嫡殇祭于阴暗处，凡殇与无后者祭于明亮处。而室之奥与屋漏，恰是一暗一明，于此两处祭之可行。明郝敬云："凡祭皆于西南牖下，不受牖明曰奥。鬼神尚幽，故祭主奥，厌以阴为尊也。阳厌不于奥，于见明处为室之白，礼杀也。"②其说是。

---

① 常增：《四书纬》卷2，清道光刻本。

② 郝敬：《礼记通解》卷7，明九部经解本。

四、结　论

综上所述，我们也不难看出：

第一，“厌祭”，就是独自让神吃饱祭品的无尸之祭。

第二，“阴厌”、“阳厌”只是孔子为殇祭时的两种情形而设之名，如所祭为宗子，名之为“阴厌”；所祭为庶子或无后者，名之为“阳厌”。

第三，阴厌、阳厌可统称为厌祭，但只限于殇祭。成丧祭中，除无禄的庶人外，士大夫以上均不可行厌祭。

第四，“阴厌”、“阳厌”得名于“鬼神尚幽闇”的先民观念，宗子嫡尊，故名“阴”，祭于奥（庙室西南隅，隐奥无事）；庶子、无后次尊，故名“阳”，祭于屋漏（庙室西北隅，有日光漏入）。

支持或是质疑郑玄的观点，其分歧在于立足点和角度的不同。如若立足于“礼是郑学”的传统，从郑玄所论之角度出发，郑玄之说不存在抵牾；但如果跳出此传统，从经文及事实考察，郑玄之说便值得怀疑了。我们不否认郑注的优越性，但治学如果仅仅执拗于一方之见，便很难从实际出发，很容易牵强附会，以致产生谬误，这是值得我们深思的。

注：此文受到王锷师指导，前后批阅五次，在此特表谢意。

作者简介

瞿林江（1985—　），男，汉族，安徽合肥人，南京师范大学文学院中国古典文献学系博士研究生。

《先秦文学与文化》征稿启事

《先秦文学与文化》是甘肃省先秦文学与文化研究中心、国家重点(培育)学科"西北师范大学中国古代文学"主办、赵逵夫教授主编的学术辑刊,目前每年出版一辑。本刊以"探究先秦学术、弘扬民族精神"为宗旨,刊载先秦文、史、哲、考古及语言等各领域的学术论文,文求原创,不限字数,不尚空谈。

文章包括题目、作者姓名、单位、内容摘要、关键词、正文、注释几部分,注释采用脚注形式(格式参考《文学遗产》)。文末附作者简介及详细通讯地址、电话和电子邮箱。

文稿请用 A4 纸横排打印,并发送电子文稿至编辑部邮箱。来稿一经发表,即赠样刊 2 册。欢迎广大学者惠赐大作!

来稿请寄:

甘肃省兰州市西北师范大学文学院先秦文学与文化研究中心

邮编:730070

电子邮箱:gansuxianqin@163.com